U0965580

大鱼

有爱的青春陪伴者

Like you
诀别词 著
江苏凤凰文艺出版社
JIANGSU PHOENIX LITERATURE AND ART PUBLISHING

图书在版编目（CIP）数据

听南 / 诀别词著. -- 南京：江苏凤凰文艺出版社，2022.10
ISBN 978-7-5594-7106-2

Ⅰ. ①听… Ⅱ. ①诀… Ⅲ. ①长篇小说 - 中国 - 当代 Ⅳ. ①I247.5

中国版本图书馆CIP数据核字(2022)第152346号

听南

诀别词 著

责任编辑 王昕宁
特约编辑 周丽萍
出版发行 江苏凤凰文艺出版社
南京市中央路165号，邮编：210009
网　　址 http://www.jswenyi.com
印　　刷 长沙鸿发印务实业有限公司
开　　本 880mm×1230mm 1/32
印　　张 10
字　　数 307千字
版　　次 2022年10月第1版
印　　次 2022年10月第1次印刷
书　　号 ISBN 978-7-5594-7106-2
定　　价 45.80元

目录

MULU

TINGNAN

目录

MULU

TINGNAN

楔子

六月的一天，晴朗而炎热，时间已过下午五点。

夏听南的母亲在微信上问她怎么还没回家，夏听南解释刚好错过一班公交车，现在还没等到下一班。

阳光刺眼，夏听南有点困倦，眼皮有一下没一下地往下掉。

最近图书馆里事情很多，上午还好，一到下午就忙得喘不过气，加上图书管理员的工作全年无休，她甚至有点后悔考了这个岗位，而且单位里最近还在抓党史学习情况，她还要花时间学习，十分心累。

旁边是郁郁葱葱的行道树，车站里站了不少人，看上去都有些着急。

没过多久，公交车终于来了，夏听南迫不及待地上车。空调的冷气扑面而来，她径直走向最后一排坐下。

左前方坐了一个戴着鸭舌帽、穿着黑色短袖的男人，微微垂着头，修长的后脖颈完全暴露在夏听南的视线中，看起来在小憩。

她这个角度只能看到他的下半张脸，直觉告诉她这是一个帅哥。

她掏出手机，用手里的书挡着，偷拍了一张照片发给陈茜。

夏听南：“你看这个，好像很帅。”

陈茜：“哇，好有气质！有没有正脸？”

夏听南：“没有，这我哪里敢去拍。”

陈茜：“算了，说不定眼睛长得不好看呢！不过总有一点点眼熟的感觉。”

夏听南又点开自己拍的照片看了看，忽然觉得这半张脸好像是有点眼熟，浑身的气质也十分熟悉。

她的眼皮跳了跳，又往那个方向看去，并且调整着角度看对方的脸。

不会这么巧吧？他不是在外地工作吗？

尝试了几次依旧只看到一个下巴之后，她放弃了挣扎，继续看手里的书。

高峰期的时候交通十分拥堵，前面有几辆小轿车绿灯了还不动，公交车司机不耐烦地按了一下喇叭。夏听南下意识地抬头往前看，下一秒就看清了鸭舌帽帅哥的脸。

夏听南心里一惊。

最近局里的事情很多，又到了年中报材料的时候，徐秉然几乎天天加班，今天总算可以准时下班。

他在车上闭着眼休息，要不是司机这一声喇叭，他可能已经睡着了。

夏听南看到徐秉然抬起头，拉开旁边的窗帘往外望了望，然后又往她这个方向转头。她迅速低下头，拿起手上的书挡住了自己的脸。

徐秉然看见角落有一个人居然不是“电子设备低头族”，而是拿着一本他十分熟悉的书籍在看时，稀奇地抬了抬眉。

挡着脸的夏听南心想：真是见鬼了，还真是徐秉然，他怎么在这儿？

她把书稍微放下来了一点，发现徐秉然居然把头完全转了过来，她顿时把头低得更低了。

徐秉然盯着那本黄皮红字的书看了一会儿，不动声色地转了回去，不再往夏听南那边看，而是站起来走到后车门，准备下车。

夏听南这时候才敢完全露出眼睛，紧接着，她发现自己也要下车。

没来得及想清楚怎么办，司机已经把车停下来了。

徐秉然没什么犹豫地下了车，夏听南则匆匆忙忙地跑下车。一下车，她就寻找徐秉然的身影，果不其然在不远处看到了他。

徐秉然到底是什么时候回来的？怎么都没人和她说？

夏听南有点心虚又有点郁闷，不近不远地跟着徐秉然。

徐秉然像是完全没有注意到身后跟了一个人，依旧闲适地走着，偶尔扶着脖颈仰一仰头。

夏听南看到这个熟悉的动作，也不由得扭了扭自己的脖子。

说到这个动作，那是徐秉然从小做到大的。他一直很喜欢看书，年少时夏听南好多次爬窗翻到徐秉然的房间，都能看到他安静地坐在床上或者书桌上看书，看到她过来就抬头看她，然后扭扭发酸的脖子。

两个人进了同一幢楼，脚下踩着灰色的水泥地，楼梯的扶手被重新修过，牢固了很多，不会再发出吱呀声。

夏听南压着步子跟在徐秉然后面，觉得自己简直像个贼，回家还得偷偷摸摸的。听到徐秉然家门关上的声音，她才一溜烟跑回了家。

夏爸爸正在客厅打电话，看到她后笑了起来，刚想说话就看到她又一溜烟跑到厨房里。

“妈，徐秉然什么时候回来的？”

夏妈妈一边炒着菜，一边回道：“我没和你说吗？他都调回来两年了。”

夏听南傻了：“你怎么都没告诉我？”

“你也没问啊。而且你们两个关系不是一直很好吗，他回来你怎么不知道？”夏妈妈很自然地说，“快点，要吃饭了，赶紧帮我把菜端到餐桌上。”

夏听南端着盘子嘀咕：“我怎么知道……”

吃饭的时候，夏听南还是十分疑惑：“为什么我回来两个月了，一次都没碰上他？”

她在大学所在的城市工作了三年，受不了压力就通过事业单位招考考回了家乡，虽然现在的工作偶尔也会劳累，不过的确比以前愉快了许多。

夏妈妈说：“警察多忙你不知道？天天加班值班，哪像你迟到早退的。”

夏听南否认：“哪有，我就踩点而已。”

“对了，改天喊秉然来我们家吃饭，看他这么忙我都心疼。”夏爸爸接话，“秉然真不容易。”

“嗯。”夏听南戳着米饭，心不在焉地应道。

一想到徐秉然，夏听南的情绪就很复杂，一方面是因为小时候两个人的感情很好，她以前很黏徐秉然，另一方面则是因为徐秉然喜欢她，但她的确不喜欢徐秉然，再加上两个人冷战了很久，如今总感觉有点尴尬。

晚上，她在房间的书桌前看学习书目，眼睛总是忍不住往窗外望。人的心理暗示是很奇怪的，之前不知道徐秉然已经搬回这里了，没觉得有什么不同。现在知道了，她就有一种错觉，好像总能听到隔壁的动静。

她又看了一会儿书，实在是看不进去，干脆去洗了个澡，换上前几年买的少女风睡衣，然后躺在床上看起了小说。

刚看没一会儿，她听到窗外传来什么东西破碎的声音，像是从徐秉然家里传来的。

夏听南到底没忍住，又爬起来轻轻地打开窗，竖起耳朵去听旁边的声音。她看见洒着灯光的小阳台上有一个半蹲着的影子，拉得有些长。

徐秉然正在和同事薛凯打电话，商量这个星期要上交的材料。

薛凯问道："徐队，你那边什么声音？"

徐秉然往阳台看了看："没事，不小心把杯子摔了。"

"那报表里的数据要怎么办？"

徐秉然耐心地把地上的碎碴儿整理好放进锡纸里包好，再丢进垃圾桶。他走到阳台往旁边的窗户看了一眼，视线里依旧是熟悉的卡其色窗帘，把房间里面的情景遮得严严实实。

今晚的夜很安静，连平常广场里大妈跳舞的音乐声都消失了，好像全世界都静止了一样。

徐秉然不再往那边看，而是对电话那头说："让下面的派出所明天就把数据报上来，否则扣分。"

他又和薛凯聊了两句就挂了电话。

徐秉然把那袋垃圾放在家门口，这里还是二十多年前的老住宅楼，外面走廊都是凹凸不平的灰色水泥地，垃圾袋刚放下去的时候发出粗劣的怪声。

他偏头扫了扫隔壁的大门，然后又平静地收回目光，慢慢点了一支烟。

一点猩红在黑暗中亮起，他轻轻带上了门。

第一章 甩不掉的麻烦

十年前，夏听南还在上初三，徐秉然读高二，在全市最好的高中。

他们十几年来一直住在同一幢楼的同一层，是当之无愧的邻居，两家的大门根本没隔几米，徐爸爸和夏爸爸某种程度上还算是同事，所以两家人经常互相串门。

一天，徐秉然忽然惊醒，走出房门。

徐妈妈坐在沙发上，看到他出来笑了一下：“饿了吗？”

“没有，我去隔壁看一下。”他出了家门往隔壁走，走近后，听到里面的吵闹声更大了。

徐秉然按了一下门铃，没等第一声响完又按了两下，里面顿时安静了，紧接着，夏妈妈紧绷又和蔼的脸随着门的打开而出现。

“秉然？怎么了？”

徐秉然说：“阿姨，我听到你们家有点声音，所以来看一下。”

说到这个夏妈妈就来气，夏听南怎么这么能睡，她生的到底是孩子还是猪?

她之前安排了一个三天的省内游，出门的第一天就接到班主任电话，问夏听南怎么还没来学校，是不是出什么事情了。

她一看时间，北京时间上午十点，当即她就给上班的夏爸爸打了电话，让他有时间回家看一下，看夏听南是不是还在家里。

夏爸爸上午很忙，到中午饭点才抽出时间回了一趟家，打开家门，安安静静的，再打开夏听南房间的门，依旧安安静静——

夏听南睡得安安静静。

徐秉然闻言愣了愣。

夏妈妈讲到这里有点想笑，但心里又很生气，不知道应该骂女儿还是骂丈夫，全家没一个靠谱的。

夏听南看到徐秉然就跑过去躲在他身后，探出头：“妈，你别骂了，我下次一定不会睡过头。”

徐秉然瞥了她一眼。

夏听南以为找到了知己，朝徐秉然咧开嘴笑。

徐秉然没再看她，而是思忖了一瞬，对夏妈妈说：“阿姨，以后我送她吧。”他每天去学校都要路过夏听南的学校，送一送其实十分顺便。

“好啊，有徐秉然带我，我就可以多睡一会儿了。”夏听南觉得这个提议不错。

夏妈妈气得头晕：“你叫什么呢，没礼貌。”

徐秉然说：“没关系。”

夏妈妈其实有点不好意思，但她经常出差，夏爸爸又经常倒班加班，两个人没时间天天盯着夏听南，而夏听南又快要中考，她真是太愁了。

“秉然，那就麻烦你了，我把家里的备用钥匙给你一份，就辛苦你这段时间帮帮忙了。”

毕竟是看着徐秉然长大的，夏妈妈很放心。

夏听南下意识说：“不用备用……”

徐秉然打断她：“没关系，不麻烦。”

她疑惑地抬头看徐秉然，徐秉然已经一米八了，看趋势还会继续长高，而她现在一米五都不到，还盼望着自己往上长。

徐秉然用手指刮了刮她的侧脸，示意她别讲话。

夏听南眨了眨眼，闭上了嘴。

后来，备用钥匙先经过夏听南的手才到了徐秉然手里。夏听南把钥匙递给徐秉然，徐秉然故意不接，把手握成拳，夏听南就一个劲儿掰着他的手指，累得气喘吁吁。

徐秉然露出了一丝笑意，这才松开手把钥匙接过来放在抽屉里。

夏听南百无聊赖地在他房间东摸摸西看看，说：“要钥匙做什么，反正阳台一翻就是我的房间了。”

由房间的窗户向外看去，侧边就是徐秉然房间的阳台。

徐秉然瞥她一眼：“你想让阿姨知道你经常躲到我这里偷懒？”

夏听南这时候才回过神，明白了徐秉然的用意，连忙摇头：“不想。”

每天被关在房间里写作业已经很苦了，徐秉然的房间可是她唯一的避难所，躲哪儿都没躲徐秉然的房间好使！

徐秉然房间里有一个书架，里面摆了很多书，他拿着一本半靠在床上，垂头低眉，看起来十分沉静，好像书里真的有什么有意思的东西。

夏听南凑过去，靠在他手臂上，想看看这本书讲什么。

“你看不懂的。”

夏听南不服，抬起徐秉然的手臂，把头钻过去挡在书本前面。

徐秉然把手臂收紧了一点，手臂的肌肤严丝合缝地紧贴着她颈间的弧度，她顿时感觉有些喘不过气。

房间的窗帘半开着，有一丝月光透进室内洒在木质地板上，外面黑漆漆一片，鸟叫声一直在回响。

书又被夏听南翻了几页，她发现真的看不懂，于是丧气地叹息了一声。

听到客厅里隐约传来一些声音，徐秉然突然合上书，松开手，说道：“回去睡觉。”

“马上。”

闻言，徐秉然淡淡地看她一眼。

夏听南说：“真的马上。”

徐秉然信她就怪了，他把手上的书丢在床头柜上，伸手把灯一关：“我睡了。”

夏听南这才慌张地阻止他：“别关别关，我现在就走，你关了灯我会看不清。”

房间的小阳台是当初装修的时候扩展出去的，虽然和夏听南房间的窗户离得不算远，但徐秉然还是看着夏听南安全地爬回她自己的房间后，才回房间关上阳台门，然后落锁。

之后，他站在房门口静静听着客厅的动静，过了一会儿才一声不吭地回到床上。

那一头的夏听南回房后还是不想睡，但她是个卑微的初中生，还是个即将中考的初中生，在父母眼里并没有使用手机的权利，电脑也老早被搬到别的房间，于是她只好翻了翻课本，没过两分钟，果不其然产生了睡意。

她双眼迷离地飘到床上躺下，心里希望第二天徐秉然能迟一点叫她。

然而她的愿望落空了。

徐秉然是一个称职的人工闹钟，发条拧得比玩具还实在。从这天开始，每天早上六点半，他雷打不动地打开夏听南的房门，把夏听南从床上拎起来，一天都没落下。

一开始这个过程很艰难，因为夏听南实在是太能睡了，普通方式根本叫不醒。

徐秉然一开始保持着善心，采用轻柔的方式，无果。然后，他又尝试一些粗暴的方式，依旧无果。除非夏听南刚刚清醒，这种情况下的确是一叫就起，否则一个星期中总有几天徐秉然也会濒临迟到。

不，不是濒临，是的确迟到了。

班主任还找了他谈话，问他最近是不是有什么烦恼。

徐秉然沉默地摇头，没有出卖“罪魁祸首”。

直到又过了一段时间的磨合期，徐秉然才逐渐能以平常心面对夏听南是个终极睡神这个事实，并且逐渐掌握了叫醒夏听南的诀窍。

而托了夏听南的福，徐秉然的自行车骑行技术与骑行速度也突飞猛进，在非自愿情况下逐渐向职业选手靠近。

三月份，离中考也就三个月了。除去周末，徐秉然天天载着夏听南上下学，久而久之，她班里的同学也都认识徐秉然了。

她们问：“夏听南，每天来接你的是谁啊？”

夏听南做梦都想有个哥哥，于是她骄傲地说：“是我哥啊！”

大家露出羡慕的表情：“你哥哥好帅。”

徐秉然长得好，一辆自行车加上修长的身形，停靠在夏听南的初中校门口十分引人注目。

夏听南还没走到校门口，就听到已经走到徐秉然旁边的同学转过头朝她喊：“夏听南，你哥哥又来接你了！”喊完，还要假装不经意地看一眼徐秉然。

徐秉然没什么表情，碾着脚底下的石子，等着夏听南出来，看她慢慢吞吞往他这里走。

旁边的保安说：“又来接妹妹啊？”

“嗯。”

“迟点可能要下雨，你今天可得骑快一点。”

“我会的，谢谢。”

夏听南做事一向磨蹭，能拖就拖，上学拖就算了，就连回家也拖。

她走到徐秉然旁边，把书包丢给徐秉然，说：“徐秉然，我们去小吃街买点吃的吧？”

徐秉然把她的包放在车头：“抓牢。”

夏听南坐在后座上抱着徐秉然的腰，无精打采地把头靠在他背上，喃喃道：“我好饿，好想吃小吃街的烤香肠啊。”

凉风扑面而来，徐秉然微眯着眼，蹬得更快了。风把他的头发吹得扬起，露出饱满的额头，夏听南在他背后，几乎没有吹到一点风。

小吃街在学校的左边，徐秉然看都没看一眼就骑过去了。

这一天，他们比平常早了十分钟到家，他把夏听南送到夏妈妈面前，平静地说道：“阿姨，夏听南说她饿了，晚上让她多吃点。”

夏听南不可思议地瞪着他。

徐秉然小声问：“不是饿了吗？”

夏听南同样小声回道：“我不要吃白米饭啊，我想吃烤香肠……”

徐秉然装作自己没理解夏听南的意思。

夏妈妈留徐秉然吃饭，他拒绝了：“我妈一个人在家，我先回去了。”

“哦哦，好，那你赶紧回去陪陪你妈吧。”

徐秉然点头，在夏听南一脸错付的表情中，面不改色地离开了夏家。

夏听南眼睛里的火都快冒出来了。

晚上的饭桌上，夏听南问道：“徐叔叔怎么这个星期都没回来？”

夏妈妈一边给她夹菜，一边说：“不是加班就是值班呗。”

徐秉然苦，从小到大父亲陪在身边的时间就很少，徐妈妈更苦，总是一个人。幸好徐秉然从小到大一直很乖，徐妈妈带着也不费劲。

晚上，夏听南写完作业又偷偷翻去了徐秉然的房间。

徐秉然看到她过来，表情不太好看：“跟你说过很多次了，要过来先和我说。”

虽然离得近，窗户离地面也不是很高，但夏听南一个女孩子翻来翻去还是有点危险。

夏听南原本是来找徐秉然算账的，结果徐秉然这脸色一摆，她就有点尿。

她不好意思地搓了搓手，说：“对不起，我忘记了。”

徐秉然坐在椅子上，对着她招手：“过来。”

她屁颠屁颠地就跑过去了，短发在空中像水母一样飘动。

徐秉然淡淡地说：“手张开。”

夏听南乖乖把手张开，右手的手心偏下的位置有一点红，但没破皮。

徐秉然握着她的两只手三百六十度翻了一下，摸了摸她的手指，确定没有伤口才松开。

书桌上的练习册垒了一沓又一沓，中间翻开的书页上密密麻麻地写着字，还有一些红笔的印记。徐秉然最近也在准备期末考，但态度比夏听南认真多了。

夏听南奇怪地问：“为什么要中考了，我还一点都不紧张？”

她真的一点压力都没有，原本成绩就平平无奇，普通高中没问题，重点高中她也不敢想，班级里好多同学的课后时间被辅导班排得满满的，她却乐得逍遥。

徐秉然沉默地翻了一页练习册，看来是不想理她。

夏听南也不需要他搭理，一个人就玩得很开心，她扑到徐秉然的大床上，从角落里找到徐秉然的手机，熟练地输入密码，然后开始玩手机游戏。

安静的房间，除了翻书声就是很轻的游戏音效，徐秉然听不太清她在玩什么。

外面有人开徐家的大门，然后是徐妈妈走出房间的声音。徐秉然的神情依旧很专注，但手中笔的笔尖悬在半空中一直没动。

“啪——”什么东西摔碎的声音。

游戏角色倏地从高空坠落，游戏结束的页面明晃晃地亮在眼前，夏听南下意识惨叫了一声，然后又捂住了自己的嘴。

她赶紧把游戏声音调得更轻，跑到了阳台的窗帘后面，生怕被徐秉然的爸妈发现自己偷偷跑来这里，万一他们再告诉她爸妈，那她的娱乐生活就夭折了。

夏听南悄悄问：“徐叔叔是不是回来了？”

徐秉然淡淡地说：“他们不会进来的，你要玩就继续玩，不玩的话就回去学习。”

听到外面只有细碎的对话声，于是他继续埋头写练习册。

夏听南撇撇嘴，觉得徐秉然好无趣，每天就知道闷头学习，话也不多说两句。

她又忍不住去骚扰徐秉然：“我刚刚看到你手机里有一个叫汤巧巧的给你发消息，是谁啊？”

徐秉然没抬头，注意力还放在面前的题目上，闷着嗓音问：“她发什么了？”

夏听南说：“让你明天早上第一节课前去一趟班主任办公室。”

“你回她一句知道了。”

夏听南点开汤巧巧的聊天框，用徐秉然的账号回了一句“知道了”，但又觉得这样看起来好冷漠，于是她又加了一个颜文字。

徐秉然：“\(^o^)/~”

汤巧巧：“？”

汤巧巧：“……”

汤巧巧：“哈哈……”

这段聊天记录徐秉然晚上准备睡觉时才看到，看到的那刻他脸都僵住了。

一开始他以为自己被盗号了，后来才想起来是夏听南用了他的手机。

他反反复复地点开聊天记录，盯着聊天框里那个诡异的颜文字以及汤巧巧疑惑又试探的问号，下定决心以后绝对不会找夏听南帮他回消息。

这时，徐爸爸敲了门，徐秉然说：“请进。”

“儿子，这么晚了还没睡啊？”徐爸爸推门进来把房间的大灯打开。

徐秉然收起手机，收拾桌子，回道：“马上睡了。”

徐爸爸面色有些疲惫：“最近我比较忙，所里事情多，你不要太累，考得怎么样都没关系，有时间多陪陪你妈。”

“好。”徐秉然抿了抿嘴，他原本就不是会表达的人，说起关心的话更是别扭，但他还是在徐爸爸走出房间前轻轻说了一句，“爸，你也别太累。”

关上灯，他把被夏听南弄成一团的被子铺开，躺进去还隐隐能感受到夏听南留下的气息。他静静地盯着天花板，好一会儿才往被子里缩了缩，慢慢合上眼。

中考那天是一个雨天，绵绵的微量雨水让人感觉黏腻，连远处的山峰高楼都在一片迷蒙中，找不到大地的边界。

徐秉然没有送夏听南去学校，因为她九点才开考，而徐秉然七点就出门了，不过他前一晚给了她一个鼓励的拥抱，并留了句话——“好好考，考完了带你吃点好的”。

夏听南顿时觉得干劲十足，早上去考场的路上还在翻书。

徐秉然至少还有半个月才期末考，班里的氛围不算很紧张，大家都对考试已经游刃有余，只要不是高考，其他考试对他们来说都没什么压力。

章又程过来问徐秉然周末出不出来放松一下，徐秉然说自己有事。

章又程性格活泼，向来不被徐秉然的寡言击退，听徐秉然这么说，他奇怪地问：“你能有什么事？整天就是待在家里。我们要去望江路那边新开的火锅店，你真的不来？”

徐秉然拿笔敲了敲桌子，说：“那我带个人。”

“谁啊？”他想不出来徐秉然还能带谁。

“夏听南。”

“哦！你那个邻居妹妹是吗？那带来呗，小姑娘挺可爱的。”章又程笑嘻嘻地说，对这个和徐秉然一起长大的邻居很感兴趣。

可爱吗？徐秉然不置可否。

在他上初中以前，他对夏听南就只有一种感觉——烦人，虽然现在偶尔也会有这种感觉。

小时候的夏听南脸圆得没法说，徐爸爸很喜欢她，用他的话说就是“女儿是拿来宠的，儿子就该送去锄地”，不过他虽然惋惜自己生的不是个女儿，但最后他还是没舍得真的让徐秉然去田里锄地。

徐爸爸经常把夏听南喊到家里玩，但相比于徐家父母，夏听南更喜欢黏着徐秉然。

小小的夏听南很喜欢搭积木，还喜欢给搭好的积木取名字，诸如粉色的叫美美，蓝色的叫蓝精灵，红色的叫蜘蛛侠……反正古今中外，是人的、不是人的名字都涵盖在内。

徐秉然那时候话也少，陪她玩了几年，接受了长达几年的洗脑式取名，这导致他前几年看到积木类的玩具，心里还有些抗拒，脑子里时不时会跳出几个奇怪的名字。

后来大一点了，夏听南倒是不爱玩积木了，就喜欢电子产品，每次父母把她放在徐家，她就在徐秉然房间的电脑上玩游戏看视频。

有一天，徐秉然的几个同学来他家写团队作业，一帮人却发现徐秉然的电脑里有一堆流氓软件。

他们震惊的表情刺痛了徐秉然。

事后，徐秉然黑着脸果断地给电脑加了密码，不管夏听南怎么求他，他都没把密码告诉她。

放学的时候，雨已经停了，徐秉然去学校的停车场找自己的自行车。他想着夏听南早就考完应该已经回家了，不需要他去接，却没想到在校门口看到了夏听南。

夏听南抱怨：“你怎么才出来？”她腿上都被蚊子咬了好几个包。

徐秉然皱着眉看她泛红的腿，问道：“你考完不回家，来这里干什么？”

“等你一起回家啊！”

“等我做什么？下次自己先回去，上车。”

班级里的同学刚好从校门口路过，朝徐秉然挤眉弄眼：“这谁啊？”

夏听南看到那样的表情就难受，不高兴地说：“徐秉然是我哥，你们说我是谁？”

车铃响了两下，徐秉然朝同学打招呼：“走了。”

同学笑着说：“不逗了，妹妹脾气还挺大，我也走了，拜拜。”

盛夏一点风都没有，转眼，徐秉然的腰腹部就因为被夏听南紧紧圈着，又出了一些汗。

他说：“别抱这么紧。”

夏听南“哦”了一声，然后往后靠了一点，自在地展开双臂，假装拥抱着风。

“终于考完了，我要出去玩！”

徐秉然淡淡地说：“和我说没用。”

夏听南怒道：“和我爸妈说也没用，他们都没时间，我成天就是一个人。”

夏爸爸根本抽不出连续的长假，除非把年假都请了，但领导肯定不会批。夏妈妈则刚升职，在公司里忙得不可开交。

徐秉然沉默了一下，说：“周末带你吃火锅。”

听到感兴趣的名词，夏听南整个人又黏了上去，抱着徐秉然单薄的腰不断地问：“哪一家哪一家？是不是望江路新开的那家？还是银泰楼上那家？我记得那家……”

好吵，夏听南真的好吵……

徐秉然被她止不住的话扰得心烦，他趁着这段路的路况好车又少，松开一只手把腰上夏听南的手扯开了一点，说：“新开的，想吃就跟着。”

能不想吃吗？夏听南已经好久没吃垃圾食品了，整天被爸妈按着吃营养均衡的饭菜，好像成绩会受摄入食物的影响似的。

晚上，夏爸爸回来问夏听南考得怎么样，夏听南说：“我会的都填上了，我不会的也都填上了。”废话中的废话。

“对答案了吗？”

“我才不对答案，多影响心情。”

夏爸爸对她很包容，在他眼里，自己女儿就是最好的，就算没有别人优秀也没关系。

“我们听南开心就好，考不好没关系，以后赚不到钱也没关系，爸养你一辈子。”

“真的吗？”她有点感动，“爸，那我想要一台新版的 PSP(索尼多功能游戏机）。”

夏爸爸冷静地喝了一口水，说道：“秉然他爸不是送了他一台吗？你去找他玩，两个人也有个伴。”

夏听南无语。

夏爸爸被夏听南谴责的眼神瞪得受不了，他尴尬地笑了一下，赶她回房间睡觉：“行了，都几点了，放假也要早点睡知道吗？”

夏听南不想听他念叨，转身就走，拖着声音喊：“知道了——对了！周末我和徐秉然去吃火锅。”

“去吧去吧。”

都放假了，夏爸爸也不用管她去哪里玩了。

于是，夏听南高兴地跑走，心里盼着赶紧到周末。

一旦有了期盼，时间就过得尤其慢，一切事情都变得有些寡然无味，她在家有些没劲儿地玩了两天，把能找的乐子全找了，终于等到周末的到来。

夏听南纠结了很久到底穿什么出门，在房间里换了三四套衣服还没决定下来。

徐秉然推门进来的时候，她正在脱上衣，交叉的手举过头顶，只露出一双眼睛，而下半身只穿了一条三角内裤，上半身内衣是新买的，薄薄的布料，什么都挡不住，弧度很明显。

霎时，两个人都怔住了。

徐秉然闷声不响退后两步关上门，沙哑着声音说：“换好了就出来。”

他靠在门框上，垂着眼看地面，手指关节有一下没一下地轻敲着墙壁，不知道在想什么。

夏听南抓紧换好衣服出来，身上穿的已经不是刚才那件短袖。

徐秉然的视线落在她的印花短袖上，然后很快移开：“走吧。”

她挽上他的手臂，高兴地跳了一下：“快点，我都饿了。”

徐秉然皱着眉把她的手拿开：“热。”

夏听南哼了一声：“哦。”

但她就是喜欢挽着别人，平常和好朋友课间去上厕所的时候都是挽着走的，虽然结伴上厕所的时候经常被男生笑话，但她觉得这并不是什么毛病。

望江路在北边，远眺就是望不到边的大江，毛毛细雨落在江面，看不到一点涟漪，火锅店在路的尽头，正对着十字路口。

他们两个是最后到的，归根究底是夏听南动作太慢，出门了又说肚子疼想上厕所，又回去了一趟。

她跟在徐秉然旁边，被店里的空调一吹，打了个冷战。

徐秉然摸了摸她的手，嗯，有点凉。

“走快点。”

“哦。”

门口一排正在吆喝的服务员的嗓门太大，夏听南踮起脚，把徐秉然拉低贴着脑袋压着声音说话，热气全部扑到徐秉然的颈侧。

徐秉然不适地偏头躲开。

章又程眼尖，一下子看到他们：“哎，真带妹妹来啦？还不赶紧，菜都上来了。”

夏听南抬眼看去，一桌人，男男女女，她只认识一个章又程，因为他偶尔会到徐秉然家里玩。

哦，还有一个汤巧巧，那天夏听南偷偷点进她的空间看了看她的自拍，真好看，夏听南也想这么好看。

徐秉然往夏听南背上轻轻一拍，说：“过去坐。”

长方形的桌边坐了十几个人，面前有两口煮沸的锅，水汽从他们中间升起。夏听南坐在这一头，根本看不到那一头的人的五官。

人多就会挤，左右手臂都和旁边的人贴着，夏听南不认识旁边的人，她往左又挤了挤，更贴近了徐秉然。

徐秉然迅速挪开，说：“别挤了，热。”

夏听南嘴角耷拉下来，觉得他太无情了，于是之后一直不说话，无声地表达着自己的不开心。

最先察觉的反而是汤巧巧，她问道：“你妹妹怎么了？”

虽然他们都没听说过徐秉然有一个妹妹，但章又程刚刚喊夏听南“妹妹”，而且夏听南长得实在是太小巧了，站在徐秉然旁边对比太明显，大家忍不住有些爱心泛滥。

“你妹妹叫什么？”有人问道。

徐秉然说：“夏听南。”

夏听南不看他。

“表妹吗？听南，多大啦？”有个活泼的女同学在逗她。

夏听南被喊得有点不好意思，小声回答：“初三毕业了。”

大家露出了一点惊讶的神情。

怎么徐秉然长得这么高，他的妹妹都初中毕业了还这么矮？

夏听南要是知道他们在想什么，估计要气得说不出话，她才十几岁啊，还能发育的啊。

他们吃完火锅还想去 KTV 唱歌，徐秉然不想去，他原本就不喜欢这类集体活动，而且刚吃完火锅，他嗓子有点不舒服。

夏听南和他正好相反，听到唱歌眼睛都亮了，但听到徐秉然说不去，又瞬间暗淡了。

徐秉然摸了摸被她戳得有点痒的手臂，扭头看她，没有吭声。

夏听南憋不住了：“我想去唱歌，我好久没唱歌了。”

徐秉然不打算顺着她：“那你去唱吧，我回去了。”

夏听南也不知道为什么，那瞬间眼泪就下来了，站在原地看着徐秉然越走越远，感觉十分委屈。

她都考完试了，没有爸妈陪就算了，不能出远门就算了，现在连唱歌都没徐秉然陪，她也太惨了吧。

世界上还有人比她更惨吗？呜呜呜……

徐秉然背对着她揉了揉眉心，觉得夏听南从小屁孩变成大屁孩，烦人的属性没变，还加了一条令人头大。

他原路返回，矮下身子，不至于夏听南要一直仰着头看他。

然后，他轻轻捏住夏听南的下巴，转着她的脸看了看。

“夏听南，你初中毕业了，下半年就是高中生，怎么还这么幼稚？”

他很疑惑，初中生都是这样的吗？他都忘记自己初中的时候是什么样子了，大概也就是闷头读书。

他伸手，帮她擦掉眼泪。

夏听南的脸很软，好像全部是胶原蛋白，配上泪水之后有些发腻。

他甩了甩手上的眼泪，忍不住同意“女人是水做的”这句话。

夏听南听完心里更郁闷，明明在班级里她已经算成熟的，最多就是性格不沉稳了点，怎么能说是幼稚呢？

徐秉然定定地看了她一会儿，说：“走吧。”

夏听南不解：“去哪儿？”

徐秉然嗓子又开始痒了，他右手握拳放在嘴前咳了咳，闷声道：“唱歌。”

“你们怎么又回来了？”章又程问。

徐秉然朝一个角落走去，坐下来之后才回答章又程：“她想唱。”

“她想唱你就陪她来了？”

“不然呢？”

包厢里的桌子上零零散散地放着一些零食以及果盘，徐秉然嗓子不舒服，吃了两块哈密瓜。

章又程是在场唯一清楚徐秉然和夏听南真正关系的人，两个人哪是兄妹啊，纯粹只是一起长大的邻居而已。

他有点迟疑地问：“徐帅哥，你和你的听南妹妹不会是……”

徐秉然没什么表情地去叉第三块哈密瓜：“别乱说。”

章又程松了口气：“我看你们也不像。”

徐秉然打了一个哈欠。

他是父亲忙，而夏听南是父母都忙，夏爸爸经常上夜班，夏妈妈加班出差是家常便饭，徐家就是夏听南的第二个家，他的房间就是夏听南的第二个房间。

事实上，带夏听南有些麻烦，因为夏听南很黏人，但想到她长时间没有父母的陪伴，从小到大都是和他一起玩，那黏他倒也很正常，他也有些习惯了。

大家都很照顾夏听南，很热情地把话筒递给她。

夏听南唱得很开心，也很痛快，觉得什么郁闷的事情都从歌声里排了出去。

她转过头想拉着徐秉然陪她一起唱：“这首我们都会唱！”

徐秉然微微摇头，喉咙因为咳嗽而带着沙哑：“我不唱。”

夏听南有点失望，但也没勉强，毕竟她也看出来徐秉然嗓子不舒服。

看出夏听南的沮丧，汤巧巧立刻拍拍她，说：“我也会唱，我陪你唱啊。”

夏听南顿时又笑起来：“好啊。”

她是真的觉得这个小姐姐长得漂亮人又好。

夏听南又唱了一会儿，就把麦克风给了别人，自己坐在徐秉然旁边。

徐秉然问：“不唱了？”

夏听南小声说：“我不好意思一直唱……”

“是吗？”

“好吧，因为我看你一个人好像很无聊。”

无不无聊，徐秉然说不好，不过听夏听南唱歌倒是的确有点痛苦，一句歌词有三个字在调子上就谢天谢地了。

但夏听南从来不嫌丢人，她觉得唱歌是释放情绪的方式，开心就好，调子是身外之物。这个理论一度让徐秉然难以反驳。

包厢里的音乐声音很大，他们的头凑得很近才能听到对方讲话。

徐秉然说：“你去玩吧，不用管我。”

夏听南有点犹豫，虽然她硬拉着徐秉然来了，但看到徐秉然一个人坐在沙发角落，其他人都在嬉笑玩乐，她觉得这样的画面令她有些愧疚与不适。

徐秉然不知道她在想什么，他的确是想休息一下，所以有人坐在他旁边都被赶走了，唯一没赶走的可能就是现在在他眼前的夏听南。

徐秉然耐心地重复了一次：“不用管我。”

夏听南说：“那好吧。”

说不管就真不管，夏听南转头又开开心心地跟着哥哥姐姐们一起唱歌，七拐八绕的音调时不时传到徐秉然耳朵里。

他们订了三个小时的时间，一到点便散场了。

大家都很开心，汤巧巧还给了夏听南一颗巧克力：“听南，下次再一起出来玩。”

“谢谢姐姐。”

夏听南注意到汤巧巧的视线往徐秉然的方向挪，于是她也顺着看了过去，然后看到沙发上的徐秉然垂着头抱着胸，已经睡着了。

他额前细碎的刘海在半空中轻微地摇摆，姣好的面容在昏暗的灯光中若隐若现。

汤巧巧说："你哥这么吵也能睡着啊。"

"嗯……"夏听南突然有点后悔让徐秉然陪她来唱歌，她走过去把徐秉然轻轻推醒，"我们回家了。"

汤巧巧犹豫了一下也走过去，看着徐秉然慢慢转醒，然后抓住夏听南的手腕慢慢站起来。

心跳得有点快，汤巧巧觉得徐秉然是真的帅，明明是有点坏坏的长相，人却正直又沉稳，浑身透着一股清爽安静的气质。

章又程看徐秉然醒了，说道："那今天的活动到此为止，散了吧，各回各家，各找各妈。"

汤巧巧离开的时候还有点恋恋不舍，夏听南都数着，她至少回头看了徐秉然三次。

夏听南偷偷瞟徐秉然，发现他根本没看汤巧巧那边，只是在揉眼睛。

太阳已经落了一半，金粉色的水墨泼向天空，每一个行人的脸上都泛着红润的感觉。她和徐秉然并排走着，打算去附近的公交站点坐车。

夏听南掏出新手机拍下天空的样子，徐秉然就站在她旁边看她拍。

夏听南问道："真好看，要不要发给你一张？"

徐秉然疲惫地摇头："不用。"

"你今天怎么这么想睡觉啊？"

他闭了闭眼："昨天没睡好。"

夏听南连忙说："那我们赶紧回去，你回家再睡吧。"

"嗯。"徐秉然睡醒之后右眼皮就一直在跳，离开 KTV 前，他去卫生间洗了一把脸，人是清醒了，但右眼皮还是在跳。

走了大概七分钟，他们就看到了车站，非常空旷，根本没有人。

夏听南高兴地跑过去坐在长椅上，徐秉然也慢慢走过去坐在旁边。

他们的斜对面也有一个车站，公交车是开往相反方向的，那边的人倒是挺多。

一辆公交车慢慢开到对面的车站，与此同时，他们要坐的那一班车也正缓缓驶来。

夏听南惊喜地看向徐秉然："车来得——"好快。

下一秒，她愣住了。

可以说，夏听南有记忆以来，从来没有看见过徐秉然这么难看、这么苍白、这么阴沉的表情。

他的视线黏在对面车站，死死地盯着移动的人群，紧接着又盯着那辆公交车，一直到它越来越远，转弯后不见。

夏听南问："徐秉然，你在看什么？"

她刚刚远远张望了一下，也没看出什么名堂。

徐秉然僵硬地朝她转头，张了张嘴，却没有发出一个音节就紧闭上了，唇线绷得十分直，显得痛苦又冰凉。

夕阳从前方向他们洒来，徐秉然的脸上像是有了一条模糊的分界线，被光线照射的半张脸神采无限，瞳孔熠熠生辉，而另一面却藏在阴影里，带着未知的深沉情绪。

徐秉然身后的橱窗里有一台电视机，正在播放一个影片片段，画面中是一艘搁浅的破船，旭日东升时，一半欣欣向阳，一半在荡漾的海水中交错扭曲。

后来，夏听南猜想，徐秉然像海面上的帆船般摇晃航行的生活，也是从这一天起遇见了暗流。

第二章 悄然生芽

中考分数出来的时候，夏听南还在家里睡大觉，最后是被老妈的电话吵醒的。

“干吗啊，天还黑的呢……”她迷迷糊糊。

夏妈妈语速很快，显然很急迫：“黑什么黑？把你的眼罩摘了，今天出分数，别人都查完了你还在睡觉！”

房间里已经被日光充满，夏听南睁开眼就能感受到钻进眼罩缝隙的光。她稍微清醒了一点，但心里也不是很着急：“妈，早查晚查不都一样，早点查我也不可能考上徐秉然的高中。”

夏妈妈气得要死：“那你等我九十岁了再查吧！查完就把我埋了！”

转眼，电话里就“嘟嘟嘟”响着，对面已经挂了。

夏听南只好睡眼蒙眬地去查成绩，现在早就过了高峰期，网页都加载得很快。

查完后，她就给爸妈发了个消息，告诉他们分数，然后打算继续睡觉，结果听到房门被敲了两声，有人叫她的名字。

听出来是徐秉然的声音，她闭着眼说：“我睡着了。”

徐秉然推门进来看到的就是她戴着眼罩在睡觉的样子，他故意说：“睡着了？”

“马上睡着了。”

徐秉然感到有点好笑：“起来，带你吃饭去。”

夏妈妈专程打电话给他，拜托他不要让夏听南继续睡，多少吃点东西，夏听南的睡眠和饮食习惯都非常差，年纪轻轻就经常胃疼。

夏听南不情不愿地起了床，徐秉然带她去楼下的面馆，但她人刚醒，胃还没复苏，没吃几口就说自己饱了。

想到徐秉然最近心情不是很好的样子，她偷偷瞄他。

徐秉然说："饱了就别吃了。"

夏听南的视线回到碗里，有点为难的样子："那会不会有点浪费？你吃得下吗？要不然你吃了？"

徐秉然看着被她吃了一半的汤面，沉默了一下，说道："都是你的口水，不吃。"

"不吃拉倒。"

正是最炎热的时间，从店里向外望去，目光所及之处都带着翻滚的热浪。

徐秉然听到她的分数后说："还可以，上个普高没问题了。"

"徐秉然，我要奖励。"

"没有。"他没有义务给她准备礼物，况且他已经带她去吃了火锅，还陪她去了一趟 KTV。

彼时，夏听南也没想到徐秉然这么无情，说没有就是真的没有。

一直到夏听南的长假结束，进入高中，都没等到徐秉然给她准备礼物。倒是夏爸爸夏妈妈因为她超常发挥，终于给她买了台顶配的 PSP，她终于不用想方设法地去徐秉然那边偷偷玩。

于是，初三这个长长的夏天就好像阳光下的一滴水，晒着晒着就消失了。

由于沉迷游戏太过忘我，夏听南甚至没怎么去找徐秉然。倒是徐秉然来找了她几次，看到她玩着游戏对他爱答不理，又沉着脸走了。

徐秉然最后一次来找夏听南的时候，夏听南总算拉住了他。

"你怎么每次来了就走？"她把游戏机放在脚边，坐在地上靠着床沿看他。

徐秉然把手扯回来，俯视着她："我看你很忙。"

夏听南解释说："我不忙，我是怕你忙。"

徐秉然看着她，没有说话。

夏听南以为他生气了，赶紧抱住徐秉然的腿不让他走。

徐秉然只觉得一个柔软的身体黏上了自己，他弯下腰想把她拉起来，但夏听南故意沉下身，她的睡衣和徐秉然的裤子相蹭，露出了一大片肚皮。

衣服内里是空荡荡的。

他猛地直起身，无言地盯着夏听南看了一会儿，眼神是说不出的古怪。

夏听南很疑惑："怎么了？"

"你……"徐秉然顿住，然后僵硬地别过头，"没事。"

夏听南又往下拉徐秉然，想让他坐下来陪她。

他不再多说，稍用力挣开她，坐到地上陪她一起玩游戏。

两个人肩膀挨着，头离得很近，都在看夏听南手里的游戏机。

徐秉然其实对游戏没有特别大的兴趣，平常和章又程也只是随便打打，毕竟男生的活动就是这些，他其他的有关于游戏相关的知识和技能大多是来自夏听南。

夏听南是个很容易"变心"的人，以前喜欢积木，就一心一意地喜欢，好像积木就是她的全世界，但一旦不喜欢了，就完全不喜欢了，不会再去看，就算送给她，她也不想要。

积木就像是被放弃了。

如果夏听南发现某一首歌很好听，就会一直单曲循环，循环到连徐秉然都会唱了，她还在循环。然后突然有一天，徐秉然就会发现她换了一首歌循环，之前那首再也不会点开。

非常奇怪的习惯。

徐秉然不可避免地这么想着。

就像没有拿到这台PSP之前，她时不时就来找徐秉然，即使主要目的是找徐秉然的PSP玩，而当她拥有新的玩具之后，旧的玩具便被搁置在角落，不断吃灰。

夏听南余光中看见徐秉然的视线凝在一处，她不解地顺着他的目光看去，看到没关紧的储物箱里有一个拼装玩具车，还有一些娃娃和积木。

夏听南愣住了："你在看箱子？"

徐秉然"嗯"了一声。

她想了想，说："那一箱都是以前的玩具，都没什么用了，我原本想整理出来让我妈送人的。"

徐秉然的视线从那里移开："送了吧，没什么用了。"

既然徐秉然都这么说了，夏听南更觉得这些玩具没用了，早就过了玩这些的年纪，放着也是占位置，她决定明天就丢给老妈让她送人。

直到那一箱玩具真的被送走，之后又过了一段时间，夏听南才想起来，那个拼装玩具车是徐秉然的，是他小时候玩过，后来给她的。

徐秉然升入了高三，学业变得更紧张了。夏听南也懂事了点，不会经常翻过去打扰他，而且她注意到徐秉然经常皱眉，思绪越来越重的样子，她以为是高三压力太大的原因。

如今她光荣地成为高一新生，学校坐落在南边，和徐秉然的学校在完全不同的两个方向，平常不再需要他的接送。

假如夏听南晚上不去找徐秉然，那两个人每天的接触就只有早上短短的十分钟。

但这十分钟属于专属叫醒服务，毕竟夏听南的父母经常不在，而人工以外的任何唤醒方式她都能完全抵挡。

徐秉然熟练地用钥匙打开夏家的大门，一眼看去，主卧还关着门，夏妈妈还没起床去上班，夏爸爸则不知道前一晚有没有回家。

他直直地往夏听南的房间走，轻轻拧开房门，看到躺在床上的夏听南。

“起来，夏听南。”他凑上前拍了拍她的脸。

转眼，夏听南的脸就泛了点红，但依旧睡得很死，于是他又去扯她夹在两腿中间的被子。

夏听南的睡相实在不算好，头根本没有枕在枕头上，侧横着躺在床上，还熊抱着被子不肯松开，睡衣掀了上去，露出了侧腰和后背上的肌肤。

徐秉然有点不耐烦，直接把她的被子全部抽了出来丢在一边。

夏听南失去了可以拥抱的物体，皱起眉头去摸索床上的枕头，然后又把枕头夹在腿间。

徐秉然发现夏听南好像的确长高了，因为睡衣和睡裤都变得有点短。

他不知道她夹东西睡觉的习惯是哪里来的，又为什么要这么夹着，但他现在也不关注这些，他只知道夏听南再不起床就要迟到了，而她迟到也意味着徐秉然要迟到。

他把枕头也抽出来丢旁边，半跪在床边靠近夏听南，右手撑在她脑袋旁边，另一只手去掰夏听南的眼皮。

“赶紧睁眼。”

“别弄……”夏听南嘟囔，随手抓住徐秉然的手压在胸口，脚抬了抬，看起来是想夹徐秉然的手臂。

徐秉然一个不注意，大臂就被她的脚踝夹住，人被压低了些。

徐秉然非常清楚夏听南哪里最怕痒，伸手轻轻挠了挠她的后腰，虽然她的骨架很小，但肉不少，他能清晰感受到中央脊柱的些许凹陷。

“嗯……”夏听南闭着眼睛笑了几声，整个人扭动起来，笑着笑着就睁开眼，看到了近在咫尺的徐秉然。

夏听南有点崩溃，她真的不喜欢这种被痒醒的感觉。

“不是说了不要挠我痒吗？”

徐秉然收回手，面无表情地说：“我叫了你十分钟。”

现在的确已经不早了，夏听南也有点慌，从床上爬起来的时候差点摔了一跤。

徐秉然手疾眼快拦腰接住她，她一下子撞进他的怀里，他的手臂下意识收紧了一下，又很快松开，推开她让她站直。

“去洗漱，我先走了，你自己别迟到。”

“好——”

徐秉然往外走的脚步稳而从容。但离开夏听南房间之前，不知为何，他又偏头往她那里看了一眼，落在她身上的视线没什么力度，又像有一丝复杂。

夏听南一无所知，只是抓紧时间洗漱，然后打车去学校。

虽然夏听南答应了徐秉然别迟到，但最后依旧迟到了五分钟，被学生会的人当场抓住扣了分。

好朋友陈茜看到夏听南又因为迟到被老师叫到办公室，忍不住也说了她两句。

“听南，你怎么老是睡过头，你爸妈都不叫你起床的吗？”

“今天是因为堵车了。”夏听南说，“我爸妈经常不在家，都是我哥叫我起床。”

陈茜惊讶地说：“哇，你还有哥哥啊。”

“对啊！”说起这个，夏听南又来劲了，给陈茜讲了半个小时徐秉然有多优秀，把陈茜说得也想有一个哥哥。

“老师来了！”班里有人忽然压着声音喊了一声。

夏听南和陈茜一对视，十分默契地闭上了嘴，翻开课本，装作正在学习的样子。

由于今天上午有体育课，所以夏听南觉得时间过得特别快，一转眼就到了中午。

学校食堂的伙食说不出好坏，她不是很挑食，所以她觉得都还能吃，有几盘菜还挺好吃，但班级里的一些男生不这么认为，他们管食堂的饭菜叫“猪食”。

夏听南听到他们这么说心里很烦，总觉得他们在骂人。

“小胖子，又吃猪食啦？”班级里一帮男同学从她身边路过，其中一个笑嘻嘻地说道，旁边几个男生也都嬉笑着看过来。

“你管我吃什么。”夏听南感到无语又气愤，“有本事你别来食堂吃。”

“你以为我想来？要是能出校门，我肯定就去外面吃了。”那人不高兴地说。

夏听南面无表情地“呵”了一声。

那个男生被夏听南的态度气到，撸起袖子就做起想打人的样子。

夏听南“噌”地就站了起来瞪着他：“干什么？你要打人？女生都打，你是不是男的？还在学校里，你有没有一点对校园的尊重？还在食堂里，这么多人吃饭呢，你有没有素质啊？”

她的话痨不只体现在聊天上，还体现在吵架上。

男生被她这一通噼里啪啦气得眼睛有点红，他也用力瞪着夏听南，心里十分委屈。

他只是想吓唬吓唬她而已啊。

那些男生走掉之后，旁边的陈茜给夏听南竖了个大拇指，夸奖道：“厉害啊，听南，谁说得过你这张嘴。”

夏听南笑了一下。

“不过那几个男生老找碴干什么？”陈茜有些疑惑。

“谁知道，脑子有病。”夏听南是真的觉得他们脑子里缺了点东西，不然就是多了点水，每次吃饭的时候都要来讲两句，十分倒人胃口。

“算了，不管他们了，咱们快点吃，吃完去学校图书馆看看。”

夏听南笑嘻嘻地说：“好。”

周二下午的班会课上，班主任给每个人发了一张纸，说：“同学们，都听着，这周六我们班安排出游，有意向的都看一下手上的纸，回去让你们家长签字。”

听到秋游，大家都活跃了起来。

“这是为了让大家更加熟悉起来，都已经过去了大半个学期，我发现班级里有些同学还是挺陌生，不算以后文理分班出去的少数人，大多数同学要在同一个班级相处三年，做好凝聚力很重要，所以能来参加的尽量来参加。”

夏听南勇敢举手提问：“老师，是去哪里玩？”

班主任说：“南郊风景区！班级里有没有人去过的？”

有几个人说自己和家里人去过了。

“没关系，去过也可以再去，跟家里人去和跟朋友们去是两种完全不同的感觉。”

夏听南听到同桌也说自己去过，于是问道：“那边好看吗？”

同桌回忆了一下，说道：“很好看啊，有个水库，还有瀑布，你是不是想要拍照，那边拍照肯定好看！”

她知道夏听南喜欢什么。

和夏听南隔了两排的陈茜也把字条传过来了。

“你去不去？你去的话我就去。”

夏听南思考了一下，在纸上写了几个字，然后让后桌的同学帮她传回去。

后桌逗夏听南：“什么秘密啊，我看看？”

夏听南翻了个白眼：“看呗，看完给陈茜，谢谢。”

这么一说对方就没兴趣看了，直接往后一丢，丢到陈茜的桌子上。

陈茜激动地拆开字条，上面写着：“那你去不去？你去的话我就去。”

陈茜翻了个白眼，觉得夏听南真是脑子有病！

夏听南转头和陈茜对视一眼，莫名其妙地就很想笑。她把脸埋进手臂里，死死憋着笑，憋得脸发红发汗，嘴里还时不时发出放屁一样的笑声。

同桌被她这副样子搞笑到了，也忍不住趴在桌上憋笑，憋得浑身狂抖。

后桌一抬头就看到两个佝偻着背抖成筛子的人。

真是有毛病。

夏听南自己也不确定要不要参加，心里其实有一点想参加，但美好的周末又不太想出门。

放学的时候，她和陈茜，还有班里一些关系不错的同学商量了半天，最后还是决定去，毕竟这种集体活动确实很有意思。

于是，夏听南晚上回家就去找夏妈妈帮她签字。

“你这是要去干吗？”夏妈妈边切菜边问。

“爬山。”

“那你去呗，一会儿帮你签字，我先烧饭。”夏妈妈说完又加了一句，“你去隔壁叫徐阿姨和秉然过来，今天我们说好一起吃的，他们怎么还没来？”

想到一起吃饭的话，晚上可以正大光明不写作业和徐秉然聊天，夏听南笑弯了眼。

“好啊。”

夏听南换上门口地毯上的拖鞋跑到徐家，发现他们家的门都没锁上。

她探了探头，喊了一句：“徐阿姨？”

没人应她。

犹豫了一下，她还是脱了鞋光脚走了进去，直直地走向徐秉然的房间。

“徐秉然？”

房间里，徐秉然锐利的目光倏地投向她这个不速之客。

“出去。”

夏听南被徐秉然的语气吓到，这才看见徐妈妈也在房间里，只是被门边的柜子挡住了。

徐妈妈的脸色很难看，看到夏听南之后才好一点。她笑了一下，说：“听南，是来叫我们去吃饭的吗？我们刚准备过去来着，你先回去吧。”

夏听南看着他们俩，犹疑不定。

徐秉然重复了一次：“出去。”

夏听南觉得徐秉然态度太差，心里忍不住有点泛酸，但她也知道他们可能有点事情要讲，于是她扯了扯嘴角，说：“那我先回去了，我妈快做好菜了。”

徐秉然抿嘴，缓了缓语气：“知道了。”

夏听南一路小跑回家，还顺手把徐家的门带上了。

夏妈妈一头雾水地问她怎么就她一个人回来，夏听南语速很快地敷衍道：“他们有点事情，马上就过来。”

“行，那你先帮我把菜端到桌子上，还有碗筷都摆一下。”

“知道了知道了。”

夏听南觉得自己太玻璃心，怎么被凶一下就这么想哭，枉为一个女高中生。

她无精打采地回房间打了会儿游戏缓解心情，等到确定自己不会和人一讲话就想哭，才重新回到客厅等晚饭。

晚饭的氛围有点奇怪，比平常安静许多。

徐秉然不讲话算正常，但夏听南也不讲话就不太正常，饭桌上基本都是徐妈妈和夏妈妈在交流事业或者生活上面的事情。

偶尔提到他们两个几句，两个人都只是随口应着。

“老徐最近是不是很忙？最近感觉又没怎么看到他。”夏妈妈边夹菜边问。

徐妈妈垂着眼，有点心不在焉地说：“是有点，都在值班备勤，有几天没回家了。”

“唉，派出所太辛苦了，让你家老徐努努力，往分局调嘛，在局里当个民警都比在派出所好。”

“嗯。”徐妈妈苦笑，“这不是还没有机会吗……”

“唉，都难，都难。”

徐秉然不吭声，像往常一样小口小口吃着饭菜。他旁边的夏听南则大口大口吃，好像在发泄什么。

夏妈妈奇怪地问道：“今天你们两个怎么了？闹别扭了？”

徐秉然微微地摇摇头。

夏妈妈转而指责女儿：“你都高中生了，别整天和你秉然哥闹，他看你年纪小才照顾你，别觉得理所应当。”

夏听南无语：“我哪有闹啊？”

徐秉然岔开话题：“阿姨，你说夏听南要去秋游？”

夏妈妈点头道：“对啊，说要去爬南郊风景区的那座山。”

徐秉然瞥了夏听南一眼：“挺好的，是得锻炼一下。”

夏听南脸都木了，快速吃完饭就回了房间。

徐妈妈轻声说：“秉然，你去陪听南玩一会儿吧。”

徐秉然看了她一眼，然后放下碗筷，起身去夏听南房间，慢慢关上了门。

房间里，夏听南坐在地上，还在玩 PSP，听到徐秉然进来的声音也没抬头。

徐秉然看见她高出床的半个后脑勺，走到她后面看她玩了一会儿，然后用手背贴了贴她的脸。

是干的，有点凉。

“还生气？”他抿了抿嘴问道。

夏听南不回他。

徐秉然又说：“电脑借你玩。”

夏听南不以为意：“不要。”

“送你乐高。”

“不要。”

“不喜欢积木了？”

“嗯……”

淅淅沥沥的雨落在夏听南课桌前的窗户上，不知道为什么，他们要压着嗓音讲话，好像这是他们两个的秘密，带着无限的潮湿意味，就像肥皂泡，一戳就破。

要说生气，其实夏听南并不生气，只是单纯不知道怎么开口。

徐秉然为什么最近不开心？为什么要和徐阿姨吵架？不能和她说吗？她以为他们可以无话不说，她连来例假都会告诉徐秉然。

呃……虽然徐秉然可能压根不想听。

夏听南的游戏角色没躲过BOSS（终极怪物）的攻击，又被砍死了。

她沮丧地叹了一口气，把游戏机递给徐秉然，凶巴巴道："帮我打一下。"

徐秉然接过来，没过多久就把游戏机还给她："好了。"

夏听南顿时觉得自己受到了羞辱，徐秉然为什么连打游戏都可以比她厉害这么多，他还有什么不行的？

徐秉然问："不生气了？"语气很温和，但又很笨拙，显然并不擅长安慰人。

夏听南听到他难得哄人，有点想笑："气！气死我了。"

"那我要做什么你才不生气？"

夏听南一下子卡壳，不知道怎么讲。

徐秉然抿着嘴笑了一下，左脸露出一个很深的酒窝。

她下意识地就戳了上去。

酒窝又消失了。

徐秉然看不出是什么情绪，表情沉静又寡淡。他把夏听南的手拿下来，从夏听南的手指上一根一根捏过去，她的每一根手指都很圆润，就连指甲盖都是圆圆的，就像夏听南这个人一样，没有什么棱角。

如果他是一块内里含虫的琥珀，那夏听南就会是一块玉，戴在身上天天看着，就会发现它越发透亮。

夏听南任由他把玩，想了想，突然问道："要不然我不去爬山了，你陪我出去玩吧？"

"你不想和同学出去玩？"

"想啊，但是你比较重要。"

徐秉然顿了顿，突然用力掐夏听南的脸："哪里学来的话？"

夏听南挣扎，撑着徐秉然的胸口把他推远，笑着说："什么学来的？这就是心里话。"

虽然夏听南是挺想和同学们一起去秋游，但她想到上高中以后她和徐秉然好像就没怎么一起出去玩过。

不对，应该说是徐秉然没怎么出去过，以前他还会偶尔和章又程出去，夏听南就会死皮赖脸地跟过去。但这个学期到现在，徐秉然除了在学校就是在家里，夏听南十分疑惑。

徐秉然摇了摇头，说：“你去玩吧。”觉得没必要因为他取消原来计划好的行程。

夏听南思考了一下，然后说：“下个周末再来找你玩。”

徐秉然说：“好。”

秋游那天，夏听南终于脱离了万年不变的校服，穿上了自己最好看的衣服去见同学。

同学们在学校门口集合，坐上大巴的时候心情都很激动，就算压着嘴角，也能从语气和行为中看出兴奋。

夏听南和陈茜坐在一起，一根耳机线从夏听南的手机里连出去，然后开始分岔，一个塞进夏听南的右耳，一个塞进陈茜的左耳。

“这首歌超好听是不是？”夏听南努力推荐，“我连着听了半个月了。”

陈茜认真地听了一会儿，然后亮起眼睛：“真的！这个高潮部分好好听！”

两个人一起嘿嘿地笑了起来。

坐在后面的男同学忽然站起来不耐烦地看着她们：“你们吵死了。”

夏听南看过去，是上次在食堂被她气哭的男同学。

对方来势汹汹，夏听南面不改色地看过去：“怎么？还想和我吵一架？上一次还不嫌丢人？”

车里大家都在聊天，热闹得很，他偏偏说她们吵，不是找碴是什么？

男同学气得面红耳赤，重新坐回位置不再说话。

陈茜悄悄地在手机里给夏听南发消息。

陈茜：“他老是找你麻烦干吗？”

陈茜：“是不是喜欢你？”

夏听南看到消息差点吐血。

夏听南：“你疯了吗？”

夏听南：“他讨厌死我了，我也烦死他了！”

夏听南：“信不信我顺着网线来打你 .JPG”

太傻了，实在是太傻了。

陈茜叹了口气，不再多说什么。

他们到达目的地后，一车人拥下去东看看西瞅瞅，然后跟着班主任和另一个带队的老师往山上走。

南郊风景区的山很低，并不难爬，大家看起来都很轻松，偶尔还打打闹闹。

中间路过一个小瀑布，夏听南喊同桌过来帮她和陈茜拍照。

同桌说：“你们往后站一点，否则拍不到瀑布。”

这里有点狭窄，夏听南和陈茜两个人离镜头太近，把瀑布全挡住了。

“哦哦，好。”她们俩赶紧往后面退。

班主任眼一瞥，心提到嗓子眼：“你们俩别退了！小心点！”

夏听南赶紧拉住陈茜，这才发现她们已经到栏杆边了。

班主任喊：“大家都小心点，安全第一，照片随便拍拍就好了，要准备吃中饭了。”

中饭是在一家农家乐吃的，夏听南看着满桌的菜，拍了张照片给徐秉然发过去。

夏听南：“羡慕吗？”

徐秉然也回了一张图片过来。

她点开图片，看到十分豪华的一桌日料以及坐在对面看着镜头比耶的章又程。

夏听南：“你背着我吃独食？！”

夏听南：“真离谱，老娘直接一拳 .JPG”

夏听南痛心疾首，怎么她在的时候徐秉然都不和章又程出去，偏偏这周她来爬山，徐秉然就出去玩了。

徐秉然很快回了一句：“下次带你来吃。”

她这才高兴一点。

陈茜凑过来问：“这是你哥？不像啊。”

夏听南拿徐秉然的照片给她看过，她还有点印象，应该比这个帅。

“不是，这是我哥的朋友。”

那一头的章又程问徐秉然：“听南妹妹干吗去了？”

“班级秋游。”

“怪不得这一次没跟过来，真难得。”

今天纯粹是章又程硬拉着徐秉然出来放松一下的，他也看出来最近徐秉然状态不太好，之前喊了几次都说自己没心情，这次他磨了好久，结果周二晚上徐秉然突然就松口了。

章又程吃了点东西，忽然说：“我上次就觉得你对她的态度变了不少。”

“有吗？”徐秉然漫不经心地问着。

“我记得高一的时候，你第一次带她出来，看起来烦都烦死了。”

章又程还记得那时候的夏听南看起来更小，圆溜溜的，一点都不害羞，很开朗，跟着他们几个男生，见谁都甜甜地喊哥哥，除了徐秉然。

夏听南嘴里的“徐秉然”三个字就好像口头禅，没有半点生疏和拗口，这更显示出两个人的熟悉和亲昵。

不过徐秉然倒是全程黑着脸，和夏听南手拉手，到哪儿都得带着她，生怕一个不留神夏听南就跑不见了。

“不是我要带她出来，是她要跟着。”徐秉然陈述事实。

“差不多差不多，反正就是你看起来很烦。”

徐秉然慢慢地喝着大麦茶，没什么吃东西的胃口。

“我感觉你现在还挺喜欢她的。”章又程又笑道。

闻言，徐秉然看了他一眼。

“不是，我是说现在你不是很烦她的意思，你们看起来很亲。”章又程连忙摆手，他没有别的意思，也不是八卦的人，只是随口说说而已。

他自顾自感叹道：“给你白蹭了个邻居家的妹妹。有妹妹还是好啊，我也想有一个可爱的妹妹，最好是乖一点的那种。夏听南这种就有点闹腾了，是我我也得烦。”

手机里是夏听南新发的朋友圈，里面有她的自拍以及各种合照，还配上了大段的秋游感想，一看就活力十足。

徐秉然垂眼看着，没有回复章又程的话。

秋游那天分明天气并不热，但夏听南整个人却被晒得通红，回家后，她强烈要求夏妈妈给自己买一管防晒霜。

夏妈妈勉强同意，因为夏听南的确被晒黑了一圈，尤其是领口和袖口的肤色对比明显。但其实夏妈妈心里也不是很在意，因为夏听南只要别在太阳下乱晃，过段时间也就白回去了。

夏听南想的可不是白不白得回去的事情，而是现在她变黑了的事实。于是接下来几天，她偷偷用夏妈妈的粉底遮盖自己骤变的肤色。

然而夏听南很容易出汗，每次一运动脸就被汗浸得十分斑驳。

这样的情况被班主任发现，夏听南又被班主任拉去谈话，谈话的中心主题就是夏听南还是个学生，学习才是重心，不用这么爱美，更不要这么早就用上化妆品。

班主任十分苦口婆心，十分恨铁不成钢。

夏听南被讲得委屈，晚上就翻到徐秉然房间抱怨这个事情。

“你涂那些东西，洗干净了吗？”

说着，徐秉然捏着她的脸仔细看了看，看到一些细密的小疙瘩，然后皱起眉。

夏听南愣住，瞪大眼睛说：“我就用水洗的。”

徐秉然去徐妈妈房间里拿了瓶洗面奶，让夏听南用洗面奶重新洗脸。

卫生间里的白光把人照得很亮，夏听南这才心惊胆战地好好洗了一次脸，对着面前的镜子三百六十度看了一遍，有些担忧地问：“我的脸不会烂吧？”

“不会，下次别用乱七八糟的东西。”徐秉然靠在门边看着她。

夏听南点头。

徐秉然问夏听南有没有决定好周末要去哪里。

夏听南差点把这事儿忘了，她想了想，迟疑道：“要不然，去吃火锅？”

徐秉然想起上一次吃完火锅咳嗽了一个星期，果断地摇头，说：“不吃火锅。”

夏听南愁死了：“我真想不出来去哪里玩，别让我想了，你给我个痛快吧。”

明明是她想陪徐秉然散散心，为什么要她来决定去哪里？

实际上，徐秉然哪里都不想去，他只觉得疲惫，无论是学业上的事情，还是家里的事情，都压得他喘不上气。

夏听南看到他眉眼间的疲惫，试探地问："你最近睡得好吗？"

徐秉然沉默地摇头。

他最羡慕夏听南的一点就是她的睡眠质量，不管什么时间，只要躺下就可以睡着，睡着了就不想醒来，而他已经失眠很长一段时间了。

黑白分明的眼睛下面泛着淡淡的青色，徐秉然不算特别白，但也不黑，这样的青色在皮肤上有些明显，任谁都看得出他的憔悴。

"你高考压力这么大？"夏听南想了想，说，"要不然明天你就好好睡一觉吧。"

徐秉然安静了两秒，语气有点微妙："你陪我吗？"

"嗯。"

话虽这么说，但徐秉然不确定自己晚上都睡不着，白天是否能睡着，尤其有一个话多到离谱的夏听南在旁边，他更不知道能不能睡着了。

周六，夏听南拿了一袋零食，还有游戏机，走到窗口。

夏听南伸长手臂把东西递给徐秉然，说："你先帮我把东西拿过去，我再爬过去。"

他真情实意地问道："你为什么不走正门？"

夏听南蒙了。

最后，她大摇大摆地走了徐家的正门，遇到徐妈妈还打了一声招呼。

徐妈妈说："来找秉然玩啊。"

"对，阿姨，我先进去了。"

"那个……"徐妈妈欲言又止，"没事了，你去吧，要什么吃的喝的再和阿姨说，我不打扰你们了。"

"好的，谢谢阿姨。"她扯了一个大大的笑脸。

徐秉然房间的设施很齐全，有卫生间，有电视电脑。徐秉然怕她无聊，还把徐爸爸送的乐高拿了出来。拿出来的时候，他的表情还有点嫌弃，也不知道想到了夏听南以前取过的哪个名字。

夏听南面无表情地说：“我是真的不喜欢搭积木了……”

于是，徐秉然又把乐高放了回去。

大概是这几天要准备期中考试，徐秉然的精神更差，眼睛里的红血丝都出来了，还偶尔咳嗽。

夏听南看着心情很复杂，她连忙过去把徐秉然推到床上：“你到底多久没有好好睡觉了，你昨晚没睡吗？”

“睡了，被冷醒了。”

夏听南一愣。

“被子太滑，掉在地上了。”

夏听南不放心地靠过去摸了摸徐秉然的额头：“徐秉然，你有没有感冒发烧？”

徐秉然闷闷地咳嗽了两声，回道：“没有，就是喉咙有点痒。”

阳台的窗帘厚重，合上后密不透风，夏听南去厨房倒了两杯热水，一杯放在徐秉然的床头，一杯递给徐秉然。

“你先喝一点再睡。”

徐秉然接过来，半眯着眼喝了半杯，依旧无精打采的样子。

“好了，你睡吧，我在你房间玩会儿。”夏听南把他手里的杯子放在一边，然后拉了拉他身上的被子。

然而徐秉然躺在床上，半点睡意也没有，脑子里想的事情太多，缠成一个死结，他找不到任何一个可以入手的点解开这个结。

夏听南缓慢地拆了一包薯片，清脆的声响在安静的房间响起，她惊了惊，不敢再吃。

徐秉然冷不防地开口：“你吃吧，没事，我睡不着。”

夏听南转过头来看他：“怎么还是睡不着？”

凉风习习，室内昏暗，这种氛围她都已经产生睡意了。

徐秉然不知道怎么和她解释发生在他们家的事情，越简单的事情反而越复杂，而夏听南是个简单又开心的小孩，他在很多时候不希望她接触到这些。

“夏听南。”

“嗯？”

“过来和我聊聊天。”

夏听南去卫生间洗了个手，随后趴在床边。

夏听南实话实说：“其实我真的想睡了。”

“猪。”

夏听南无语：“你好幼稚……”

徐秉然动了一下身体，面对着夏听南侧脸上的头发，忽然吹了一口气。

夏听南耳边的碎发被他吹起，带来一阵痒，她缩起脖子蹭了蹭耳朵。

她小声说：“别闹。”

徐秉然看着她小巧的鼻子说：“夏阿姨说的是让你别闹。”

夏听南撇嘴：“我可没闹，是你上来就凶我。”

徐秉然沉默了一下：“对不起。”

夏听南也侧过身面对徐秉然，发现两个人离得有点近就往后移了移。

但夏听南胳膊没撑稳，忽然向后倒去。

一条修长且富有肌肉感的手臂快速地伸了过来，牢牢地扣住了夏听南的后脑勺，把她带了回来。

“别后退。”他看着她。

夏听南愣住：“好。”

第三章 年少不知心动

这一觉徐秉然睡得很沉，甚至不知道是什么时候睡着的。

大概是夏听南碎碎念的功力太强，比学校老师上课的催眠效果还好，徐秉然最后的记忆是夏听南说想把头发留长。

夏听南看到他的眼皮越来越重、睁不开眼的样子，就知道自己终于把徐秉然讲睡着了。

口舌干燥，喉咙发哑，她都要被自己感动了。

亲妹妹都没这么体贴的。

床头柜上有一杯干净的水，还带着温热，她稍微起身想去拿，却看到徐秉然皱起眉，顿时就不敢动了，生怕把徐秉然吵醒后他又睡不着。

过了一会儿，徐秉然绵长的呼吸声响起，她才敢喝两口水润润喉。

喝完，她就继续趴下来，盯着徐秉然看了一会儿，发现徐秉然长得是挺帅的。

她把他落在眼睛旁边的几根头发拨开，然后慢慢闭上眼睛……

有研究表明，一般人会在躺下后七分钟内入睡，夏听南觉得自己并不是一般人，她真的只是想休息一下，没想过会睡着，她游戏机还捏在手里，游戏才打到一半，结果闭上眼就睡着了。

她还做了个梦。

虚幻的布景，明灭的光影，夏听南看到自己偷偷翻到徐秉然的房间，藏在徐秉然的衣柜里，浑身被徐秉然的清爽气息包围。

她恶劣地想着要吓一下徐秉然，但后来被吓到的却是自己。

客厅压抑着依旧激烈的吵闹，她透过衣柜缝隙看到了徐秉然阴沉冰冷的脸色，看到他锁着门拿起美工刀对着自己的手腕，看到他浑身颤抖冷汗不停……

夏听南从梦里惊醒，浑身冒着冷汗，床上的徐秉然已经不在了。

她心里莫名恐慌，喊着徐秉然的名字，站起来往门口走。

房间里卫生间的门突然开了，徐秉然擦着手走出来，看着她问："喊我干什么？"

夏听南松了口气："没事，做了个噩梦。"

"梦到什么？"

梦到你想不开了！

不过这话她可不能说，她胡说八道："梦到你要请我吃汉堡。"

徐秉然告诉她："快要吃晚饭了。"

夏听南一看时间，真快到晚饭时间了，她有点窘："我睡了这么久吗？"

"嗯。"

事实上不止她睡得久，徐秉然也睡了很久，中途都没有醒过。

夏听南看到他睡足后有精神了脸色都好看起来，倒是很高兴，笑道："太好了，这下你可睡足了，我是不是很厉害？"

徐秉然碰了碰她耳边的头发，"嗯"了一声。

夏听南又开始絮絮叨叨，说徐秉然想得太多，压力太大，要多和她聊天，和她聊天就能变开心。

徐秉然没有否认她的说法。

这天之后，徐秉然的睡眠质量肉眼可见地变好，眼睛里的血丝少了，免疫力也变强，没吃什么药，感冒就自然而然地痊愈，只不过眉间的郁气并没减少。

夏听南高一的成绩依旧和初中时一样平平无奇，偶尔超常发挥考进年级前五十，偶尔又掉到两百名开外，她爸妈的心情就跟坐过山车一样跌宕起伏。

然而，夏听南还跟没事人一样，说着："我才高一，还有两年才高考，不急，厚积薄发。"

夏妈妈骂道："那你倒是先积起来啊！你看看秉然，那么好的成绩了还在继续学。"

夏听南望着天装傻。

秋季稍显短暂，夏听南的几件薄外套还没穿几次就又塞回了衣柜里，转而把毛衣和羽绒服拿了出来。入冬之后，气温很快就降下来，马路两旁的行道树叶子已经掉完，夏听南在校服里面套了一件又一件毛衣，看起来像个球。

期末考试的座位是按照年级排名顺序依次排列，而她在靠中间的一个考场。

夏听南连笔袋都没有，文具都被她一股脑捏在手里，一路小跑到考场，里面已经坐了不少人。每看到一个人进来，他们的视线都会移过去，一看就是很无聊的样子。

她坐的课桌应该是一个男同学的，因为抽屉里的书乱七八糟地堆着。她瞥了一眼，看到书页上写着：汤诚。

夏听南第一反应：汤臣一品？好贵的名字！

考完试，夏听南和陈茜说起这个事情。

陈茜一边整理书包，一边说："汤诚你不认识吗？在年级里挺有名的。"

夏听南听陈茜这么说，又觉得好像听过这个名字，但她平时很少跟她们聊八卦，消息没有她们灵通。

她们两个从教室往外走，陈茜告诉她："他本人挺帅的，特招进了学校足球队。"

闻言，夏听南顿时好奇地问："有照片吗？"

"我没有呢，但班长可能有。"

她们班长是个女生，成绩好的同时还喜欢看帅哥，美其名曰美学视察有助于身心健康，能提高学习动力。

"好吧，汤诚是吗？那一会儿就问问班长。"

"问什么？"

夏听南随口应道："问她有没有汤诚的照片啊。"

突然，汤诚在她们身边停下脚步：“啊……”

陈茜和夏听南都愣住了。

那一刻，夏听南想马不停蹄地坐着宇宙飞船到另外一个世界生活。

汤诚朝她们点头，表情一本正经地说：“我就长这样，不用问别人要照片了。”

夏听南和陈茜尴尬得脚趾蜷缩：“好的……”

汤诚往前走了几步，突然转回来，朝夏听南说：“能给个联系方式吗？”

夏听南顿时满脸问号。

汤诚说：“不是想要照片吗，我可以发给你。”

夏听南闻言干笑道：“不用了，谢谢。”

汤诚也没有勉强，夏听南说不要，他就点点头又离开了。

陈茜小声嘀咕：“这是什么操作？”

夏听南一头雾水：“我也不知道。”

“不过的确好帅。”

“也许吧……”

两个人窃窃私语，都不敢再大声说话了。

对于汤诚的长相，夏听南只能说乍一看是挺帅的，但是离开她的视线超过三分钟，她就忘记他长什么样子了。

实际上，夏听南有点脸盲，一般对不熟悉的人都会凭借发型、脸型或者身高身材来判断，但徐秉然是个例外，首先他和她一起长大，她再脸盲，那张脸也看了这么多年，其次徐秉然的气质太好认了，远远的她还没看清人，就能判断出那是徐秉然。

晚上，夏听南又没忍住爬到徐秉然的房间。徐秉然看她进来之后走到阳台上左右看了看。

夏听南说：“掉不下去的，稳得很。”

“最好是。”

徐秉然有时候都懒得说夏听南，不知道她是不是翻窗翻出瘾来了，分明能走大门的时候也不走大门。

夏听南问他什么时候放假，徐秉南说高三不放假。

“啊——我想和你出去玩。”

徐秉然翻开试卷，淡淡地说：“不去。”

夏听南又开始碎碎念学校里的事情，说学校食堂的饭菜有多难吃，说有个同学上厕所总是不冲水，说自己有点想去住宿舍……

徐秉然慢慢抬头看过去。

“你说我要不要去住宿？我们班有一半的人都住宿了，感觉她们关系都很好。”

徐秉然问道：“你不是和陈茜关系很好？”

“那不一样，她们都是住在一起的。”

如果夏听南是个心智成熟的成年人，那她就会知道距离产生美这句话是真理。越近的距离越容易产生矛盾，因为一切粉饰的滤镜都会在亲密的接触中破碎。可惜她现在只是个不爱学习的高中生，向往的只是自己看到的美好。

徐秉然在卷子上默默地写下几个字，然后神色平静地说道：“随你。”

夏听南直觉徐秉然的情绪不是很高，于是她不再继续之前的话题，而是把今天在帅哥面前丢脸的事情讲给他听。

“我当时真的好尴尬，不过那个汤诚的确还是挺帅的。”

“帅”变成了单薄的字眼，因为她已经想不起来汤诚长什么样了。

徐秉然听完没发表什么感想，老僧入定似的继续打草稿写题目，这让夏听南倍感无聊和挫败。

“你不觉得他很奇怪吗？”她慢悠悠地在房间里闲逛，这里摸一摸，那里看一看，抽出徐秉然书架上的书乱翻着。

“哪里奇怪？”徐秉然还是慢慢地翻着书。

“哪里都奇怪，正常人会在那种情况要联系方式吗？”

徐秉然说：“不一定。”

夏听南心里还在琢磨徐秉然这个“不一定”是什么意思，紧接着又听到徐秉然说：“反正离他远点。”

夏听南“哈”了一声：“我就知道你也觉得他奇奇怪怪。”

徐秉然没有否认，只是看着她说：“早点回去睡觉。”

“我才刚过来好吗！”夏听南气得抬起手，从后面绕住徐秉然的脖子进行锁喉。

椅子因为忽然的移动而与地面摩擦，发出刺耳的声响。徐秉然直接站了起来，突然升高的差距导致夏听南整个人被拉离了地面。

夏听南有点蒙，怕真的勒到徐秉然，赶紧把手臂松了松，变成环住他。但她整个人悬空着，两条腿下意识紧紧盘上徐秉然的腰，小腿横贯他的小腹。

徐秉然顿了顿，没用手扶住她，任由她挂在自己身上。

夏听南很快回过神，发现自己其实直接松手跳到地上也没关系。

她刚想下去，徐秉然却把她的腿扶住了，手臂卡在她的膝弯，温热的手掌按在她的小腿肚上。

她说：“我要下去。”

徐秉然捏了捏她的小腿肚，说道：“下去就回去。”

夏听南顿时把腿夹得更紧了，说：“那我不下去了。”

徐秉然偏了偏头，看到夏听南笑起来的脸，也忍不住笑了一下，然后走到阳台把夏听南放了下去。

“下次陪你聊。”

他催她回去，最近老师发的试卷尤其多，再聊下去他就写不完了。

“好吧，那你好好写，我去找陈茜聊天。”

“嗯。”

于是，放假的第一个晚上，夏听南和陈茜谈天说地，从班级同学聊到小说，从小说聊到电视剧，到凌晨一点两个人才扛不住睡意说了拜拜。

而徐秉然，在夏听南离开之后，他在书桌前坐了一会儿，一道题没写，最后一脸无奈地进了卫生间。他待了将近半个小时才出来，眉心皱得能夹死一只苍蝇，他狠狠地吐出一口气，重新坐回书桌前。

等他真正写完试卷，已经过了零点。他发现夏听南房间还有讲话声，皱了皱眉，但也没说什么，毕竟明天要上学的是他，而不是夏听南。

汤巧巧和徐秉然是同一个小组的，徐秉然坐在最后一排，她每一次进出班级都走后门，就为了多看徐秉然两眼。

今天徐秉然居然破天荒地抬头叫住了她：“你弟弟叫汤诚？”

“汤诚？是我弟弟，你怎么认识？”汤巧巧有点奇怪他突然提到汤诚。

徐秉然说："夏听南和他在一个学校。"

汤巧巧耳朵有点红，感觉找到了和徐秉然的共同话题："这么巧啊，我弟弟还是很帅的，好多女孩子追呢。"

"是吗？"

"对啊，不过他和听南是同学吗？"

"不是，刚好遇见。"

"这么巧啊，那下次可以一起出来玩呢。"

徐秉然敷衍地说了一声"再说吧"，然后就继续低头看书，也没管汤巧巧期盼的眼神。

汤巧巧腹诽：好狠心！

她沮丧地回到位置上，同桌问她今天战果如何，她有些崩溃地说："徐秉然真的好闷，真的好难沟通啊。"

"你上次不是说他还给你发消息卖萌吗？"

汤巧巧更崩溃了："后来他说那是他妹妹发的。"

"不过看不出来，徐秉然还是会宠妹妹的大哥哥类型。"

"我也才知道，他对妹妹真的很好，我都想当他妹妹了。"

而夏听南此刻根本想不起来徐秉然的好，她快恨死他了，恨不得和他打一架。

徐秉然觉得她放假成天在家太闲，就让夏妈妈给她找了一个家教。

家教看着练习上错了一大半的基础题，十分费解道："这个我之前就说过了，这是最基础的'升失氧还，降得还氧'，就这么八个字很难记吗？"

夏听南一脸无奈："老师，我不小心忘记了。"

"这怎么会不小心忘记？只要记住了，在纸上写一下，所有对应的都可以列出来了啊！"家教崩溃地用笔敲桌子。

"好的，老师，我下次再记一下。"

"下次，又是下次？现在就给我记住！"

"好的！"

夏听南真的快烦死了，好好一个寒假，现在大半的时间都花在补习上。

"妈，我真的不想要那个家教，他好没耐心，而且上课没意思，我听不进去。”上完课后，夏听南拉着夏妈妈的手故意撒娇，她想到那个家教犀利的眼神就有点发怵。

夏妈妈回以冷笑：“你就说吧，你听谁讲课能听得进去？”

夏听南沉默了很久，忽然福至心灵道：“徐秉然啊。”

夏妈妈听到她直呼徐秉然大名就头疼：“也就秉然脾气好，否则你这么没礼貌，他早不搭理你了。”

夏听南翻了个白眼，然后被夏妈妈打了一下。

夏妈妈提醒道：“秉然要准备高考，哪有时间教你，等他考完再说。”

于是，夏听南盼啊盼，盼啊盼，就盼着徐秉然赶紧考完，这样就能赶紧脱离这个凶巴巴的家教的魔爪。

不过这个家教虽然教学风格犀利，但的确很有效果，在她的鞭策下，夏听南的化学和物理有了明显提高。

原以为整个寒假都没办法脱离家教的魔爪了，然而没过多久，那位家教就离开了，不过和徐秉然没有半毛钱关系，而是因为家教也要回老家过新年。

对方离开前还恨铁不成钢地对夏妈妈说夏听南学习态度太差，实在是朽木不可雕。

这导致夏听南被夏妈妈追着骂了好几天。

春节期间，气温大跳水，夏听南在家穿着单薄的睡衣上蹿下跳，不出意外地感冒了，进而转变为发烧流鼻涕，在房间里躺了三天，最后徐秉然还抽空过来看望她。

夏听南虚弱道：“徐秉然，我不行了。”

她微微抬手，示意他快点过来。

徐秉然虽然很无语，但还是过去握住了夏听南的手。

“听我说，我的衣柜里还有三包黄瓜味的薯片，十几包咪咪虾条，PSP里的最终幻想还没走完剧情，还有……还有我手机相册里的照片，你要保护好，绝对不能让它们流传出去，那样我会死不瞑目的！”

她最后一句话的语气十分激动，大概是想起里面那些不忍直视的自拍照。

说完，她就安静下来，合上了眼睛。

徐秉然心想，夏听南不去演戏真的可惜了。

他捏了捏夏听南的手，感觉手心很热，问道："药吃了没？"

夏听南睁开一只眼，瞥了瞥床头的空杯子示意他："自己不会看？"

徐秉然难得哑口无言。

他眯了眯眼，俯身拿手贴近夏听南。

夏听南知道他想做什么，一下子用手捂住额头，往后缩了缩脖子，闷闷地说："烧还没退，感冒也还没好，你离我远点，小心传染。"

"没事。"徐秉然把她的手拿开，用手贴上她额头试温度，果然还有点烫。

他起身，说道："你得去医院。"

"我不想去……"

她看见白大褂就发怵，闻到消毒水就尿急，医院的氛围让她难受。

徐秉然坚持说："要去。"

她和徐秉然推推搡搡，用力扯着徐秉然握在她手臂上的手，不让徐秉然往她身上套衣服。

她大叫着："妈！我不要去医院！妈！救我！徐秉然拐卖人口！"

"多大年纪了，还这么会叫唤。"夏妈妈听到夏听南的叫声从沙发里看过来，然后又转回去继续看电视，随口说道，"秉然，辛苦你了。"

她劝了好几天，软的硬的手段都试过，夏听南就是不去医院，看来不是她劝不动，而是她的武力镇压不够强。

夏听南上高中开始急速窜高，身高卡在一米六后暂时不动了，徐秉然见她不肯配合，索性直接把她扛在了肩上，发现夏听南的确比以前重了不少。

他朝夏妈妈说："阿姨，我先带她去医院，回来迟的话就不用等我们，我带她去吃东西。"

"好，辛苦秉然了。"

"没事。"

老房子的楼梯台阶并不是很低，扶手因为被人扶着而不断摇晃，发出吱呀吱呀的难听声音，有几个瞬间仿佛手指甲从黑板刮过，让人听着发冷，激起一阵战栗。

夏听南挣扎，但又怕自己掉下来，动作幅度不敢太大，只是动了动腿，然后拿手用力拍徐秉然的背。

她怕吵到别人家，小声喊：“徐秉然，放开！”

徐秉然充耳不闻，手臂依旧紧紧环着她的腰，下楼梯的步伐很稳。

终于，夏听南忍无可忍，一掌拍到了徐秉然的屁股上。

“啪——”清脆又响亮的声音在楼道回荡。

她僵住了，徐秉然往下走的动作也顿住了。

夏听南发窘：“对不起，我们去医院吧。”

徐秉然把她放下来，盯着她看。

她被他看得发毛，辩解道：“你别生气，不就打了一下屁股嘛。小时候你经常打我，我也没说什么啊。”

徐秉然沉默，心想：这能混为一谈吗？

实际上，徐秉然一般不会打她，都是夏听南借题发挥找徐秉然的麻烦。

小时候夏听南不算顽皮，也不算太乖巧，总有几个瞬间让徐秉然觉得心累。那时候徐秉然也只是一个半大的孩子，原本就不爱讲话，有事往心里闷，被夏听南一折腾，总会在沉默中爆发。

他把夏听南身上扭得乱糟糟的衣服拉好，叹了一口气，说道：“没生气，走吧，去医院。”

夏听南终于老实了。

徐秉然花了二十块大洋打车去了医院，最后医生开了几种药，还让夏听南去输液。

夏听南苦不堪言。

逃了两天也没逃过要挨一针的命运，她真的很怕痛。

输液袋里满满的液体，至少要输一个小时，出来的时候太急，夏听南的手机也没带出来，她百无聊赖地揪着徐秉然手臂上的汗毛。

一阵刺痛感传来，徐秉然抽回手，把自己的手机扔给她玩。

夏听南最近迷上了看小说，每天晚上都躲在被窝里熬夜看，她拿着手机看了一会儿之前没看完的小说，觉得没意思了，就想让徐秉然陪自己聊天。

转过头，目光中是徐秉然闭目养神的样子，夏听南看到他紧皱的眉头，又把到嘴边的话咽了下去，重新解锁手机玩了起来。

徐秉然的手机里没有什么东西，只有几个通信软件，连游戏都是她后来装上的，徐秉然自己几乎没有打开过。

夏听南默默打开相机自拍了几张，发现每一张都很丑，于是很郁闷地全部删除，然后又把摄像头对准了徐秉然。

徐秉然的侧脸尤其好看，从额头到鼻梁，从鼻梁到下巴，每一个弧度都带着一些冷硬。而且他是内双，眼睛不大却也不小，看起来总有些痞气的样子。

然而他除了眼睛，没有一点和痞沾得上关系。

他给人的感觉就像一团雾，冷淡沉闷，但夏听南清楚得很，其实徐秉然温和又成熟。

她希望徐秉然不会孤单，希望他的身边人声鼎沸，总是有人陪伴，无论是她还是别人。因为徐秉然是一个很好的人，从小到大给了她无数的陪伴。

除此之外，夏听南觉得自己也是一个很好的人。

她不明白徐秉然怎么能做到朋友圈空空如也的，于是她偷偷拍了徐秉然几张照片，发在了徐秉然的朋友圈里。

看到瞬间冒出来的点赞，她满意地点了点头。

最后，徐秉然的手机被她玩到没电。

幸亏他身上还带了点现金，两个人这才把晚饭的钱付上，紧接着用最后的钱打车回了家。

徐秉然的手机直到这时候才充上电。

他洗完澡出来，把手机开机后看到微信里有不少消息，朋友圈还有无数点赞的时候，心里已经有了一些不好的预感。而点进朋友圈之后，一切预感就成了真。

看来，他对夏听南还是太仁慈了。

夏听南的窗户被敲响的时候，她刚洗完澡准备睡觉。

她推开窗，被深冬的冷风吹得打了一个寒战，人清醒了一点。

徐秉然注意到了，脸绷得更紧，又让她把窗户关上。

夏听南关紧窗户坐回床上，缩进被窝后给他给发消息：“怎么了？”

她还以为他要翻过来玩呢。

不过徐秉然大部分时间都是走正门，不像夏听南总是偷偷摸摸的。

徐秉然很快回复过来，难得看起来十分、特别、非常的不开心。

至于夏听南为什么知道他不开心，那是因为他不止发了一句话，还加了一个表情包。那是她以前发给过他的，不知道什么时候被他存了下来。

徐秉然："我把手机密码换了，以后你不准碰。"

徐秉然："找不到你做人的证据 .JPG"

夏听南盯着那个粉色的可爱表情包看了几秒，苦着脸给徐秉然回了一个下跪的表情包。

第四章 未来和意外

严格来说，夏听南和徐秉然都不算是本地人，徐秉然的爷爷奶奶以及外公外婆去世得早，所以徐家人每年都留在这里过年，但夏听南每年都是回老家过年的。

今年，夏听南依旧是和父母回了老家。

然而今年春节过得实在不算太温馨，甚至让大家心惊肉跳，因为夏听南的奶奶在这阖家欢乐的时刻，忽然急性心肌梗死，被送进了ICU。

客厅里是春节联欢晚会的声音，家里只有零星的几个人，夏爸爸夏妈妈还有几个叔叔阿姨都在医院陪奶奶，说医院不干净，让夏听南和几个年轻的哥哥姐姐好好待在家里。

夏听南坐在堂姐身边，看着索然无味的小品，觉得没意思极了。她内心仍然担心奶奶的情况，期望着父母或其他长辈可以笑着推门进来说一切平安。但有那么一个瞬间，夏听南依旧产生了如果不回老家过年，那还有徐秉然陪她的想法。

零点的时候，她收到了陈茜和其他朋友的新年祝福，她很有耐心地一条条回复着“谢谢，同乐”，并不计较对方是不是群发。

夏听南是个很讲究仪式感的人，芝麻大点的事都喜欢发朋友圈，从来不担心会被别人拉黑。

她每年都会假装不经意地提醒徐秉然给她发新年祝福。

徐秉然被她磨得没了脾气，毕竟只是动动手指的事情，就答应下来只要想起来就给夏听南发。

往年徐秉然虽然不会专门卡整点发新年祝福，但还是会早早地给夏听南发一条简短的“新年快乐”。这一回，夏听南一直等到快凌晨两点，也没有等到他的消息，便干脆主动出击，给他发了一句“新的一年，天天开心”，然而还是石沉大海，没有回音。

电视机早已经换了频道，沙发上的人都半眯着眼看无趣的午夜剧场，时不时吐槽一句演员的演技。

堂姐看了一眼时间，然后说：“听南，你别熬这么晚，你先去睡，我们继续等。”

夏听南的确困得受不了了，只好说：“好吧，那你们也早点睡。”

她慢悠悠地洗漱完躺在床上，在睡着前终于收到了徐秉然的消息。

很简单的三个字：“你也是。”

她终于松了口气。

但夏听南没有想到，她给徐秉然的祝福并没有实现，即将迎来的这一年将会给徐秉然留下最痛苦的回忆。

等到夏听南过完这个寒假回家的时候，徐秉然已经开学了。不过开不开学对徐秉然来说也没什么差别，他每天依旧不是坐在床上看书，就是在书桌前写试卷。

尽管老师建议所有高三学生都留校复习，但徐秉然不知道出于什么原因依旧走读。

“妈，我去找徐秉然。”夏听南一边在门口换鞋，一边说。

夏妈妈突然喊住她：“别去。”

“为什么？”

夏妈妈认真地切着菜，严厉地说：“今天你徐叔叔徐阿姨都在家，你别去就是了。”

夏听南有点茫然，不知道徐家父母在家与否和她去找徐秉然有什么必然联系，但夏妈妈今天肯定是不会让她去徐家了。

她回房间之后心下有些惴惴，给徐秉然发了条消息，说自己要翻窗过去。

徐秉然很快就回了两个字：“别来。”

三月初，窗外的树依旧光秃秃的，只有几只鸟立在树枝上，天色十分阴暗，但又看不到乌云，只有一片灰色。

厨房里油烟机的声音穿过墙壁传到她的耳朵里，与此同时还伴随着从徐秉然房间里隐约传出的争吵声。

她刚想下床，想到什么，又把伸出去的脚收了回来，安静地坐在床上按着手机。

厨房里夏妈妈把油烟机关掉，大喊了一声“吃饭”。

夏听南刚想回应，就听到窗外传来一道极轻的声音，是徐秉然房间的阳台门被关上了。

一切又归于寂静，只有马路上汽车零星的鸣笛声。

时间照样自顾自地流走，而夏听南也要开学了，返校前的三天她才把作业补完，几乎是所有清醒着的时间都用来补作业了。

陈茜问：“你寒假到底都干了什么，都不出来玩？”

夏听南解释说回老家过年的时候家里人出了点事情。

陈茜表情顿时严肃起来：“那现在没事了吧？”

夏听南点头：“已经好了。”

奶奶手术成功，在重症监护室观察了几天就转到普通病房了，情况十分稳定。不过毕竟年纪大了，身体没有以前硬朗，所以夏听南的父母最近有时间都会去照顾奶奶。

夏听南也说不清自己心里的想法，反正她最近不是很敢去徐家蹭饭，总感觉遇上徐爸爸徐妈妈会很尴尬。实际上不是他们尴尬，而是夏听南自己别扭。

不过她晚上还是会在写完作业之后去找徐秉然，徐秉然见她翻过来的频率越来越高，也有点无奈。

其实夏听南有点担心影响徐秉然复习，但不看着徐秉然她更不安心。

徐秉然盯着再一次出现在阳台的身影：“下次走正门。”

“不行。”夏听南慢慢爬起来，走进房间。

徐秉然问她为什么。

夏听南依旧坚定：“就是不行。”

他走过去掐住她的脸，左右看了看，迟疑道：“你是不是……瘦了？”

“没有吧。”

柜子旁边有个体脂秤，徐秉然让她站上去看一看。她磨磨蹭蹭，不想暴露自己的体重。

徐秉然像举小孩一样，抄住她的腋下轻而易举地把她举了起来。

“你的力气是不是太大了点？”夏听南感到费解。

徐秉然把她放下后，手悬在空中，偏了偏头看秤上的数字：“怎么瘦了这么多？最近吃什么了？”

“在学校就吃那些呗，回家就随便吃点零食泡面什么的。”她回想了一下，“瘦点也好，之前太胖了。”

“不胖。”

夏听南没信，说：“班上好几个男同学总是拿我开玩笑，叫我小胖子。”

“他们这么叫你？”徐秉然这时才放下手，语气有一丝古怪。

“对啊。”

过了一会儿，徐秉然低声对她说：“不胖，别理他们。”

徐秉然书桌上的书更多了，夏听南每次看到他的书都觉得自己像个弱智，成天就是小说和游戏，但又管不住自己，每一次发誓好好学习，没过半小时就放弃了。

“你在复习吗？”

“嗯。”

“那我总是过来会不会打扰你？”

“不会。”徐秉然回答得很快。

就在他们说话的时候，徐家的大门被打开，是徐爸爸回来了。

他的脸上带着肉眼可见的疲惫，眼睛里都是红血丝，手里还拿着手机在和同事说着今天的一些警情。

临近太阳下山的时候，所里接到一个报警电话，一位女士带着哭腔说她的女儿发了条朋友圈一副想不开的样子，现在她找不到女儿人在哪里。

她哭哭啼啼地半天说不出一个有用的线索，徐爸爸安慰加劝说，终于从这位女士口中挖出了一个比较重要的线索——她女儿可能在某一家宾馆。

所里一群民警动员一切力量，又是查监控又是打听询问，大海捞针地挨家宾馆找，连饭都没来得及吃，终于在火车站附近的一家宾馆里找到了她女儿。

没想到她女儿根本没想不开，只是觉得父母忙于工作不关心自己，所以演了这么一出闹剧，想着离家出走一天就回去，没想到母亲会报警。

他们一群人站在房间里，又是好气又是好笑，最后全都化为一腔无奈和庆幸。

虽然不是第一次接到这种报警，但大晚上东奔西跑的，大家总还是有些心累。如果这些无厘头的案情少一些，所里的民警可能也不至于每天忙得不着家。所幸没有人真的伤亡，不怕一万就怕万一，大家宁愿累一点，也不愿意轻视接到的任何一个报警电话，不愿意看到有人真的想不开，不愿意看到年轻的生命就这样逝去。

最后他们口头教育了一下这家人，这件事也就算完了。那位女士拉着徐爸爸的手一直说谢谢，说要给他送锦旗。徐爸爸受不住，只让她以后多关心关心孩子，就算是为公安事业做贡献了。

徐爸爸在回家的路上想的还是晚上这个案子，继而想到徐秉然和夏听南。

他一直都很喜欢夏听南，不只是因为从小看着她长大，更因为夏听南从小就有一种长辈们都心照不宣的懂事——在缺少父母陪伴的情况下依旧积极向上，就算是闹腾也适可而止，不会给大家带来麻烦，最重要的一点，她给了徐秉然很多陪伴。

他自觉自己不是一个很好的父亲，所以更加感激这个小姑娘。想到今晚夏听南一个人在家，他心里总是有些担心，就想替夏家父母看看，没想到敲了半天隔壁的门都没人应。

他想了想，走到徐秉然的房间门口，伸手敲门。

“秉然，你有没有听南的联系方式？我刚去隔壁好像没人。”

夏听南还在和徐秉然聊天，被这猝不及防的敲门声吓到，下意识往床里钻，后来发现不对，又下床往阳台跑，躲到窗帘后面。

徐秉然看着她的反应啼笑皆非：“和你说过很多次，他们不会进来。”

“秉然？你在房间吗？”

夏听南刚放下心，听到徐爸爸的声音又紧张起来。

徐秉然很淡定地应道：“在复习。”

“那你联系一下听南，她父母不在家，我担心她偷偷跑到外面玩得太迟了。”想到夏听南那闹腾劲儿，徐爸爸实在是不放心。

“知道了。”

听见徐爸爸离开的脚步声，夏听南放松下来，慢慢走到徐秉然的书桌边，双手一撑，腿一蹬，整个人坐在了书桌上。

徐秉然其实也不是很想学习，但他找不到有意思的事情做，他把桌上的书往里推，夏听南顺势把屁股往里挪，坐得更稳了一点，正对着徐秉然。

夏听南比画了一下，惊奇地说道：“我发现我真的长高了不少，以前坐在桌子上还是平视你，现在居然都可以俯视你了。”

学习讲究一个氛围，徐秉然喜欢在不那么亮的环境里学习，房间有一些昏暗，只开了一盏小灯，除此之外就是桌子上的台灯。

他微微后靠在椅背上，两条手臂很自然地撑在夏听南两边的桌上，仰着头看夏听南，沉静的面容在光影之下更显深沉。

他问：“长高不好吗？”

“好啊，我没说不好，我做梦都想长到一米七。”

人总是要有梦想的，夏听南就喜欢做一些白日梦。

“现在也挺好。”

闻言，夏听南摸了摸自己的鼻子，说：“徐秉然，我发现你还挺喜欢捧杀我。”

他的视线落在她的鼻尖，没有说话。

空气里都是夏听南洗完澡后的奶油沐浴露的香味，有点清爽，也有点甜腻，让人无端烦躁。

夏听南忽然伸手摸了摸他的鼻梁：“话说你鼻子真的好高。”

徐秉然很轻微地皱了一下眉，清淡的奶油味随着夏听南的动作钻进他的鼻腔。

“你以前鼻子就这么高吗？我怎么感觉以前我们俩差不多，为什么现在我的鼻子这么矮？”夏听南只摸了一下就收回手，然后自顾自说着话。

徐秉然忍不住轻轻地捏住她的下巴，盯着她的脸假意观察，然后说道：

“挺好。”

夏听南的鼻子没什么棱角，也很好看。

被碰过的下巴有点痒，夏听南抓了抓。

她表情突然严肃，说道：“徐秉然，我觉得你的审美有问题，要不然就是你满嘴谎言。”

怎么在徐秉然嘴里她哪儿哪儿都挺好的？是不是太敷衍了点？

徐秉然表情空白了一下，然后问：“那你想听什么？”

犹豫了一下，他又用不确定的语气问道：“你好矮？你好胖？你鼻子很塌？你腿真粗？”

夏听南越听越崩溃，伸手去捂徐秉然的嘴：“别说了别说了，我不想听，你的审美没问题。还有，我的腿真的很粗吗？！”

夏听南心碎了。

徐秉然忍着笑偏头躲开她的手掌，刚想说话，就被门口的声音打断了。

“秉然？”

徐爸爸还是不放心，又绕回来找徐秉然。

他敲了敲门又问：“秉然，你联系上听南没有？”

夏听南下意识又想往窗帘后面躲，但徐秉然的双手一直扣着桌沿，她没办法下桌。

徐秉然安抚地拍了拍她的手，说：“没事。”

徐秉然慢慢收回扶着桌子的双手，站起来拖着椅子往后退了一些，然后对门口的徐爸爸说：“我联系过了，她说刚才在睡觉，没听见有人敲门。”

“行，那我就放心了，你也早点休息。”

“知道了。”徐秉然拍了一下夏听南，想让她从桌子上下来，很单纯的目的。

但夏听南误会了，她以为徐秉然是想抱她，于是干脆抱住徐秉然的脖子，用双腿圈住他的腰，整个人挂了上去。

夏听南总是会在某些时刻无意识地做出让人心脏漏跳一拍的事情。在这个瞬间，徐秉然看起来像是灵魂出窍了，他任由夏听南恶作剧似的把全身的重量压在他身上，短发不断扫在他的侧脸，呼吸间全是沐浴露的气味。

手就这么僵硬在空中。

事实上，以前徐秉然就是经常这么抱着夏听南，因为对于徐秉然来说，之前的夏听南长得实在是小巧。但这一年他几乎再也没有这样抱过夏听南，有些刻意，但其实也很自然，因为夏听南长大了。

夏听南当然能理解，但还是会莫名地产生奇怪的感觉，在很多时候她会觉得徐秉然有些躲着她，她问徐秉然，他又说自己没有。

这一回好不容易又黏上了徐秉然，夏听南靠在他的肩上不想下来，慢悠悠地晃着脚。

“叔叔好忙啊，比我爸忙多了。”

派出所的事情多而杂，徐爸爸有时候真的忙起来就是一个星期半个月不回家。而夏爸爸就不一样了，他是在局里上班，虽然也忙，但至少每周总有几天能休息一下。

“嗯。”徐秉然心不在焉地应她，身体还僵硬着，手却下意识环住她，不让她掉下来。

空气好像变热了一些。

夏听南皱了一下眉，于是又想下来。

徐秉然很缓慢地呼出一口气，立即松开胳膊让她下去，动作快到显得有些狼狈。

但夏听南当然注意不到这些，她又趴在他的床上，又去摸放在床头的手机，没有一点把他放在眼里的意思。

他忽然倒在床上，看着天花板问：“你觉得警察这个职业怎么样？”

“嗯？”夏听南停下按手机的手，想了想，“超帅，很伟大。”

徐秉然沉默着，表情很淡，不知道认不认同她这个说法。

夏听南一下子把头转向他问道：“你也要去当警察吗？”

徐秉然偏着头注视着她的眼睛：“你觉得我应该去吗？”

房间里静悄悄的，夏听南心里有些不安，有一种直觉，好像她接下来的回答十分重要。

她想了想，犹豫着说：“那是你的人生，重要的是你想不想，没有应不应该这一说。”

说完，她还拍了拍他的胸口。

徐秉然长时间没有作声。

夏听南无语道：“你说话啊，你为什么不说话？你这样我很尴尬的好吗？”

徐秉然忽然看着她笑起来，整个眼睛弯得像个月牙，左脸的酒窝若隐若现。

他说：“夏听南，你现在讲起话来还挺像个大人。”

夏听南也笑了：“你别笑话我啊，我认真给你建议呢。”

熟悉的房间，静谧的夜，两个十几岁的少男少女互相笑看着对方，好像他们总是鲜花簇拥，百毒不侵。

高考前，徐秉然在班主任的办公室待了半个小时。班主任是第一次带班到高三，人很负责任，高考前找每个同学谈话，了解大家的心理情况，为他们加油打气。

徐秉然是他最关心的一个，不是因为徐秉然成绩好人聪明，更不是因为长得好，而是其他的原因。

高中三年来，他不是没有见过徐秉然的父母，但的确第一次见到那样的家庭氛围。

有一次开家长会要求学生父母都要来，徐秉然的父母的确是都来了，但那是他见过最奇怪的一对夫妻，几乎像陌生人。

家长会之后，班主任委婉地询问徐秉然家里的情况。

徐秉然像是对那样的情况习以为常，竟然心平气和地回了一句：“不用管他们。”

他不知道徐秉然到底经历了什么才能对父母的相处模式说出这样的话，但站在他的立场的确不方便多说，于是他只是让徐秉然安心备考，一切都会好的。

徐秉然听到最后一句，垂下眼，轻轻地“嗯”了一声。

其他人最多十分钟就出来了，只有徐秉然在里面待的时间最久。大家都有点好奇，章又程见他出来，凑上去问他老师说了什么。

“没说什么，让我加油考试。”徐秉然说的是实话，班主任怕影响他的心态，根本不敢多问什么。

但徐秉然的心态其实很稳，毕竟最震惊的事情在一年前已经被他看见了。

“你的成绩这么稳了，还有什么可加油的。”

“我是不需要了，但你还需要。”徐秉然把一本笔记丢给章又程，“考前好好看。”

章又程无奈地点头。

那天骑车回家的路上，徐秉然还是忍不住有些失神。

一个总是在忙碌，一个总是在家孤独等待，父母的争吵从他有记忆以来就没有停过。一开始他们还会顾忌家里有一个他，后来发现他早就知道他们吵架后，便有一些破罐子破摔的意思，有那么几次甚至会当着他的面吵架。

无心的伤害是最残忍的，吵得最凶的一次，徐妈妈甚至哭着对徐爸爸喊道：“要不是有秉然，我早就和你离婚了！”

这句话犹如一把黄沙落入清浅的池水，游鱼在那瞬间失去了方向。

徐秉然不知道自己是一个怎样的存在，也许只是一个纽带，是一股绳，他们每一次吵架就像是一把刀往他身上砍，让他越发岌岌可危，下一秒就会崩断。

但所谓无底深渊，下去也是前程万里，于是徐秉然不断扭紧自己，不让这股绳断掉，不让自己平淡却偶有温情的家庭成为碎片。他相信一切都会变好，总有一天父母能露出幸福的微笑。

然而想法是从那一刻改变的。

当他在车站看见徐妈妈身边站了另一个高大的男人，两人依偎着，耳鬓厮磨亲密无间，母亲脸上的笑容是他很久没有看到过的灿烂幸福，于是他想是不是应该放过自己，也放过父母。

人最难的就是和自己和解，他愤怒过，怀疑过，犹豫过，痛苦过，最终下定了决心。

他说：“妈，你们离婚吧。”

父亲无可指摘，硬要说有什么，那只能说他不是什么领导，只是个派出所里的普通小民警，又苦又累。但这不是一个错误，披星戴月不辛辛劳是他的职责所在，这也是徐秉然为父亲感到骄傲的地方。

但徐母不一样，如果她真的对这个家庭失望，她大可以离婚，没必要拿徐秉然当理由，一方面享受着这边的家庭，另一方面享受着别人给她的甜蜜。

徐秉然从一个粉雕玉琢的小团子成长为身姿挺拔的成年人，经历了十几年，耳边长年累月的争吵也令他疲惫无比。

相比于他们可有可无的陪伴，倒是夏听南的絮叨声更让他安心。

夏听南仿佛是通过太阳能发电，只要有一点阳光，就能带来无限温暖。

所以，徐秉然这些年尽可能地陪伴夏听南，他希望她总是充满活力，总是笑容洋溢，不要成长为他这样沉闷无趣的性格。

即使父母濒临离婚，徐秉然也做好了心理准备面对一切。

高考对他来说不是什么大问题，没有什么是一蹴而就的，这么多年夜以继日地学习造就了他优异且稳定的成绩，他并没有什么紧张的情绪。

倒是夏听南紧张得要命，高考前一天替徐秉然检查了好多次书包。

“涂卡笔带了吧？”

徐秉然看着她手里的涂卡笔，沉默着点了点头。

夏听南这才反应过来自己正拿着他的涂卡笔，于是赶紧把它塞进了文具袋里。

“身份证和准考证呢？”

徐秉然叹了口气，把东西递给她。

夏听南扯了扯嘴角：“你别嫌我烦，我是看你也不打算复习，要不然今天也不会来烦你。我实在是太紧张了，为什么高考这么紧张？”

她老感觉心里麻麻的，不是想上厕所就是想上厕所，就像体育课要跑八百米一样。

徐秉然听她说话都有些语无伦次，哭笑不得地道：“是我考，又不是你考。”

“但我就是很紧张啊！”

徐秉然故意学她说话：“但我就是很紧张啊！”

“你别学我说话！”夏听南无语道。

徐秉然还学。

夏听南又烦又好笑：“我的语气哪有这么恶心。”

徐秉然笑了一下，忽然用食指拨了拨她的刘海，问道：“你是不是要剪头发了？”

她眯起眼，后退了一点：“别摸刘海，我刚洗过头，越摸越油。”

说到剪头发，夏听南这么多年留短发的原因，主要是觉得自己的脸有点大。

有时候夏听南会觉得自己有毛病，她虽然经常对别人吐槽自己这里不好那里不好，但如果对方真的认可了她的说法，那她会发自心底地不高兴，恨不得拿个喇叭在对方耳边怒吼：放屁！夏听南是完美的！完美！！！

夏听南叹了口气：“我想让刘海长长，最近天气太热，我额头都闷出好多痘了。”

她掀开刘海给徐秉然看。

徐秉然俯身靠近了一些，挡住了自上而下的白炽灯光，他面容背着光，看不清神情。

他微微皱眉：“你天天熬夜？”

“偶尔。”夏听南心虚地别过头，额头长痘的确是从她开始熬夜之后才形成的。

徐秉然摸了摸她的额头，指腹从左滑到右，在中间那块红肿上面轻轻摁了摁。

夏听南觉得又痒又胀痛，松开手放下刘海，不让他再看。

徐秉然的手指顺势而下，沿着她的鼻梁滑到鼻尖，用力捏住：“不想长痘痘就不要熬夜。”

“我也不想，但老有人找我聊天。”她倒吸一口凉气。

“谁找你？”

“就那个汤诚啊。”

徐秉然收手，往后退了一步，问道：“他怎么有你联系方式？”

夏听南愣了一下：“他不是巧巧姐的弟弟吗？”

汤诚的确算是风云人物，学校年级段的足球赛，他一马当先，每一次射门都引起一大批人的欢呼尖叫，好像小说里的那种校园王子。

夏听南是在操场边的洗手池附近碰见他的。

一开始被他叫住，夏听南还蒙了一下，后来汤诚问她是不是认识他姐姐，她这才知道原来他是汤巧巧的弟弟。

徐秉然默默听着，心想，估计是他之前和汤巧巧聊了一下的原因，忽然有点后悔自己多嘴。

夏听南说之后他们随手加了个微信就分开了，不过最近汤诚经常找她。

事实上，夏听南不太喜欢在手机上聊天，嫌打字累，但和汤诚又没熟到可以用语音交流的地步。于是，她只好尽量地回复他，不过比较敷衍，经常隔几个小时才回一次，而且大部分的回复都是表情包。

每当这种时候，夏听南就非常感谢发明表情包的人，简直是终结话题的利器。

“以后不想聊就不用回，没关系。”

“可他是巧巧姐的弟弟……”

夏听南还挺喜欢汤巧巧的。

徐秉然看她的目光有点凉：“叫这么亲，你喜欢她什么？”

夏听南一脸“你在说什么废话”的表情，说道：“她漂亮啊，还这么温柔，而且你们一个学校，说明她成绩也很好！你不觉得她很完美吗？”

徐秉然不敢轻易苟同，觉得夏听南对完美的定义和他不太一样。

夏听南问道：“那你觉得怎么样的才是完美？总不是我这样的吧？”

徐秉然盯着她看了几秒，然后垂着眼沉默，不打算回答她的问题。

夏听南翻了个白眼：“又不说话，真无聊。”

徐秉然依然没理她故意气人的话。

“算了，我不和你闲聊了，越聊越慌。”夏听南站起来打算走，却被徐秉然拉住了。

徐秉然紧紧攥着她的手腕，说：“我明天高考。”

夏听南莫名其妙：“我知道啊。”

他抿了抿嘴，难得有点尴尬：“不给我点鼓励吗？”

夏听南沉默了好一会儿，最后忍不住翻了个白眼，嘲笑道：“徐秉然，你之前还说我幼稚，其实咱俩不相上下好吗？！”

这么说着，她还是上去抱住徐秉然，就像以往一样。

“加油，你可是一中的徐秉然。”她鼓励道，用力地拍着徐秉然的背。

拥抱令人充实，那是心和心最相近的客观距离，胜过一切言语。

徐秉然用力地回抱着她柔软的身体。

他说：“谢谢。”

高考那几天，徐爸爸难得批了假来陪考。高考前一晚，徐妈妈在家里准备了一大桌饭菜，还请夏听南和她父母一起来吃。

分明是其乐融融的画面，但夏听南敏锐地发觉了徐爸爸和徐妈妈之间莫名生疏的氛围，和以往的生疏更加不一样。

夏听南心里隐隐有不好的预感，但又不敢去问徐秉然，于是私下偷偷向夏妈妈打探。但夏妈妈皱着眉头让她好好复习期末考，不要管这么多，她只好作罢，乖乖闭上嘴不问了。

高考当天是周末，天气很好，两家人一起为徐秉然送考。

看起来是难得美好与美满的画面，不过只是看起来而已。

夏听南在一个月之后才知道徐秉然父母已经离婚的消息，那时候徐秉然的高考成绩早就已经出来，是意料之内的高分，甚至已经被警校提前批录取了。

该走的流程一步都没少，政审、体测、面试、体检，毫无悬念地全部过关。

那段时间徐秉然很忙，高考结束后基本就不在本地，为了各种材料到处奔波。

夏听南心里还盼望着徐秉然赶紧回来，两个人下馆子大吃一顿，然而当她无意中从妈妈口中得知徐秉然父母离婚的消息时，心下一惊，第一反应是徐秉然可千万别回来。

她甚至都不敢给徐秉然打电话，怕一不小心就透露出什么消息或者说错什么话。

实际上，夏听南完全是杞人忧天，徐秉然对父母的事情清楚得不能更清楚，连他们签的离婚协议书他都看过，而且是徐秉然让他们俩挑一个“良辰吉日”把婚离了，然后知会他一声就可以。

这件事徐秉然和父母商量了很久，丝毫没有留情面，果断冷静得像是个刽子手，让他们两个尽快离婚，不要互相耽误。毕竟在徐秉然看来，两个人的年龄也不算太大，不只是徐妈妈，徐爸爸也有发展第二春的可能，时间拖得越久，对徐爸爸越不公平。

徐妈妈心里有后悔、有亏欠，也有心虚，她知道自己做错了，但已经难以回头，而且徐秉然不允许她回头，也不打算原谅她，没有把她和其他男人在一起的事情告诉徐爸爸已经算仁至义尽。

徐爸爸不明真相，只当妻子终于下定决心，只当徐秉然受不了他们多年来的争吵。

这种结局他早已有预感，就算不是今天，也会是未来的某一天。离婚这件事已经拖太久了，拖到徐秉然都成为一个翩翩少年。对这段婚姻，他的心里有一些心酸和舍不得，也有一丝解脱，他很果断地同意离婚，尊重妻子和儿子的决定。

他怅然地对徐秉然说："其实我和你妈早就该离婚了，我太忙了，而她是一个很需要陪伴的人，我给不了她想要的，她……她也不能理解我。"

他不是不爱她，而是给不了她想要的这么多的爱。

徐秉然不可控制地走神，想到了夏听南，想到小时候在他身边搭积木的夏听南，想到趴在他床上玩手机的夏听南，想到各种各样的夏听南。

徐爸爸知道徐秉然报了警校，但心底其实并不是很希望他也走上这条路，这条路太累，以后可能是会有繁花锦簇和荣誉加身，但也难逃最初的艰难困苦。

"如果你以后想要当一个好警察，那你就要做好未来早出晚归，疏于家庭亲情的准备。

"我知道你是个好孩子，有抱负，有家国情怀，但警察这个身份真的很难平衡好家庭与工作之间的关系。

"我不希望你走上我的老路，但我又相信你比我优秀得多，不至于走到我这样的田地。"

士不可以不弘毅，徐爸爸从来没有为自己的工作感到后悔过。派出所是典型的一线战场，苦与累是说不完的，接警台的电话响个不停，只要接到警情，无论大小都要立刻出警处理，三四天就要值一次班，到了关键时间点还要做好长期安保，全体备勤，最忙的时候一个月都回不了家。

与他关系最好的一个老同事，因为长期熬夜与饮食不规律，在一次查案过程中，完全没有征兆地吐血昏迷，即使以最快的速度送到了医院，也没能抢救过来。

如此猝不及防，刚刚还在身边说笑的人，说没就没。

谁能预料得到明天和意外哪个先来呢？

最后，那位同事被追记了一等功，但那又如何，人没了，要荣誉还有什么用？他的家里甚至还有一个毫不知情的小女儿，一直天真地询问着为什么她的父亲好久没和她打电话了，父亲到底什么时候能回家。

谁能不心痛？

谁能？

追悼会上，肃穆冰冷的黑白照片，沉寂无言的气氛，无一不告诉大家这个他们无法否认的悲惨事实。

领导同事全部泣不成声，那是和他们奋斗了这么多年的战友啊！

那是一条人命……那也是活生生的一条人命啊！

然而一个民警倒下，千千万万个民警就要站起来，哪怕再悲痛万分，工作也不能停，还有人民在等着他们，还有那么多纠纷等着他们处理，那么多违法犯罪等着他们打击，他们怎么能休息？如果他们休息了，社会的治安、公民的人身财产安全又由谁来保证？

有人第一年入警就在公安局，有人从警十余年还在派出所，多少人努力只为从基层派出所晋升到市局机关工作，但徐爸爸一直坚守基层，能力有限的确是一部分原因，但更是因为他知道做好群众工作的重要性。从群众中来到群众中去，在这里才能接触到更多老百姓，才能明白人民的困苦，才能更好地服务人民。

既然穿着警服，就要对得起自己的使命。他没有尽到做丈夫的责任，也没有尽到做父亲的责任，但尽到了作为人民警察的责任。

他是普通人，也只是个普通人。

“对不起啊，秉然，我对不起你们……”徐爸爸潸然泪下，表情有难过有欣慰，但没有后悔，“爸很自豪有你这样一个儿子，当年没让你去锄地是个正确的选择。”

徐秉然笑了一下，缓缓抱住他：“爸，没有什么对不起，一切都会好起来的。”

一切都会好起来的。

夏听南在徐秉然回来之后，见到他说的第一句话也是“一切都会好起来的”。

她不知道到底发生了什么，只知道徐爸爸徐妈妈离婚了，徐秉然跟着徐爸爸。

而徐妈妈，走了。

她有点迷茫地问妈妈：“徐阿姨走了？那徐秉然一个人怎么办？”

夏妈妈叹了一口气，敷衍着说：“你一个小孩管这个干什么？写作业去。”

夏听南心下不满，越发担心徐秉然。

知道徐秉然回家之后，她第一时间想翻窗，刚打开窗户，忽然想到之前徐秉然说她可以走正门的时候不走正门，于是她又冲出家门，焦急地按着徐家的门铃。

“徐秉然，你在不在啊？”

见一直没人来开门，她无奈地重新跑回自己房间继续进行自己的“翻窗事业”。

徐秉然下半身围着浴巾，打开阳台门，蹙着眉问她：“怎么这么着急？”

冲澡冲到一半听到急促的门铃声，他一猜就是夏听南，等他出去开门，门外却已经没人。

这时候夏听南已经翻到阳台上了，她站起来后立刻抱住了徐秉然，脸贴在他湿漉漉的胸膛上，然后用力拍了拍他的背。

徐秉然怔住了，忽然有些手足无措。

“一切都会好起来的。”夏听南的鼻子抵着他的胸膛，沉声道。

她觉得难过极了，心里很酸，想要发泄，仿佛只要她帮徐秉然难受过，他就不会再难过。

徐秉然明白过来什么，僵硬的表情肉眼可见地柔和下来。他拍了拍夏听南的肩膀，没说什么，然后揉了揉她的头发。

夏听南被他带进房间。

徐秉然进卫生间又冲了个澡，然后穿好衣服走出来，两个人并排坐在柔软的床上，房间里安安静静的，只有空调运作的声音。

“你是不是早就知道了？”她突然皱起眉问道，因为徐秉然看起来并没有很难受。

徐秉然没什么情绪地点头。

“那你……不伤心吗？徐阿姨一个人怎么办？”夏听南的语气有些迟疑，她以为徐秉然会很伤心，所以她十分担心，担心之余还有些恐慌，怕徐秉然出什么事。

徐秉然捏了捏她的手，犹豫了一下，最后凑近她轻轻说了几句话。

清浅的呼吸落在耳边，她的瞳孔缩了一下，以为自己听错了。

徐秉然轻飘飘地一语带过，说完就闭上了嘴。

夏听南的手心还有一些灰，是刚刚着急爬过来的时候粘上的。

他拉着她往房间的卫生间带。

夏听南还有一点发愣，徐秉然说得很委婉，但她显然能听懂。

她咽了咽口水，想起去年夏天开始徐秉然莫名的消沉，还有之前徐秉然和徐妈妈之间古怪的气氛以及莫名的对峙，好像一切有迹可循。

夏听南张了张嘴，忽然说不出话。

她没能想到徐秉然的接受能力这么强，也没想到原来徐秉然早就受不了父母的争吵，对他们离婚的事情根本无所谓。但夏听南也不是平白无故地担心徐秉然，而是因为当年的确真实地见证了徐秉然消极的一面。

那时，她被徐秉然的表情和行为吓得失去了思考能力，没有第一时间冲出去阻止徐秉然。幸好幸好，最后徐秉然放下了手上的美工刀，自始至终不知道有一个满身冷汗的夏听南躲在他的衣柜里。

那不是一个梦，而是真实发生过的事情。

“这样不好吗？你听他们吵架也听烦了吧？反正我是烦了。”徐秉然自然不知道她在想什么，也不知道夏听南以前看到了什么，他的语气还是很平静。

夏听南尴尬地眨了眨眼：“我听什么？”

“你说呢？”

徐秉然十分自然地把她的手放在水龙头下面冲洗，揉搓着夏听南的手掌，把她手上的灰都冲掉。

他挤了一点洗手液，是薄荷味的，两个人的手都布满了泡沫，空气里都是清新的气味。

徐秉然一直盯着两个人相连的手。

他心里清楚，其实夏听南比大家看得都要通透，有无法言喻的细心之处。他们总想着不让夏听南接触这些不美好的事情，但其实她多多少少都知道一些，只是不说。

对于父母离婚这件事，徐秉然真的没有很伤心，最多有些怅然，现在反而觉得逼仄的空间忽然通畅起来，他重新获得了呼吸的权利。

他也不断地告诉自己，一切都会好起来的。

水流的声音响个不停，下一秒徐秉然关上水，拿旁边的擦手巾把夏听南的手擦干。他擦得很认真，每个指缝都没落下。

柔软的毛巾和夏听南的手指不断摩擦，掌纹被他一点点抚过，手上的水珠逐渐消失。

夏听南以前被带去看过手相，算命先生见她生命线清晰深刻，说她会身体健康、一生顺遂，但夏听南一直有胃疼的毛病，而智慧线算出来的结果和实际情况也是一个天南一个地北，到现在为止夏听南都不是读书的料。

至于“天纹”，也就是感情线，尾端有一点分叉，师傅说她会经历戏剧性的相逢与命中注定的分离，最后相爱，过上小说般的幸福生活。

徐秉然忍不住摸了摸那条感情线，实在不知道那个算命先生到底算得准还是不准，也不知道这条感情线和他到底有没有关系。

夏听南觉得手掌被摸得有些痒，便收回手。

“好了！既然你如此乐观！那我们换个话题！”她很快转移话题，情绪调节得很快，想要努力活跃气氛，“你是不是已经确定被录取了？你是不是要去北方了？去北方就不能经常见到我了，那是不是应该和我好好玩一趟？”

一字一句都充满活力。

徐秉然也被感染，微微笑着：“你想去哪里玩，我陪你去。”

夏听南高兴地笑起来：“你说的啊，不准赖掉。”

她盘算着最近哪里比较火，一定要去打卡，哪里的风景好，可以让她发朋友圈，想着徐秉然以后要去北京上大学，那就可以帮她带那边的特产。

正当夏听南以为事情会慢慢变好，因为徐秉然受的苦已经够多，事情已经很坏，不会更坏的时候，上天告诉她：

“夏听南，是你误会了，没有人能预料意外和未来到底哪一个先来。”

徐爸爸出事了。

那时候徐秉然刚好在外面有事，赶到医院的时候，他脸色苍白，表情十分冷峻，甚至没有看到站在旁边的夏听南，径直大步往前走，好像在被什么追赶。

夏听南的脸色也很苍白，用力拉住徐秉然：“徐秉然，你先冷静。”

徐秉然没看她，用力抽回手：“我很冷静。”

四个字，带着不易察觉的颤抖。

徐爸爸和同事在出警路上遇突发警情，有一个七岁的小孩坠江，徐爸爸没有丝毫犹豫，直接跳入那滚滚洪流。

如此英勇，如此奋不顾身。

然而最终的结局却并不是可以津津乐道的喜剧，而是静默的悲剧。

小孩和徐爸爸被江水卷走冲散，再打捞上来的时候，两人都已经没有了生息，就算送到医院抢救，也回天乏术。

零碎的抽泣声时不时响起，有人喊徐秉然的名字，但徐秉然觉得所有人的声音都像闷在罐子里，不真实极了，与此同时还伴随着尖锐的耳鸣声。

白布盖在熟悉的高大身躯上，盖住了那张慈祥的、疲惫的、布满皱纹和晒斑的脸，盖住了早已布满银丝的头发，盖住了从小到大一直有力地拍打他拥抱他的手臂。

无声无息地躺在那里的是他的父亲啊！

是早上还和他打过招呼的父亲啊……

徐秉然喉咙里像是哽了一块石头，连呼吸都在疼痛。

如果人生是一出戏，那徐秉然认为他的人生绝对不是童话，从他出生开始，就是彻头彻尾的庸俗网络剧，充满廉价的戏剧性，连结局都让人啼笑皆非。

夏听南被徐秉然的脸色吓到了，她叫他的名字。

“徐秉然……”

走廊上的灯散发着白光，把每一个角落照得明亮，无数个穿着警服的人站在不远处，无言地看着空气，看着医生，看着徐秉然，想说什么，又什么都说不出。

一枚翡翠平安扣被交到徐秉然手上，那是徐爸爸留下的，是他从小戴到大的，但已经没有了他的温度，只剩几许冰凉。

红绳与翡翠相错，被徐秉然收拢在掌心。

徐秉然静静地看着夏听南，忽然说：“我没有爸妈了。”

他的神情和语气都异常冷静，像是世界上已经没有什么能撼动他的心。

一刹那，夏听南眼眶里的眼泪无声地流了下来，那是替徐秉然流的。

泪水沿着脸颊滑落，挂在下巴摇摇欲坠，最后寂静地融入医院的地板，只留下淡淡的泪痕。没有什么是永恒的，人的生命只是短短一载，来的时候吵吵闹闹，走的时候安安静静。

徐秉然说：“夏听南，不要哭。”

夏听南用力抱住他，轻轻说：“以后我的爸妈就是你的爸妈。”

他只是站着，眼神空洞地看着前方。前方什么都有，有光，有来往的医生护士，有夏爸爸夏妈妈以及穿着警服的人，他好像一直在人群中，又好像只是孤独的看客，看不到美好的未来，只有怀里的温度告诉他，他还在世上活着。

徐妈妈听闻噩耗，急匆匆地赶来，她神情恍惚，像是大受打击。夏爸爸夏妈妈和她聊了很久，才让她冷静下来，接受了这个现实。

徐妈妈面对徐秉然，哽咽着问：“我是不是错了？”

徐秉然只能沉默回应，把想说但不该说的话放回了心里，现在说这些还有什么用？她既然已经离开，那就不要再回来。

最后，徐妈妈问徐秉然愿不愿意跟她走，徐秉然毫不犹豫地拒绝了，他不想介入一个全新的家庭，去看徐妈妈和另一个不熟悉的男人幸福生活，因为那样他会替死去的父亲不值，他也会愤怒，无法抑制地愤怒。

后续的事宜大部分是由徐秉然和徐爸爸以前的同事一起操办的。徐爸爸出殡那一天，天上下了雨，同事、战友还有不少被徐爸爸帮助过的群众都赶来了现场。

徐秉然看着眼前的画面，还觉得不真实极了，而夏听南一直静静地站在他的身后，没有安慰，没有逗趣，只是在他感到疲惫的时候扶他一把。

殡仪馆内外挽幛如云，而徐爸爸面带微笑静静地躺着。忠诚的道路是浴血荣光的，徐爸爸用生命诠释了一个警察的果敢和担当。他像是一团火，静静地燃烧了几十年，一场突如其来的雨当头浇下，他无声熄灭，但徐秉然知道他永远不会后悔自己做出的选择。

雨还在淅淅沥沥地下，路上的泥被冲走，水泥地染上深色。有工作的人要继续工作，长大的人也要继续长大，生活还要继续。

悲伤被繁忙快速的现实生活掩埋，只在很多个瞬间悄然重现，又随风消散。

第五章 何故扰人心

期末考结束后，夏听南每一天都来找徐秉然，和徐秉然聊天，拉着徐秉然一起看搞笑综艺，喊徐秉然来家里吃饭，担心徐秉然一个人睡在家里太孤单，就提议让夏妈妈把徐秉然接过来住。

夏妈妈嘀咕：“你一个姑娘怎么老往人家家里跑？”

“他可是你最喜欢的徐秉然。”夏听南无语地说道。

“要不是秉然，我早就揍你了。”夏妈妈笑起来，“你先问问秉然肯不肯来我们家。”

不得不说夏妈妈还是挺了解徐秉然的——徐秉然不愿意住到夏家，宁愿面对空荡荡的房子。

夏听南也没什么办法，只能每天待到徐秉然快睡觉才回家。

徐秉然的状态已经比之前好很多，不会时不时莫名地发呆放空，不过晚上的失眠还是很严重，黑眼圈越来越明显。他原本就是沉闷的性格，配上这样无神的眼睛看起来倒有些阴沉。

夏妈妈夏爸爸心里发愁，也心疼他，但他们不是没有事业的人，连夏听南都没时间照看，又何况徐秉然。他们只能交代夏听南再多陪陪徐秉然，逗他笑。

夏听南郁闷地表示她真的已经天天陪着徐秉然了，简直就像是牛皮糖，她都怕徐秉然嫌她烦。

有一天，夏爸爸夏妈妈都没回家，夏听南干脆抱着枕头被子去了徐家。

她支起手肘按门铃。

“徐秉然，快开门。”

没多久，徐秉然就开了门，恹恹地看着她。

夏听南扯出一个假笑：“我爸妈不在家，我有点怕。”

刚好是打雷下雨的天气，倏地就降下来一声雷，剧烈的响声在耳边炸开，光把楼道里照得一亮，徐秉然眼睛里的夏听南也亮了一下。

他侧身，说：“进来。”

她呼出一口气，换了鞋走进去。

夏听南想得很美好，要给徐秉然催眠一下，让他好好睡个好觉。但真的到了徐秉然的房间，她又不知道自己这床被子该往哪儿放。

“你地上干净吗？”她有点不想把被子丢在地上，“你给我铺个垫子吧。”

说完，身上一轻，徐秉然直接把她肩膀上的被子拿过来丢在了床上。

徐秉然问道：“这么晚过来做什么？”

现在已经快十二点，按照以前的生物钟，徐秉然早就已经睡着了，但现在的他闭上眼就是光怪陆离的画面，没有一个是能用言语描述的。

夏听南说：“我是来给你催眠的，上一次我不是很成功吗，这一次说不定也能让你睡着。”

徐秉然反应有些迟钝，扯着她的手臂让她坐在床上，看着她：“那你要陪在我旁边。”

夏听南觉得他已经缺乏睡眠到有些神志不清了，手被扯得痛了，她稍微挣了挣，让他先放开。

徐秉然是真的有些头痛，脑子难以正常运转，他松开她，脸朝下，直挺挺地倒在床上。

窗外雷声轰隆，淅淅沥沥的水声在窗沿跳动，好像两千多年前的编钟被敲响，又安静又深沉。

夏听南把徐秉然的身体推直，给他翻了个面，让他正面朝上，结果他又自己翻了回去。

她哭笑不得：“徐秉然，你是煎饼吗？”

这一面烙完烙另一面。

徐秉然偏头，露出一只眼睛，眼睛里红血丝很多，看起来柔软又疲惫。

夏听南马上关上灯：“闭眼。”

他乖乖地照做了。

夏听南便坐在床边开始没完没了地絮絮叨叨，好像想把世界上的一切有趣的事物都讲给徐秉然听。

“徐秉然，陈茜居然想找男朋友了，太意想不到了。”

“嗯。”

“是高三年级的一个学长，长得还蛮帅的。”

“哦。”

“徐秉然，那个汤诚最近都不找我了。”

“嗯。”

“对了，巧巧姐考得怎么样？”

“不清楚。”

“你怎么也不关心一下？”

“我关心她做什么？”

“徐秉然，我上次在网上看到一个德式布丁，里面有麻薯，还可以拉丝，看起来很好吃。”

“你非要大晚上说这些吗？”

“好的……”

“徐秉然，我晚上吃了拌面，里面有很多大蒜，我一直讲话会不会臭到你？”她忽然想到这一点。

徐秉然说：“不会。”

夏听南眼睛一眯，顿时凑近他，故意想朝他哈气。

徐秉然很快反应过来，一把捂住了夏听南的嘴，一言难尽地看着她：“你是希望我更清醒一点吗？”语气充满疑惑。

夏听南喷笑，推开他的手：“你的表情也太搞笑了，哈哈哈！”

徐秉然无语。

夏听南笑了整整五分钟，好不容易平静下来一些，一看到徐秉然的表情又忍不住笑起来。

整个房间全是她的笑声，有一点像鹅叫，又像烧开的水壶，很有感染力，也很吵。

外面忽然有人大喊一声：“谁家啊！大晚上不睡觉笑个屁啊！”

夏听南安静了一瞬间，立刻捂住自己的嘴，整个人都在抖，嘴角偶尔漏出一点笑声。

这下连徐秉然都有点想笑了。

“别笑了，再笑邻居来投诉了。”

夏听南深呼吸了两轮，把眼角的眼泪给擦干，说：“我实在憋不住。”

徐秉然的表情太好玩，震惊无语的眼神配上阴沉沉的脸，喜剧效果冲破天际，她以前真没看见过他这副样子。

徐秉然继续盯着她，伸手捏了捏她的下巴。

夏听南用力地揉了揉脸，说道：“好了，我缓过来了，你先别看我，我怕看到你的脸又想笑。”

他闭了闭眼，翻身背对夏听南躺下。

夏听南戳一下他的背，再戳一下……

徐秉然摸了摸背，转过来看她。

“徐秉然，我们的日出计划还有吗？”夏听南眼底的笑意还没散。

原本他们两个计划找一个天气好的日子，去旁边的山上野营，一起看日出，徐秉然帮她拍好看的照片，让她可以发朋友圈集赞，但后来徐爸爸的事情来得突然，她一直没再提。

徐秉然“嗯”了一声。

“真的？”

“真的。”

“那我们什么时候去？”夏听南期待地问。

她觉得徐秉然把自己关在家里很久了，实在是需要出门散散心。

徐秉然半眯着眼，看起来在思考。

最近天气不太好，就像今晚一样雷雨交加，不适合进行户外活动。而且他过几天有一个班级毕业酒会，三年同窗，情谊不是假的，接下来大家都要各奔东西，无论如何他也想去参加一下。

他轻轻说：“等下一个晴天吧。”

等到乌云散去，温暖光芒照耀大地的时候。

不知过了多久，徐秉然平缓的呼吸声传来，夏听南才带着被子枕头重新回家。

毕业酒会那天，徐秉然被大家簇拥着。大家都听说他要去北京读警校，有恭喜他的人，也有对此感到遗憾的人。

有人说：“徐秉然，你这个成绩读什么985、211没有，要去读警校，就业面也太窄了。”

徐秉然笑了一下，没回答。

对他来说，这不是就业面窄，而是他只给自己留了一条路。

章又程见他被围住，过来解救他：“行了，桌子上好菜这么多，还堵不住你们的嘴，再不吃全凉了！”

汤巧巧也插了一嘴：“警校怎么了？等你们以后违法的时候，说不定还要徐秉然带人去抓你们呢。”

大家笑成一团。

章又程压低声音迟疑地问徐秉然：“还好吧？”

他毕竟是关系最好的兄弟，多少也知道一点徐秉然家里的事情。

徐秉然摇摇头：“就这样吧。”

他已经是一个成年男人，应该有调节自我的能力，不能让已经发生的事情继续影响生活。于他来说，事情已经没有好坏之分，发生的事情无法逆转，他只能头也不回地往前走去。

章又程拍拍他的背，他回头朝章又程笑了一下。

班主任整个晚上都带着笑，吃到一半已经被灌了不少酒，拿着话筒走到台上咳嗽了两声。

“同学们，我是第一次当班主任带班，从你们刚进来稚嫩的样子，到现在成长成一个个稳重的模样，我真的很感动，也很有成就感。

“每个人的人生轨迹都不会相同，大家不要以对自己的标准来要求其他人。你们未来或意气风发、或小资文艺、或壮志凌云、或宁静平淡、或投身公益、或报效国家、或经营小家……那都是不一样的精彩人生，只要有信念，没有什么失败可言。

“我真心地希望你们，小路成坦途！”

觥筹交错间，每个人手中的酒杯都高高举起，酒杯与酒杯碰撞，发出清脆的声响，带着酒花的液体在摇晃中溢出点滴。

徐秉然仰头，痛快地与大家一起喝下杯中的酒。

散场的时候，除了一些女生，大部分男生都是东倒西歪的模样，班主任哭笑不得地说：“看来大家都是好孩子，平常都不喝酒，酒量都不太好啊。”

最后他一个个帮他们叫了车，叮嘱大家注意安全，到家了都在群里发一条消息。

徐秉然扶着楼梯缓慢上楼，用钥匙对准门锁，却怎么也开不开门。

他皱起了眉。

夏听南在客厅看电视，忽然听到窸窸窣窣的声音，吓得一个激灵，以为有小偷，从猫眼里看了看才发现是徐秉然。

她打开门，接住摇摇欲坠的徐秉然。

一阵酒气混着夏季雨夜的青草味钻入夏听南的鼻子。

徐秉然目不转睛地盯着夏听南，黑白分明的眼珠蒙着雾却还是沁人心脾。

夏听南愣愣地说：“你走错门儿了。”

徐秉然呆呆地“哦”了一声。

夏听南心里郁闷，徐秉然怎么看起来有点二。

她默默叹了口气，朝家里喊：“妈，徐秉然喝蒙了，我先把他送回去。”

房间里的夏妈妈也大喊：“要不要帮忙！”

“不用！”

徐秉然整个人的重量都放在了夏听南身上，没带一点含糊。

“大哥，你好歹腿用点力吧。”夏听南拽着他，从他手里把钥匙拿过来开锁。

徐秉然闻言稍微站起来了点，但没走两步又浑身软了下来，缓缓把头埋在夏听南的肩窝，轻蹭了两下，声音闷闷的。

“夏听南，我想吐。”

一听，夏听南的脸都绿了，快马加鞭地把他送往卫生间。

“别吐，千万别吐！我洗了澡的。”

由于动作太快刹不住车，她差一点把徐秉然的头塞进马桶里。

徐秉然撑着马桶盖转头看她，问道：“你是不是恨我？”

她干笑：“失误，失误。”

说着要吐，但他最后也只是痛苦地干呕了两下，什么也没吐出来。

夏听南拍着他的背，看他眼圈都红了，一时间也不知道怎么办，拿着手机就开始百度。看到网上说要喝温开水或者蜂蜜水，她打算去厨房看看有没有蜂蜜。

徐秉然就是在这个时候抱住她的。她吓了一跳，以为他是滑倒了。

但徐秉然只是紧紧抱住她。

他好像越发醉了，连脸都热得烫人，侧脸贴着夏听南的腰腹，嘴里一直念叨着：“夏听南，我去上学后，你要好好学习，知道没有？”

她觉得有些痒，往后挣了挣，敷衍地说：“知道了，知道了……好好好……”

服了，她真的服了。

醉成这样还没忘记让她好好学习，要是被她爸妈知道了，估计会感动得哭出来。

她默默地打开手机，开启录像模式，摄像头朝下，对准了徐秉然的脸。

喝了酒的徐秉然虽然还是闷闷的，但话明显变多，而且很黏人。夏听南觉得还挺好玩，笑眯眯地录着视频，打算等徐秉然清醒之后让他好好看看自己的样子。

徐秉然问道：“你为什么不说话？”

“你想听什么？”

“你的声音。”

夏听南拿着手机的动作顿了顿，奇怪地看徐秉然，心想：我的声音有什么好听的?

徐秉然的手忽然卸了力，整个人往地上滑，夏听南连忙拉住他，把马桶盖放下来让他坐上去。

他的视线还是跟着夏听南的身影走，但夏听南没有察觉。

手机被随手放在台子上，录像模式却忘记停止，她自顾自地去拿徐秉然的毛巾冲了冲，耐心地擦干净他的脸后将他带离卫生间，带到卧室躺下。

她拍了拍他的脸，喊道：“徐秉然？”

像是没听见一样，徐秉然闭着眼，柔顺的短发搭在枕头上，看起来有一种与这张脸不符的乖顺。他身上穿的是短袖和运动中裤，同样很清爽。

夏听南有些无从下手，不确定是否就这样把徐秉然丢在家里。

紧接着，徐秉然动了动，忽然开始往下扯自己的裤子。

她怔了怔，赶紧拦住他：“使不得使不得，等我走了再扒。”

他又不动了。

夏听南觉得很搞笑，又想拿手机拍，这时候才发现手机还在卫生间。她拿回手机，发现都快没电了。

她想了想，觉得让徐秉然睡一觉就好了，于是打算安静离开。

关门的一瞬间，仿佛听到徐秉然叫了她一声，她怀疑自己是幻听了，这时手机没电的提示音又响了，她赶紧跑回家把手机充上电。

夏妈妈听到她回来的声音，问道：“听南，秉然怎么样了？”

她又跑到夏妈妈的房间，说：“他想吐但吐不出来，我就帮他擦了把脸，然后丢在床上了，应该没问题吧？”

“没问题，让他休息吧，我明天上班之前去看看他。”

“好。”

夏妈妈第二天上班前去看徐秉然，发现他还在睡，于是安安静静地离开了。

徐秉然这一觉睡得昏天黑地，醒来已经是中午，头还隐隐有些发晕，对于昨天晚上发生的事情，只记得自己开错了门。

他洗漱好之后去敲夏听南的门。

夏听南刚好准备吃中饭，看到他过来就问他要不要一起吃。

徐秉然说不用，他已经点了外卖。

夏听南吃的也是外卖，她刚吃两口就打开手机，说要给徐秉然看个东西。

徐秉然有些疑惑：“什么？”

“你看了就知道了。”她嘴角的弧度压都压不住，脸部表情甚至有点扭曲。

徐秉然看到她打开相册，在一堆自拍和表情包中间选了一个视频文件，紧接着，他就看到了自己的脸。

他面无表情地盯着视频，像是要把她的手机盯穿。

诡异的气氛在无声地发酵，偌大的房子里没有人说话，但视频里莫名黏腻的声音不断传出。

徐秉然突兀地开口："这不是我。"

夏听南一口饭直接喷出来。

徐秉然又说："你修图的。"

夏听南边咳嗽边叫道："视频怎么修图啊？"

徐秉然奇怪道："我怎么知道怎么修？"

"你还不承认，我服了。"她又气又好笑。

徐秉然又看了一会儿，然后把夏听南手里的手机拿过来，在她眼皮子底下发给了自己，然后把她手机里和聊天记录里的视频都删除，才把手机还给她。

夏听南问："你干什么？自己珍藏啊？"

徐秉然沉默了一下，然后说："研究一下你怎么修图的。"

夏听南怒道："跟你说了不是修的啊！"

九月，雨过天晴，炽烈的阳光洒在大地上，世界焕然一新，终于迎来了难得的晴天。

但夏听南没有十分高兴，因为徐秉然已经光荣地成为一名大学生，拖着行李坐着飞机飞向北方，短时间内不会再回来。

少了一个可以陪她唠嗑的人，她转而黏上了好朋友陈茜。

陈茜欣赏的男孩子是高三篮球队的主力，夏听南最近被陈茜拉去一起看比赛。

虽然每次看到选手们进球是很帅，但夏听南完全不懂规则，视线毫无目的地跟着球不停地跑，没多久就十分疲惫与无聊。

她压根不懂球，无论是足球、篮球，还是曲棍球，还是乱七八糟的什么球，不过电脑上的三维弹球她倒是玩得不错。

"要不然我还是回去学习吧。"

高二了，是时候开始认真学习了。

陈茜瞟了她一眼："你这话说的，你自己信吗？"

夏听南干巴巴地笑了两声，继续陪陈茜坐着。

篮球场里的人追着球跑，夏听南百无聊赖地玩着手机，随手拍了张照给徐秉然发了过去。

夏听南："你在干吗啊？篮球赛好无聊。"

徐秉然大概正好在休息，很快回复过来，但就两个字和一个标点符号："汤诚？"

夏听南把图片放大再放大，还真在照片里看到汤诚了，后者正坐在对面的观众台上，目光像是在往这边看。

她无语地回复："这你也能看得清？不愧是当警察的视力。"

汤诚早就看到了夏听南，趁篮球赛中场休息直接从对面看台走到了这边看台。

一片阴影挡住了夏听南的视线，她莫名其妙地抬头，看到了汤诚的脸。

汤诚一本正经地说："你好。"

"你好……"

夏听南上一次和汤诚在微信上聊天可以追溯到好几个月前。

一款叫"答题王"的百科知识问答游戏走红，虽然夏听南成绩平平，可对大部分的生活常识与百科知识却了如指掌，在这款游戏上总能拿到不错的成绩，而汤诚找她聊天，是因为她在朋友圈发了一条在"答题王"上的成绩排名，他来找她，说想和她组队，非常热情，非常莫名。

汤诚说："你好久没上答题王了。"

夏听南回道："最近没时间。"

前段时间事情实在是太多，她的精力都分给了徐秉然，所以一直没碰游戏。

汤诚又问："那你今晚上吗？有活动。"

夏听南犹豫了一下，当着面有点不好意思拒绝，于是回答说："上吧。"

汤诚问完之后没有丝毫留恋就离开了。

陈茜坐在旁边很迷茫："你们什么时候这么熟了？"

夏听南不甚在意地说："还好吧。"

就组队玩过几局游戏，聊过一段时间而已。

晚上，夏听南和徐秉然说起这个事情。

徐秉然安静了一下，然后说："你把你的号给我。"

"可以啊。"

正好她也不想答题，她的小说才看到一半，不看到结局她心里不痛快。

之后汤诚和徐秉然打得怎么样，她也没关注，反正汤诚也没找她说什么，徐秉然也没提起，她自然而然地以为他们两个相处愉快，建立了战友般的情谊。

因为她天天收到账号异地登录的提示消息。

直到好几个星期后，她才知道原来这两个人在游戏里天天单挑，势要分出个胜负。

高二的时间过得说快不快，说慢也不慢，课业明显加重，就算是夏听南这种摸鱼老手也找不到长时间偷懒的机会。

徐秉然在学校基本是警务化管理，每天六点半就得起床集合，晚上十点半就得熄灯，平常不是跑步就是队列，上课也得由队长带队去，周末不打报告也不能出校门。每天也就午休和睡前有时间和夏听南聊聊天。

但夏听南太没心没肺了，徐秉然不在跟前，她就跟忘了他一样。

原本就比以前繁忙了，她还一有空就想着看小说，找徐秉然的次数也越来越少，对徐秉然的话也爱答不理，两个人的聊天频率逐渐从一开始的一天一聊，变成一周一聊，后来又变成半个月一个月才聊一次。

这样的情况一直持续到徐秉然放寒假回来。

当夏听南看到徐秉然风尘仆仆地出现在家门口时，她顿时控制不住地骂出声。

"徐秉然，你回来怎么不和我说？"

徐秉然没理她，而是向夏妈妈打招呼："阿姨。"

"哎，回来啦。"夏妈妈今天刚好在家，看到徐秉然顿时笑起来，然后一巴掌挥到夏听南的后脑勺，"哪里学来的骂人的话？看到秉然带这么多行李还不去帮忙？"

夏听南赶紧把徐秉然手里沉甸甸的袋子接过来，两个人的手不经意地触碰到，她感受到一阵凉意，像是血液难以流通之后的僵硬冰冷，她的手下意识瑟缩了一下。

徐秉然穿着一身黑色羽绒服，脖子上还围着围巾，很简单的款式，卡其色带着一些流苏，被随意地圈在脖子上。他的头发比之前短了一些，应该是回来前又理了发，看起来很干净，鼻尖有一点红，大概是被冻的。

徐秉然甩了甩发麻的手，说："给你们的。"

夏听南拎着袋子一副感动的样子："好兄弟，我永远不会忘记你的。"

徐秉然冷冷地瞥她一眼，一声不吭把行李箱拖进家里，关上了门。

夏听南丈二和尚摸不着头脑，也不知道哪里惹了他，靠着徐家的门按了半天门铃。但徐秉然就是不开门，一副生闷气的样子。

夏妈妈责怪道："你不要老是惹秉然。"

夏听南一脸蒙："我没有啊。"

她不轻易言弃，跑回房间关上门想翻窗。她刚掀开窗帘打开窗户，就被席卷而来的冷风冻得瑟缩了一下，然后看到徐秉然站在阳台上，稳如泰山般抱着胸正盯着这边。

他眸子里沉甸甸的，却又很明亮，包含着可见的天和地，还有她。

一月虽然还没有飘雪，但天气的确冷得让人发抖，枯黄的树叶在地上飘，又因为肆虐的风而飞扬，街上的人都像老人一般步伐蹒跚。

夏听南的头发在空气中狂乱飞舞，她把窗户关小了点，稍微放大了说话的声音。

"你都知道我要过去，还不开门？"

"过来做什么？"

"这么久没见，看看你呗，你无缘无故发什么脾气啊？"她嘀咕，"而且回来也没和我说一声。"

徐秉然深深地呼出一口气："你看看你的微信。"

夏听南迟疑地打开手机，点开和徐秉然的聊天记录。她印象中他们俩已经有一个星期没聊天了，然而这只是她的印象而已。

聊天记录最下方赫然是徐秉然发的："我这周六回来，行李有点多。"

夏听南一时语塞。

这句话的言下之意有点明显，夏听南不能装自己没看懂，但她的确没看见这条消息。

消息是周三晚上发的，她回忆了一下，那时候她应该在被窝里看小说，可能看到消息弹出来就快速划掉，之后微信攒的消息太多，她就给忘了。

其实徐秉然知道夏听南没看见消息，因为她一直没有回复，他也没有重复给她发消息来提醒她，让她来接他。

有的话说一次就足够，说多了就显得廉价，他内敛的性格不允许他祈求着夏听南来关心他，让她把所有注意力放在他身上，但他心里真切地希望夏听南能那么做。

当面对车站的人潮涌动，来来往往的光影交错，发现里面没有任何一个他熟悉的人，没有一个他渴望的灵魂时，心里有一种微妙的情绪。

他觉得无论如何，至少夏听南应该在他身边。

他垂下眼，兀自点头："好兄弟？不会忘记？懂了。"

说完，他转身走进房间，关上阳台门。

"咔——"

落锁。

冬季的风依旧在肆虐，世间万物都是一副在颤抖的样子。夏听南看不到徐秉然的身影，也沉默地关上窗，重新把窗帘拉上。

虽然徐秉然不让她过去，但夏妈妈见徐秉然好不容易放假回来，就喊他晚上来家里吃饭。

两人终究还是相见了。

饭桌上，夏听南出于愧疚的心理，坐在徐秉然边上不停给他夹菜。

夏妈妈看不下去那堆得比山高的碗，于是拼命从徐秉然碗里把菜夹走。

这边往里填，那边往外挖，徐秉然盯着自己的碗，脸都木了。

夏听南受不了了："妈，你想吃自己夹啊，从徐秉然碗里夹干吗？"

夏妈妈没好气地说："你又干吗？你想把你秉然哥撑死？"

"他现在块头大了一圈，就要多吃点啊！"

"那也不是这么吃的！"

穿着羽绒服还看不出来，如今换下了厚外套，看起来就十分明显，徐秉然又长高了，或者其实没有长高，只是更加笔挺。

他在学校里时不时参加五公里长跑拉练，平常吃得多练得多，身上的肌肉线条自然更加明显，再加上天天站军姿，如今整个人就像一棵白杨一样挺拔，多出丝丝坚毅的气质。

这一顿饭徐秉然吃得有点心累，夏听南也食之无味。

饭后，徐秉然和夏妈妈聊了一会儿，主要是夏妈妈担心他，大致了解了一下他的学习和生活。听到徐秉然优秀的成绩之后，她又笑得很开心。

“秉然，也不要太累到自己，有什么需要就和阿姨说，或者找听南，你就像我们的亲儿子，她就像你的亲妹妹，一家人不用客气。”

徐秉然朝夏妈妈笑了一下，夏妈妈感慨地拍了拍他。

“你也知道听南这孩子从小到大就这样，有时候缺根筋，有时候又比我们还通透，现在我也不指望她有什么大成就，开开心心长大就好。”她握着徐秉然的手，“我和她爸都太忙了，我们也一直很感谢有你陪听南，你们两个都要好好的。”

徐秉然说：“会的。”

夏听南见他们两个聊半天还没聊完，等得有点着急，开门出来偷看，被夏妈妈抓住了。

夏妈妈没好气地说：“行了，别看了，多大年纪了还这么黏秉然，你们两个玩去吧。”

徐秉然的目光移到夏听南脸上。夏听南眨了眨眼，扯出一个笑。

他心里挫败地叹了一口气，然后站起来走向夏听南。

徐秉然进了房间后没关门，夏听南看到之后把他拽进来了一点，迅速把门关上。

“徐秉然，那条信息我真是没看到。”她表情严肃。

房间里很暗，夏听南也不喜欢开灯，觉得昏暗的环境更适合娱乐和入眠。然而，就算在黑暗中，他也能勾勒出夏听南的轮廓。

徐秉然忽然说：“暑假我可能不回来了。”

夏听南心里咯噔了一下。

徐秉然又说：“骗你的。”

夏听南翻了个白眼：“你真无聊。”

他勾了勾嘴角。

徐秉然躺在她的床上，用手臂挡着脸，眼皮子打架，止不住地犯困，头脑也有一点不清醒。

今天坐了几个小时的飞机，还搬了这么多行李，的确有点累，而且警校的训练的确很高强度，他很久没有好好休息过了。

夏听南趴在旁边，试探地问道："那你不生气了吧？"

他闭着眼睛，没回答她的问题，反而说："夏听南，明年开始我真的没时间陪你了。"

从大二开始，学校就会开据介绍信，安排学生去派出所见习，时间不短，基本没有什么休闲娱乐的时间。

"没事，我还有陈茜陪我。"她一向不缺朋友。

徐秉然"嗯"了一声，嘴角的线条更平了。

夏听南有点好奇地撸起他的袖子，摸了一下他小臂上的肌肉，然后又往大臂上摸。

"别乱摸，很痒。"他疲惫又沙哑的声音响起。

徐秉然的喉结滚了滚，翻身拉住夏听南的双手，半抱着把她的手臂钳到她的身后。

夏听南不经常锻炼，手脚都很凉，耳朵也很凉，像是一个冷血动物。而徐秉然简直是一个火炉，浑身都是加热的血液。

两人絮絮叨叨地聊着近况。

渐渐地，夏听南只能听到他平缓的呼吸声，她便不再出声，安安静静看着他。

过了一会儿，夏听南挣了挣手，很轻松地解脱出来。她摸了摸徐秉然的脸，温度正常，鼻子也十分通气，看来只是过于困倦。

夏妈妈推门进来时看到的就是这样的画面，她轻轻地招了招手，让夏听南出来。

夏听南把徐秉然身上的被子盖好，确保他不至于着凉才出来。

"没发烧吧？"夏妈妈问。

看到夏听南摇头后，她松了口气："那就好，秉然今天就睡在你房间吧，你爸今天不回来，你到我房间睡。”

夏妈妈也看出了徐秉然的疲惫，心里止不住心疼，在她看来，徐秉然到底是一个孩子，他还不到二十岁，却成熟聪明，把世界和人生看透自然会多很多苦闷之处。

有时候，她倒希望徐秉然能像自家女儿一样没心没肺，这样也少一点烦恼。

徐秉然一觉睡醒的时候已经是第二天中午，睁开眼看到的是熟悉的房间，却不是他自己的房间，梦里的画面好像还残留在眼前，像这个房间一样温暖。

他有些迟钝地慢慢把头埋进被子里，深吸了一口气，然后起床。

推门出去，他看到夏听南正在沙发上看电视，而夏妈妈早就出门上班了。

夏听南看到他终于醒来，和他打招呼，问他睡得如何，然后指了指餐桌上的食物，说是留给他的。

光从四周的窗户照进来，衍射出奇异的光晕，徐秉然恍惚觉得自己还没从梦中醒来，一切都还带着梦幻的意味。

他走近夏听南：“早上好。”

夏听南稀奇地看着徐秉然，看到他迷蒙的眼神，很快也笑着说：“早上好。”

然后，他的寒假就在美好的冬季暖阳中开始了。

由于好久没回家，高中同学也很久没聚了，所以徐秉然和章又程出去玩了几天。

男生的活动离不开夜宵和观看体育赛事，徐秉然虽然没有很感兴趣，但也没拒绝。他问过夏听南要不要跟过去，但夏听南觉得天气太冷，半点也不想出门。

不过她倒是在家里远程参与了他们的活动，甚至和章又程都建立了一定的友谊。

寒假是公认的短暂，几乎是一转眼就到了过年。街上的商店几乎都关了门，银灰的卷帘门看起来不近人情，有些冷漠萧索，但身边的颜色明显多了起来，灯笼、福字、春联逐渐出现在人们的视野里。

今年过年尤其寂寥，夏听南觉得两家人坐在一起吃饭的画面还发生在昨天，好像不久前自己和徐秉然还是两个没长大的小土豆，她在徐秉然的房间里搭着积木，外面是两家父母聊天的声音，但现在已经翻天覆地。

她难免生出难过的情绪，更害怕自己的情绪影响到徐秉然。

夏爸爸夏妈妈问徐秉然愿不愿意跟他们一起回老家过年，徐秉然果断地拒绝了。

夏听南觉得这要是她的话，她也会拒绝，都是不熟悉的人，多尴尬。

夏妈妈有些犯愁："哎，这可怎么办，秉然又不肯跟我们回去过年，那放他一个人在这里也不行啊。"

夏听南说："要不然我留下来陪他吧。"

夏妈妈一想，觉得也行。

徐秉然知道夏听南要留下来之后，表情反而不太好。

"你之前不是说你奶奶身体不太好吗？一年就这么一次，你要去看看她。"

"那你怎么办啊？"

徐秉然好气又好笑："什么怎么办？夏听南，我是个成年人，只是一个人过年而已，不是什么大事。"

既然他都这么说了，夏听南也不好强求，而且她的确挺想回去看看奶奶的，奶奶也想她了。

然而到了除夕的那天晚上，夏听南就没放下过手机，想到徐秉然一个人在家里，她总觉得心里十分愧疚心慌，于是不停给他发语音。

"哎，你看春晚了没有，那个小品好搞笑。"

"徐秉然，刚刚那个女明星你看到没有，她好瘦啊。"

"刚刚那首歌是我平常最爱听的，居然上春晚了！"

今年徐秉然的新年祝福来得很准时，而且夏听南的每一条消息他都认真回复，看起来一点也没有受到过去发生的各种事情的影响。

但夏听南还是不放心，于是大年初一，她和父母知会了一声，就一个人背了个包坐车回了家。

原本是想给徐秉然一个惊喜，结果倒成了惊吓。

楼道里的灯泡不太好了，光有些发黄，经常接触不良地忽闪忽闪。

徐秉然晚上从超市回来，摸着黑上楼，正要开家门的时候，忽然听到一声幽幽的叹息。

“哎……”

即使徐秉然是一个坚定的唯物主义者，此时此刻还是被吓出了一身冷汗。

夏听南抱着腿坐在徐家门口，哭丧着脸道：“徐秉然，我都等了你两个小时了……”

太倒霉了。

她兴致勃勃地上楼，兴致勃勃地敲徐秉然的门，没反应，她就想先回自己家。

她摸了摸左边裤兜，没有，掏了掏右边裤兜，还是没有，上下左右里里外外翻了一遍，就是没有。

谁能想到她什么都带回来了，手机、充电器、充电宝、电动牙刷以及其他零零碎碎的东西没有一个被落下，偏偏落下了家门钥匙。

徐秉然把夏听南从地上拉起来，摸着她的手，一片冰凉。他把自己脖子上的卡其色围巾摘下来，一圈一圈地裹在夏听南的脖子上。流苏让她痒得发出一声笑，徐秉然用手背贴了贴她的脸，冰凉冰凉的。

夏听南半张脸都埋在了围巾里，鼻尖白里透红。

徐秉然压着火气问：“你怎么不给我发消息？”

夏听南打了个喷嚏，苦笑道：“我手机没电了。”

“充电宝呢？”

“也没电了……”

“那你不会先去其他邻居家里吗？”

夏听南不吱声了。

徐秉然的嘴紧抿着，眉头皱得很紧，能看出心情不太美好。

他快速打开门，把手里的袋子丢在玄关，拉着夏听南快步往房间里走。

房间里很温暖，阳台的门开了一点缝，空气是流通的，偶有一丝凉风，但徐秉然觉得他现在就喘不过气了。

他们都没有冬天开热空调的习惯。

原本徐秉然是有的，但夏听南每次冬天来都嫌他房间闷，说自己喘不过气，一开始徐秉然还当作没听见，但看到夏听南闷得整张脸通红，他最后还是无奈地关上空调，给夏听南开窗透气。

到后来，徐秉然也逐渐变得不爱开热空调了。

“进去，马上洗个热水澡。”他急促地推着她。

夏听南扒着门，说：“等一下，让我先把衣服脱在外面。”

徐秉然先进到卫生间，一只手扶着墙，另一只手把墙上的小窗关紧，然后开始放热水，确保夏听南一会儿一进来就能冲热水澡。

弄好后，他走出去，看到夏听南已经把羽绒服和毛衣都脱下来丢在他的床上，身上是一件修身的灰色短袖，什么印花都没有，是当打底穿的。

“好冷好冷！”夏听南缩着脖子不停扭动着，然后打开书包打算找换洗的衣服。

徐秉然对于她先脱衣服再找衣服的行为感到不理解，说：“你先进去洗，我帮你找。”

“好！”夏听南手疾眼快，把干净的内衣内裤抓在手里带进浴室，模糊的声音隔着门传来，“帮我找一件厚的。”

听到浴室里传出淋浴的声音，徐秉然打开夏听南的书包开始翻。

她的书包和她的衣柜一样混乱，没有一点分类的概念，所有东西都一股脑地堆着。徐秉然找了一下，发现她根本没带什么冬天的衣服，也没有睡衣，只有压在底下的几件短袖。

他的目光从包中一处略过，停住。

徐秉然动作很快地把书包拉链又拉上了。

他走过去敲了敲卫生间的门，问道：“你只带了短袖？”

夏听南的声音和水声一起响起：“长袖没有吗？要不然你翻去我房间拿一下！”

徐秉然揉了揉眉心，不知道应该怎么回夏听南。他倒是想翻过去拿，那也得夏听南房间的窗户没锁上。出于安全考虑，夏妈妈在离开家之前把所有门窗都上了锁，没有给小偷留一点机会，也没有给徐秉然和夏听南留一点机会。

最后，徐秉然从自己的衣柜里找出干净的长袖长裤给夏听南。

不过对夏听南来说实在太大，她穿起来的样子很滑稽。

徐秉然坐在床上，看到夏听南歪歪扭扭地走到他面前，拉住了她。

夏听南晃了晃，然后停在他身前。

他像小时候照顾夏听南一样，认真地把她的袖口折了上去。看着夏听南的手露了出来，他摸了一下，温温的，是刚洗完澡的潮湿。

“衣服好大。”夏听南收回手扯衣服，然后用力把裤子上的腰带系紧，“你也没有厚的睡衣吗？”

徐秉然抬头对她说：“没有。”

他并不是很怕冷，一年四季的睡衣都是短袖配运动裤。

“好吧。”她浑身舒畅地扑到徐秉然床上，滚进他的被子里，“太舒服了，我都不想出来了。”

徐秉然扭身看她：“你洗了半个小时。”

“放心，还有热水。”

“冷不冷？”

“正好。”

“明天想去哪里玩？”他没有问她为什么回来，好像他什么都知道。

夏听南想了想，说：“看日出？”

他们的日出之行被耽搁了整整半年，终于在此时得到了兑现。

早上，夏听南被徐秉然从床上拖了起来。

前一晚，徐秉然让她睡在床上，自己打了地铺。担心夏听南睡觉会着凉，徐秉然还是开了空调，然而睡到半夜两个人都觉得太闷了，干脆又关了，幸亏房间里依旧暖和，两个人都睡了一个好觉。

外面黑蒙蒙的一片，他们四点就起床，趁着天还没亮，一路紧赶慢赶地爬上了山。两个人呼出的气在空中凝成一团白色，又消散不见。

等他们爬上了山顶，天空已经隐隐地泛起了光，地平线的红与头顶的黑互相渲染着，形成了难以形容的光辉。

山上人烟稀少，每一棵植被上都挂着晨露。夏听南看着远处冉冉升起的太阳，让徐秉然帮她拍照片，徐秉然当然没有拒绝。

她蹲在草丛中朝镜头笑，笑得比身后初升的太阳还好看。

徐秉然举着手机，忍不住问道："你要拍这一堆草吗？"

夏听南瞪着他，又慢慢站起身。

最后他们也没拍几张照片，因为日出太美，所以夏听南在看日出，而徐秉然在看夏听南。

夏听南长大了，卸去稚嫩的外衣，逐渐显现出与以往不同的色彩，最明显的一点，就是不再黏他。

她好像在身体力行地告诉他，她不再是会缠着他的小孩子。但徐秉然反而希望她不要长大，至少不要这么快长大，因为长大意味着烦恼，也意味着他们总有一天会不再这么亲密。

他很清楚夏听南的许多烦恼源自他，夏听南不会为学业烦恼，也不会为身材烦恼，但她会为徐秉然的沉闷而烦恼。

徐秉然有的时候会想自己会不会成为夏听南的负担，因为夏听南比他做得还好，明明可以和朋友出去玩的时候，她选择留下陪他聊天给他解闷，明明可以在老家过一个好年，她却不声不响地回来。

表面看起来好像是夏听南黏着他，需要他的陪伴，实际上徐秉然心里明白，是夏听南在找理由陪他。

以一种直白且贴心的方式。

这是徐秉然在经年中见证的夏听南式温柔。

如果可以，他希望夏听南能一直在身边，感受她的喜怒哀乐，因为她总是欢乐更多，充满感染力，而她的其他情绪他也愿意全盘接受。

但事实上，他并不能这么做，因为夏听南的感情太纯粹，而他的又太肮脏。每每注视着对方，他都在想：夏听南什么时候才能明白我在想什么？

他在想夏听南到底是什么时候长大的，到底是什么时候开始拥有柔软的脸颊、光滑的肌肤、甜蜜的嗓音，以及摄人心魄的眼睛。

青春期的荷尔蒙冲撞着他的心，他一边躲避，一边忍不住靠近，希望夏听南变成一汪池水浇灭他冒着火的心。然而夏听南却是催化剂，只会让它磅礴。

夏听南总是带着熟悉的笑，用最清楚的咬字喊着“徐秉然”，用最信任的目光看着他，靠近他，拥抱他。

她的手指会在他的鼻梁划过。

而徐秉然心里希望的却不是鼻梁，至少不只是鼻梁。

彷徨与渴望化作沉闷的言语，他喜欢叫她“听南”，却很少这样叫她。他包藏私心，仿佛这样他就拥有了两个她，一个现实里大家的夏听南，一个心里的只属于他的听南。

如果有平行世界，他希望至少有一个世界中，他有美满的家庭，除此之外，还要有一个夏听南，她可以是他的任何人，甚至可以是他的亲妹妹，只要她在他的旁边，他想他可以接受。

然而在数千万个世界中，在这个平凡的世界中，他只是被洪流碾压的蝼蚁，失去一个又一个他爱的人。

毫无办法，颓然又无力。

徐秉然不想再失去夏听南，又不知道该用什么方式挽留，如今的他一无所有，空有一腔抱负。他不仅代表他自己，还代表着死去的父亲，他不能徘徊不前，他必须离开舒适圈，离开有夏听南的地方，去打他应该打的仗，去成为他应该成为的人。

山风轻轻地吹，夏听南顶着日出的光辉，问他在想什么。

他说：“你头发乱了。”

夏听南自己拨了拨头发，发丝在光辉里泛着红，像一把利刃向他袭来。

徐秉然静静地看着她：“如果两年见不到我的话，你会想我吗？”

夏听南奇怪地看了他一眼：“当然会啊。”

“不要食言。”

他们坐着环城公交车回了家，起点就是终点，终点又是新的起点，一切看起来还是充满希望的样子。

太阳遵循着自然规律进行着昼夜更替，不随一切主观意识发生改变，时间狂野地流逝。

温暖又无情。

那时候，夏听南也没想到徐秉然说两年，就真的是两年。

她以为的如果并不是如果，而是现实。

分明他之前说大二才开始忙，结果大一的暑假也只回来一个星期就走了，只来得及陪夏听南去新开的水上乐园玩了一趟。

事实上，夏听南的水性并不好，上一次游泳可以追溯到小学，徐秉然去游泳的时候她非要跟过去。

隐约记得那天是个阴天，路上的行人没有打伞，也没有举着手遮遮掩掩地防紫外线，都带着笑自在地走着，好像阴天就是世界上最美好的天气。

夏听南很兴奋地走在徐秉然身边，但他对带夏听南一起来游泳这件事并不是很高兴，甚至有些烦，因为他还得分神看着她。

夏听南拉他的衣角，一下、两下、三下……

小小的徐秉然终于转头，面无表情地盯着她，问道：“干什么？”

夏听南小声说：“我没游泳衣。”

“那你跟过来干什么？”

“我在家里无聊……”

徐秉然深吸了一口气，转回去拉住她的手臂，带她进了游泳馆附近的小卖部，随手找了一件儿童泳衣给她。

但夏听南不喜欢，非要选和他一样的。

徐秉然僵着脸告诉她男生穿的和女生穿的是不一样的，夏听南皱着眉头听了半天才接受。

进了泳池之后，夏听南就跟玩具拧上了发条，在浅水区到处跑，后来嫌浅水区无聊，就想去深水区。

徐秉然当然不同意，于是她就趁他不注意偷偷地跑过去，最后却因为脚抽筋在挣扎中呛了好几口水。

徐秉然发现夏听南不见的那瞬间，他心跳都停了停，幸亏深水区有很多大人，看到夏听南在挣扎就立刻把她捞了上来，否则她哪里还能好好地在这儿给徐秉然添乱。

那天，年幼的徐秉然从头到尾都很心累，还有一些说不出的心慌，回家的路上眼睛一刻都没离开过夏听南。

而夏听南也很心累，她觉得水是很可怕的东西，从此以后能不去有水的地方就不去，就连中考体育都没有选择据说“飘都可以满分”的游泳。

不过这一次在水上乐园，夏听南总算克服了小时候的阴影，他们两个都很开心，在徐秉然的帮助下，她已经可以做到在水里狗爬，虽然姿势很难看，但至少也算是会游泳，不至于落水淹死。

之后的时间里，徐秉然都没和夏听南见过面，几乎每回的假期都撞上大型活动。警校里的学生在这种时候被安排去参与安保维稳工作已经是惯例，虽然的确可以积累经验，加强凝聚力，但根本没有休息可言。

那段时间大家连课都不用上，为了做好活动前期工作，他们巡逻站岗，检查消防设施，查娱乐场所，每天栉风沐雨、早出晚归。但这还不算累，活动举办当天是最累的，全天执勤，一天下来衣服都是湿的，腿都不像是自己的，十分辛苦。

每到这种时候，徐秉然就会尤其想念夏听南。

他中间不是没有抽空请假回去过，但偏偏那几天夏妈妈破天荒地空出假期和夏听南出去旅游了一趟，于是他只来得及和夏爸爸见一面就再次离开，只留下一些伴手礼在夏家。

后来有一次，他专门通知夏听南，说自己要回去，那一次夏听南看到了消息，信誓旦旦地说要去接机，结果是他这边出了急事走不开，又赶不回来了。

至此，徐秉然只能说是他和夏听南的确没有缘分，而唯一准时到的可能就是各个节日的祝福，还有生日时候的礼物。

陈茜问夏听南：“最近好久没有听你提起你哥了。”

夏听南回答她：“他在外地读大学，很忙，我也很久没见过他了。”

陈茜发出羡慕的声音：“那他成绩一定很好，一定很上进。”在她看来，高考完就解放了，大学就是用来混的。

“他的成绩向来很好。”夏听南一直知道徐秉然很优秀，无论是从主观还是客观来看，他都是她接触到的人中最优异的，好像所有美好的品质都被他占了，帅气、聪明、体贴……她几乎找不出他身上任何一个能称之为缺点的地方，连沉闷的性格好像都是闪光点。

“看来我也要努力一点了。”夏听南趴在课桌上，压着试卷，喃喃道。

同桌瞥她：“都快要高考了，现在说这话是不是迟了一点？”

夏听南真的不是读书的料，看小说看微博她可以一目三行，字字刻在大脑里，看课本看三行，她的大脑就发出需要睡眠的信号，比车上的雷达还灵敏。

她觉得她已经尽力，最近陈茜喊她出去吃东西，或者是汤诚喊她一起玩，她一概拒绝，义正词严地说自己要学习。她甚至翻出了徐秉然以前的笔记，还全部看完了，勉勉强强也算是有所进步，现在的成绩不说很好，但也不算很差，深谙中庸之道。

最近徐秉然也很关心夏听南，晚上有时间就会打视频和她聊一聊。他知道夏听南其实有点紧张，当初他高考的时候夏听南都紧张成那样，何况她自己高考呢。

“徐秉然，你什么时候回来？”

“我……暑假要见习。”

“好吧好吧。”夏听南看着手机里的徐秉然，忽然说，“不然我考完去找你玩吧？”

她忽然兴奋起来，紧张的情绪都消失了一瞬间：“我考完就有三个月假期，我要出去旅游。”

室友陈楠从徐秉然身后走过，忽然凑近：“又和小美女聊天啊。”

徐秉然快速地把手机放下来，皱着眉瞪他：“把衣服穿上。”

陈楠撇了撇嘴，压低声音说：“徐秉然，别尿啊，喜欢人家就赶紧说，再不说都被别人拐跑了。”

徐秉然抿着嘴不说话，拿起手机就往外走。

夏听南嘿嘿一笑：“你室友身材挺好的。”

“我身材也很好。”

“真的吗？我不信。”

陈楠见徐秉然出了门又回来，惊讶地看着他。

徐秉然当作没看见，往卫生间里走。

他关上卫生间的门，犹豫了一下，还是对着镜头快速撩起衣服，露出几块明显的腹肌。

夏听南很给面子地“哇”了一声：“等下，我还没看清。”

徐秉然又撩了上去。

“哎，好想摸摸看，等你什么时候回来可得给我摸摸。”

徐秉然没回她，但耳朵有点红。

陈楠看见徐秉然刚进卫生间就出来，耳朵还有点红，表情更加惊讶。

徐秉然依旧当作没看见，重新走出寝室门，走到开水间旁边的阳台。

这边能看到天空，乌黑一片像块黑布，只有几个破洞般的星星。

他不知道夏听南那边的天气是不是也像他这里一样好，因为他只能看到夏听南挤满镜头的脸。他其实也不关心那边天气如何，他只关心夏听南。

他说：“夏听南，好好考试。”

我很想你。

第六章 陈年烈酒

高考结束没过多久，徐秉然就接到了夏爸爸的电话，说拦不住夏听南，她非要去找他玩，他们有点不放心，让他一定要看住夏听南。

徐秉然应下。

夏听南怕徐秉然的学校管理太严格，平常出不来，特意问了一句，徐秉然说没关系，他和队长关系还可以，打个报告请个假就行。

她第一次坐飞机，很紧张，但还好一切都很顺利，飞机也没有延误。她一到出站口就到处找徐秉然，很快就在人群中看到几个高挑挺拔的身影，和旁边的人有明显不同的气质。

徐秉然的几个室友也跟来了，他们非说要看一看他的情妹妹。

徐秉然让他们到时候不要乱说话。

“徐秉然，这都是你室友？”夏听南奇怪道，“怎么壮的这么壮，瘦的这么瘦？”她以为警校都有身高体重的硬性要求。

除了在视频里见过的陈楠，剩下一个是瘦高个，另一个看起来有点胖胖的。

那个特别瘦的说道：“妹妹，你不能因为徐秉然又高又帅就看不起我们啊。”

徐秉然把他挡开，提着夏听南的行李问道：“饿了没有？”

夏听南说：“有点饿了。”

“那走吧，带你去吃东西。”

他们吃的是日料，吃完一个个争着买单。徐秉然的室友硬说妹妹好不容易来一趟，必须要他们付钱，还说他们几个专门为了妹妹向队长请假出校，一寝室请假，找的理由五花八门，差点被队长按在地上摩擦。

最后夏听南受不了他们的热情，直接把他们都拦住：“行了！谢谢各位！这顿我来付钱！我请你们吃！”

这下他们不争了，夏听南甚至怀疑他们是故意的。

夏听南很肉疼花出去的钱，徐秉然看出来了，晚上回去的时候把钱又转给她，但她没收。

她煞有其事地说：“正好早点把钱花完，这样就可以名正言顺地占你的便宜了。”

徐秉然接受这个理由。

大都市就算是夜晚也灯火通明，行李箱的滚轮在水泥地上发出咕噜咕噜的声响，一排五个人在街灯的暖光照射下慢慢地走着。

一个人问道：“那妹妹今晚住在哪里？”

夏听南说：“我随便找个酒店就行。”

他们都觉得不太合适。

忽然，陈楠说：“要不然让徐秉然陪你住酒店吧？”

徐秉然看向陈楠，陈楠朝他挑了挑眉。

徐秉然错开眼，看着远处的灯影，没有说话。

夏听南愣住：“你们明天不是要上课吗？”

“是啊，那又没关系，住得近一点不就好了吗？我们学校旁边什么旅馆酒店都有，连学校里面都有招待所，也可以住这个，最安全。

“你千里迢迢来找哥哥，你哥哥要是把你一个人丢在外面就太不负责任了。你说是吧？”陈楠最后一句是朝徐秉然说的。

夏听南是无所谓住在哪里。

徐秉然犹豫了一秒，没带夏听南回学校，因为听说学校的招待所环境不太好，而且还得申请，流程有些复杂。最后，他在学校附近找了一家环境不错的宾馆。

在宾馆的前台，徐秉然刚好遇见一个一起吃过饭的同学和他的女朋友一起，对方神情暧昧地看着徐秉然和夏听南。

徐秉然朝对方点了点头，懒得和这种八卦的人解释。

但夏听南被这种目光和表情烦到，说：“他们在看什么？真无聊。”

徐秉然拿了房卡拉着行李往里走：“别管他们。”

夏听南进门先开了空调，夏夜像是不透风的墙，两个人的身上都黏腻无比，好像吃完甜食后遗留下来的糖霜。

夏听南准备去洗澡，又想起什么，问徐秉然：“可是你什么衣服都没带。”

徐秉然说：“我不换了。”

“噫——”想到什么，夏听南掏了掏行李箱，找出自己那件宽大的睡衣，“这件你穿得下吗？”

徐秉然沉默了一会儿，然后说：“穿不下。”

“你都没试，你怎么知道穿不下？这件真的很大。”

夏听南又抖了抖衣服，在自己身上比画了一下，比她大了一圈，不过穿起来真的很舒服。

她抬头看徐秉然，却发现他莫名其妙地在放空。

“徐秉然……徐秉然！”

他蓦地回过神：“嗯？”

“你忽然发什么呆？”夏听南奇怪地看着他，“不穿就算了，那我自己穿，我先去洗澡，热死了。”

说完，她就开始掏行李箱，徐秉然站在一旁看着她。

随着年龄的增加，夏听南的审美相较于以前也有了很大的提升，开始追求各方面的好看，就算别人看不到的东西，她也买得很好看。

她拿了好几件衣物去卫生间，徐秉然难以避免地看到了压在短袖底下的黑色蕾丝内衣。

宾馆里的淋浴器并不是很好，夏听南研究了一会儿才出热水。

水哗啦啦地淋下来，她舒服地闭上了眼睛。

徐秉然听到卫生间里窸窸窣窣的声响，有点心累地躺倒在床上，眼睛看着白花花的天花板，不知道想到什么，忽然快速地捂住自己的脸。

过了两分钟，徐秉然起身把空调温度又往下调了两度，站在风口，表情很淡，看不出他在想什么。

夏听南擦着头发出来，看到他这样顶着风吹，以为他很热。

“你热的话快进去洗吧，洗完舒服一点。”

徐秉然表情有点不自然，带了些重量的目光落在她身上。

“好。”

夏听南惊了一惊：“你声音好像有点哑，是不是感冒了？这么热你也能感冒？”

徐秉然一边清嗓子，一边摇摇头，凑近夏听南。

她不明所以地看着他。

徐秉然盯着她额头看了几秒，然后朝她额头吹了一口气，挂着水滴的刘海微弱又笨重地扬了扬，水滴落下。

他伸手，把落在她脸颊上的这滴水轻轻抹去，拍了拍夏听南的肩，然后径直走进了浴室。

夏听南迷茫地摸了摸自己的脸，又摸了摸自己的肩，觉得某个瞬间，徐秉然莫名有点瘆人。

浴室里还留着夏听南的气息，徐秉然的手掌用力搓了搓后脑勺，心里的火快要冒出来。

如果他是一棵树，必然已经由内向外开始燃烧腐烂。

他叹了一口气，放弃挣扎，打开花洒，松散的水柱淋下。他闭了闭眼，粗重沉闷的呼吸声肆意蔓延。恍然间，他听到夏听南的声音。

“徐秉然，你怎么冲了这么久？没事吧？”夏听南敲了敲卫生间的门。

她感觉徐秉然在里面待了很久，水流声一直没停过，她也没细想，只觉得有些奇怪。

徐秉然静了静，镇定自若地回复道：“没事。”

夏听南皱起眉，灵光一闪，语速很快地说：“那你继续洗，我看会儿电视。”

卫生间外响起电视机的声音，一下是新闻联播主持人一本正经的播音腔，一下是狗血电视剧里撕心裂肺的吵架声，唯独没有夏听南的声音。

徐秉然的喉结滚动，更加肆无忌惮，氤氲的热气在翻涌着，镜面都蒙上一层雾。

“夏听南……”

闻言，夏听南看到徐秉然慢吞吞地出来，走路的姿势和平常好像有一点微妙的不一样。

他朝夏听南看过来，夏听南下意识避开了他的视线。

徐秉然发现了，动作顿了顿，然后坐在了另一张床上。

过了半秒，他飞快地掀起被子把自己包了进去。

徐秉然没有换洗的衣物，穿过一天的底裤也不想再穿回去，最后直接套上了运动裤，想着先凑合一晚上。

他现在真切地怀疑夏听南看出什么来了。

沉默在两人间发酵，电视里的笑声不断，是夏听南调的综艺节目，电视里的明星和节目主持人正在进行游戏。

她盯着看了一会儿，很快就被逗笑了，转头看着徐秉然说：“徐秉然，你看，他把裤裆扯到了，笑死我了，哈哈哈，呵呵……”

她越笑声音越小，然后心虚地把头摆正，又僵着脸不说话，恨不得给自己掌嘴。

好了，这下徐秉然知道她真的看出来了。

一时间，徐秉然的心情很复杂。

古怪的气氛直到他们关灯入睡都没消散。

第二天，徐秉然很早起床，离开前拍了拍夏听南的脸，想跟她交代点事情。

拍了好一会儿没拍醒，他只好把手伸进被子里。

被窝里很暖和，和外面是截然不同的两个温度，那是夏听南的体温。她还是喜欢用腿夹着东西睡觉，被子的边被她卷进了双腿间，睡得安静香甜。

徐秉然很轻松地触到了夏听南，他先是掐了掐她，没得到反应，于是开始挠她的后腰。

她瘦了很多，以前腰腹部的肉都消失了，摸过去少了一点软糯的感觉，多了一些骨感。温热的手从左滑到右，隔着衣服在脊椎凹陷以及附近的皮肤处随意地打着圈。夏听南果然被痒醒，一脸迷糊又不爽地笑，推着腰上的手。

徐秉然收了手，看着她说：“今天周五，我先回学校，下午放学之后来找你，如果有事情就给我打电话，听到没有？”

夏听南迷迷糊糊地点着头，下一秒眼睛就又闭上了，隐约感觉脸被什么碰了碰，她没在意，直接掉进梦的旋涡。

徐秉然收回手盯着她，克制地抿嘴，转身离开，轻轻地带上了门。

夏听南这眼一闭，再睁眼的时候，面对的就是徐秉然神情复杂的脸。

她揉着眼睛起身：“你怎么又回来了？”

徐秉然侧过头，不看她。

夏听南低头一扫，连忙把自己卷到胸口的衣服拉下来，然后咳嗽了两声。

徐秉然看了一眼手表，说：“如果我没弄错，现在已经快下午五点。”

准确地说，现在是下午四点四十七，他下课后花了十几分钟走到这个宾馆，发现夏听南居然还在睡觉，直到他走进房间弄出一点动静，她才翻了翻身，像是要转醒的样子。

人类的平均寿命是七八十岁，多少人不愿意陷入长眠，而夏听南却反向而行，巴不得天天躺在床上过日子，每天昏天黑地地睡觉。徐秉然觉得夏听南百分之七十的时间都在睡觉。

“夏听南，你为什么这么能睡？”他真实的迷惑了。

“昨晚窝在被子里看小说，看得太迟了，天快亮了才睡。”

徐秉然无语了。

“真的很好看，很感人。”夏听南解释道。

她还看哭了，怕吵醒徐秉然，就躲在被子里闷声抹眼泪，偶尔钻出去透一下气。

徐秉然万万没想到，昨晚关灯之后夏听南躺着一动不动，原来不是睡着了，而是在看小说。但凡夏听南把看小说打游戏这种让人望尘莫及的劲儿花一半在读书上，她都是市状元。

他高考的时候都没有像她看小说这样用功过。

夏听南起床迅速地洗漱，觉得胃里空空的，饿得有些发慌。

“有没有吃的？”

徐秉然说：“换衣服，带你去吃点东西。”

这次过来，夏听南带了很多连衣裙，大部分都是长裙，因为她总觉得自己的腿有点粗，刚起床的时候看起来还好，在外面逛两圈就感觉胀了一圈。

她换好出来，在徐秉然面前做作地转了一圈，问道：“怎么样，好看吗？”

徐秉然说：“还可以。”

“啊？只是还可以吗？那我换一件，等一下。”

她又跑进卫生间换了另一条裙子，然后问徐秉然怎么样。

徐秉然：“还可以。”

“啊，这件也只是还可以吗？”

她又打算去换衣服，被徐秉然无奈地拉住了。

他把她无意中掉下来的黑色内衣肩带拨回了肩膀上，内衣肩带与皮肉碰撞，发出一点声响，附近的皮肤泛起一点点红色，又慢慢消散。

徐秉然解释：“还行的意思，就是很好看。”

“哦……那你直说呗。”

徐秉然没接话。

她摸了摸发痒的肩，没有再去换衣服。

这边毕竟是大学城，附近除了徐秉然就读的大学，还有很多知名的学府，每一所都是夏听南这辈子都考不上的。她不由得感叹人与人之间的差距，这就是传说中的云泥之别吗?

徐秉然带她逛了逛，然后进了一家小店。

夏听南问：“就吃这个吗？”她还想着吃遍美食榜。

徐秉然点了两碗素面后问：“你还想吃什么？麻辣小龙虾？”

她很惊喜：“可以吗？”

“不可以。”

空腹吃麻辣小龙虾，那接下来就会是医院一日游。

夏听南翻了个白眼。

不过夏听南不挑食，就算是素面也吃得很满足。

“你说我是不是对北方有滤镜？我怎么觉得这个面都比我们南方的好吃呢？”

她把最后一口汤喝完，忍不住打了一个绵长的嗝，没有丝毫形象可言。

隔壁几桌的人都看了过来，有点不确定这个狂野到像非洲草原的狮子打出来的饱嗝，到底是出自他们俩谁的口。

徐秉然偏头装作不认识夏听南，然后说："那是你饿过头了。"

夏听南也尴尬地别过头，压下了嘴里快要跑出来的下一个长嗝。

他们吃完后在小吃街散步，小吃街人很多，夏听南甚至看到不少外国人，都十分高大帅气，徐秉然跟她说这些可能是各个学校里的交换生。

夏听南一脸敬佩地点头。

天气有些热，徐秉然买了杯汽水给夏听南。

夏听南左手拿汽水，右手握手机，大拇指不断翻着页，昨晚看的小说实在是太虐心，所以她找了一篇不费脑不扎心的小说，打算治愈一下自己。

徐秉然眼一瞥，长手一捞，把她的手机抽走。

"夏听南。"

"干吗？手机还我。"

徐秉然看了一眼手机里的内容："他的双眼猩红，把她堵在墙角……"

夏听南头皮一阵发麻："别，你还给我！你别读出来！别读啊！"

徐秉然转了个圈，躲着她的手，继续读："他说，囡囡，不要哭，你一哭，我的心就稀巴烂了。"

"啊啊啊！！！"夏听南的脸一片通红，感觉头上都在冒烟，她跳起来抱住徐秉然的脖子，挂在他身上使劲掐他，"跟你说了别读出来啊！"

徐秉然闷笑着，怕夏听南掉下去，搂住了她的腰。

"原来你喜欢这种。"

"你懂什么。"

"确实不懂，我也不知道心稀巴烂了人是不是就死了。"

夏听南很崩溃："你这人怎么一点都不浪漫？"

徐秉然把她放下来，目光落在她光洁的肩头。

不是他不懂浪漫，而是他的浪漫永远不会宣之于口。

他能为夏听南上天入地，能为夏听南变得无所畏惧，铜墙铁壁一往无前，但前提是夏听南需要他。

徐秉然知道他还不是夏听南的必需品。少了一个他，还有陈茜，还有汤诚，还有许许多多被她的热情性格吸引而来的朋友。夏听南永远不会孤独，因为她能给别人带来温暖。

但徐秉然不一样，他就像森林中的一根枯木，被生长的气息包围，却失去了生长的力量，他渴望奔向阳光，却被禁锢在原地。

因为太阳博爱，并不只照射他。

晚上回宾馆后，夏听南收到了汤诚的组队邀请，她想着的确很久没上游戏进行一番头脑风暴，于是就同意了。她打开语音，拿蓝牙耳机的时候发现没电了，于是她干脆外放，心想反正徐秉然和汤诚也认识。

夏听南拖长声音问："听——得见吗？"

"听得见，开一局随机模式。"汤诚说。

徐秉然的头马上转了过来："汤诚？"

汤诚一惊："谁？"

夏听南一句话都还没说完，徐秉然已经把她的手机拿走了。

徐秉然淡定地说："我。"

汤诚喊道："来单挑。"

"来。"

夏听南腹诽：他们到底有什么仇什么怨？已经多长时间了，还是见面就单挑？

她从自己的床上下来，爬到了徐秉然的床上，靠在他的手臂上看他玩。

徐秉然的手指动作忽然停住，垂着眼，不知道在看她还是在看手机画面。

"哎，时间快到了，你快选呀。"夏听南急得去按手机。

徐秉然把手机递给她："你来。"

那一头的汤诚说："你要输了。"

徐秉然面无表情地重新把夏听南手里的手机拿回来，专注地开始答题。

这一场单挑战况十分胶着，两人得分一直不相上下。

最后的结局是徐秉然赢了，有智力成分，也有运气成分。

徐秉然把手机还给夏听南。

夏听南又和汤诚玩了几局，但汤诚输给徐秉然之后就兴致缺缺。

"你们到底为什么每一次都要单挑啊？"夏听南奇怪地问。

汤诚没好气地说：“你问他。”

徐秉然扶着后颈摇了摇头，表示自己也不知道。

那天他和汤诚说夏听南有事不能上号，让他来做活动任务，而汤诚的正确率虽高，但答题速度却不堪入目，所以结束之后他忍不住冷嘲热讽了汤诚一番。

从那之后，汤诚就杠上他了。

夏听南看了徐秉然一眼，信了。

因为汤诚的手速的确不堪入目，不过现在倒是比以前好了很多，基本上可以算是质的飞跃。

夏听南玩起游戏完全心无旁骛，于是徐秉然去洗澡，这一次他把换洗的衣服都带上了，总算不至于尴尬。

他出来的时候，夏听南还在打游戏，而且战况挺激烈，她和汤诚的声音也很响亮。

他打开电视，看起新闻联播，熟悉的主持人用着播音腔讲着国家大事，然而徐秉然什么都听不进去。夏听南激动的声音一直往他耳朵里钻，同时还有汤诚难听的声音，就像是鸭子叫，没完没了，把新闻联播主持人浑厚的声音都盖住了。

为什么汤诚不闭嘴？

他这么想着，然后把新闻联播的声音又调得轻了些，偏头往夏听南那边看。

拿到了好看的名次，她很开心，一直在夸汤诚刚才脑子动得好快。

汤诚说：“谢谢，你刚刚也发挥得很好。”

夏听南笑起来。

“对了，你考得怎么样？”

“就那样呗。”

“你打算报哪里的学校，要不然……”

“唰——”

徐秉然猛地站起来，抱住夏听南的腰，头靠在她身上。

夏听南吓了一跳：“怎么了？”

电话那头的汤诚一头雾水：“什么？”

夏听南说：“哦，不是和你说，我这里有点事，我先下了。”

没等汤诚再说什么话，她匆匆挂了语音，关掉游戏后台，把手机放在枕头边。

她摸了摸徐秉然的头，不确定道：“你人不舒服？”

好像是有一点烫，难道是发烧了？

应该不会啊，怎么一点征兆都没有？刚刚还好好的。

徐秉然摇头，抱得更紧了一点。

夏听南云里雾里，不知道到底发生了什么，上一次徐秉然这样子还是他高中毕业喝醉那次。但今晚也没喝酒啊，就只在回来的路上买了瓶雪碧。

总不至于是一瓶假雪碧吧？

“到底怎么了？”她心里有点着急。

他不说话。

夏听南忽然问：“你是不是困了？”现在快晚上十一点，徐秉然平常在学校应该晚上十点半就熄灯了。

徐秉然还是没抬头，但是靠着她缓缓点了点头。

她松了口气：“那你早点说，我就不打游戏了。”

夏听南还没洗澡，扯了扯徐秉然的手臂，想让他先放开。

这时，徐秉然抬起头来，看着夏听南说：“夏听南，我昨晚又失眠了。”

夏听南没理解他的意思。

他张了张嘴，心里又有点后悔，觉得自己变得不像自己，最后说：“算了。”

他慢慢松开她，表情有点紧绷，配上眼下的一点黑眼圈，看起来带着无力感。

他没骗夏听南，他的确没睡好。

看到徐秉然脸色黯淡的样子，再联想他说的话，夏听南终于有些明白了。

她一脸难以置信地看着徐秉然：“徐秉然，你二十多了，还要我哄你睡觉？”

他们两个年纪还小不够懂事的时候闹着玩就算了，现在两个人都这么大了，她哪里还哄得下嘴？

徐秉然纠正道：“刚二十一。”

前不久他刚过完生日，还收到了夏听南送的一双鞋。

实际上，夏听南不仅很乐于给自己过生日，例如每年都提醒徐秉然给她准备礼物，还很喜欢给别人过生日，她的手机日历里标了各种朋友同学的生日，一到时间就买礼物送给大家。

也难怪夏听南招人喜欢，她总是对人很真诚，让人觉得自己对她而言是重要的。

“二十一不是二十多？你……我服气了！”她竖了个大拇指。

但夏听南还是心软了，她无奈地说：“算了，你先等我洗漱一下。”

房间里所有的灯都打开着，明晃晃的，夏听南都快想不起来以前自己是怎么给徐秉然催眠的了，大概就是她的碎碎念有强大的力量，谁听谁睡死。

这倒不止体现在徐秉然身上。

夏听南的嘴是停不住，打游戏的时候骂骂咧咧，一个人的时候自言自语。

而且她不仅做事情磨蹭，讲事情的时候也磨磨蹭蹭，抓不住重点，好好一个跌宕起伏的故事都能被她说成细水长流的感觉，所以在学校里，陈茜和她聊着聊着也会打个瞌睡。

徐秉然在她床上直挺挺地躺着，没有再抱着她。但夏听南觉得好像抱着也挺舒服，会有一种很充实的感觉。

夏听南说：“忽然很想养一条狗。”

徐秉然默了默，然后问：“我的头摸起来这么像狗吗？”

夏听南点头：“有点像。”

虽然徐秉然的头发比以前短了很多，但因为他的头发很软，所以摸起来尤其舒服。

夏听南说：“不如我养条狗吧。”

其实她一直想养一条狗，柯基或者萨摩耶，金毛好像也不错，反正不能是泰迪。

对了，也不能是哈士奇，因为听说特别二。夏听南家里低智商生物只能出现一个，那就是她，她不能让家里出现比她还笨的生物，否则她的地位会更加岌岌可危。

徐秉然又慢慢地环住夏听南的腰，把头向前靠了一些，让夏听南能很容易地摸到他的头。

他说：“别养，你不会好好养的。”

养狗费时又费力，每天都要带着去遛弯，还要整理小狗的屎尿。夏听南连自己都照顾不好，何况照顾一条小狗。而且没过两个月夏听南就要去上大学，最终的结局就会变成夏爸爸夏妈妈养，而夏爸爸夏妈妈经常不在家，那小狗的命运基本就能看到头了。

夏听南愤愤地揉他的头发：“这都被你发现了。”

不得不说，徐秉然完全看透了她的懒。

“那只能揉一揉你的头发满足我的福瑞控了。”她边说边玩他的头发。

夏听南自己的头发又黑又多又硬，每一次洗完都像金毛狮王，有时候她很羡慕发量少的人，巴不得分一点给他们。

徐秉然问：“什么是福瑞控？”

夏听南按照自己的理解解释道：“大概是 furry（动物迷）控的谐音，喜欢毛茸茸的东西，看到就想埋头狂吸？”

其实她也不确定这样解释对不对。

网络用语太多，但徐秉然听懂了，他的语气古怪：“所以你想埋我的头……狂吸？”

“没有！我就是喜欢摸。”她觉得这话听起来怪怪的，赶紧否认。

为了让徐秉然更好入眠，夏听南伸手把走廊和头顶的灯都关了，只留下床头柜上的一盏小台灯。小台灯修长的灯杆撑着圆形灯罩，落下弧形的光影，光线向四面八方弥散。

从她的角度看去，对面的床空荡荡的，只有一床略显凌乱的被子，因为那张床的拥有者现在正在她的床上。

一种古怪的感觉从她心里漫起，总觉得哪里不太对劲。

徐秉然冷不丁地问：“你觉不觉得有点冷？”

夏听南一下子忘记自己刚才在想什么，把被子拉上来了一点，然后把空调往上调了两度。

“我才发现空调温度居然这么低，我昨天明明没开这么低啊？”

徐秉然忽然翻了个身，不抱着她了。

夏听南笑眯眯地把他拉回来：“你的头别离我这么远。”

徐秉然一蒙。

夏听南聊了聊自己高考前的日常，贫乏无聊，三点一线，但徐秉然听得很认真。

有一些是她之前和他提过的，有一些则是他不知道的。

她用饱含郁闷遗憾的语气说道：“明明大家说过要永远在一起，可毕业后还是要分开。”

徐秉然抓住她一直在摸他头的手，用力捏了捏，语气有些沉：“没有什么是永远。”

徐爸爸徐妈妈结婚的时候渴求的也是永远，然而却落得一地鸡毛，出轨的出轨，出意外的出意外，只留下一个他，在尘世中挣扎。

徐秉然甚至都怀疑过自己存在的意义，在某个瞬间产生过一了百了的心思。

夏听南怎么会觉得相识两年就会永远在一起呢？两年，只占他和她相识时间的一小截，连他都不确定自己和夏听南能不能永远这样下去，何况只是相识两年的他们呢。

以后会不会有另外一个男人，在夏听南身边听她碎碎念，拥抱着夏听南，做着他不敢也不能对夏听南做的事情。那个男人可能比他有趣，比他阳光，比他的家庭幸福美满，有一个轻松愉快的工作，未来不必早出晚归没有时间陪家人，能让夏听南永远衣食无忧，快乐地生活下去。

夏听南发现徐秉然情绪突然有点消沉，她并不知道他在想什么，以为他是想到了徐爸爸徐妈妈。

她迅速转移话题：“你说我报什么学校好？虽然我没估分，但我觉得肯定有学上。”

“你还挺自豪。”

夏听南笑：“我就不是读书的料，有学上就不错了，运气好说不定还能上个本科。”

“你想学什么？”

“不知道。”

她对未来的专业选择没有丝毫概念。

“有没有什么专业适合看小说和打游戏？”

“家里蹲专业。”

到最后，他们也没商量出来夏听南读什么专业好，徐秉然认为什么专业都没关系，条条大路通罗马，只要夏听南自己开心，随便选一个自己感兴趣的专业就可以。

夏听南讲着讲着就有些发困，台灯的暖光滋养着睡意，等徐秉然再说话时，已经等不到夏听南的回音。

夏听南总是风风火火，笑起来的样子散发着独有的光，但睡着的时候，那张脸却乖巧沉静得不像同一个人。

徐秉然轻轻把她放平，撑着头侧躺着看她。

她瘦了，脸上的婴儿肥已经快看不出踪影，脖子下方甚至能看到锁骨的痕迹，她的身体在台灯的照射下映出光与影的交接。

徐秉然伸手沿着那条圆弧形的明暗交界线轻轻地划。

“唔。”夏听南从鼻子里发出一点声音，偏了偏头。

她真的很怕痒，不只是后腰，好像哪里都是她的禁区。

慢慢地，他的手指从她侧脸沿着弧线划到嘴唇，又轻轻地擦过她的下唇，是和梦中一样的柔软，像是果冻一般。

鬼迷心窍完全能形容现在的他，又或是只是他的借口，只是因为他自己想这么做。

徐秉然有所为，有所不为，他好好学习不是因为父母让他好好学习，而是因为他知道自己应该要学，母亲出轨、父亲去世都没有让他一蹶不振，他依旧走在去往目的地的那条道路上，因为他知道什么才是自己应该做的。

然而此时此刻，他知道自己不应该，这是在踩高压线，但行为却不受大脑的控制。

他的手撑在床边，指关节因为紧张用力而泛白，青筋隐约浮现。

他的太阳穴有些发胀，紧紧注视着夏听南，眼中的夏听南越来越大，逐渐看不见其他，只有那一双紧闭的眼睛、垂敛的睫毛。

他的唇落在夏听南的嘴唇上方，好像要碰到，但又没有碰到。

时间停滞不前，呼吸也滞住，只能听见越来越响的心跳声，好像要把世界上所有昏睡的人都吵醒。

包括夏听南。

船舵无意识地转动，破旧的船逐渐脱轨。

徐秉然笃定地说道："夏听南，你醒着。"

夏听南的睫毛几不可察地颤了颤，但眼皮依旧耷拉着，仿佛不睁眼，她就没醒来。

掩耳盗铃。

徐秉然苦笑了一下。

他看起来还是很冷静，好像不打算给夏听南留退路，也不打算给自己留退路。

他在心里问自己：为什么是今天呢？为什么是此时此刻呢？

或许是陈楠的话刺激到了他，又或者是汤诚的喋喋不休让他厌烦，也或者是夏听南对于永远的定义让他颓然，心中油然升起无法言喻的冲动，不想再等，也不想再犹豫，想豁出去试一试，试一试夏听南能不能为他所动。

房间里的冷气还在呼呼地吹，夏听南心里掀起惊涛骇浪，任何一种情绪都没有震惊多。

徐秉然为什么要亲她？

还能为什么？

她又不是傻子。

可是怎么会……

她是夏听南，他是徐秉然，怎么会？

两个人熟悉到夏听南甚至知道徐秉然臀部靠下有一个小胎记，她小时候还拿这个胎记嘲笑过他。徐秉然甚至知道她后腰上有一颗痣，他不懂事的时候还说过那是夏听南的开机按钮。

他们伴随着对方从幼稚到成熟，在夏听南眼里，徐秉然和父母并没有什么两样，在有些时候甚至比父母还亲。

这样子的两个人，怎么会和情爱搭上关系？

她的心缓慢地跳动着，慢慢睁开眼睛，看到垂着头看她的徐秉然。

他的表情很淡，看她的目光也很温和，和平时没什么差别，但夏听南知道，哪里都不一样。

她的嗓音有些发抖：“徐秉然，你先让我起来。”

徐秉然以为她在害怕，于是很快松开她，和她拉开距离，靠墙坐着。

夏听南并不是害怕，只是觉得有些无措。她撑起身体，看到徐秉然把枕头立起来垫在她的腰后，和平常一样体贴入微。

夏听南沉默地和徐秉然对峙，心里惊疑不定，怀疑今天是愚人节。

“徐秉然，你——”她闭上了嘴，表情有点僵硬，眉毛皱成一个奇怪的形状，看起来满脸的不理解。

徐秉然喊她：“听南。”这两个字像是在他舌尖缱绻很久。

夏听南的心猛地一跳，后背出了一点汗。

乌龟拥有坚硬的躯壳，总是缩在自己的温房，本能地不愿接触风波。夏听南开心至上，觉得天永远是蓝的，水永远是清的，身边的人都是美好的。

她希望徐秉然不要再继续说下去，希望他们回到半个小时前，她还是她，徐秉然还是原来的那个徐秉然。他们之间百无禁忌，她会担心徐秉然，会用她的方式让徐秉然忘记烦恼，而徐秉然会对她好，和她一起长大，但不会想要亲她。

但徐秉然认真地说：“夏听南，我喜欢你。”

然后，他又轻描淡写地加了一句：“很久了。”

久到他想不起来是从哪一个瞬间开始心动，想让夏听南的眼里只有他。

夏听南摇头：“不可能。”

这势必是恶作剧。

她忽然放松了表情，扯开嘴角笑得很灿烂，用一副不成熟的样子若无其事道：“徐秉然，你是不是在和我开玩笑？”

徐秉然没有给她躲避的机会，很快反问：“你觉得我在开玩笑？”

夏听南的脸又僵住了。

徐秉然忽然用力扣住她的手放在自己心口。

他的身体坚硬且滚烫，胸膛里吵闹极了。

夏听南猛地抽回手，脑子里一片空白，不知道怎么面对当下这个状况。

徐秉然收回手，唇绷成直线，唇色变得有些苍白。

他知道自己吓到夏听南了，但他的本意不是这样的，复杂的情绪漫上心头，知道是自己太心急，这个告白不合时宜。但说都说了，也没什么可后悔的，内心有一种破罐子破摔的一往无前。

夜已经很深，早就到了需要好好休息的时候。

“很迟了，先休息。”徐秉然说。

夏听南只是用力点头。

他用手碰了碰她的手，有点凉，起身又把空调往上调了一度，然后回到自己的床上，把床头灯也关上。

“我不是开玩笑。”他在黑暗中说道。

夏听南没说话。

“晚安。”

“晚安。”

这一夜，夏听南没有睡好，可能是白天睡得太多，也可能是脑子里太乱，也可能是徐秉然平静的呼吸声太过扰人，她根本抓不住平常的睡意。

他怎么能睡得这么安稳？夏听南觉得很离谱。

徐秉然却觉得这一夜是他很长时间以来睡过最舒服的一觉，没有任何压力，没有任何需要想的，因为他已经把自己想表达的和夏听南说了。

第二天起来，看到夏听南困倦无比，刷牙都没力气，黑眼圈挂到下巴，徐秉然还是忍不住笑了出来。

夏听南听到他的笑声，差点心梗。

“我说喜欢你，你就睡不着了？”他以为夏听南的心大得很。

夏听南听他的语气轻松，她心里也放松了一点，抱怨道：“我还在想是不是我做梦了。”

“那你想明白了吗？”

她没好气地说：“想明白了，不是做梦，是你脑子真的进水了。”

徐秉然淡淡地笑了一下，没说什么。

出门前，夏听南换了一条裙子，这次没再问徐秉然好不好看。

徐秉然带她去附近最有名的景点，因为一部分学生已经放假，而且又是周末，所以人很多，他们排了将近一个小时队才进入园区。

夏听南还是有点不自在，总是想东想西，所以一直没敢和徐秉然对视，只是有一搭没一搭地和他聊着，然后用手机拍这边的风景。

徐秉然注意到她的躲闪，心里有点无奈。

他说："夏听南，你自然点，我又不会怎么样你。"

夏听南叫道："可是你说你喜欢我啊！"

旁边的一群路人古怪地看了她一眼。

夏听南顿时闭上嘴，眼神开始到处飘，半天没有落点。

徐秉然说："叫这么大声，全世界都知道我喜欢你了。"

夏听南欲哭无泪，踹了徐秉然一脚。

前方人多了起来，乌泱泱的一片，摩肩接踵，徐秉然揽着她的肩，替她挡开熙熙攘攘的人流，缓慢地穿过人群。

夏听南瞥了一眼肩上的手，又偏头看了看徐秉然皱着眉的表情，在心里叹气。

返程机票是周日下午的，夏听南原本就没打算玩很久，留在这儿的时间实际也只剩下一天半。

从这一个景点到下一个景点，从这一条古街到另一条古街，他们的行程丰富但不匆忙。

徐秉然很称职地做着导游，把他觉得值得一去的地方都告诉了夏听南，还给她拍了很多好看的照片，让她可以发朋友圈，路上他还给她买了很多好吃的，让她带回去给夏爸爸夏妈妈。

时间过得很快，离开那天，徐秉然送她到机场。

机场里的人很多，办完登机手续后到安检口，两个人都有些沉默。

夏听南说："我走了。"

徐秉然点头。

她忍不住又说了一句："我真的走了。"

徐秉然慢慢地说："夏听南，我是认真的。"

认真得不能更认真。

夏听南对他很好，但他想成为唯一。

她匆匆离去，离开前没有和徐秉然拥抱，只是短促地笑了一下，说了一声“拜拜”。

盛夏，绿叶在空中盘旋，万里无云，蔚蓝的天空划过一条线。

徐秉然眯着眼仰头看去，那是离去的标识。

而飞机上的夏听南只是怔怔地静坐着，脑子里都是分别前最后一个画面。

他拉着她的手说：“我正在追求你。”

有力又笃定。

第七章 有多久没见你

今天是个艳阳天，太阳大得像是要把所有人都烤熟，夏听南躲在空调大开的图书馆，别提多惬意。

一排排银色书架隔着固定的距离，书架上的书紧紧地挨着，一眼望去，几乎找不到空缺。夏听南看到旁边的几张桌子上坐了一些初高中生，都在写作业。

“听南，有几个志愿者过来，你去教一下他们。”主任叶新晴示意她。

主任说什么就是什么，夏听南立刻说：“知道了，晴姐。”

夏听南花了一些时间教会几个志愿者基本的工作知识之后就放手让他们去干，自己偶尔去监督一下他们的工作情况，其实工作都很简单，稍微用心点就不会出错。

“那边推车里有一些没整理的书，书脊上都有编号，你们找个人去理一下。”夏听南吩咐道。

志愿者们齐声说：“收到。”

图书馆门口络绎不绝，不断有人进来借书还书，或者是来学习，夏听南每天和同事错峰吃饭，吃完就回去工作。

到了饭点，夏听南带着志愿者一起去吃饭。

志愿者都是还没毕业的大学生，性格也开朗，见夏听南长得年轻，看起来好相处，就一直和她搭话。

“姐姐，你多大了？”

夏听南有点迟疑：“二十四、二十五……二十六吧。”

她自己也算不清自己的年纪，她二十岁的时候坚信自己还刚满十八，是个青春靓丽的少女，但夏妈妈对外宣称她二十二，从那之后她就弄不清楚自己的年纪了。

“那姐姐，你有没有男朋友啊？”其中有一个男生问她。

夏听南吃了一口饭，随口回道：“没有。”

“那我可以追你吗？”

旁边几个人都笑起来。

夏听南恍惚了一下，莫名地想到了徐秉然。

不过徐秉然可不会用这种好奇和玩笑的语气问出这样的问题，他只会平淡又笃定地说他喜欢她，他要追求她。

同事走过来问夏听南吃好没有，她怔了一下，回道：“吃好了，你吃吧，我先去帮忙。”

今天周四，并不算特别忙，夏听南下午摸了一会儿鱼，和陈茜聊起天来。

陈茜现在是一个正儿八经的女白领，事业有成，经常出差加班，每天穿着衬衫和包臀裙，到手的工资是夏听南的三倍，生活质量杠杠的，朋友圈精彩得让夏听南眼红。

夏听南：“昨天那个帅哥是徐秉然。”

陈茜：“？”

陈茜：“你连你哥都认不出来了？”

夏听南：“你够了啊。”

上大学后，夏听南就很少和陈茜提起徐秉然，但陈茜是知道徐秉然喜欢夏听南这件事的。

刚听闻真相的时候，陈茜很震惊，语无伦次地问：“他不是你哥吗？”

夏听南尴尬解释：“其实是一起长大的邻居哥哥。”

但她那时是真的把徐秉然当作亲哥来看待，所以才能毫无顾忌地到处和人说这是她哥哥，才能和他如此亲近，两小无猜，后面的事情的确是她没有想到的。

她又和陈茜聊了一会儿，话题中心依旧围绕着徐秉然。

陈茜很好奇帅哥的现状，但夏听南知道的只有父母口中聊起来的九牛一毛，只能窥见徐秉然生活的小小一角。

徐秉然的追求贯穿了她整个大学生活，后来两个人相互置气，失去联系，到现在也快四年了。

如今他们两个年纪也不小了，不至于斤斤计较这些陈年往事，至少在她心里，以前的事情都已经翻篇。何况徐秉然这么久不联系她，肯定也不喜欢她了，她其实不用这么躲着，至少不应该躲徐秉然，他们应该坐下来好好谈一谈。

虽然心里这么想着，但今天再一次在公交车上看见徐秉然的时候，夏听南还是下意识地挡住了自己的脸。

真是见鬼了，怎么又遇见了？！

她今天都没洗头。

书页上密密麻麻的字糊在夏听南的眼前，她庆幸自己习惯性坐在最后一排。

徐秉然今天没戴帽子，短发很利落，身上有一股正直的气息，分明带点痞气的长相，偏又给人根正苗红一身正气的感觉，就算坐着腰背也挺得很直。

徐秉然正低着头在回消息，窗外的夕阳刺眼，他眯了眯眼，把窗帘拉上，继续回消息。

周主任："政委说了，你必须得去。"

徐秉然："那我队里的事情怎么办？"

下个月有活，领导指名道姓要他去出差，但他自己队里的事情都还没忙完，一出差不得乱套？他想象了一下让薛凯和谷亮两个人单独待在办公室一周的画面，莫名地打了一个寒战。

周主任："让谷亮和薛凯帮你。"

徐秉然："我到时候再看看。"

周主任："你要信任他们。"

周主任："虽然看起来的确是不怎么靠谱，但好歹也是穿警服的啊！"

徐秉然："知道。"

夏听南眼看车快到站了，徐秉然还没有准备下车的样子，依旧蹙着眉看着手机，她心里就一阵着急，生怕他坐过站。

她一点一点挪到徐秉然的正后方，犹豫了一下，还是轻轻踢了一下徐秉然的座位，结果徐秉然没反应，于是她又用力地蹬了一脚。

徐秉然顿时回头看她。

她低着头含混不清地说："不好意思。"

徐秉然盯着和昨天如出一辙的浅黄皮的学习书目以及书后面的脑袋，脸木了木，说了句"没事"就把头转了回去。看到窗外已经是熟悉的路后，他把手机收了起来。

车到站，公交站牌下的人群密密麻麻的，徐秉然没什么犹豫地就下车往家走。

夏听南郁闷地跟在后面，与他保持距离，心里想着今天似乎不是个偶遇的好日子，至少等下一回她洗了头再相认也不迟，还可以拍张合照发个朋友圈庆祝重逢什么的。

反正徐秉然在这儿，她也在这儿，谁也跑不了。

今晚夏爸爸和夏妈妈都没在家，夏听南不想点外卖，于是自己动手随便做了点吃的当晚饭。毕竟是自己做的，再不好吃她也吃完了，之后趴在床上一脸阴沉地玩手机，心里十分不痛快。

上午的时候，主任叶新晴说过段时间市里有个党史竞赛，每个部门要出一个人，她决定让夏听南去参加。

但市里竞赛代表的可不是个人，而是单位和部门，压力不是一般的大。

她委婉地问叶主任："部门里优秀的人才千千万，这种事儿怎么就落在我头上，简直太惊喜太意外了。"

叶新晴语重心长地解释说："你最年轻，还是刚考进来的，学习能力肯定比我们强。我们这些老人家早就把很多知识忘光了，去考试肯定没有你考得好。"

她没法拒绝，只能强颜欢笑地应下。

幸好竞赛的时间并不紧迫，她回到家也无心看书，躺在床上玩到了快零点，困得不得了的时候才忽然想起自己还没洗头。

她摸了摸头发，又闻了闻摸过头发的手，并没有什么臭味。只犹豫了两秒，她决定不洗头了，反正也不是很脏，而且事不过三，总不会明天又遇见徐秉然吧。

是吧?

啊?

这也能遇见?!

夏听南看着不远处的徐秉然，情不自禁开始怀疑这几天的偶遇到底是不是巧合。毕竟一旦遇见了就天天遇见，这种事情发生的概率也不是这么高的，简直就是离谱的程度。又或者难道是因为见到一次徐秉然，所以就忍不住开始关注他，说不定她之前也在车上遇到过徐秉然，只是没注意到而已?

她对于这个相遇的频率着实有些费解，忍不住又抬头看了他一眼。

徐秉然今天又低着头在小憩，后脖颈是流畅的弧度，看起来并没有注意到她。

公交车在马路上走走停停，夏听南上车后扶着栏杆，低着头遮遮掩掩地往后走。她今天甚至加了一会儿班才出来，是真的没预料到这样也能遇见徐秉然。此刻，她心里很纠结，到底要不要主动和他打招呼。

这时候，司机突然一个急刹车。

尴尬的一幕发生了——夏听南身子一晃，左脚绊右脚，双腿扭出了一个优美的双螺旋结构。

“嘭——”

整个车厢的人都看了过来，连司机都震惊地往后看，好像没见过这种场面。

夏听南盯着眼前银灰色的公交车地板，全身僵硬得像是个机器人，还是短路的机器人，她怀疑自己出门没看皇历，她实在是不明白事情怎么会变成这样。

徐秉然被刹车晃得猛地睁开眼，然后眼睁睁看着一个人在自己面前摔倒。出于职业习惯，他立刻站起来伸出手想扶对方，却看见对方低着头向后摆了摆手，示意他没关系，动作很着急，好像十分紧张。

他眯了眯眼，慢慢收回手。

司机趁着刚好在等红灯，大声问：“后面那个乘客，你没事吧？”

没事？怎么可能没事？有事！出大事了！

夏听南气得想骂人，这个司机没等所有乘客落座就急着把车发动就算了，但他什么时候刹车不好，非要在她走到徐秉然旁边的时候刹车。

她已经很久没体验过尴尬到脚趾抠地的感觉了，然而此时此刻，她迫不得已又重温了一遍。内心第一次如此希望灭霸能戴上无限手套打个响指，让她从这个世界消失。

司机见夏听南迟迟不说话，有点慌了，怕她投诉，又问：“美女，你没事吧！刚刚不好意思啊，有个车抢道！”

夏听南赶紧站起来，低着头匆匆往最后一排走，粗着声道：“没事！”

披散下来的长发把她的脸遮得很严实，看不清全部的面貌，徐秉然默不作声地重新坐回了位置，抱着胸看向窗外，不知道在想什么。

到角落的位置坐稳后，夏听南心里止不住地暗骂今天太背。

她心想着，自己和徐秉然的相认之日还得往后拖一拖才行。

绝对！绝对！不能是今天！

十五分钟后，她体会到了什么叫“事与愿违”。

徐秉然今天没看手机，到站就下车，他肩宽人高，夏听南甚至担心他下车会撞到门。

不过显然是她多虑了。

夏听南轻轻呼出一口气，跟下去，脚一落到地面上就四处张望着。然而并没有看到徐秉然的影子，她分明刚刚还看见他在自己前面，现在竟然不见踪影了。

车站里有不少人，或站着或坐着，全都是一副被天气热得受不了的样子。妆容精致的女士们不断地撩头发，誓死也要捍卫自己的形象，而没化妆的男男女女则不断抹着脸上的汗，都是夏日的气息。

夏听南的视线越过他们张望着，心里有点打鼓，不自觉地撩了一下头发，擦了擦脖子上的汗。忽然，脑后一凉，陡然腾起一种不祥的预感。

“在找我？”

熟悉得仿佛从来没变过的声音从脑后传来，夏听南整个人僵住。她猛地转身，看到徐秉然站在她身后，正垂着头看她。

他的神情有些冷淡，好像她是什么犯罪嫌疑人，下一秒就要对她采取强制措施。

夏听南有些发愣，记忆中的徐秉然好像从来没用这么冷漠的眼神看过她。她忽然不知道应该做出什么表情，于是干巴巴地说："好巧。"

然而徐秉然却说："巧什么，今天怎么没带那本学习问答？"

夏听南大脑忽然一片空白。

"你认出我了？"她张着嘴巴，一副震惊的样子。

"嗯。"

夏听南有点不自然地理了理头发。

这样的重逢超出她的预期，如今她十分后悔前一晚因为懒没有洗头，如今头顶油光发亮，和徐秉然的清爽比起来，她的样子实在是有些太狼狈。而且徐秉然表情太冷漠，她心里又尴尬又发堵。

徐秉然不知道她在想什么，视线自然地随着她的动作移动，然后他的目光落在她的脸上。夏听南看起来是化了妆，脸上擦了一点粉，因为天气炎热，所以鼻子旁边有一点卡粉，嘴唇上的口红褪了大半，有些死皮翘起，她无意识地咬着。

夏听南清了清嗓子，问道："什么时候认出来的？"

"前天。"

"前天就认出来了？那你怎么不喊我？"夏听南嘟囔着。

"我以为是你不想看见我。"毕竟她这几天躲人的举动实在是显而易见。

夏听南也想起自己的古怪操作，一阵发窘："哪有，我就是怕尴尬。"

"为什么？"

夏听南说不清，于是道："我这不是怕你不想看到我。"

他们这么久没联系，她理所当然地认为徐秉然早就不喜欢她了，甚至可能讨厌她，毕竟当年的确是她先切断了两人的联系。

徐秉然不置可否，神情依旧很平淡，看不出多余的情绪。

倏地，旁边一辆自行车从夏听南身后擦过，徐秉然动作很快地拉着夏听南的手腕，把她往人行道里侧带了带。

"小心点。"

夏听南看着自己被握着的手，愣愣地点头。

徐秉然注意到了，很快松开她，把手背到自己身后。

“之前有没有摔到哪里？”说着，他开始往家的方向走，没等她。

夏听南很快反应过来，跟了上去，举着手给他看：“没有，我多稳你还不知道？”

她的灵活程度堪比猴子，不然也不至于把窗翻得那么熟练。徐秉然每次见她过来都心惊胆战，但她倒是一直自信自己的翻窗技术。如果胆子再大一点，她说不定可以去跑酷。

他也想起以前的事情，沉默了一下，然后问：“回家吃饭吗？”

夏听南的性子还是很活泼，多少年也没变，她无语地看了他一眼，然后奇怪道：“我不回家在这站下车干什么？你不是前两天就认出我了吗，那还不知道我是个啃老族，天天吃家里用家里的吗？”

徐秉然被她噼里啪啦一串话怼得无话可说，闭上嘴不理她了。

他们两个并排走着，手臂不经意间摩擦到了，徐秉然离远了一点，两人不再碰到。

夏听南没注意他的动作，只是想到刚刚徐秉然把她往人行道带的动作，她觉得自己好像误会徐秉然了，他还是原来的那个他，沉闷寡言却又温柔细心。

“真的好久没见了，徐秉然。”夏听南又主动搭话道，“你别不说话，这样我又觉得有点尴尬，还有你怎么又帅了，我一开始都没有认出你。”

徐秉然回复说：“你也漂亮了。”

听不出到底是真心话还是客套话，但夏听南的心还是飘飘然起来。她压不住嘴角的笑，故意曲起手臂撞了一下徐秉然：“是吧，看来你以前眼光还挺好。”

徐秉然看了她一眼，伸手掐住了她的后颈，手下的触感纤细而光滑，指缝间有一些头发夹杂其中。她还是很怕痒，条件反射地缩起身子，看起来像没有脖子似的，于是他又松开手，轻轻拍了一下她的背。

“走吧，回家。”

夏听南愣了一下，然后发自内心地露出一丝笑意，说：“我爸妈今天都在家。”

“嗯。”

“你要不要……”

两个人有一搭没一搭地聊着天，从小走到大的回家路上，树影婆娑，绿叶在落日微风中染上金色，摇摆不停，穿着校服的学生在路上和人行道间穿梭。

夏听南缓缓看过去，道路向左无限延伸，那里有她的初中时代和徐秉然的高中时代。

一个穿着白蓝校服的少年骑着自行车从他们面前驶过，恍惚间像是看到了学生时代的徐秉然，稚嫩又清爽。

要说徐秉然是不是见到夏听南第一眼就认出她，那还真不是。

如果不是下车之后夏听南鬼鬼祟祟地跟在他后面回家，他出于职业习惯关注了一下，还真看不出来那个长发飘飘的女人就是夏听南。

毕竟夏听南留了二十多年短发，就算见过她长发的照片，徐秉然也一下子没认出来。

其他大队的大队长刚好路过他的办公室，看他在发呆，有点稀奇。

一个同事喊道：“徐秉然，要开会了，还在这儿干吗呢？”

“知道了，你先过去，我马上去。”徐秉然深吸一口气，把抽屉里的笔记本拿出来翻了翻，就站起来往会议室走。

他穿着一身蓝色的短袖执勤服，藏青色长裤配上黑色皮鞋，走路的步伐又快又稳。

走到会议室门口刚好遇见了走过来的李副局长，他稍弯腰，朝对方点头示意：“李局。”

李副局长笑着拍了拍他的背，满脸都是欣赏：“秉然啊，最近身体怎么样？”

徐秉然说：“还可以。”

两个人一前一后进了会议室。

会议室正中间有一个长方形的棕色大会议桌，李局坐在靠里侧的中央位置，背后立着一面党旗和一面国旗，他的旁边是支队长和政委，而各个大队的大队长分别坐在两边，徐秉然就坐在这群人里面。

这次会议的主要内容是局领导和支队领导就各个业务大队下一步的工

作方向作出指示，徐秉然身后还有一个办公室主任捧着本子准备做会议记录。

徐秉然的手机振了振，他拿出来看了一眼，发现是他的母亲发来的信息，问他今晚有没有空和她一起吃个饭。

他想了想，回复：“再看。”

自从徐爸爸去世之后，徐妈妈经常联系徐秉然。毕竟是从小照顾自己的母亲，徐秉然硬不下心，偶尔和她去外面吃一顿饭说说话，但心里对过去的事情依旧耿耿于怀，尤其是在知道她又生了一个儿子之后，他的心情更是复杂。

李局开始讲话了，徐秉然打开桌上的笔记本，凝了凝神，开始专注于会议。

市局治安支队除去办公室，一共有七个业务大队，分管不同的业务。而徐秉然所在的大队是治安支队一大队，负责黄赌打击，平常不仅要和下面的派出所对接，做各种报表和数据，有时候督办件多起来，还要便衣出行暗访。

总体来说就是忙的时候特别忙，闲的时候……也没闲到哪里去，加班早就是家常便饭。

杯子里的茶水见底后又被倒满，会议开了将近两个小时才开完，等徐秉然回到办公室已经接近饭点。

薛凯看他回来了，压低声音问：“去不去吃饭？”

徐秉然说：“再等一会儿，李局还没走。谷亮呢？”

“他早就偷偷跑下去吃了，早知道我也……”薛凯叹了口气慢慢说道，但话还没说完就被徐秉然冷眼警告，他立刻严肃地举起手，“对党忠诚服务人民执法公正纪律严明，我爱工作，我要为公安事业奋斗到最后一秒！”

徐秉然愣了愣。

挺有觉悟的。

等到他们下楼去食堂，发现大家都挺迟，这个时间点的队伍竟然排到了门口。

薛凯的肚子早就在叫了，幸亏打菜阿姨的手速很快，没费多长时间就排到他们。

薛凯打完菜，临到要付钱的时候发现自己没带卡。

徐秉然懒得和他磨叽，直接用自己的卡帮他刷了。一共四盘菜，一碗汤，还送了杯酸奶，总计花了十二块钱，不得不说食堂的价格的确便宜。

徐秉然说："下次请我吃夜宵。"

薛凯不满："你这是高利贷，明天我就去举报！"

他们找了空位置坐下来，过了一会儿又有两个其他支队的同事过来坐在他们旁边。

"今天李局是不是去你们那儿开会了？讲了什么？"

薛凯说："我不知道，我又没进去，你问咱们徐队。"

徐秉然嘴里正吃着东西，等吞下去了才回答那人："没说什么，就是说最近治安不太好，让我们大队最近要加强管控，多去下面的各个场所看看。"

"那你这几个月可有得忙了。"

徐秉然应了一声，喝了一口汤，看起来不像是烦恼的样子。

对方啧啧道："年轻有为，真是年轻有为。"

这么年轻就走到徐秉然这个位置的不是没有，但都没有徐秉然这样沉稳，还有一点，帅气。毕竟局里但凡有一定职位且年轻的，发量都不是很可观，而徐秉然显然没有脱发的烦恼，一头黑发配上这张脸，走到哪里都引人注目。

薛凯笑嘻嘻道："徐秉然是年轻有为啊，但也没用！还不是单身狗一个！"

"还是单身啊？说真的，我有一个同事的女儿，刚从警校毕业，现在在南门派出所实习，要不要周末叫出来认识认识？"那人朝徐秉然挤眉弄眼。

徐秉然想也没想就拒绝了。

"为什么啊？"一桌子人都很费解，不知道为什么徐秉然就是不找女朋友。

徐秉然说："好好工作，为人民服务。"

他们竟找不到吐槽的地方。

薛凯试探地问："你该不会有喜欢的人了吧？还是受过情伤，不相信爱情了？"

薛凯有点疑惑，应该不会啊，也没见徐秉然身边出现过什么亲密的女性啊。

徐秉然抬眼，幽幽道："看了这么多案子，抓了这么多稀奇古怪的人，你还相信爱情？"

徐秉然和薛凯两个人现在虽然是上下级，但几年前的确是当过一段时间的平级同事。当时他们一起在特警队训练过，还一起抓过犯人，想当初他们一查一个准，还收缴了不少淫秽色情物品。

两个人现在能调到同一个支队也是缘分，只不过徐秉然晋升得有些快，薛凯现在只能给他打下手，喊徐秉然一声徐大队长了。

如今他们负责治安黄赌这块儿，每个月派出所都会报上来不少稀奇古怪的涉黄涉赌案子，无论是多人聚众进行某些行为又或者是情侣贩卖出售自制视频这种案件，在他们看来都不足为奇。

薛凯摇头晃脑地说："徐队，这就是你说错了，什么都不能以偏概全是吧。我就坚信我的爱情迟早都会来，而且一定会是个萌妹子。"

徐秉然说："二次元，纸片人？"

薛凯腹诽：你很懂我。

吃完中饭之后，徐秉然去备勤室午休，房间朝阳，没开空调就尤其闷热，像是在蒸桑拿。

徐秉然开门走进去，三秒钟后走了出来，回到了自己凉爽的办公室。

没过多久，他收到了夏听南的消息。

徐秉然点开聊天界面，看着那句"我通过了你的朋友验证请求，现在我们可以开始聊天了"，忽然静止不动，看起来像是在出神。过了一会儿，他给母亲发了一条信息，说晚上有事情，不能和她一起吃饭。

徐母很快回了一句"好吧"，两个字里都是失落的意味。

徐秉然没有再回她，重新切换到和夏听南的对话界面。

那天两人戏剧性相认，夏听南想着既然都见面了，那就喊到家里一起吃饭吧，既然都一起吃饭了，那就把微信加回来吧，两个人都这个年纪了，没必要搞小孩子冷战那一套。

于是刚一吃完饭，趁着爸爸妈妈不在跟前，她举着微信二维码，撑着沙发，姿态潇洒地对徐秉然来了一句：“帅哥，加个微信吗？”

徐秉然显然被她的做作无语到了，嘴角抽动几下，无动于衷地继续看着电视，一副不想理她的样子。直到夏听南开始不耐烦，一副想直接抢手机的架势，他才无奈地掏出手机，在屏幕上点了好几下，打开扫一扫加她的好友。

夏听南嘀咕：“磨磨叽叽的，不知道的还以为你手机里有什么机密呢。”

徐秉然瞟她一眼。

“干什么？真的有机密？”她稀奇道。

这时，夏妈妈从厨房里走出来：“什么机密秘密的？”

夏听南立刻站直，收起手机说：“没有，我们在唱那首《粉红色的回忆》呢！夏天夏天悄悄过去留下小秘密，压心底压心底不能告诉你。”

夏妈妈翻了个白眼：“我看你们俩今天都稀奇古怪的。”

夏听南心想：这不是太久没在一张桌上吃饭，还有点不习惯嘛。

今天夏听南给徐秉然发消息，其实是问晚上能不能去他家吃饭。

非常典型的示好信号，是夏妈妈平常最常用的，每次她和夏听南吵完架后都会用这一招，例如喊夏听南吃饭或者吃水果，看似平常，其实已经放下身段。而夏听南深得夏妈妈的真传，决定依靠自己的厚脸皮和徐秉然重归于好，至少别像那天刚遇到的时候那么尴尬。

徐秉然回复过来：“就吃饭？”

她看着发来的问话，一时间不知道怎么接。

天知地知你知我知，这种事情不必多问，怎么可能就吃饭？她分明是想去徐秉然家里玩游戏机。之前在饭桌上聊起来，她才知道徐秉然前几年买了一台日版 SWITCH，而她脸皮这么厚的人，当然要去白蹭一番。

夏听南：“兄弟，说太明白就没意思了啊。”

徐秉然：“靓女语塞 .JPG”

夏听南狠狠地噎了一下，震惊地发现徐秉然以前居然偷偷从她这里存了这么多表情包，实在是太不符合他的形象了，而且这些表情包他怎么还留着，都多少年了？

“听南，和谁聊天呢？”叶主任看她埋头按手机，随口问道。

夏听南思考了一下，有点迟疑地说："我……哥。"

"你也有哥哥啊，都没听你说过。"叶主任说，"我也有个哥哥，从小就不对付，见面就吵架。"

夏听南回忆了一下，发现她和徐秉然从小到大好像从来没有吵过架，一般都是他们中的一个单方面宣泄情绪。比如小时候她把徐秉然的作业撕了，徐秉然会忍不住闷着火打她屁股；而徐秉然如果不陪她玩，她也会忍不住哭闹，对徐秉然拳打脚踢。

不过结局都会变成徐秉然来哄她。

这么一想，夏听南觉得自己小时候好贱，真是难为徐秉然了。当年他到底为什么会喜欢上她？眼光太独特了。

下午不是很忙，时间过得尤其慢，夏听南一直在看时间，等待下班。

之前她问过徐秉然，平常他一个人都是怎么解决吃饭问题的，徐秉然的回答是："赶得上吃食堂就吃食堂，赶不上就回家自己煮。"

对于徐秉然现在居然会做饭这件事，夏听南感到十分震惊，她今天一方面是想去徐秉然家里玩游戏缓和缓和两人的关系，另一方面其实是想尝尝徐秉然的手艺。

然而"天有不测风云"，徐秉然这一头出了问题。

下班前整个支队临时组织了一场学习会，这一学就是两三个小时，把所有见过的没见过的文件全部传阅通读了一遍，还看了几个警示教育片。

办公室主任简直心力交瘁，苦口婆心地跟各位领导和同事解释这是局里临时下的通知，过两天巡察组要来抽查台账，不然他们也不会在快要下班的时候还把大家留下来。

徐秉然下午看到通知的瞬间就知道今天不可能准时下班，所以提前和夏听南说自己回不去了，让她不用等他。

夏听南收到消息有点遗憾，但也没说什么，毕竟徐秉然是人民公仆，忙也是正常。

等徐秉然全部收拾完回到家已经快晚上九点了，小区里几乎没什么人，老旧的路灯发出莹莹的光，不是很亮，但还是能让人看清路。

他抬头往楼上看，这个位置看不到熟悉的小阳台以及阳台旁边总是拉着窗帘的窗户。

他收回目光，慢慢上楼。

夏听南正趴在床上看小说，忽然听见隔壁的阳台上传出了一点动静。

她跑到窗边，非常快速地推开窗，窗户滑动发出“哗”的声音，窗帘被撞得抖个不停。她一下子探出头，看到旁边阳台上一脸惊讶的徐秉然，他似乎有点被吓到。

“你吃了吗？”

“晚上吃什么了？”

两个人同时问出口。

徐秉然说：“还没。”

夏听南笑道：“我也还没吃。”

她是真的还没吃，原本以为徐秉然最多晚上七点就回来了，所以就想等一等，后来开始看小说，一看就入迷不想动弹，完全忘记自己没吃饭这件事情。

徐秉然点点头，刚想说话却被打断。

夏听南忽然问：“你手上是什么？”

“什么？”

夏听南抬了抬下巴，奇怪道：“你背着手做什么？手里拿着什么吗？”

徐秉然捏了捏指尖的烟头，默不作声。

她嗅了嗅，迟疑道：“你在抽烟？”

徐秉然还是不说话。

见他这样，夏听南又想翻窗过去，说：“你让开一点。”

徐秉然没动，用黑白分明的眸子盯着她，接着慢慢叹了口气，说道：“走正门，门没关。”

夜晚的天色泛着一些异样的蓝，天上的云层稀薄，甚至都没有风，尤其闷热。

徐秉然房间的空调开得很足，夏听南进来的时候倍感凉爽，她看向徐秉然，后者正在帮她找游戏卡带。

他有很多游戏卡带，有一些借给同事还没还，但剩下的卡带之中也有不少夏听南想玩的。

夏听南说：“你说我要不要也买一个 SWITCH 算了，否则你自己都玩不了。”

其实她早就想买一台，但多少还是有些舍不得花这笔钱，毕竟她工作的这几年也没省下多少钱。毕业后她就不好意思向家里要钱，因为之前留在外地，所以以往拿到手的工资一大半都交了房租，剩下的吃吃喝喝，几乎是月光。

这也是夏听南决定考回来的原因之一，毕竟住在家里能省下一大笔费用。

两人往客厅走，徐秉然把客厅的空调也开了，然后在电视机上调好游戏画面。

他把游戏机递给她，说：“不用，我不怎么玩游戏，你想玩就来玩。”

夏听南随口问：“不玩你买它干吗？还买这么多游戏卡带？”

他安静了几秒，然后岔开话题问：“你想吃什么？”

夏听南不假思索道：“红烧肉。”

徐秉然点头，然后往厨房走，留夏听南在客厅打游戏。

没过多久，餐桌上就多了三盘菜，不仅有红烧肉，还有豆腐干和白灼生菜，都是很普通的家常菜。

徐秉然其实也不会做菜，教程里说放多少食材调料，他就放多少食材调料，没有什么手艺可言，只是方便果腹而随手学的技能。毕竟天天点外卖不是什么好习惯，尤其在隔壁大队查处了几家违规的知名餐饮店后，徐秉然和同事们一样，更是对外卖敬而远之，能不点就不点。

菜都是徐秉然回来的路上去超市买的，都很新鲜。他在家吃的机会不多，没有屯粮的习惯，这次夏听南突发奇想要一起吃饭，他就顺便买了一些回来，以防下一次夏听南忽然想来吃饭。

夏听南放下游戏机，跑到桌子旁边伸手想拿一块红烧肉吃。

徐秉然看见了，直接抓住她的手：“你洗手了吗？”

夏听南努力挣脱着：“我的手没摸什么。”

徐秉然见她还想用手抓吃的，干脆两只手用力握住了她的手腕，半拉半抱一路把她扯进了卫生间，往洗手台轻轻一推。

“洗手。”

夏听南莫名有点烦躁，于是随手打开水龙头冲了一下手，就关掉了水。

徐秉然看到她的动作，走过去重新打开水龙头，抓着夏听南的手往水下淋。

夏听南抗拒地抽手。

徐秉然紧抿着嘴，动作强硬，神情很专注：“既然洗就洗干净一点。”

两个人的手都被冲湿了，在流动的水流中似紧贴又似分离。

徐秉然把洗手液挤在手心，然后抹在夏听南的手背上，泡沫逐渐出现在他们的指缝，徐秉然的手指不断拂过夏听南的指节，紧接着又与之交错，像是在摩挲缠绵。

他们的手臂同样缠绕着，肩膀贴着肩膀，稍有动作就会产生轻轻的碰撞。

微妙的氛围在他们中间发酵。

夏听南头皮有些发麻。

以前也不是没有这样过，她翻窗弄脏手，又或者是没洗手偷吃被抓包，都会被他拖去卫生间洗手，但从来没有像现在这么不自在。

徐秉然显然也意识到什么，松开她的手让她自己好好洗。

夏听南边洗手边想，看来的确是太久没见了，十几岁的她是绝对想不到自己有一天会和徐秉然相处不自在，毕竟这可是徐秉然啊！

看夏听南把手上的泡沫冲干净，徐秉然把擦手的毛巾丢给她。

徐秉然的视线一直落在夏听南的手上，看着毛巾拂过她的指尖缝隙，他撇开眼，让她擦干就出来吃饭，然后自己先走了出去。

夏听南跟着徐秉然出去，走到餐桌旁坐下，拿起筷子打算吃饭。

然后，她忽然顿住，抬眼瞪徐秉然，忍不住小声反抗：“既然要用筷子，那为什么要洗手？”

徐秉然说：“卫生点。”

“那也不用搓得这么干净吧？”

“我有强迫症。”

夏听南服了。

吃完饭后，夏听南自告奋勇收拾残局，不仅把桌子擦得干干净净，还把碗碟全部洗得锃光瓦亮，饶是徐秉然也露出了一丝惊讶的表情。

夏听南叹了口气，带着炫耀的语气说：“我现在已经今非昔比了。”

大四开始，她一个人在外面住，最初徐秉然还会抽空去她住的地方看看，帮她整理整理东西。直到他们两个开始冷战，她被迫学会各种生活技能，无论是搬家铺床，还是洗衣烧饭。

仅仅过了三年，一位手忙脚乱的少女就变成了现在从容的抠脚大汉，可喜可贺，可悲可叹，连夏妈妈夏爸爸看到她这样都忍不住喊“绝”，后悔没早点让她出去历练一番。

显然徐秉然也想到了那时候的事情，垂下了眼睛。

夏听南想了想，忽然说道：“我们谈一谈。”

听到夏听南说要谈一谈，徐秉然身侧的手指动了动。

“谈什么？”他问着，弯下腰开始整理卡带。

夏听南的目光跟着他，想看他的表情。但徐秉然低着头总是略过她的目光。

她泄气道：“还能谈什么？徐秉然，你别揣着明白装糊涂，不说出来我实在是不舒服，你不想谈没关系，你听我说就好了。”

徐秉然整理的动作变得有些缓慢。

夏听南自顾自认真地说：“当年把你删了是我不对，后来我想加你，可是你一直没通过，我以为你不想理我了，所以我才一直没有联系你，我不是真的……不想看到你了。”当年的话多多少少还是有些伤人，她说起来也有些涩然。

徐秉然说：“没有不想理你。”

他的声音很轻很轻，混在游戏声中。但夏听南听见了，而且听得很清楚，没有来由的怒火从心中来，原本她的话就多，现在开了个口，就忍不住往外倒。

“当初风风火火追我三四年的是你，所有人都以为你是我男朋友，直接掐灭了我所有的桃花就算了，后来突然消失的也是你。

“你说你没有不想理我，那我加你好友你为什么不通过？我打你电话你为什么不接？为什么一直不联系我？徐秉然，就算你不喜欢我了，但咱们一起长大，怎么也算是一家人吧?

“再往前说，实习那时候，我和那个男同事什么事都没有，你就突然找上人家。”

她开始翻旧账，打算把事情都说清楚。

大四的时候，她在学校附近一家外企实习，住的是公司宿舍。

当时徐秉然还在当特警，每天除了训练就是训练，几乎没有假期可言，但他依旧尽量抽出时间来找她。次数多了，和她住同一幢楼的同事多少都对徐秉然有些印象，更别说徐秉然长相和身型都出挑，想让人不注意也难。

那时候刚好有个男同事和她在做同一个项目，两个人话都比较多，关系还算可以，经常一起吃饭，有时候还一起下班。

她不知道徐秉然为什么有对方的联系方式，而且两人在她不知道的情况下深入对话了一回，之后那位男同事明显开始疏远她。又过了没多久，公司里就传出了一些比较难听的谣言，而且越演越烈。

就算夏听南再乐观，也只是个二十出头的小姑娘，何况那段时间她很忙，心情一直有些抑郁，再加上连续几次撞见别人在背后诟病她，她就像油桶被点着火，炸开了。

怒气需要有一个发泄的对象，于是她把枪炮对准了她所认为的始作俑者——徐秉然。

后来回过头来想一想，徐秉然是什么人她哪能不知道，其实她最应该骂的分明是那位男同事，不知道往外传了什么乱七八糟的谣言。但她那时候太年轻，有着现代人常有的毛病，还是欺软怕硬，擅长窝里横，习惯把气往自己人身上撒。何况徐秉然锲而不舍的追求早已让她烦躁不已，长久压制的怒意找到爆发点，她一气之下删掉了徐秉然所有的联系方式。

后来徐秉然来找过她几次，但她那时候还在气头上，于是都狠下心避开了。等到她逐渐冷静下来想把徐秉然加回来，徐秉然却没有再理过她，她自然而然地认为徐秉然终于放弃了喜欢她这件事，甚至生她气了。

之后实习结束，从那家公司离职，离职前她还和那个男同事大吵了一架，然后写论文、准备毕业答辩、找工作、换工作、全身心投入考公考编，事情堆积着过来，变得无比忙碌，就更别提和徐秉然联系。而且也有赌气的成分在，毕竟她也是要面子的，联系了徐秉然这么久没有得到回应，之后自然就不再坚持联系他。

徐秉然站直身子解释道：“我没和你那个同事说什么，我也没想到他会那样，对不起。”

“没有没有，你没做错什么，是我当时太过分了。”看到他这么果断地道歉，夏听南顿时熄了火，表情有些赧然，明明是她想好好地和徐秉然道歉，“我才是对不起，我那段时间太暴躁了，所以你不生我气了吧？”

徐秉然想说什么，但最后还是什么都没说，只是摇头。

她又问道：“所以你那时候为什么不加我？”

徐秉然沉默了两秒，说：“不想理你了。”

“啊？你刚刚说过没有不想理我。”

“我说错了。”

“真有你的。”

“还行。”

夏听南好气又好笑，不过整个人倒是彻底舒坦了。和徐秉然重逢之后，她就觉得有块大石头压在心上，如今开诚布公地说完自己的想法，顿时感觉心里的一根刺被连根拔起。

误会如果不及时解释，是很容易被放大的，分明是这么小的一件事，却莫名其妙让他们冷战了三年多。

这几年她不是没有关注过徐秉然，她知道徐秉然每年都会找机会回来看一看她爸妈，但可惜从来没有和他撞上过一次，她以为徐秉然是在故意躲她；她知道他的仕途一帆风顺，但不知道他调回来了，她以为徐秉然是不打算回来的；她也知道徐秉然问过她的情况，但一直没有主动联系她，她以为自己和徐秉然回不到以前了。

夏听南冷不防地喊道：“徐秉然。”

徐秉然抬眼看她。

她看着他，认真地说：“我挺想你的，真的。”

徐秉然怔了一下，忽然抿着嘴笑了，露出夏听南熟悉的单边酒窝和温和的眉眼。

他说：“我也是。”

夏听南笑盈盈地问："那我们以后不冷战了吧？"

徐秉然在她期待的目光下缓缓点头。

于是接下来的每一天，夏听南都来徐秉然家里打游戏，十分刻意地在徐秉然面前刷存在感。徐秉然有时候会和她一起玩，有时候只是看着她玩，就像过去一样自然。

徐秉然知道她愧疚于当时误会他，对他说出那些过分的话，其实他已经记不清夏听南到底说了些什么，也可能是他刻意遗忘，好像只是简短的几句话，诸如就算喜欢那个男同事也不会喜欢他，又或者是觉得他很烦，不想再看到他。

现在看起来能很容易分辨出这是气头上的话，但在那时候的确给他造成了很大的伤害，心理上的失落让他难以呼吸、不知所措、难以入眠，到现在回想起来心中依旧是钝钝地痛。

他也挫败于夏听南不相信他的这个事实，也无奈于夏听南连一点心动都不愿意施舍给他，到后来逐渐接受了一切。

人生是很奇妙的，它总是会让你在某几个充满意外的瞬间想明白一些事，然后把失控的航线重新拉回正确的轨道。

第八章 温水煮青蛙

前段时间夏听南经常做噩梦，梦里诡谲的事情接连发生，醒来却什么都不记得。

事实上，她很少梦到现实中发生过的事情，但大约是冷战的事情翻篇，最近又总是见到徐秉然的原因，某一天破天荒的在梦里回顾了一遍自己的学生时代。

从徐秉然告白开始，他就在用行动告诉夏听南他不是在开玩笑。

夏听南的成绩不出意料的平平无奇，在本地根本读不了本科，于是夏妈妈拍板，让她报了远一点的学校，这才有个本科读。

她的学校离徐秉然不算远，但也有些距离，坐动车至少要两个小时。警校的管理严格，不过大三以后管理变得宽松了一些，只要碰到小长假或者有点寓意的节日，徐秉然都会尽量来她学校找她，大多时候都是当天来当天回，十分辛苦。

这导致夏听南的很多大学同学一直以为徐秉然就是她男朋友，并且十分羡慕她，所以她大学依旧是棵铁树，没有机会开花。

一开始她还会跟大家解释，到后来干脆就不再解释，他们爱怎么想就怎么想。

只有几个关系特别好的同学才知道事情真相，孙雅舒就是其中一个。

前两天，夏听南跟孙雅舒说自己和徐秉然和好了。

孙雅舒收到夏听南消息的时候差点从床上翻下来。

“什么意思？什么和好了……又复合了？

“你们这是破镜重圆了？”

夏听南听到孙雅舒的语音无语了一下，干脆给她打了个电话：“喂，是我，什么复合，什么破镜重圆，你小说看多了吧。你又不是不知道我和他根本没在一起过。”

孙雅舒是夏听南大学时关系最好的朋友，见证了徐秉然追夏听南以及夏听南和徐秉然冷战的全过程，中途甚至无数次劝夏听南干脆从了算了。但夏听南一心沉迷纸片人，根本不想谈恋爱，尤其是和徐秉然，那根本是难以想象的事情。

孙雅舒嘿嘿笑：“我和你开玩笑呢，到底什么情况？”

“没什么情况，就把事情说开了，当年的事情其实不是什么大事，现在也翻篇了，就这样。”她长话短说，语气冷静。

“那你们现在是……”

“冷战结束，皆大欢喜，兄妹同心，其利断金！”

“他追了你这么多年，后来你们又冷战这么久，你们俩就不尴尬？”孙雅舒好奇地问。

夏听南想了想，说道：“还好吧，最开始是有点尴尬，聊两天就好了。你也知道我跟谁都能聊上，何况是徐秉然，而且现在他又不喜欢我，当年那点破事也说开了，没什么可尴尬的。”

“可你们好久没见了。”

“我和你也很久没见了。”

“我和你能一样吗？我们是网络一线牵，全靠网聊保持友谊的巨轮，但你和徐帅哥冷战这么久，没见面没聊天，你这恢复能力也太快了。”孙雅舒知道夏听南心大，但没想到这么大。

“我和他从小一起长大，冷战这三年算得上什么？”夏听南无语道，“你和你爸妈几年没见会尴尬吗？我看你大学也没怎么回家，难不成你毕业回家就不认你爸妈了？”

“这哪里能一样，那是家人啊。”孙雅舒嘟囔。

“这哪里不一样？”

徐秉然也是她家人，当年她说她爸妈就是徐秉然爸妈可不是说笑的，夏爸爸夏妈妈也是把徐秉然当作儿子看待，对徐秉然甚至比对她还好。

不过可能是因为徐秉然比她孝顺多了，就算在外工作也时常联络夏爸夏妈，不像她，除了伸手要钱之外基本不联系他们。

夏听南觉得自己不是心大，而是真的没有尴尬，不过别扭倒是有一点，毕竟太久没见，感觉没有之前亲了。

闲来无事，夏听南翻了一下徐秉然的朋友圈，发现里面几乎全是转发公安公众号的推文，只有几条他自己的动态。她点开一年前的动态，只有照片没有文字，看起来是在夏天，图片里是一棵郁郁葱葱的大树与蓝天白云。

她又往下刷了刷，觉得没什么意思。

这时候，她收到了徐秉然的消息，问她在不在家。

夏听南回复："在。"

徐秉然说有点事想问她，一会儿过去找她。

她心想：为什么要一会儿，现在就可以啊。

夏听南直接开窗翻了过去，大一军训期间她的身高又长了几厘米，如今她翻窗简直不能再简单。

徐秉然刚洗完澡出来，身上还透着水汽，手里拿着手机，还停在和夏听南聊天的界面上。

看到她突然出现，他整个人定在了原地，肌肉有一些紧绷，右手忽然摸了一下衣服下摆，像是确认自己是不是穿着衣服，看起来莫名慌张。

夏听南一下子笑了出来，眼睛眯成一条缝。

"你怎么这么容易被吓到？"

她以前又不是没看过他光膀子的样子。

徐秉然的表情有点古怪，但语气还算正常："没有，我只是在想你为什么不走正门。"

她又忘了！

夏听南不是小孩了，不用再怕被抓回去学习，而且徐秉然家里只有他一个人，夏听南谁也不用躲。

不对，也不一定，万一徐秉然交女朋友了呢，那她还是得避嫌。

"忘记问你了，你交女朋友没有？"出于好奇八卦心，她忍不住问道。

"有了。"徐秉然回得很快。

夏听南顿时有点激动："真的啊？谁啊？有照片吗？"

徐秉然盯着她看了几秒，然后漫不经心地指了指："那个。"

夏听南疑惑地朝他指的方向看了过去，赫然是一身平铺着的干净警服。

夏听南瞪了他一眼："逗我很好玩是吗？"

徐秉然笑了一下。

夏听南心里突然咯噔了一下，用开玩笑的语气笑着问："你不会是还喜欢我吧？"

她在心里告诉自己：不至于，徐秉然是谁，不至于这么久了还喜欢我。

徐秉然刚想说话，手机却响了。

他接了起来，是薛凯打来的。

"还没。

"证书在抽屉里。

"明天再报吧，没关系。"

夏听南听不懂他在说什么，转身自然地去翻他存放游戏碟片的柜子，不知道被什么东西绊了一下，脚趾忽然撞到了桌角。

"啊！"她忍不住惨叫了一声，跌坐在柜子上。

徐秉然马上看了过来，走近后蹲下来低头看了看，说："还好，指甲盖没翻。"

那一头的薛凯惊讶地叫道："徐秉然，我怎么听见女人的声音？你找女朋友了？"

徐秉然抬头看了一眼心虚的夏听南，说道："不是，是我妹妹。"

她听到他的回复，笑了一下，定了定心。

薛凯完全不相信，说："嘁，我还以为咱们徐队终于想开，不做工作狂了。"

"你很闲？"

"我还有事，拜拜。"

挂了电话，徐秉然又看了看夏听南的脚趾，发现她大脚趾底下破了点皮。

夏听南想收脚，但被徐秉然牢牢地握住脚腕。

他的手心很烫，夏听南觉得像一个热水袋贴上了自己的皮肤，那一块的肌肤由内而外地发热。

她往上抬了抬，又想收脚，说：“我没事。”

徐秉然检查完后，呼出一口气，把一瘸一拐的她扶到床上坐下。

他说：“我去拿医药箱。”

“不用了吧。”夏听南感觉不是很严重，就是稍微有一点疼。

徐秉然也很快地说：“那算了。”

他给夏听南抽了两张纸巾，让她把血擦一擦，自己去厨房倒了杯凉水，一饮而下。

房间里，夏听南有点难过，因为把血擦了还是有点疼。

“我还想玩《舞力全开》的，现在怕是玩不了了。”想起什么，她看向喝完水回来的徐秉然，“对了，你是想找我做什么？”

徐秉然问：“你现在工作的图书馆大不大，有没有可以自习的位置？”

夏听南说：“就是学院路那个区图书馆，还挺大的，位置的话去得早的话就有，迟了可能就没有了。”

毕竟来图书馆学习的高中生还有大学生不在少数，为了占位，他们都来得尤其早。

“那你能不能帮我占个位置？”

夏听南怔了怔：“你去图书馆做什么？”

徐秉然从包里拿了两本书出来，是夏听南熟悉的封面，党史学习四本专用书目的其中两本。他晃了晃手里的书，说：“你要学党史，我也要。”

他们不仅有党史测试，还有全警大练兵，时不时就要抽测，所有测试都和年终以及晋升挂钩，所以平常不只是工作，学习压力也有些大。

去年局里内部抽测各个部门，没有抽到徐秉然，但是抽到了另一个大队的大队长代表他们支队参加考试，结果对方没考好，成为抽测名单里唯一连及格线都没到的。

政治部在市局首页发文进行通报批评，而那位大队长本人的大名以及前缀“治安支队”都被明晃晃地登在市局网页上，引起了支队领导的不满。

为避免重蹈覆辙，今年支队内部安排了一次的普测，确保所有人对测试保持重视，徐秉然也有些压力。

徐秉然问：“周末你也要上班是吗？我这周六过去，你能不能帮我占一下位置？”

夏听南有点犹豫："可是占位置这个……"

"我会早点过去的。"

他的言下之意是不会占着茅坑不拉屎。

夏听南听懂了，于是用力一点头，说："好。"

其实占个座位只是举手之劳，主要还是担心被人议论。

大学的时候，虽然夏听南还是不爱学习，但至少期末考前的一段时间会泡在图书馆恶补各个科目的知识，有一段时间徐秉然刚好闲下来，就来找她。

夏听南那时候基本已经没课了，全心全意准备期末考，每一次都坐在同一个位置，所以干脆把课本都堆在那个位置，这样就不用每天搬来搬去。因为她每天去得很早，所以也不怕被人骂。

自从徐秉然来了之后，她去图书馆的热情低了一点，因为不想让徐秉然这样陪着她。

她又别扭又愧疚，徐秉然已经够忙够累了，分明可以好好休息一下，却偏偏要来回奔波，到她的学校陪她无所事事。

那一天她想了个馊主意，为了让徐秉然知难而退，她故意赖在寝室不出门，平时八点就去图书馆，那天故意等到快中午才去，这样她和徐秉然相处的时间直线缩短。

可徐秉然就不轻松了，他当然知道夏听南是故意的，但依旧忍耐着。

没把徐秉然逼走，夏听南却因为这样的行为失去了在图书馆的固定位置，她的书被人丢在角落，十分凌乱，甚至有人在学校的网络广场上公开暗讽占着茅坑不拉屎。

夏听南歉意中混着委屈，她并不是故意的，就是前一晚没想起来要把书拿走。

弄清来龙去脉后，徐秉然后面几天一大早就到图书馆帮她占座位。夏听南要是没来，他就自己坐着学习看书，夏听南来了，他就把位置给她。

这导致夏听南心里更加愧疚，觉得椅子底下都冒着火，坐着烫屁股。但她总不能因为愧疚就接受徐秉然，和他在一起，那样对两人来说都不公平，徐秉然也不会喜欢，所以她只能用物质的方式补偿徐秉然。

夏听南从来不是一个果断的人，有时候甚至会在某些事情上钻牛角尖。

她在意两个人多年来的感情，总是对徐秉然心软而不能彻底狠下心，但也担心自己给徐秉然希望。

可徐秉然没有丝毫不耐心，没有因为夏听南的铁石心肠而泄气，甚至对夏听南的心软感到庆幸，他只是用行为告诉她，他会一直等她。

等她心动。

周六的时候，夏听南一到单位，就看到门口已经站了不少人了，年纪大年纪小的都有，明显都是来占位置的。

还没到图书馆的开馆时间，她上楼把自己的包放在自习室最里面的一张桌子上，然后给徐秉然发消息，让他记得早点到。

图书馆里现在只有工作人员，夏听南整理了一下东西，坐在同事旁边边吃早饭边聊天。

同事问："我怎么看到你的包在自习室里面？"

夏听南解释说："我帮人占个位置，他马上就来。"

实际上，她也不知道徐秉然是不是马上就来，因为他一直没有回复，早上她出门前特意敲了徐秉然家的门，结果发现没有人回应。

马上要到开馆的时间，夏听南见徐秉然还没有回复她，心里不禁有些着急。

如果等下位置不够，她就只能把留给徐秉然的那个位置让出去了。

主任叶新晴从办公室里走出来，说："时间差不多了，你们准备一下。"

"知道了。"她们从位置上站起来。

大门一开，读者纷纷拥进来往自习室跑，有些人只占了一个位置，有些人把自己的东西放在另一个位置上，明显是替别人占的。

他们可以这么做，但夏听南不行，首先她是工作人员，其次对方至少有一个人到场了，而她又不能坐在那个位置上替徐秉然顶着。

服务台边上的人也多了起来，都是带着图书证来还书的，主任已经在喊她了。

夏听南最后看了一眼手机，这下终于看到了徐秉然的消息。

徐秉然："楼下了。"

徐秉然有晨跑的习惯，平常除非下雨，否则都是跑步去上班，到了单位冲个澡，清清爽爽地开工。

今天他也起得很早，去图书馆旁边的公园跑了几圈，原本打算早一点去图书馆，但刚好碰上一点事情。

早上公园里的老年人特别多，老年人多，自然老年活动也多，下棋打拳一应俱全。但今天，一个打拳的把两个下棋的棋盘给打翻了，三个老人家没有一个想息事宁人，分分钟躺倒在地，就比谁碰瓷技术更硬。

旁边几个明事理的老人家想劝架，反而卷入旋涡中，战火越发喧嚣，完全不讲理，但凡讲点理也不至于吵起来。

徐秉然之前还真没遇到过这种情况，在中间协调了好一会儿。

几个老年人一听徐秉然是警察，火气反而更大，打拳的让徐秉然把下棋的抓起来，下棋的让徐秉然把打拳的抓起来。

他一个头两个大，发现软办法没用，最后叫来辖区派出所的民警，和他一起对老人家们采取“硬手段”的教育感化，总算平息了老人家的怒火，他这才放心离开。

等电梯的人很多，电梯很慢，徐秉然干脆从安全通道跑上楼，一眼就看到正在替读者登记还书的夏听南。

她的头发被高高地扎了起来，露出纤细的脖子，隐隐能看到后颈的细小绒毛。

徐秉然疑惑，以前她的脖子有这么细吗？还有那一晚他手里的脚踝，手指轻轻一圈就完全包裹着，脆弱易碎的感觉。每一种样子都是他魂牵梦萦的模样，在夜里反复幻想，有痛有快乐，但醒来后却只有空虚与怅然。

夏听南抬头的瞬间看到了他，便朝他眨了眨眼，然后指着一个角落，说：“就放着黑色小包的那个位置。”

徐秉然点了点头。

他来得还算早，自习室里还有一些空位，都比夏听南选的这个要好，但夏听南看到徐秉然还是坐在了那里。

夏听南上午没顾得上徐秉然，今天是周末，人流量很大，幸亏来了一批志愿者可以分担她的工作。这些志愿者年纪都不大，好像是来暑期实践的。

说起暑期实践，大学的一个暑假，夏听南嫌一个人在家无聊，就在附近找了一家奶茶店当店员，喝奶茶赚钱两不误，还可以摸鱼看小说，很适合她。

那段时间，徐秉然刚好在准备下半年公安联考，并没有过来找她，她反而松了口气，让他好好复习，不要想太多。

徐秉然当然半点也没想多，工作生活依旧规划得很好，该复习时复习，但该找她也没一天落下，偶尔远程点个健康卫生的外卖给夏听南，让她不至于看小说看到忘了吃饭。

一个月的暑假工，夏听南也攒了几千块钱，想着去邻市的海边游泳看海，但却找不到陪她的人。

陈茜去国外旅游，孙雅舒又离她太远，汤诚……虽然他们俩这几年的关系一直挺好，但夏听南不想单独和他出去旅游。

最后还是徐秉然以回来办手续为由，陪夏听南去玩了几天。

时间一到，徐秉然就坐着飞机离开，夏听南心情复杂，哪能看不出来他这是专程来陪她的。

忙起来时间就过得飞快，中午的时候，夏听南喊徐秉然一起去吃饭。

徐秉然合上书，从位置里走出来。他坐的那一桌的另外三个位置已经被几个小女生坐满，她们看到徐秉然站起来，眼睛控制不住地偷瞄。

夏听南突然很想笑，想起以前徐秉然来她学校门口接她的时候，校门口的女同学也都是这么偷看他的。

她一边按电梯，一边问道："你还记不记得以前你骑着辆自行车在我初中校门口等我？"

徐秉然说："记得。"

哪能不记得，学校门口的保安都认识他，还会和他聊聊天。因为每一次她都慢吞吞，迟迟不出来，徐秉然夏天得被热浪蒸，冬天要被冷风吹。

但夏听南坐上他的后座时，其他的都感受不到了，只有被她环绕着的不停冒汗的腰腹，还有贴在他后背的柔软。

单纯的依赖，以及无心的诱惑，令青春期的他无限焦躁，无处宣泄。

图书馆有自己的小食堂，是对外开放的，平常读者也可以来这边吃，就是比较麻烦，要排队付钱取票取餐。而夏听南作为工作人员就没有这么复杂，直接打菜就可以了。

墙上的牌子上写着两荤两素十五元，价格很公道，至于味道……

夏听南咬了一口鸡腿，然后又默默放了下来，之后都没有再碰。

不是她想浪费，实在是这个味道……一如既往的难吃。

徐秉然慢慢地吃着，看不出来到底喜不喜欢吃。

夏听南问徐秉然："书看得怎么样？"

徐秉然说："看了一半。"

准确来说是看完了一本，他一共只带了两本书。

"你太厉害了，我看到那密密麻麻的字我就想睡。"她感叹。

"你看到小说密密麻麻的字怎么不想睡？"

"这怎么能一样？"

徐秉然笑了一下，手指忽然伸向夏听南的脸，然后指尖就碰到了她的嘴角。

这个位置是空调风口，徐秉然的手有点凉，尤其是指尖，似冰又似电，触在她的嘴边仿佛带着电流。

夏听南不自觉地快速往后躲开。

徐秉然的手顿在半空中，然后慢慢收回来，解释说："你嘴边有肉末。"

夏听南如梦初醒般地摸了摸，果然有一颗肉末黏在嘴边。

她摘下来用纸巾擦了擦手，心里告诉自己不要大惊小怪，徐秉然现在对她没有其他的意思，但嘴角还是有种火燎燎的感觉。

头顶的空调风口依旧呼呼地送着风，他们这桌却有些异常的安静，两个人一句废话也没有。

两人吃完后，夏听南带徐秉然在图书馆各处逛了逛，然后她回去午休，徐秉然则回到自习室。

今天天气很好，阳光把整个自习室都照得很亮，下午徐秉然还是这么坐着，然而越看头越痛，书里的字好像打乱了顺序，每一句都变得让人看不懂。

他揉了揉眉心，拿出手机。

队里的安排已经下来，出差审批表也已经批了，下周他就要去出差，至少一个星期，这就意味着他将很长时间看不见夏听南。

他翻了翻夏听南的朋友圈，里面的内容很丰富，有时候一天就能发好几条，有关于玩乐的，有关于工作的，有关于游戏小说的，光是看她的朋友圈就能知道她每天都做了什么。办案民警最喜欢的就是这种嫌疑人，尤其好查。

他忍不住笑了一下，开始收拾桌上的东西。

夏听南正被一个小朋友拉着，后者说一定要借到某本书，表情很着急。

她安抚道："小朋友，姐姐先帮你看一下还有没有库存。"

大概是学校的统一任务，最近借那本书的人不少，夏听南查了查记录，发现馆里的几本都已经借出去了。

"小朋友，你是今天一定要借到吗？"

"姐姐，这是我们的作业，这周要看完，还要写读后感。"他说着又开始着急，"如果没看完，我要被爸爸打的，还会被老师骂的！"

夏听南哭笑不得："小朋友，你别急，我帮你想想办法。"

徐秉然走过来问她怎么了。

"你怎么过来了？"夏听南压低声音说，"没事，小朋友借不到书有点急，我给他找个电子版的就好了，你等一下。"

说完，她转头到图书馆的电脑上搜索着什么。

徐秉然沉默不语地看着她熟练地解决这些小麻烦。夏听南真的和以前不一样了，如果是以前，夏听南估计会比这个小朋友还急。

她解决完这边的事情才回头来找徐秉然。

后者还在原地等她，身穿清爽的运动装，背着一个运动挎包，包被塞得满满的，显出几个棱角。

她问："你要走了吗？"

徐秉然点头："局里突然有点事情，要回去解决一下。"

"啊，那好吧，东西都没落下吧？"

"没有。"

"那晚上要来我家吃饭吗？我妈今晚在家。"

徐秉然说不去了，他在局里吃了再回去，夏听南点头说知道了。

等徐秉然离开，夏听南的同事才凑到她旁边，一脸激动地问："这就是你朋友啊？"

如果要让如今的夏听南给徐秉然寻找一个确切的定义，她发现自己难以找到一个正确的词汇，说是哥哥好像太亲切，毕竟哪有喜欢妹妹还追妹妹的哥哥，说是邻居又觉得太淡，毕竟两个人一起长大，更像是家人。

同事又说："你朋友真的好帅啊！"

"嗯。"

"你怎么不太高兴的样子？"

夏听南皱了皱眉，说："没有，我在想他为什么还不找对象。"

并不是自我意识过剩，也不是胡思乱想，徐秉然这个长相不可能没有人追求，但为什么到现在都没有女朋友?

夏听南才这个年纪，家里都已经有些着急，尤其是她现在工作稳定下来，夏妈妈更是急着帮她物色合适的对象，总是想让她去相亲，不过都被她拒绝了。

夏听南只是单纯的不想找对象，她现在的生活轻松愉快，她甚至觉得如果可能，自己这辈子都不结婚也行，柴米油盐是婚姻的必需品，她的青春没结束，她并不想让自己成为一个贤惠的妻子兼保姆，让自己的生活变成一地鸡毛。

但这样的言论只换来了夏妈妈的痛斥，在夏妈妈看来，夏听南并不能照顾好自己，现在有她和夏爸爸的庇护，但他们老了之后呢，谁来庇护夏听南?

夏听南知道母亲是为了她好，但不代表她就要接受，何况结了婚还能离婚，谁能说得准他们给她找的对象就是良人，以后就不会出轨?那她还不如一个人呢。

夏听南晚上回到家时，夏妈妈已经做好饭菜等着她了，难得今天夏爸爸也在家，三个人吃着桌上的几盘菜，倒是其乐融融。

前提是夏听南的老母亲不要提相亲的事情。

“听南，你什么时候放假？或者明天晚上也可以，跟我去吃个饭。”

夏听南顿时有不好的预感：“吃什么饭？是不是相亲？我不去。”

夏妈妈怒道：“不去什么不去，就要去，我都和人家约好了。”

夏听南闻言也有点生气：“你凭什么约好了？都没有问过我。约好了你自己去，反正我不去。”

都没有和她商量过，这就是赶鸭子上架。

“别吵了，吃菜，今天这个葱油鱼是我烧的，听南，你快试试好不好吃。”夏爸爸见状赶紧调节气氛。

夏听南不高兴地夹了一块吃掉，然后臭着脸说：“好吃。”

夏爸爸说：“听南，你也别气，你妈都是为你好，你现在每天开开心心，有我们陪，有秉然陪，那过几年，我们老了，秉然成家了，你怎么办？”

听到徐秉然的名字，夏听南下意识拿他当挡箭牌：“那也得徐秉然先成家啊，他比我还大两岁，对象都还没有，你们怎么不催他？”

夏妈妈没好气地说：“你这臭小子，就知道甩锅，秉然现在这么忙，哪有时间谈对象？而且他长什么样，你长什么样，他再过十年都不怕找不到老婆。”

她不是没给徐秉然介绍过对象，但都被徐秉然以太忙没时间给拒绝了。

“我长什么样子了？”夏听南又好气又好笑，口不择言道，“行，我就是丑！反正徐秉然不找对象我也不会找对象的，那就再过十年吧，等十年后徐秉然有对象了，我就去相亲。”

夏妈妈紧紧地捏着筷子，眼睛里的火快要冒出来，她咬牙切齿道：“夏听南！我快被你气死了！今晚你洗碗！”

夏听南马上回道：“洗就洗！”

夏爸爸夹在两团火的中间，一声不吭地吃着饭，心中默默流泪。

老婆孩子的脾气怎么都这么火暴啊……

在夏妈妈的怒火攻击下，夏听南老老实实洗好碗才回房间，又磨蹭了一会儿才洗澡洗头。

如今她的头发已经到肩胛骨，因为头发多，又不够柔顺，所以打结得也很厉害。

她走到窗口看着外面的天空，一下一下用力地梳头，心里有点烦，也有点乱。

夏听南打开窗户看过去，看到徐秉然正在阳台喝酸奶。

看到她后，徐秉然把手里另一盒递给她，问道："喝吗？"

"喝！"夏听南伸长手接过酸奶，盒身上还带着冰凉的水珠。

见徐秉然忽然扬了一下下巴，夏听南一秒领会，把窗户开大，人退远了些，让徐秉然翻过来。

大学的时候，夏听南和孙雅舒说起他们两个房间离得很近，平常经常翻来翻去找对方玩的时候，孙雅舒的表情有一些难以形容。

孙雅舒开玩笑似的问夏听南，这是不是她和徐秉然的情趣。

夏听南不知道怎么回答，因为这是从小养成的习惯，他们还不够懂事的时候就这么做着。

徐秉然会因为父母吵架而来她这里找清静找安心，而夏听南也会因为不想被管着学习而去找徐秉然寻乐子。

没有其他原因，只是因为两个缺少陪伴的人想要互相慰藉罢了，而从小养成的习惯，又怎么会是一朝一夕能改的？

行为上能改，心理的信任依赖却难改。

徐秉然很久没进过夏听南的房间了，脚踩到地上之后，下意识环顾了一下。

依旧是昏暗的房间，夏听南只开了一盏小灯，木质地板因为有些老旧，踩上去之后发出一声极轻的吱呀声，然后就安静下来。目光延伸而去是藏青色的棉质床单，看起来十分柔软。

房间里有一张小书桌，小书桌旁边有一把小椅子，但夏听南从小到大几乎从来不坐，她会坐在地上，坐在床上，坐在书桌上，但就是不坐在应该坐的椅子上。

旁边还有一个衣柜，衣柜的门没有关紧，只因为被一件半掉的文胸卡住，从缝隙里能看出里面一如往常凌乱。

夏听南注意到什么，赶紧挡在徐秉然面前，打开衣柜捡起文胸丢了进去，十分沉着冷静，脸上一点波动都没有。

然而这一件小小的文胸却是压死骆驼的最后一根稻草，衣柜里如山如废墟的衣服堆在他们两个人眼皮子底下轰然倒塌，零零散散地倾泻一地。

夏听南的脸出现裂缝。

房间里静悄悄的。

衣柜猝不及防变得空荡，只剩下稳稳压在底下的一些衣服，各种颜色的衣服堆在夏听南的脚边，有一些则滚到了徐秉然附近。

她看着徐秉然脚边的黑色蕾丝底裤，陡然间感到有一些窒息。

徐秉然也看到了，他弯下腰，把地上的黑色薄布拿了起来，拉过夏听南的手，把它放进她的手心，他收回手的时候像是不经意地抠了一下她的掌心。

夏听南握着内裤，大脑一片空白，站在原地一动不动。

徐秉然轻轻说："夏听南，整理一下。"

夏听南埋着头整理衣柜，根本不敢看徐秉然。她越急越整理不好，这边往里塞衣服，那边往外掉，止都止不住。

徐秉然盯着看了一会儿，过去帮夏听南一起整理。他掠过私密的衣物，拿起一件衬衫，叠好递给夏听南，夏听南快速接过来塞进衣柜。

夏听南小声说："你还是去坐着吧。"

"不需要帮忙吗？"

"不用。"

徐秉然走到书桌边坐下，静静地看着夏听南把一件件衣服随意叠好，然后放进衣柜的最里面。

徐秉然突然出声："你为什么不穿以前的睡衣了？"

夏听南停止手上的动作，愣了一下。

"哦，你说这件白色的吗？因为买了新睡衣，这件压在底下就忘记拿出来穿了。"她把手里叠到一半的衣服重新抖开，"好像是还可以穿，不过有点旧了。"

她又问："我身上这件是不是不太好看？"

她身上的睡衣是她前几年买的，很少女，上面都是粉色的花朵，单纯是她某个瞬间少女心泛滥而剁手的产品。

徐秉然"啊"了一声。

夏听南狐疑地看他：“啊是什么意思？”

“就是我不太能欣赏，不过也不难看。”徐秉然自己的衣服都很简单，黑白灰三个颜色轮着来，对于花里胡哨的衣服没有什么好不好看的概念。

她恍然大悟：“啊，所以就是没有以前那件好看的意思呗。”

徐秉然没说话，夏听南当他默认了，于是决定让这件宽大的白色 T 恤再次见光。她把它放在了衣柜的最上面，这样她下一次拿衣服就能看到。

房间重新恢复了表面的秩序，夏听南觉得之前尴尬的氛围消散，心里放松了一些。

她坐在床边，又管不住自己的嘴开始吐槽。

“徐秉然，我和你说，我真的是服了我妈了，又让我去相亲。”

徐秉然伸脚用脚背碰了碰她的脚趾，避重就轻地问：“脚好了没？”

夏听南掰起自己的脚看了一下：“早就好了吧，原本也没什么，现在都没感觉了。”

“嗯。”

“我和我妈说了，除非你脱单，否则我是不会找对象的，这是不是双赢的好方法？”夏听南又把话题绕了回来。

她掀开酸奶的盖子舔了舔，鼻尖沾上了一点酸奶。

“双赢？”徐秉然抽了张纸巾，快碰到她鼻子的时候又拐了个弯把纸巾塞进她手里，“自己擦。”

“哦哦，谢谢。”夏听南接过纸巾擦了擦鼻子，满不在乎地说，“对啊，我们俩共进退，要么一起脱单，要么一起单身。这样子要是被我妈骂，也是我们俩一起被骂。”

徐秉然盯着她手里的酸奶盒，讳莫如深，不知在想什么。

夏听南吸了口酸奶，盒子因为液体与气体的流失，在她手里发出咔咔的清脆声音。

她的设想很美好，徐秉然短时间内不打算找对象，让他“首当其冲”，她躲在后面就清静了，压根没想到两个人一起脱单这个方案。

夏听南把喝完的酸奶丢进了垃圾桶，发出很轻的一声“咚”。

刚刚打开的窗户没有关严，夏夜无风却有蚊虫，夏听南刚想伸手拿手机，下一秒就敏锐地听到了一声令她鸡皮疙瘩四溢的嗡嗡声。

她忍不住骂了一句，整个人差一点跳起来。

徐秉然立刻站起来看她，把窗户关严实，然后把房间里的大灯打开。整个房间亮堂堂的，妖魔鬼怪无处遁形，但狡猾的蚊子不见踪迹。

夏听南从小就招蚊子，只要和别人站在一起，别人永远是蚊不叮，她却比孙悟空还能上抓下挠，蹦蹦跳跳地躲蚊子。当年中考完在徐秉然的高中门口等他放学，她也差一点被蚊子抬走。

徐秉然提醒说：“你别动。”

夏听南崩溃：“我不动，它咬我怎么办？！”

徐秉然问她：“你没听过一个词，叫钓鱼执法吗？”

第九章 心动的痕迹

房间里的大灯重新被关上，只留了床边的莹莹小灯，照亮一方，为蚊虫营造了良好的进食氛围。

被当成鱼饵的夏听南一动不动地躺在被子上，偏着头死死盯着徐秉然，表情有一些凶狠。

她说："徐秉然，我如此牺牲，你要是没把那只蚊子打死，那就是我错付了，今后咱们也不必相见了。"

得，又演上了。

夏听南躺了一会儿，没听到蚊子叫，困意倒是像沸腾的水，冒着泡就泛了上来。

她说："徐秉然，我想睡了。"

徐秉然看了一眼时间："现在才八点。"

夏听南的嗜睡和以前没什么差别，她眼睛一闭一闭的，在某个瞬间又用力睁大让自己清醒，紧接着又无力地耷拉下来，只留着缝隙看人，像是在翻白眼。

"你看到蚊子没有？"

徐秉然盯着房间里的那一点光源看，没回她的话。

夏听南心里不耐烦，睡意混着对蚊虫的恼意，以及徐秉然在朦胧光影中暧昧不清的眼神。

这个房间的任何东西好像都变成让夏听南陌生的物品，只有那一缕光带着熟悉的徐秉然的气息传了过来，难以言喻的强势。

她猛地坐起来，说：“算了，我把……”

她想说把空调温度调低，这样蚊子就不会出来咬人。但她话还没说完，徐秉然的身影盖过了那道唯一的光，巨大的阴影笼罩在她面前，四面八方的空气都沉了下来。

心无端颤了一下。

她看到徐秉然的双手朝她的脸伸来，似有预感，不敢再动。

眼里是他纤细修长的手指，指甲修得很规整，手背上的筋脉稍稍凸起，显得十分骨感，手指关节有一点伤疤，加上余光中的手臂带着青筋，这些都为徐秉然这个人平添了几分野性。

徐秉然是一个身材高大充满荷尔蒙气息、从小到大都不乏追求者的男人，这是毋庸置疑的，但夏听南第一次意识到只要徐秉然想，甚至不用顾忌她的意愿，轻而易举就能让她动弹不得。

“啪——”

短暂，清脆。

很轻柔又很沉重。

轻柔是对夏听南而言，沉重是对徐秉然掌心的蚊子而言。

她看到徐秉然抽了一张湿巾把手擦干净，纸巾上出现一点红色，是蚊子血。

“好了。”徐秉然说。他站直，身边的空气又快速流动起来，时间流速恢复正常。

夏听南缓缓吐出一口气，紧绷的神经终于得到放松，她这时才发现自己的心跳很快。

徐秉然看了她一眼，没说什么。

过了两秒，夏听南一脸被雷劈了的表情。

她崩溃道：“为什么它有血？！”

是谁遭到了毒手？

徐秉然微微地摇了摇头。

夏听南头皮一阵发麻，忽然觉得浑身都被咬了，哪里都发痒，而且胸口某一个点尤其痒。她下意识地抓了抓，粉色V领的睡衣露出大片的肌肤。

徐秉然被迫看到胸口的风景，以及雪白胸膛上新生的红色小包。

他别过头，哑着嗓子说：“衣服拉好。”

夏听南内心抓狂：啊……我刚洗完澡，没有穿内衣啊……

她赶紧低头把领口整理好，心里有点绝望，觉得今天真的好背，什么事儿都不顺。

徐秉然看到她的神色，脸上多了丝笑意。他低下头，再抬头时又恢复了淡淡的表情。

“怎么留长头发了？”他碰了碰她的头发，说不出软硬，但摸起来很舒服，能看出主人的细心护理。

夏听南用手指顺了顺头发，发丝在指尖流动，徐秉然目不转睛地盯着。

“就是感觉长头发要好看一点。”夏听南放下手说道。

她脸圆，性格又欢脱，撑不起干脆利落的短发，学生头又看起来有些幼稚，而且还闷痘，于是她干脆把头发留长了，变成最普通的中长发。

她笑嘻嘻地问：“怎么样，我长发是比短发好看吧？”

“都挺好看。”只不过现在的发型更有女人味，不像以前像个长不大的小朋友。

他们又聊了两句，看时间差不多了，徐秉然说：“我先回去了。”

“行。”夏听南突然看见什么，喊住他，“等一下。”

“怎么了？”

夏听南指着他手臂靠近袖口的一处问：“你是不是也被咬了？”

徐秉然扭了扭手，看了一眼，不太在意地说道：“没有，是之前过敏留的疤。”

“过敏会留疤？”

“抓破了。”

“这么痒啊……”夏听南稀奇道，“不过我都不知道你也会过敏。”

徐秉然抚了抚袖子，挡住那块印记，说：“你不知道的还有很多。”

夏听南奇怪地看他一眼。

明天是徐秉然值班的日子，他告诉夏听南明天不用给他占位置，他要回局里。

她应下。

夏听南知道徐秉然忙，但没想到他这么忙。从这天之后，夏听南就没有在下班的公交车上再遇见徐秉然，甚至一个星期都没有看到徐秉然的人影。隔壁房间都没动静，她敲过两次门，结果徐家根本没人，徐秉然活像是人间蒸发了。

她出于关心和好奇，给徐秉然发了条消息，问他去哪里了。

回复过来的消息是说去外地出差了，如果夏听南想玩 SWITCH 可以去向夏妈妈要钥匙，徐秉然前几年就把家里的备用钥匙给她了。

夏听南看了看日期，这才发现原来已经七月份了。

太阳越发毒辣，夏听南出门都要涂两层防晒，生怕自己又像高中那会儿一样被晒得皮肤变色，她每晚洗完脸还要擦点美白的精华和 A 醇，就差把“精致”两个字写在脸上。

一天，同事问她：“听南，我怎么都没看见你那个朋友再来啊？”

“他出差了。”

“啊，他是干什么的？”

“警察。”

同事更激动了：“怪不得这么有气质，看起来就好正啊！”

夏听南笑起来：“我们以前都说他长得像痞子的。”

看来徐秉然现在的气质已经完全能压住他那张脸带来的不正经感，让人第一眼看到的不是他的脸，而是正义凛然的姿态，好像没有什么能将他压倒。

“你上一次说他还没有女朋友？”

“对啊。”

“他长得这么正，人靠谱吗？不乱搞男女关系吧？”

夏听南连忙摆手帮徐秉然解释：“当然靠谱，他很专情的。”

“怎么说？”

怎么说？

她一下子磕巴了，这能怎么说？

专情是一个好的品质，但也是夏听南曾经烦恼的地方。她不能明白徐秉然为什么会那样义无反顾地喜欢她，甚至在她明确表示自己对他根本没有除亲情友情以外的感情之后，依旧执着地追求她。

长痛不如短痛这个道理她是懂的，徐秉然也是懂的。夏听南有时候会想，自己以前是不是应该更加无情一些，不要给徐秉然一丁点的希望，不要有任何一点心软，要是用冷漠和厌恶堆砌成的态度对待徐秉然，这样徐秉然是不是能早点死心，但事实是她对徐秉然又不能完全地狠下心。

人类是复杂的，夏听南也不例外。

“反正……就是他之前追了一个女生很久。”

“多久。”

“快四年。”

“后来呢？”

“没有后来。”

后来就是夏听南那一句“再也不想看见你”，仿佛是丘吉尔的铁幕演说，拉开了冷战的序幕，徐秉然被迫退出了她的生活。

他们两个互相拥有了对方数年的空白期。

“那他还喜欢那个女生吗？”

“当然不喜欢了。”

“你怎么知道？”

“因为他们有快四年没联系了。”

“啊……又是一个四年啊。”

“嗯。”

人生有几个四年？而夏听南细细数来，能记起的几个四年，都是与徐秉然有关，徐秉然陪她玩积木，徐秉然接送她上下学，徐秉然追求她，她和徐秉然冷战。

她和徐秉然好像生下来就连在了一起，时间空间都难以将两人分离。即使这么久没见，再见面却是故人归来，有怀念与感慨，没有陌生。

同事还缠着夏听南问了很多问题，虽然夏听南讲起事情根本止不住嘴，但她还是点到为止，没有泄露徐秉然的隐私。

“那他喜欢哪一款？你看看我有机会吗？”

夏听南忍不住笑起来：“云会姐，你看上他了啊？”

“没看上，我问你这么多做什么？”

两个人都笑起来。

夏听南的同事叫钱云会，比她大了四岁，在这边已经工作了很多年，算是她的前辈，不过很平易近人，两个人很聊得来。

“叫徐秉然是吗？这个名字也很好听啊，只比你大两岁……我的天！那就是比我还小两岁！”钱云会惊叫，然后很快冷静下来，“问题不大，小两岁就小两岁，年纪小没关系。”

下班前，夏听南答应钱云会有机会把她介绍给徐秉然认识，钱云会高兴得要命，说下回请夏听南吃大餐。

夏听南回到家，发现家里又没人，躺在床上刷了刷手机，看到汤诚发了条朋友圈，问有没有人出来吃夜宵。

她在下面回复了一句：“夜宵没有，晚饭可以有。”

汤诚来私聊她：“？”

夏听南：“哈哈哈，没想到吧，我回来了！”

汤诚：“什么时候回来的？”

夏听南：“两个月前，你这一看就不关心我，我朋友圈都发过。”

汤诚忙得要死，公司里事情一大堆，游戏都很少打，更何况刷朋友圈，所以他还真不知道夏听南已经回来成为了一名光荣的图书管理员。

他说那就去吃晚饭吧，他正好也没吃晚饭。

夏听南很庆幸自己懒，回家衣服还没换，可以直接出门。

汤诚如今在一家普通的私企上班，当年在足球队叱咤风云的风姿已经被工作的压力消磨完，他戴着一副黑框眼镜，万年不发一条朋友圈，一发就是好几条，平淡的文字里都是对老板无情剥削的指责，偶尔掺杂着一些足球赛的东西。

不过和老板关系再僵硬，也不影响他受老板的喜欢，因为老板是个女老板，而他，依旧是个帅哥。

汤诚听说夏听南考上事业编后很惊讶：“我以为你是不读书的。”

“瞧你这话说的……我怎么也不能说是不读书吧？”

夏听南的成绩也没有很差过啊。

他把菜单递给她，让她来点，然后说：“怪不得前两年找你打游戏，你都不打，每次都说自己有事，我还以为你在忙工作上的事情。”

前两年汤诚还没有升职，所以没这么繁忙，经常来找夏听南打游戏，但夏听南每次都以自己有事拒绝了他。到现在他才知道原来不是普通的有事，而是在偷偷摸摸准备考试。

夏听南是个很俗的人，她考公考编准备了两年，怕自己考不上显得太丢人，几乎谁都没告诉，连陈茜也没说，就只告诉了父母。所以在大家心目中她一直是一个称职的打工仔，上班打工，下班葛优躺，周末就是出去玩，生活充实得没话说。

直到最后考上到政审通过，万无一失地等待入职，她才激动地发了条朋友圈炫耀，然后收获一大堆惊讶的祝福。

“着实心机。”

夏听南不满道：“这怎么能叫心机呢？你不知道越是放在嘴上说越是难以实现吗？就像减肥，昭告天下说自己要减肥的人一定减不下来，最后瘦下来的都是闷不吭声的那种人！”

汤诚敷衍地点头，夏听南讲起道理来一般人是说不过的，他深有体会，只能认同。

夏听南忽然问：“汤诚，你还记得徐秉然吗？”

汤诚愣了一下，刚想说话，服务员上菜了。

“你找的这个店不错啊。”夏听南惊喜地看着满桌的精致菜品，掏出手机打开美食相机，选好滤镜就开始拍，“你筷子拿开点。”

汤诚无语地放下了筷子。

“你们女人为什么吃东西这么喜欢拍照？”他非常不理解。

“我们女人？还有谁？”

“陈茜。”

夏听南了然地点点头，说：“物以类聚，人以群分，这就是精致女性，你不懂。”

汤诚无语。

他们边吃边聊，吃了一个小时，桌子上还有零零散散的残羹。两个人都吃得很饱，鼓着肚子坐在位子上。

汤诚问：“过段时间要不要回高中看一看？”

夏听南一想觉得也行：“我先问问陈茜，好久没见她了，不知道她有没有空。”

他们三个的友谊来得莫名其妙，一开始是她和汤诚总是打游戏，后来陈西分手后也加入了他们的战队，逐渐就成了如此奇异的铁三角组合。尤其是汤诚，他是最奇怪的那个。

“说真的，汤诚，我以前还以为你喜欢我呢。”她毫无负担地随口说。

然后，汤诚默然。

夏听南等了三秒没等到他应声，吓了一大跳：“喂！你干吗不说话？不会吧？”

汤诚清清嗓子，有点尴尬：“啧……曾经是有过这样的想法。”

最开始他只是觉得夏听南很好玩，长得也挺可爱，后来又知道原来她是姐姐同学的妹妹，借着这个由头，他就随手加了她的微信。

他想着加都加了，那就找话题聊聊吧，于是就翻看夏听南的朋友圈，大多数都是吃的和游戏，所以他就以打游戏为借口找夏听南。然而夏听南对他的态度很敷衍，这反而让他的好胜心更加蓬勃。

刚刚吃饭的时候，夏听南问他还记不记得徐秉然。他当然记得，甚至还记得第一次和徐秉然打游戏的画面。

徐秉然对他的心思一清二楚，第一次用夏听南的号和他一起打游戏的时候，两个人进行了一些男人间的沟通，彼时，汤诚还不知道他们并不是亲兄妹。

徐秉然说：“你打赢我，我就让你追她。”

他问：“凭什么？”

“凭我是她哥。”

打蛇打七寸，徐秉然的这个要求实在是为难人。汤诚强烈怀疑徐秉然看过他的战绩和段位才提出这样过分的要求，因为他的游戏水平很菜，菜得有一些损害他足球队前锋的光辉形象，平常的时候几乎都是夏听南在带他。

那天他们先是单挑了两把，结果都是汤诚被打爆。

后来他们又一起打了一局排位赛，汤诚的战绩过于惨淡，徐秉然手起刀落，毫不留情地举报他，导致他的号被封了三天，汤诚苦不堪言。

他和徐秉然约定好，他会好好练技术，让徐秉然每天上线和他单挑一把。

徐秉然同意了，除非有特殊情况，否则每天晚自修之后准时上线。

然而汤诚断断续续地打了很长一段时间，也没有打赢过徐秉然。之后的时间汤诚甚至消极到戒了网瘾，直接扑进了知识的海洋。直到后来和夏听南以及陈茜的关系越来越好，三个人聊起来，他才知道徐秉然不是夏听南的哥哥，也意识到徐秉然对夏听南存的到底是什么心思。

就算是他，也忍不住暗骂一句徐秉然心机，后来听说他们俩闹翻，他还觉得徐秉然活该。

夏听南和汤诚大眼瞪小眼："汤诚，你别骗我啊。"

"我骗你干什么？高中那时候我真的挺喜欢你的。"汤诚笑着说。

"那也没见你来追我啊。"她感觉很莫名。

汤诚也很莫名其妙地解释道："我那时候不是天天找你打游戏了吗？"

"你是想用你那个不堪入目的技术来引起我的注意力吗？"她不确定道。

汤诚被气得心绞痛。

夏听南哈哈大笑。

汤诚突然问："所以你和徐秉然现在怎么样了？"

夏听南默了默，然后说："我和他和好了。"

"和好了？"

"就是字面意思，不冷战了。"夏听南有些疲于解释自己和徐秉然的相处状态，当年也不过是随便提了一嘴，于是她现在依旧很随便地解释。

汤诚点点头，也没多问，只说："那你让他什么时候上个游戏和我单挑。"

她露出无语的表情："你们可真能杠，都多久了，还这么执着。"

"这叫男人的尊严。"汤诚嗤笑。

他早就不喜欢夏听南了，当初说不定也没有多喜欢，只不过因为夏听南这个人实在是很好玩，觉得和她做朋友是很有意思的事情。

如今他当然不是想以追求夏听南为目的和徐秉然比一场，而是单纯地想打赢徐秉然，以缓解这么多年来对方无形中带来的羞辱。毕竟现在想一想当年的事情，还是好气又好笑。幸亏夏听南是个铁石心肠，就算徐秉然把她身边的桃花挡走了，徐秉然也照样对夏听南没辙。

就是不知道过了这么多年，徐秉然现在到底是个什么想法。

夏听南回家的路上接到了徐秉然的电话，问她去哪里了，家里怎么没人。

“你出差回来了？”

“嗯，刚回来。”

“我出去吃饭了，很快就到家。”

“那我在门口等你。”

楼道里的灯不明也不暗，夏听南的影子在长短之间不断循环往复。

她沿着楼梯慢慢走着，修整过的扶手因为经常被人触碰，在少许角落也有些蜕皮，露出里面灰白的芯，摸过去有些粗糙。最近不下雨，地面上很干燥，隐隐有细小的虫子爬动，无伤大雅，没有人会管它。

她脚上穿的是板鞋，踩在台阶上的声音并不是很大，又或者是她故意压轻了脚步，不想引起某些人的觉察。

夏听南踏上最后一层台阶，走到一半就透过栏杆看到了靠在她家门上的徐秉然。

他闭着眼，双手抱着胸，垂着头，看起来有些困倦的样子。

她又轻轻往上走了两步，视线里的徐秉然逐渐变得完整。

徐秉然的衣柜真的很单调，离不开黑白灰，现在他身上穿的是一件灰色的无印花短袖，下半身则是一条藏青色的中裤，脚上踩着双黑色的板鞋，看起来不像是二十多岁的社会人，倒像是个清爽的大学生。

还是体育生的那种。

夏听南想吓他，从他身侧走近，粗着嗓“唔”了一声。

徐秉然猛地睁开眼，抬起头，神色犀利，抄起手就是一个锁喉抱摔，动作进行到一半发现是夏听南，他又堪堪止住。

于是，“锁喉抱摔”停在第三个字与第四个字之间。

夏听南的脖子被他的胳膊环绕着，转眼就捂出一些汗，潮湿又黏腻。

她的身子向一边倾倒，双腿软得像两根麻绳，全靠徐秉然撑住。她下意识找支点，揪紧徐秉然腰上的衣服，朝他看去。

徐秉然顿了顿，一边把她往回带，一边偏头朝她看。

“你——”夏听南只发了一个音就停住了。

夏听南瞪大了眼睛，愣然地和徐秉然对视着，她能清楚地看到徐秉然眼睛里自己凝住的样子。

徐秉然好像也被吓到了，立刻松开手让她站直，然后往后退了一步。两个人的脚尖隔着两部手机的距离，好像有点近，又好像并不是很近。

夏听南想抬手擦一擦嘴，又止住了动作，转而摸了摸脖子，摸到一手的汗。她侧过头看门缝，看地毯，就是不看他。

徐秉然注意到了，又往后退了两步，贴着墙说道："对不起。"

虽然他没说对不起什么，但夏听南显然知道。

她干巴巴地回道："没关系。"

她用钥匙开门，插了两次都没对准锁眼，只觉得徐秉然一直盯着她，如芒在背，额头上的汗更多了。她深呼吸了一回，最后一次终于把钥匙插进锁眼，将门打开。

夏听南转头朝他笑了一下，先走进家里。

徐秉然盯着夏听南僵硬的动作，然后提起地上的袋子，脱了鞋也走进去。

夏听南先去厨房喝了一杯凉水，在厨房直愣愣地站了一会儿，才又倒了杯水端出来，放在徐秉然面前的桌上。

她把他手里的袋子接过来，打开一看，果然又是给她带的各种各样的地方特产。

"谢了。"夏听南迫不及待打破如今让她略感局促的氛围，"吃饭了吗？"

徐秉然摇头，他刚下飞机就回来了，到现在还没吃饭。

夏听南一惊："啊，饿到现在吗？"

"没什么胃口。"

"那也不能不吃吧？为了报答你带回来这么多礼物，要不然我给你煮碗面？"她试探地问道。

徐秉然说："可以。"

夏听南进厨房里煮面，徐秉然就坐在客厅的沙发里，喝一口水，抿一抿唇，喝一口水，再抿一抿唇，到后来就一直在抿唇，不知道在想些什么。

没多久，夏听南端着一碗朴素的面出来，说："别嫌弃啊，我的技术就这样了。"

徐秉然放下水杯走过去，坐在餐桌前，吃了一口，说：“挺好的。”

夏听南开心地笑起来。

徐秉然话少，吃面也没有什么动静，只是默默地吃着，没有丝毫食指大动的感觉。

夏听南看着他吃，觉得太安静，有点无聊，又忍不住想谈天谈地。

她神秘兮兮地问：“你猜我刚才和谁出去了？”

徐秉然把嘴里的东西咽下去，问道：“谁？”

“汤诚！”

徐秉然夹面的动作一顿，“哦”了一声，然后又开始缓慢地吃着。

夏听南说：“他还提起你了，说要找你单挑。”

“不去。”

“为什么啊？”

“没意思。”

把碗里的面吃完，又喝了几口汤，徐秉然拿起碗自顾自走到厨房，把碗和筷子都洗干净。

夏听南跟过去，站在他旁边嘀咕：“都吃完了啊？”

她怕他不够吃，所以煮了一大把面，没想到徐秉然居然都吃完了。

徐秉然把手擦干净，说：“有点撑，走吧，陪我去散散步。”

“好啊。”

他们顶着星空一路走，小时候的徐秉然觉得夏听南迟早要踩进粪坑，现在的徐秉然依旧这么觉得，因为夏听南闲不住，看到什么东西就要摸一摸，树也要摸一摸，石头桌子也要摸一摸，看到窨井盖或者台阶就要蹦跶几下，比小孩还好动。到现在夏听南爱蹦跶的习惯还是没改过来。

他一直稳稳地走着，背挺得很直。

夏听南拍了拍他的背，又拍了拍自己的。

“你的背怎么能这么直？我的背有点驼，好难看。”说着，她往后挺了挺。

徐秉然说：“每天拿个铁板贴在身后站军姿。”

“那我还是驼着吧。”

他们走到了平常下车的车站，现在是晚上九点，大部分公交车已经过了末班车的时间，路上空荡荡的，只有几辆轿车在行驶着，都带着比白天更快的车速，显得匆忙。

徐秉然说："对面建了一座新的公园。"

"真的吗？我不知道，那去看看。"夏听南才回来几个月，没有在附近逛过，还真的不知道对面建了一座公园。

能天天开心得像个傻子，并且把世界上的一切都看得美好的人，总是那些会给自己找乐子的人，就像夏听南。他们往路口的斑马线走，夏听南低着头踩着地上的方块，确保自己每一步都踩在砖块与砖块的连接线上，然后又去踩斑马线，幼稚又童趣，但乐此不疲。

下一秒，一辆飞驰的车拐着弯向她驶来，大灯明晃晃地照过来。

一切好像很快，又好像很慢，夏听南瞳孔紧缩，一时间难以做出应有的反应。

身前起了一阵风，呼啸的声音在回荡，转眼就只剩灰尘扬起的动静。她被徐秉然用难以形容的力气一把拽了回来，头与后背用力地撞上了他的前胸。

太痛了。

不仅是头痛，手臂也痛，她不禁有些头脑发涨，心惊肉跳。

"夏听南。"

她还没反应过来，只是循着声抬头看去，看到徐秉然一脸严肃的脸。

他面色冷峻，甚至有些发白，瞳孔像是在震动，双唇是显而易见的紧绷。他掐着她的手越发用力，像是要把她折断。

她忍不住叫痛。

徐秉然立刻松开她，把颤个不停的右手臂背到身后，手紧紧捏成一个拳。

"夏听南，你知道每天有多少人死于交通事故吗？"徐秉然的语气压抑，又好像每一个字都带着咬牙切齿的意味。

夏听南不知道是被刚刚那辆车吓到了，还是被徐秉然吓到，脸色也有些发白，她颤抖着声音惶惶道："我不知道……"

是啊，她怎么会知道，她永远活在自己的温房。

徐秉然告诉自己不要对夏听南发火，这是无意义的，但他做不到。如果刚刚他的动作慢一些，那这个世界都会开始坍塌，变得暗淡而无意义。

“夏听南，你多大了？难道不知道过马路要看车吗？”他觉得太阳穴都在抽痛。

不知压了多久的情绪忽然爆发，怒火席卷而来，恍若一颗火种从天而降，火焰随之燎燃，徐秉然骤然抛去平常温和沉闷的皮囊，拾起炽烈诚挚的心。

“你知道我们局里每天首页上最多的警情是什么吗？是交通事故，每一天都有！

“你以为自己的命很大是吗？出事的人出事之前哪一个不是像你这么想？

“你有没有想过你如果出事了，阿姨怎么办？叔叔怎么办？我……”

他停住，没有接着说下去，只是盯着夏听南。

夏听南喉咙发紧，一个字都说不出来。

“说话！”徐秉然喝道，脸色还是很难看。他盯着夏听南，忽然把右手覆上她的脸，用大拇指搓了搓她的眼尾，像是确认她是不是真的好好地站在他面前。

夏听南感受到些微颤抖，皮肤被搓得生疼，酸楚由心脏往喉咙泛滥。

“我真的不是故意的。”她上前抱住徐秉然，像小时候一样，拍着他的背，“你冷静一下，先冷静一下，我没事，我真的没事，我们都好好的。”

事实上，需要冷静的不止徐秉然一个，即使到了这个年纪，夏听南的泪腺还是发达。她抵着他剧烈地呼吸着，努力控制自己的情绪，让自己不至于丢脸地哭出来。

徐秉然放下手，下巴抵在她的头顶，风卷起发丝，他的脖子一阵一阵地痒。背后被一下下轻拍着，他再有满腔怒火也都咽了回去。

他能怎么办？这是夏听南。

徐秉然说：“夏听南，你真是没心没肺。”

夏听南毫不犹豫地道歉：“对不起，是我的错。”

有路人走过，好奇地看着他们，仿佛在看什么青春疼痛文学的主角，分明不屑却又止不住好奇，走出了很远还在回头看。

徐秉然站直了些，让夏听南松开他。

夜晚的风静静地吹，红绿灯均匀的嘀嘀声在耳边响起，又在进入倒计时时变得急促。

两个人沉默地站了一会儿，头脑总算都冷静了下来。

夏听南脸上被风吹得发凉，眼里的泪全部蒸发完了，只是鼻子里有点鼻涕。

她摸着鼻子尴尬道：“徐秉然，你居然会发火，把我给吓死了。”

徐秉然闷闷道：“明明是你吓死我了。”

夏听南是真没见过徐秉然发这么大火，十分稀奇，一直朝他看，像是要确定刚刚徐秉然是不是被鬼上身了。

徐秉然面无表情地任由她看，拉着她的手腕带她过马路，但过完马路，他也没松开。

直到夏听南觉得手臂被蚊子咬了有些痒，挠了一下，不小心碰到了他的手，他才慢慢松开。

夏听南不再看他，把手背到身后，蹭了蹭衣服。

到了公园附近，人逐渐多了起来，老老少少都有，很热闹，门口还有几十个穿着相同的黄色短袖的阿姨们在跳广场舞，音乐声笼罩了整座公园，走到哪里都能听到。

夏听南总算老老实实走路了，问道：“你是在治安队是吗？是负责什么的？”

“扫黄打非。”

“是我理解的那个意思吗？”

“嗯。”

“那你会出去抓人吗？会不会遇见那种，呃……”她有些八卦，又不好意思说得太直白。

“偶尔。”徐秉然当然知道她在好奇什么，“一般都是派出所的民警去，然后统一汇报给我们。”

“那有什么有意思的案子吗？”

徐秉然想了一下，不确定道：“二十出头的小伙子找了一个五六十岁的特殊职业妇女算有意思吗？”

小伙子被抓的时候还不承认，硬说是自由恋爱，差点给那些民警上演一出感天动地的忘年恋。后来民警没被他们的感情感动到，倒是被小伙子手机里查到的金钱交易记录“感动”到了，当即拉着两人上派出所教育去了。

夏听南听完，感觉三观被刷新。

他们逛了将近一个小时才回去，在家门口分别的时候，徐秉然喊住了夏听南。

徐秉然看着她说："夏听南，你要小心一点，知道吗？"

夏听南看着徐秉然那双一如往常，磊落得像是藏了一池静水的眼睛，缓慢地点头。

门缓缓关上，楼道的灯光再也照不进空荡的房子。夏听南靠着门，胸腔内有异常的噪音，目光凝在半空中找不到落点，像一块石头落入深潭，悠悠下沉。

第十章 爱情无预演

党史竞赛在上周三举行了，夏听南赛前的晚上废寝忘食，依靠多年来临时抱佛脚的技术，熬了个通宵把题库看完，第二天精神不济，抹了两层隔离霜才去参加比赛。

幸亏她的努力没有白费，抽到的题目她多少都有点印象，最后拿了个还凑合的排名。底下来当观众的几个同事连声叫好，但夏听南一点也不开心，只觉得心累。

徐秉然他们局里的抽测也结束了，由于他的成绩名列前茅，政治部领导对他寄予厚望，专门发文通报表扬，希望他能代表市公安局发光发亮。

于是，徐秉然又被派去参加省厅的测试。

这两天夏听南闲了一点，因为已经八月份，学生陆陆续续开学，图书馆里的人流量逐渐减少，她每天忙活的事情也少了。

她之前和陈茜以及一些高中同班同学约好，抽空回学校看一看，而汤诚被她们俩逐出了团队，因为他和她们不是一个班的。

汤诚听到这个消息之后再一次被气得心绞痛，分明是他提出来要回校探望，最后他却被抛弃排挤，这是人性的扭曲，还是道德的沦丧?

夏听南和陈茜也有点心虚，答应轮流请他吃饭补偿他。

回校那天，老师的办公室里热热闹闹的，每个人既开心又怀念。夏听南真是很久没有回来过了，好像又找到了当年学生时代的感受，看到老师还有些发怵。

人生经过这么多个校园时代，而在夏听南看来，只有高中才是最特别的，无论是教室里大家的笑声、堆在课桌上的书，还是在操场上奔跑的人、小卖部里琳琅满目的零食，又或者是写都写不完的练习、考都考不完的考试，无一不难忘。

青春是本纪念册，每次翻开都有不同的感受，操场的大榕树已经更加繁茂高大，上面挂着无数的红绳。夏听南找了找，没有找到自己当年挂上去的纪念牌。那个纪念牌上的字还是徐秉然帮她写的，因为她觉得自己的字不好看，而且想要徐秉然的“学霸加成”，所以千里迢迢寄给徐秉然，让他写完寄语又寄回来给她。

宿舍楼被推翻又重建，变得更大更豪华，现在的学生不必再十个人挤在一间宿舍。教学楼的架空层也被翻新，里面像是一个小茶室，有桌子有椅子，任何人都可以坐在这里停一停脚，休息一下。

高中是很美好的回忆，除开高考带来的些许压力，更多的还是大家日日夜夜的相处，无论男生还是女生关系都很好。时至今日，高中班级群也经常有聊天，正经的不正经的话题层出不穷，有人已婚，有人生孩子，甚至有人意外去世，酸甜苦辣组成了不一样的人生。

班主任看到夏听南后笑道：“夏听南，你是我最没想到的，读书的时候那么调皮，换了多少次座位，你都能和同桌聊起来。还有班里那些言情小说，每本收过来一问都是你的，还有你的那个什么MP3，就那么点大，里面能装那么多小说，字还那么小，没把你看近视也是你运气好。”

夏听南发窘：“不是，老师，旁边还有你现在的学生呢，你好歹给我点面子啊！”

大家都哈哈大笑，旁边几个来交作业的学生也跟着笑起来。

看完老师，一帮人往校外走，校园中央的大喷泉还像永动机一样进行着水循环，地上有些许斑驳水迹，他们一个个从上面踩过去，留下脚印又慢慢消散。

大伙聊着聊着，不知道聊到了什么，夏听南以前的同桌忽然说：“我记得听南有个在一中读书的哥哥啊？还长得很帅来着。”

夏听南忍不住和陈茜对视了一眼，敷衍地回道：“是的吧。”

“是就是，什么叫是的吧？”大家笑起来。

“我也有印象啊，他现在在做什么啊？”有人八卦。

夏听南说：“警察。”

一个男同学啧啧道：“警察啊？我以为一中出来的，年收入都得是几十几百万，或者是个大老板，他怎么去做这个了？白瞎了一中高才生的身份，拿这么点工资。”

夏听南的脸瞬间沉下来。

市里的一中是名校，重点率高得惊人，出过很多知名的大企业家，所以很多人有一些莫名其妙的刻板印象，觉得一中出来的学生多半能当大老板，赚大钱。事实上，徐秉然只是拿着每个月几千块薪水的普通国家工作人员。

夏听南不满对方言语间对徐秉然的不屑与轻佻，在她看来，兢兢业业为人民谋幸福的徐秉然可比某些思想龌龊、热爱攀比的人强多了。

她皮笑肉不笑地说：“他好得很，用不着你操心，而且警察怎么了？怎么就白瞎了？为什么我们现在能好好地站在里，而不是被一个不知道从哪个旮旯里跑出来的人拿刀指着，是因为有你吗？与其在这里嘴碎浪费空气，还不如想想怎么为人类社会做点贡献，是吧，兄弟？”

那男同学尴尬地张嘴，没找到话反驳夏听南。

陈茜拍了拍夏听南的背，朝她眨了眨眼。

夏听南勉强笑了一下，脸色还是不好看。

有女生出来和稀泥。夏听南敷衍地给那个男同学道了歉，说自己语气太冲了。男同学也尴尬道歉，说自己说错话了，又三百六十度夸赞了徐秉然一番，夏听南的脸色这才好一些，紧绷的氛围终于松了下来。

大家看时间还早，提议去 KTV 唱歌，获得了一致的同意。

夏听南感觉自己得有几年没去 KTV 唱过歌了，大学还会和大学室友们经常去，自从开始工作就再也没有去过 KTV，因为她和同事的关系没有好到能一起约出来玩的程度，而且她也不是很愿意和同事出去玩，总觉得同事和工作挂钩，看着同事就感觉自己还在上班。

作为一个合格的打工仔，她的休闲时间只想感受无边的悠闲，不想回想起任何一点有关工作的东西。

他们十几个人开了一个大包厢，空间绰绰有余，夏听南把背包一丢就开始去点歌。

其他的同学都知道她是个麦霸，对她说："排行榜的歌先帮我们点几首，热热场！"

"放心吧，全给你们点上。"

刚唱一首，服务员就端着果盘和一篮子啤酒过来了。

"您好，这是你们点的商品，给你们放在桌上，如果还有需要可以按服务铃。"说完，他就打算退下。

一位男同学忽然叫住服务员，开玩笑似的问了一句："哎，你们这儿有没有……"话只说了一半，这位男同学开始挤眉弄眼的。

服务员愣了一下，很快回复："不好意思，我们店里面不提供特殊服务项目。"

"真的假的？我们不是警察，你放心。"

服务员无奈道："真的，公安机关查得严，我们不敢做。"

"好吧好吧。"男同学挥手让服务员退出去。

"不是吧，你要干吗啊？"其他人吐槽。

男同学笑道："我就问问，要是真的有，还能写个举报信给公安呢，是吧，夏听南？"

夏听南见有人忽然叫她，嗓子都唱劈了。

一句"偏偏秉烛夜游"，被她唱得七零八落，活像是"翩翩病猪野游"。

"哈哈哈，这下更像杀猪声了。"大家笑成一团。

夏听南笑骂道："你们懂个屁！"

包厢里的七彩旋转灯放出蓝色光芒，歌曲原唱还在缓缓深情地唱着：

"爱你每个结痂伤口，酿成的陈年烈酒……"

徐秉然就是这个时候推门进来的。

夏听南诧异地看着他。两个人隔着桌子，隔着灯光，隔着人影对望，徐秉然的脸随着灯光的变化而显得有些斑驳陆离。

"听南，这是不是你哥？"夏听南高中的同桌惊讶地问道。她以前看过夏听南手机里徐秉然的照片，因为很帅，所以还有点印象。

无论男人还是女人的视线忽然都移了过去，然后窸窸窣窣的低语声响起。

“真俏。”

“长得好高。”

“看起来好像有点渣。”

“还好吧，真的很帅。”

“怎么和夏听南一点也不像？”

夏听南站起来，把话筒递给旁边的人，说：“你们先唱，我出去一下。”

“把你哥叫进来一起玩啊。”女同学起哄，显然都对帅哥感兴趣。

男同学也不遑多让，热情得没话说，毕竟进了社会，谁不想拓展一下人脉呢。

夏听南心不在焉地敷衍道：“我问问。”

徐秉然只是拉开一道门缝，听到他们的起哄，轻轻地皱了皱眉。看到夏听南打算出来之后他就把门关上，隔绝了其他人的视线，靠在门边静静等着夏听南出来。

徐秉然是个很有耐心的人，在任何事情上都可以得到显现，读书的时候耐心地学习，上班之后耐心地工作，而他做得最长久的事，就是等待夏听南，因为夏听南是出了名的慢乌龟，在任何事情上都是。

也不对，她看小说倒是挺快的。

“徐队，里面有朋友？”谷亮问道。

“嗯。”

“女的？”

“嗯。”

他们两个男人站在包厢门口，有点显眼。旁边的服务员看了他们好几眼，表情犹疑，好像他们是什么不正经人。

徐秉然旁边的谷亮对着服务员邪笑，一股流氓劲儿。他透过门探寻了一圈，然后点点头，压低声音道：“不错，挺老实的。”

徐秉然踢了他一脚。

夏听南慢慢走出来，看到徐秉然和另一个陌生男人后一愣。

她奇怪地问：“今天周四，你不上班？”也没穿警服啊。

她今天刚好轮休才有机会出来，但徐秉然今天怎么会不上班？

谷亮搭上徐秉然的肩膀，笑嘻嘻道：“我们请假出来玩，小美女，带上我们吗？或者跟我们一起来玩。”

徐秉然把他的手拂开，略带警告地扫了他一眼。

谷亮耸耸肩。

夏听南朝谷亮尴尬地摆摆手，表情还是很疑惑，她问徐秉然：“你怎么知道我在这里？”

“碰巧。”

她有点不相信的样子。

徐秉然无奈道：“真的是碰巧。

“我也没想到你这么巧刚好在这儿，而且你劈叉的歌声太好认。”

他被这样的歌声从小洗脑到大，刚走到门口就听出来了。

夏听南瞪着眼睛狡辩：“我这是投入感情，深情演唱，懂吧？”

“懂。”徐秉然言简意赅。

谷亮听到他们的对话瞳孔震了震，一脸不可置信。他看了夏听南一眼，又看了面色如常的徐秉然一眼，忍不住插嘴道：“美女，你这确实全是感情，就是没有技巧啊。”

夏听南觉得自己的心被扎了一刀。

今天徐秉然身上的短袖图案有点花，夏听南分析了一下，觉得这大概是他在哪个国潮店随便买的。他手上还戴了戒指，虽然款式简单，但也不像平常的徐秉然，头发比平常乱一些，配上他的脸，整体看起来倒真有点海王的潜质，痞气都压不住了，怪不得她同学说像渣男。

“你今天怎么穿得这么……潮？”她思考了一下，觉得“骚”这个形容词可能会伤害到徐秉然，最后挑了一个中性一点的形容。

徐秉然转了转食指上的戒指，没说话。

谷亮扯着嗓门说：“出来玩嘛，总得酷一点不是？”

夏听南的表情有点奇怪，因为这个男人看起来流里流气的，她奇怪徐秉然什么时候认识这样的朋友。

手机铃声响起，谷亮看了一眼屏幕，对他们俩笑了一下，然后走到不远处的走廊接电话，留徐秉然和夏听南在包厢门口面面相觑。

她隐约还能听见谷亮的通话声，时而夹杂一些粗鄙之语，一股子道上混的感觉。

怪异感油然而生，她压低声音问："什么情况？"

徐秉然凑近她，脸上的笑难得有一点不正经的样子，不过仔细看还有些不自然。

"暗访。"他贴着她耳边的头发轻轻地回答，嗓音模糊，气流顺着滑入她的耳朵，带着 KTV 独有的味道，嘈杂而安宁。

夏听南的目光凝了凝，恍然大悟，下意识凑近他。

徐秉然扫了一眼服务员，然后虚虚地搂住她，能隐约感受到她手臂上与他的手掌截然不同的冰凉。

徐秉然小声问："你很冷？"

"里面空调温度有点低，没事。"说着，她就吸了一下鼻子。

他皱了皱眉，温热手掌直接贴上了她的手臂。

夏听南被烫得抖了抖，挣扎了一下，看到不远处那个服务员一直盯着他们俩看，顿时不敢动了。

服务员瞥眼看去，一男一女姿态亲密，男人高大帅气，女人漂亮纤细，男人的手在女人手臂上下摩挲，女人娇羞地挣扎了一下，随后又不动了，只是窃窃私语着。

他露出了然的表情，心想：啧啧啧，又是两个耐不住寂寞的人。

夏听南低声对他说："刚刚我同学开玩笑问过有没有特殊服务，服务员说没有。"

徐秉然轻轻地摇头。

队里接到领导批示，有群众写匿名信举报，称该 KTV 存在开设赌场、放高利贷、组织容留妇女卖淫等不法行为，且与辖区派出所的某位有利益挂钩，市局局长请治安支队核实处理，因此这件事就落在了他们黄赌大队头上。

今天他是先过来探探路的，据举报信称，这里是会员制，只给拥有会员卡的老客户提供服务，十分谨慎，所以他们还得多走访排摸一段时间来核实情况是否属实。

谷亮走过来，用眼神示意徐秉然："人到了。"

徐秉然松开手，轻轻推了一下夏听南的背，说："你回去吧。"

夏听南回去之后，谷亮问徐秉然："这么亲，什么朋友啊？女朋友啊？"

徐秉然睨他一眼。

"嘿，不说是吧，那就还不是女朋友呗。"谷亮一副看透一切的表情。

这下徐秉然干脆一点反应都不给他。

他们一起往里走，进了一个包厢。

那一头的夏听南回了包厢，大家就围上来了。

"怎么回事？你哥怎么不进来玩玩？"

夏听南摇头："他和他朋友来玩。"

"啊，好可惜，还想看看帅哥。"

"行了！大家继续唱歌！"

……

夏听南几乎是唱了半个下午，到后面大家一起大合唱《卡路里》《死了都要爱》，还有《恋爱 ing》，整个包厢里都洋溢着疯癫的气氛。

徐秉然和谷亮走的时候，再一次路过他们的包厢，愣是被里面的声音吓到了。

谷亮绞尽脑汁组织语言："你朋友……这个歌声的确……"

闻言，徐秉然"啊"了一声。

夏听南隔着门上的玻璃窗看到他们，赶紧跳下台阶，打开门又关上门，隔绝里面的鬼哭狼嚎。

"你要回去了吗？"

"嗯。"

"回去上班还是回家？这个点你们也要下班了吧？你直接回家？"

"嗯。"

她想了想，说："要不然你等我一下，我和你一起回去。"

徐秉然回她："好。"

谷亮在一旁一句话都不说，等到夏听南开门重新走进去后，他立刻脸色一变，逗徐秉然："嗯、嗯、好。"

徐秉然面若冰霜，冷冷地看着谷亮。

“别这么看我，瞧你闷的，人家女生讲这么多，你就回三个字，怪不得人家只是你朋友。我告诉你，你没有有趣的灵魂，长得再帅也没用，你得这样……再那样……”他说得头头是道，像是要把自己撩妹的毕生绝学传给徐秉然。

徐秉然冷笑，转过身，一副不想听的样子。

夏听南和大家打了声招呼，说自己有事先走，然后问陈茜要不要去她家吃饭。

陈茜眨着眼睛一脸歉意地说：“我晚上有约。”

“好吧，那下次来我家玩啊。”

“好好好，下次一定下次一定，你快走吧，你的秉然哥哥在等你呢。”陈茜道。

夏听南瞪了陈茜一眼，然后笑着说：“走了。”

她再出门就只看到徐秉然一个人。

“你朋友呢？”

“走了。”说完，徐秉然又补了一句，“他家里有点事。”

“那我们走吧。”

这里说是KTV，其实是个不大不小的会所，坐落在市区南边的大商圈，一出门就是各种网红店，每家店都牢牢抓住当代女青年消费行为倾向，装潢得十分有特色，是夏听南会专门来打卡拍照发朋友圈的那一种。

华灯初上，两个人沿街走着，徐秉然突然问道：“去吃火锅吗？”

夏听南怔了怔：“不了吧，我妈妈烧了菜等我回去，不如你今晚来我家吃？”

“好。”他应得很快，又补了句，“那去你家吃。”

“那走吧，坐公交车还是打车？”她左顾右盼，想看看这附近有没有公交车站。

“打车吧。”他掏出手机，“我来打，你等一下。”

夏听南奇怪地看着他：“你今天怎么讲话……怪怪的？”她也说不出来哪里怪，就是很别扭，好像没用的废话一下子变多了。

徐秉然缄默无言，脸绷得僵硬。

正在回家路上的谷亮毫无预兆地连着打了两个喷嚏。

“谁在想我？”他稀奇道。

出租车司机看了一眼后视镜：“帅哥，这是有人在骂你吧。”

谷亮一头问号。

夏听南和徐秉然两人回到家，夏妈妈看到徐秉然过来很开心，说再去炒一盘菜。

听到厨房里噼里啪啦的声音直响，夏听南往餐桌走，想去拿个猪蹄啃，手快碰到猪蹄的时候顿住，猛然抬头看向徐秉然。

徐秉然目光幽幽地看着她。

夏听南小声说：“不好意思……我马上去洗手。”

她跑进卫生间，把手彻彻底底洗干净才出来，朝徐秉然显摆自己湿漉漉的手，没好气地说：“洗干净了，行了吧？”

徐秉然抽了两张纸巾给她：“把水擦干净。”

夏妈妈端着菜出来，问道：“干吗了？是不是又想不洗手就拿东西吃？又被秉然抓住了是吧？你一个姑娘家怎么这么不讲卫生，你说说你，以后谁看得上你，等你以后结婚……”

夏听南听不下去了，连忙打断道：“不是，这都哪儿跟哪儿！我就想吃个猪蹄，别扯这么远啊。”

“吃猪蹄也得洗手。”

夏听南把湿纸巾丢进垃圾桶，然后拿起一块猪蹄塞进嘴里，含混不清地解释：“我手拿的地方是骨头，我啃的是上面的皮，又没关系，不会碰到。”

夏妈妈拿着筷子就去敲她：“歪理一大把，赶紧叫秉然来吃饭。”

“他人都在这儿，要我叫什么？”她嘀咕，然后坐下来随口喊，“徐秉然，吃饭。”

徐秉然在夏听南旁边落座。

夏妈妈卤的一大碗猪蹄基本上都被夏听南一个人吃完，猪看到了都得痛斥她残忍。

夏妈妈看见后有点愁：“怎么小时候瘦都瘦不下来，现在胖都胖不起来，是不是肚子里有寄生虫，还是胃不好？要不要去做个胃镜？”

夏听南听到胃镜鸡皮疙瘩都起来了：“不用，我好得很，是因为工作太累了。”

“你当个图书管理员有什么累的？”

“你对我的工作有一些误解，我平常也要搬书，一沓沓都很重的好吗？”她有点不高兴，撸起自己的短袖，露出整条胳膊，稍稍用力，“看，我都搬出肌肉了。”

徐秉然的视线落在她的胳膊上，的确如她所说有一点肌肉线条，看起来很自然流畅。

他刚伸手想按一按，她却立刻躲开，好像他是什么病毒，碰一下都要命。

看到徐秉然止在空中的手，夏听南有点心虚地解释道：“那个……我怕痒。”

徐秉然收手，没有再碰她。

晚上睡觉前，徐秉然主动来找夏听南，丢给她一块手表。

夏听南接过来：“什么东西？”

“生日礼物。”

夏听南一怔：“你还记得啊？”

实际上她这几年都不怎么过生日，因为之前都在外地工作，没有朋友在身边，同事的话又没好到这种程度。

“那你是不是给得太早了，我的生日还没到呢。”

徐秉然说：“不差这点时间。”

夏听南拆开看了一下，顿时觉得东西有点烫手，想还给徐秉然。

她说：“这是不是有点贵？”

“补这几年的礼物。”

“这有什么好补的？我这几年也没送你。”

“不要就丢了。”

送出去的东西他不想要回来，尤其是送给夏听南的。

“别，我要的！”她摘出来往手上戴，但一只手戴有些笨手笨脚的，“这有点难戴，我的手要抽筋了。”

徐秉然蹲在她身前，拉着她的手腕，耐心地帮她。他圆润干净的指甲反反复复从她的脉搏处刮过，一点也不疼，倒是有些麻。

夏听南忽然收手，说：“算了，下次再戴。”

徐秉然看她一眼，抓住她的手继续调节着表带。

夏听南心里无奈，任由他动作。

手表很好看，是夏听南几年前很喜欢的款式，当时还特意为它发过几条朋友圈。实际这个牌子的表很小众，一般人正常情况下应该不会想到买这个牌子这个款式的表，相同价位完全可以买一块戴出去别人就知道是名牌的手表。

她皱了皱眉，有点疑惑：“你怎么会买这个？”

徐秉然淡淡地回道：“刚好看到了。”

“我前两年特别喜欢这个款，那时候很火。”

“嗯。”他握着她的手转了两下，确认戴好了就松开手站起来。

夏听南把房间里的顶灯打开，在灯光下仔细看了看手表，然后笑眯眯地对徐秉然说“谢谢”。

徐秉然的表情还是很淡，好像真的只是来顺手给她一个礼物，送完就离开。

徐秉然走后，夏听南把手表摘下来，又翻来覆去地看了很久，然后重新把它放回盒子里，塞进床头柜。

“听南？”

夏听南如梦初醒：“嗯？怎么了？”

“发什么呆呢？”钱云会问她，“走啊，到我们去吃饭了。”

两个人打好菜坐下来，钱云会好奇地看她，说：“我怎么觉得你最近心情有点抑郁？”

“啊——”夏听南没劲地叫道，“最近有点不想上班，分明也不是很忙，但就是很烦。”

钱云会安慰她：“都是打工仔的正常心理，熬过这阵你就又热爱工作了。”

“希望吧。”夏听南应道。

“对了，听南，那个帅哥朋友怎么说？什么时候引见引见？”

夏听南一愣：“不好意思，我把这事儿给忘了。”

前段时间徐秉然出差，之后两个人又出现各种奇怪的状况，她就完全没想起来之前答应钱云会的事情。

“没事，我不急，我也是刚好想起来才问一问。”钱云会大手一甩，十分潇洒，“那你这几天有空帮我问问？”

夏听南犹疑了一下，应下，然后又抬起头。

“云会姐……”

最近夏听南也没怎么去找徐秉然，下班路上也没遇见他，大概是最近他又很忙，不能准时下班。不过她能确定他没出差，因为每晚都能听到隔壁的一点动静。

晚上，她直接敲徐秉然家的大门，徐秉然来开门的时候表情有些诧异。

“我以为你只会翻窗。”

夏听南没有说什么。

徐家的客厅很空，主卧的房门紧闭着。徐秉然已经很久没有打开过了，徐父徐母以前的东西都完好地放在里面，唯一开着的就是徐秉然的房门，从客厅看过去，一眼就能看到小阳台。

徐秉然问：“有什么事情？”

夏听南说：“想明天请你吃饭。”

“为什么突然请我吃饭？”他有点疑惑。

“想要报答你的恩情。”

“我对你有什么恩情？”

“可多了，说都说不完。你就说你吃不吃吧？”她又补充说，“还有我的一个同事一起。”

徐秉然皱眉看着她。

她神色自如：“刚好也要请她吃饭，你要是不去就拉倒。”

夏听南也算是在社会上混了这么几年，当初在企业里当打工仔，直面老板的各种打压，见识了同事间的各种钩心斗角，每天卖着笑，别的没学会，倒是学会了别把话说太明白。她知道如果和徐秉然说清这个饭局是钱云会想认识认识他，他大概率不会答应。

徐秉然修长的手指在沙发上敲了敲，没有发出一点声音，过了几秒，他说："好。"

夏听南笑道："那说定了，我同事有车，明天晚上我们去你那里接你，你地址发一个给我。"

"嗯。"

任务完成，夏听南放心地回家，给钱云会发消息，说约好了。

钱云会发了一大堆鸡叫的表情包，说立刻去敷面膜，明天要精致地出场。

夏听南被她笑死。

第二天，钱云会从上班开始就一直等着下班，连中饭都吃得寡然无味，吃多了怕肚子鼓，吃少了怕下午会饿晕。

她说："听南，我晚上进入淑女模式，要是露出超过四颗门牙，你就使劲踹我，没关系，我不怕疼。"

夏听南嘴角抽搐："真的没必要。"

下班后，钱云会换下朴素的短袖长裤，直接套上一件性感包臀连衣裙。

"哎呀，听南，你说我这样穿行不行？"

看着她前凸后翘的性感身材，夏听南也不知道怎么回答。

"算了不管了，就这样。"钱云会转着车钥匙。

另一头，徐秉然还在和几位老同事进行谆谆教诲式的闲聊。

"秉然啊，我跟你说，这事情就得掰开了揉碎了分析！分明是……"

徐秉然认同地点点头，然后迅速看了一眼手表说："哥，我晚上有点事，要先走了。"

"交女朋友了？难得这么早下班。"

"不是。"

这时候夏听南发来消息，问他在哪里，她们已经到门口了，保安不让停车。

徐秉然抬头和其他人示意："我先走了。"

"去吧去吧。"大家看着徐秉然，一脸慈祥，毕竟工作认真、长相帅气、有礼貌的后辈，大家都喜欢。

徐秉然回寝室把制服脱下来，换回便服，匆匆下楼。

钱云会的车很显眼，白色的奥迪，后座的车窗开着，夏听南探着头在门口盯人。

徐秉然逐渐慢下步伐，然后看着夏听南朝他招手。

他皱了一下眉，向她们走近。

夏听南看了一眼钱云会，有点迟疑地说："徐秉然，你去坐前面吧。"

就算她不说，徐秉然也会坐前面，因为她只给了他这种选择，总不能他和夏听南两个人都坐后面，把人家钱云会当司机吧。

他坐进副驾驶，朝钱云会点头示意，然后把安全带系好，视线向左上方移去，看着中央后视镜里的夏听南，又慢慢收回目光。

钱云会转着方向盘和他打招呼："帅哥，你好啊，我叫钱云会。"

"你好，徐秉然。"

车在路上平稳地开着，目的地就在不远处的商场，下班高峰期路上有些堵，车慢慢刹住。

"帅哥，听说你比听南大两岁。"

徐秉然礼貌回答钱云会："嗯。"

"那你们怎么认识的？"

"夏听南没说吗？"他情绪不高的样子。

"哦哦哦，听南好像提过一嘴，是邻居是吗？"

徐秉然重新抬头，眼神在这个角度显得尤其锐利，目光落在后视镜里的夏听南身上。

他低声问："她这么说的吗？"

夏听南忽然屏住了呼吸。

"邻居"是一个很奇妙的名词，夏听南有数不清的邻居，但其中只有一个徐秉然。但她最初不方便也没必要这么和钱云会说，因为钱云会对徐秉然有那么点意思，而徐秉然追她的事情也是翻篇的陈年往事了，因此她只是客观公正、不带任何主观感受地和钱云会说了一下两人的关系，排除外界所有因素，两个人就是邻居。

但凡她带一点感情色彩，那徐秉然就该是"和她一起长大并且追了她很多年的邻家哥哥”，在别人看来，夏听南之于徐秉然就是白月光，正常女生听到这个前缀都避之不及。

钱云会觉得气氛有点不对劲，朝后视镜里的夏听南眨眨眼。

夏听南勉强地扯起一个讨好的笑，朝她摇了摇头。

钱云会立刻收回目光，当作没看见，甚至跟着车载音乐哼起歌来。

车驶入地下车库，独特的汽油味包裹着他们，找好位置之后三个人下车，坐着扶梯一层层往上走。

徐秉然问她们想吃什么，钱云会和夏听南说五楼新开了一家韩料店，看网上的评价好像不错。

最后徐秉然拍板，就去吃那家。但是他们到得太迟，门口已经排起长队，照这个趋势，等他们吃上饭已经可以称之为夜宵了。他们在五楼逛了两圈，退而求其次，最后进了一家泰国菜馆。

徐秉然把菜单递给她们，让她们来点菜，举手投足都是主人翁的感觉。他不可能真的让夏听南请客，更何况还有一个钱云会，他早就做好买单的准备。

夏听南摸了摸鼻子。

徐秉然察觉到她的小动作，抱着胸靠着椅子，目光在她脸上转了一圈，又垂下了眼。

这顿晚饭吃得还算融洽，毕竟桌上有两位性格活泼的人，话是讲不完的。徐秉然只是在她们提及他的时候才应声答复，很礼貌，但不太热情。

吃到一半，钱云会主动出击：“徐秉然，我就直接叫你名字了，听说你还没有女朋友是吗？”

徐秉然放下叉子，点头，没看夏听南。

夏听南悄悄踹了钱云会一脚。

钱云会迅速把脚收回来，装作无事发生，继续问：“那有找女朋友的打算吗？”

他摇头。

“为什么？”

徐秉然想了想，说：“找不到。”

钱云会一下子笑起来："怎么会找不到呢？你长得这么帅，肯定很多人追啊。"

"没有。"

徐秉然平常不是上班就是在家，除了同事，也没什么认识其他人的机会。何况就算别人热情地找他聊天，他半天也说不出几句话，别人也会觉得无趣。

"听夏听南说你以前追过一个女生？"

徐秉然顿了一下："她连这个都告诉你了？"

夏听南忽然夹起一块咖喱鸡，打岔道："这个你们吃了吗？超好吃，很下饭。"

钱云会悄悄瞪了夏听南一眼，没接她的话，对徐秉然说："没有，她就是随口提了一句。"

徐秉然"嗯"了一声。

"那你还喜欢那个女生吗？"钱云会看徐秉然的脸色，又补充了一句，"我也就随便问问，不想回答可以不回答。"

徐秉然绷着脸，盯着埋下头吃东西的夏听南，心里说不出是什么情绪。

他知道自己应该礼貌地回复钱云会的问话，但他现在一点都不想讲话，内心无力又复杂。

饭后，钱云会说送他们回家，徐秉然拒绝了，说他们打车回去。

钱云会没有强求，走前给了夏听南一个意味深长的眼神。

灯火通明的街景，霓虹灯把光泼出去，收获路人的回眸。热闹的商业街附近人来人往，尽管新修的柏油路十分宽敞，但在人群与车流的挤压下，依旧显得无比拥挤。

夏听南被徐秉然拉着，在人群中穿梭。手腕上的力量很重，纹丝不动，让她不能逃脱，但也不至于疼痛。

他们逆着人流前行，千千万万个陌生的面孔与他们擦肩而过。

她说："徐秉然，你先停下。"

徐秉然停下来了，但没松手，转身看着她的眼睛，看得很深，像是要看透她的心到底是什么做的，有时候那么软，像是海绵能掐出水，有时候又那么硬，刀枪不入，撬也撬不开一个口子。

对于夏听南认为高三毕业那一年是他最痛苦的一年，徐秉然一直不敢苟同。

痛苦是一方面，但那一年充实的幸福感也无法否认。

夏听南自始至终的陪伴是他的力量来源，她以为他不知道，但他对她的心思一清二楚。他知道夏听南嬉笑的表情背后是对他的担心，是小心翼翼避开他伤口的关切，她带了一块粉色纱布蒙上他的眼，让他睁开眼看到的只有美好。

这么好的夏听南，他有什么理由不喜欢?

他知道他们两个实在是太熟悉，熟悉到夏听南难以把他从“哥哥”和“亲人”这两个躯壳里脱离出来。但他们已经快四年没有见过面了，重遇之后，他想温水煮青蛙，换一种方式焐热夏听南那颗石头心，但她不给他这个机会。

他看着夏听南，声音很低：“你知道吧？”

“什么？”

徐秉然抿着嘴，太阳穴一抽一抽地痛。

之前夏听南问过他，不玩SWITCH为什么还要买它。

为什么?

因为心里总还藏着这么些希冀，希望和夏听南有一些联系，好像他多留一些她喜欢的东西，他就也能变成那样的东西。

但太难了，实在是太难了。

他说：“夏听南，我从来没有逼过你，你可以装作不知道我对你的心思，也可以不接受我，但能不能别把我往外推？”

夏听南的心酸胀酸胀的，不知为何有落泪的冲动。

她问：“你不是不喜欢我了吗？”

“喜不喜欢你，你看不出来吗？”

夏听南沉默了。

“你分明看出来了，还要找人试探我？”徐秉然说不出心里的感觉是无奈还是难过。

是啊，她看不出来吗?

嘴从来不是表达的唯一途径，情愫不用语言吐露，却能从眼神与行为中迸发，就像口袋破了一个洞，藏不住了。

但猜想是一回事，从徐秉然嘴里再一次听到“喜欢”这个词又是另一回事。

夏听南说不清到底是不是故意把徐秉然约出来的，事实上，她之前就和钱云会道了歉，因为对徐秉然还喜欢她这件事持有怀疑，所以诚实地和钱云会说徐秉然追过的那个女生就是自己，简单地描述了一下她和徐秉然之间莫名其妙的状态。

钱云会有点惊讶，毫不介意地说没关系。知道夏听南的顾忌之后，钱云会还主动提出去看帅哥的同时，顺便帮她试探试探徐秉然的心，看他到底是不是口是心非地依旧喜欢她，说不定只是她误会了。

夏听南一开始默认了，后来总觉得心里发慌，又反悔了，但想拦住钱云会也拦不住了。事情从她被赶到车后座开始，就是钱云会这个八卦女人的主场秀了，钱云会还时不时用恨铁不成钢的眼神训斥站在幕后战战兢兢的夏听南。

夏听南忍不住叹了口气，感觉自己往哪儿走都是死胡同。

大学的时候她劝过徐秉然无数次，诸如徐秉然能不能不要喜欢她了，但他的回答永远是那硬邦邦的两个字：不能。

徐秉然并不是苦苦纠缠的典范，反倒帮了她很多忙，夏听南感谢他还来不及，更别提有什么困扰，因此夏听南更为徐秉然不值得，她觉得自己并没有那么好。

但徐秉然认为值得，只要是夏听南。

夏听南没头没脑地问：“你到底为什么喜欢我？”

对于徐秉然喜欢她这件事，她持有长期的困惑，从前她以为自己在徐秉然眼里就是一个长不大的小屁孩，只会给他无穷无尽地找麻烦，徐秉然完全是看在两个人一起长大的分上才一直照顾她，所以当年徐秉然告白的时候，她只觉得荒唐极了。

“没有为什么，喜欢就是喜欢。”他的语气有一种认命的轻松。

他不知道是什么与什么发生化学反应产生他对夏听南的喜欢，甚至是爱，或许是自始至终的陪伴，或许是夏听南照顾失眠的他的瞬间，又或许是夏听南翻窗来他房间拥抱他的画面。

那种感觉无法形容，像空气一样渗进名为徐秉然的封闭空间，莫名其妙却异常持久，从某一刻开始他就觉得夏听南比任何一个人都吸引他的目光。

夏听南盯着地砖，徐秉然的话在脑袋里打转。

她发现自己总是对徐秉然束手无策，就连大学的时候，拒绝徐秉然的话都是轻言软语，顾忌着多年的情谊而于心不忍，做不到快刀斩乱麻。

她对徐秉然的感情曾经很简单。

大学时，孙雅舒曾经问过她为什么不喜欢徐秉然，他又帅人又好，是多少人的梦中情人，别人上赶着还来不及，也只有她忍心一次又一次拒绝。

当时，夏听南是这么回答孙雅舒的："我和徐秉然一起长大，对方什么样子没见过，在我眼里，他完全是无性别人士，和父母没有区别。如果不是他突然告白，我根本就不会想到这些事情。"

她一直坚信自己和徐秉然之间没有任何粉色泡泡，但如今这个想法却像是雪山，忽然崩塌了一个角，雪球凌乱滚落，她没有丝毫办法。

夏听南再一次想到：他们太久没见了。

一定是太久没见了，她才会越来越心软，在某个瞬间觉得干脆同意好了。

徐秉然看出夏听南的紧张，他用力闭了闭眼。

"回去吧。"他说。

下一秒，夏听南拉住他的手。

徐秉然惊讶地转回头。

她唇瓣微动，说了句什么，声音小得像蚊子叫。

徐秉然怔了怔："我没听清。"

他凑近了些，干净利落的侧耳发梢出现在夏听南的视线里。

夏听南的手骤然收紧，手心的汗把徐秉然的手臂都染湿了，就像夏日里融化的冰激凌，奶油顺着蛋筒向下流入掌心，干涸后留在手里的是黏腻的甜蜜。

她说："那试一试。"

第十一章 心中缺口

夏听南说完那一句，徐秉然像是有点傻了。

他又问：“你说什么？”

夏听南破罐子破摔地又重复了一遍。

徐秉然安静了几秒，又说：“你说什么？”

夏听南腹诽：装没听清也不是这么装的啊！

一气之下，她用七十迈的速度直接跑了，没看徐秉然是什么表情，绝不承认自己是有点害臊，浑身上下跟蚂蚁在爬似的。

回到家，她才看到钱云会发来的消息。

钱云会：“你怎么这么𡱁，还踹我！听姐的，徐秉然绝对还喜欢你，眼睛都快黏在你身上了，还当别人看不到呢，夏听南，你有福气啊，这么个大帅哥。”

钱云会：“怎么一直没回复？不会吵架了吧？被我害的吗？”

夏听南：“没吵架……”

夏听南坐着思考了一下人生，莫名其妙地越想越生气，也不知道在气自己还是气徐秉然。她用力地捶床捶枕头捶大腿，捶一切能捶的东西，仿佛绿巨人上身，破坏力飙升。

这时，夏妈妈突然推门进来：“吵什么？不是说和徐秉然还有同事出去吃饭了，什么时候回来的？这床和你什么深仇大恨？真不喜欢我帮你换掉，正好也旧了，我上次看见一个很适合……”

夏听南警铃大作，连忙正襟危坐，打断道：“没有，刚刚手有点痒。”

夏妈妈白了她一眼。

“阿姨。”徐秉然忽然出现在门口，“你们家门没关。”

夏听南心跳停了一下。

啊……刚才急着回来，忘记关门了……

夏妈妈责怪地看了一眼夏听南：“毛毛糙糙的，门都不关，万一有贼进来呢？幸亏有秉然。”语气硬生生从嫌弃渐变成慈爱。

夏听南是狗尾巴草，徐秉然就是贴心小棉袄。

徐秉然走进来，一点也看不出之前失落颓然的样子，眼睛里像镶了钻一样亮。

夏妈妈问道：“秉然，今天心情不错，是有什么好事？”

徐秉然刚想回答，夏听南直接插话：“妈，我有事要和徐秉然讨论，你先出去。”

“闲聊就闲聊，还什么讨论，说得这么好听。”夏妈妈一脸嫌弃地摆摆手，“算了算了，我回去睡觉了，明天还要上班。你们别聊太晚，尤其是你，夏听南，秉然很忙的，听到没有？”

“知道了！”

夏妈妈一走，夏听南就把房间门关上了。

徐秉然自然地在她床边坐下，看着夏听南在房间里乱走。

转了两圈，感觉好像没那么尴尬了，夏听南才清清嗓子说：“徐秉然，我……”

“啊。”

她一哽：“我就顺嘴叫一下，不用应。”

徐秉然说：“我想应。”

“行……”

房间里又安静了一会儿，夏听南抓耳挠腮，又有点于心不忍。

徐秉然神色如常：“你说，没事。”

“我觉得这个事情先别到处说。”夏听南这回语速很快。

她还有顾忌，说试一试就真的是试一试，里面还有很多不稳定因素，结局会怎么样谁也不知道，所以她不是很想大家都知道，尤其是父母，不想父母替他们两个操心。

徐秉然一点都不惊讶，直接点头说：“好。”

徐秉然心里想着：万事开头难，最难的已经过去，没有名分不能算是什么事情，不就是地下恋，总比没得恋好。

他伸手去拉夏听南，这回她没躲开，于是他拉住她的手，像以前一样揉捏着。

夏听南的手失去了以往的肉感，变得纤细柔和，但指甲的形状依旧圆润。他一根根地摩挲，从指尖到指缝，从虎口到掌心，手心的纹路依旧是那样。徐秉然看着那条感情线，有些出神。

十指缓缓交错，收拢，又缓缓解开，徐秉然的温度都传到了她手上。

夏听南觉得脊椎到后脑勺一阵发麻。以前徐秉然玩她手的时候，也是这样吗？还是她想太多了？

“嘀嘀——”

手机响了。

夏听南故作镇定地抽回手，去床头拿手机。

钱云会：“没吵架？那就是谈妥了，懂了。”

钱云会：“怎么又不回话了？”

钱云会：“被吃干抹净了？”

徐秉然问：“怎么了？”

夏听南说：“没事，就是云会姐问我，呃……”

她又磕巴了。

徐秉然侧身看了一眼手机屏幕，表情变得有些微妙古怪，欲言又止：“我没这么急……”

夏听南崩溃：“大哥，求你闭嘴吧。”

徐秉然闷笑着伸手扶她，感受到她的僵硬，又缓缓放开她。

夏听南摸了摸脖子，很想让自己清醒一下。

难道这就是谈恋爱的感觉吗？不应该啊，夏听南，你可是夏听南，他可是徐秉然。你俩就是葫芦娃，一根藤上七个瓜的那种……你是黑大帅他就是喜羊羊，你是胡图图他就是牛爷爷，你是海绵宝宝他就是章鱼哥……

她努力给自己魔幻洗脑了一会儿，最后还是以失败告终。

两个人静静地在床上坐了一会儿，夏听南恍惚间觉得自己莫名其妙得像高中生，青涩稚嫩，还有那么点不好意思，连她这种话多到说不完的人，到此时也有点没话找话的意思。

“你明天……是要上班吧？”

徐秉然说：“明天有个实弹射击的练兵测试。”

“拿真枪吗？”

“嗯。”

“那好酷，是什么样子的？”

徐秉然组织了一下语言，给她形容了一下，从实弹射击的条件要求和测试要求，说到评分标准和注意事项，说得很详细，详细到安全检查和装弹方式都给她演示了一遍。

他嗓音低低的，很好听，夏听南听得晕晕乎乎，虽听不懂但觉得好玩。

她假装自己已经理解，然后问：“你能打几环？”

“不一定，看运气。”

“运气好的时候呢？”夏听南很好奇，“十环？”

“差不多。”

其实徐秉然枪法不错，以前还参加过全国公安系统实战应用射击比赛，PPC 速射和 50 米慢射的成绩都很不错。不过那也只是以前，现在十发能打个八十环就算超常发挥了。

夏听南又问：“你说的手枪是什么样子，这种小的吗？”她用手比了一个“八”。

“还是这种大的？”她又伸出两只手，一前一后比画了一个端枪的动作。

徐秉然纠正：“这个叫步枪，不叫手枪。”

她收手干笑，小声说：“我不太懂枪。”

这何止是不懂枪，这已经到达缺乏常识的地步。

夏听南说的应该是自动步枪，以前徐秉然当特警的时候实战练兵时会用，现在他已经很久没碰过了，甚至连枪都很少碰，或者应该说，除了射击测试，他没有再碰过枪。不过这是好事，说明社会越来越和平，如果警察碰到枪的机会多，那就出大问题了。

夏听南愣住：“差点忘了你以前是特警来着。”

“嗯。”

“那你怎么没有继续当特警？”

徐秉然忽然拿手机看了一下，然后问道：“你想去音乐节吗？”

“怎么了？”这个话题转得太快，夏听南蒙了。

徐秉然说有同事和音乐节的承办单位认识，有余票可以分发。

“不去了吧，我下周和朋友有约。”

徐秉然点头：“那就算了。”

夏听南的思维没被带跑偏，她又问：“不对啊，你还没说呢，你怎么不继续当特警了？”

徐秉然顿了两秒，然后无奈地说：“太累了，练不动。”

夏听南狐疑地看他，徐秉然从来不是吃不了苦的人。

她还想再问什么，但他一副闭口不想再说话的样子，看起来真被特警的训练生活折磨得消沉了似的，她知趣地不再往下问。

热起来的场子又冷了。

夏听南心里叹气，他一向这样，就算在她面前，话也只是多那么一点点，更多的还是她喋喋不休，徐秉然静静听着，好像总是不会厌烦。

她动了动腿，撞他，问道：“你真的不觉得我话太多吗？”

徐秉然摇头。

“可你小时候明明一看到我就露出很烦的表情。”

徐秉然无言以对。

事实上，他都已经快想不起来觉得夏听南烦是什么时候的事情了，大概是小时候夏听南撕他作业，或者夏听南没完没了地故意撒娇，说要打游戏，反正不是听话的时候。

徐秉然看了一眼表情郁闷的夏听南，垂下眼。

他以前为什么会觉得夏听南烦呢？

真奇怪，明明一直很可爱的。

夏听南根本不知道徐秉然自己暗暗琢磨什么，等房间重新只剩下她一个人时，想到自己如此突然地脱离了单身贵族的身份，忍不住在床上打滚，喉咙里发出怪物一般的叫声。

啊！这都是什么事儿啊！

发泄完，夏听南还是觉得有点别扭，躺在床上又去摸手机，翻了翻徐秉然的朋友圈，还是那些公安推文，于是又把手机一甩，埋进被子里。

谈恋爱谈恋爱……我怎么就同意了呢？

夏听南在床上翻来覆去。

这一晚，夏听南睡得十分不安稳，半夜惊醒了三四回，每次醒来的第一反应就是：我谈恋爱了？哦，还好是做梦……不对！不是做梦！啊啊啊……

幸好徐秉然十分繁忙，后面的一两个星期他都神出鬼没的，这下他们俩真的变成名副其实的地下恋。

见不到面，夏听南也松了口气，觉得自在了一些。

有一天，徐秉然忽然给她打来一通电话。

接通电话时，除了车辆的鸣笛声，只有在安静缝隙间清浅的呼吸声。他半晌才叫了一声“夏听南”，然后又是呼吸声。

夏听南头皮发麻，疑心自己在听网上很火的ASMR（自发性知觉经络反应），她连忙问他什么事。

徐秉然又沉默了好久，才说：“没事，确认一下是不是在做梦。”

她顿时说不出话来了。

等挂了电话，徐秉然给她发了一句：“等闲下来，我去找你。”

她盯着那行字看了一会儿，最后回道：“好。”

她以为徐秉然所说的闲下来至少还要大半个星期，没想到他当天晚上就来了。

天空是黑里透着蓝的沉，徐秉然没走正门，翻的窗，严格贯彻落实“地下恋”要求。

两个人又像小学生似的坐在床边。

夏听南实在是不习惯这种古怪的氛围，于是开始说着各种趣事，生怕安静一秒，这个空间的流速又会变慢。

徐秉然一直默默听着，然后慢慢拉住夏听南的手。

又过了一会儿，夏听南发现徐秉然睡着了，他直挺挺倒在她的床上，看起来又疲惫又柔软。

夏听南看了一眼自己被紧紧拉着的手，又看了一眼他的睡颜，心说这恋爱是这么谈的吗？怎么和小说里写的不一样？

和以前好像也没什么差别。

就是徐秉然变得黏人了。

又过了一个星期，夏听南也开始忙了，因为图书馆决定在这个周末举行一个读书会。这几天，她都在帮忙做物料以及宣传，在阅览室和活动室来回跑，还要打印资料、搬搬桌椅，没有一刻停下。

今天好不容易等到了下班，公交车上，夏听南忽然捂着肚子，一脸冷汗。

下车后，她一路忍着痛小跑回家，以最快的速度跑上楼，开门往厕所跑。

然而今天最倒霉的事情出现了。

“妈，你上好没有？”她一脸绝望，扶着卫生间门框的手臂都在颤抖。

夏妈妈无奈道：“我才刚坐下来，你去秉然家借个厕所，我看他今天回来得挺早。”

“不用，我还能忍。”

夏听南觉得在徐秉然家蹲坑这种事多少有点丢人了，虽然以前也不是没有过，但现在毕竟两人身份有变化，她还是得注意点形象。

一个刚恋爱的少女，不能，至少不应该，在对象家里拉屎。

“忍什么，快去，别憋坏了。”夏妈妈从容地拿着蒲扇扇着风，一点没有想给夏听南让坑的意思。

听见外面没动静，夏妈妈奇怪道：“怎么了？还不好意思了？你以前又不是没去过。”

夏听南只好小跑着去敲徐秉然的门，没人开门，她给他发了条信息问他在不在家，也没等到回复。她顾不得丢不丢脸，果断地去翻了窗。

徐秉然的阳台门没锁，那就是有人在家。

夏听南没来得及思考为什么在家却不开门，直直地往徐秉然家的卫生间跑去。

“哐”的一声打开卫生间的门，热气扑面而来，她后知后觉地反应过来徐秉然在做什么。

浴室里水雾缭绕，水柱从头顶喷洒，浅色的瓷砖倒映着人影，脖颈上那条红绳异常显眼，因为侧着身，他背后的翡翠平安扣若隐若现。

徐秉然赤身站在浴室里，在朦胧氤氲中若隐若现地显露出健硕的身材……

夏听南彻底呆在原地。

救！命！啊！

徐秉然刚进来，才把身上冲湿，就看到夏听南忽然闯进来，顿时脑子空白了一下。他立即就想转身，然而像是想到什么，只是偏了偏身子，绷着脸往玻璃门带磨砂涂鸦的地方靠近了些，企图挡住自己。

“夏听南？”就连声音都能感受到他的僵硬。

夏听南大概是憋糊涂了，眼睛直愣愣地盯着徐秉然，神情恍惚地解释道：“我肚子痛，憋不住了，来借个厕所。”

“你……先出去。”

夏听南终于反应过来了，立马往外走，转身的时候还摔了个踉跄。

夏听南站在卫生间门口，耳朵里都是里面窸窸窣窣的动静——流水声停止、毛巾抽动的声音、脚步声，再接下来，是脸旁边的热气。

徐秉然没带裤子进去，下半身只围着浴巾，身上倒是穿了一件短袖，还有些湿漉漉地黏在身上，显然是急匆匆出来的。

“进去吧。”他催促道。

夏听南的视线不受控制地又望向徐秉然。

他瞪了她一眼，显然压抑着什么情绪。

她收回目光，咽了咽口水，表情有点不自然，忍不住抠了抠裤子边。

徐秉然看到她的小动作，说不出自己是什么情绪，有点想笑，又有点泛酸。

“你还记得我们现在是什么关系吗？”他又确认了一次。

夏听南目光闪烁：“男女朋友……”

他闻言顿了顿，然后说：“再有下一次，我就不客气了。”

夏听南表情空白地坐在马桶上，还是没有缓过神来。

她蹲了十分钟，开着排气扇在卫生间里又思考了五分钟的人生，才走出去。

徐秉然靠在墙上盯着地板，那件短袖依旧黏在身上，半湿不干的样子，下半身套上了一条运动裤，也被他身上的水汽打湿了些。

夏听南故作镇定地问道：“你怎么把裤子穿上了？”

徐秉然视线略过她，语气有点疑惑：“你是希望我不穿吗？”

“我不是这个意思！”她头皮发麻。

徐秉然让她先回去，又拿了一套干燥的新衣服，打算进去继续洗。

“等等。”夏听南忽然拉住他，感受到他手臂上的热度，又尴尬地松手，“算了，你先进去洗吧，我在外面等你。”

他看了她几秒，垂下眼说：“好。”

夏听南在房间里无所事事地等着，心里有点郁闷。

这个徐秉然，怎么谈恋爱也这么闷？

她呼出一口气，开始在他的书架上翻书。徐秉然真的有很多书，从小积累到现在，书柜被塞得满满的，上面几层都是类似论述摘编的学习书目，下面有各国名著，还有夏听南以前怕被夏妈妈发现而藏在他房间的小说。

看到熟悉的花里胡哨的书脊，夏听南震惊地把它抽了出来，封面上一男一女头发飞扬，非常日系的画风，就差把“非主流”三个字写在脑门上了。

她忍不住拍了张照片发朋友圈：“我小时候怎么会爱看这种玩意儿？”

过了半分钟，她收到了夏妈妈的评论：“你小时候就是这种玩意儿！还没拉完屎？赶紧给我回来吃饭！”

夏听南默默把她的评论给删了。

徐秉然出来就看到夏听南蹲在地上，看起来小小的一只，脚边零散地放着几本书。

她正在用力抽书架里其他的书，徐秉然把这些书塞得太紧，这本她抽了半天都没有抽出来，都出汗了。

“这本怎么回事？”她嘀咕。

“我来吧。”

夏听南抖了一下，震惊地抬头：“你什么时候出来的？”

“刚刚。”

“你走路都没声音的吗？”

徐秉然没说话。

“算了，那你来。”她站起来，想给徐秉然挪位置。

徐秉然却没有让开，依旧站在原地，这导致她被夹在书架和徐秉然组成的温热空间中间，进退两难。

夏听南不明白徐秉然搞什么名堂，头上又冒了点汗，尤其是感受到徐秉然身上传来的洗完澡后温热的湿意，她觉得自己的皮肤都被打湿了。

眼前是一本红皮书，是名人传记，某个阶段的必读书目，旁边还有几本散文集和外国经典小说，都是徐秉然高中的时候看的。他什么书都看，不像她，只看包含大量爱情成分的网络小说。

这样一想，她的爱情理论应该比徐秉然丰富一点，但无措的好像还是她。

比如现在。

夏听南试探地挪了挪脚，想从两边逃离，又被徐秉然用手臂拦了一下。

“怎么了？”她心里打鼓，侧了侧身子想看徐秉然的表情。

他蹙着眉，真心实意地好奇道：“你很喜欢黑色蕾丝？”

好像从成年开始，夏听南就偏爱蕾丝。那天她的衣柜翻了，他都看到了，穿在里面的衣物全是蕾丝的，黑色的尤其多。

徐秉然压了压下巴，忽然也有些不自在。

夏听南的表情整个凝固了。

她忽然用很大的力把他推开，一点也没有留情。徐秉然往后退了好几步才稳住身体。

“为什么问这个？我……”她止住声，摸了摸自己的臀部，顿住了。

徐秉然依旧看着她，看到她的脖子慢慢红了起来，眼神闪烁着。

夏听南小声问：“我走光了？”

徐秉然点头：“嗯。”

夏听南面如菜色，转头就要走，又被徐秉然拉回来了。

“对不起。”他以为她生气了，道完歉又补了一句，“我看到没关系吧？”他现在不是她男朋友吗？

夏听南脸更僵，甩开他的手就想跑，又被拉回来按在门边的墙上。

徐秉然抵着她的额头，不让她躲避视线。

他抿抿嘴：“你不是也看了我的吗？”

她哀号：“这怎么能一样？”

疯了。

真是疯了。

夏听南扯开徐秉然，没管他是什么表情，自顾自跑回了家。

两家的大门都被她甩得直响，震动的声音不断在楼道里回荡。

等到夏听南回到家，她才想起来一开始留在徐秉然房间分明是有点事想问他。

夏听南把自己摔在床上，裹着被子打滚：徐秉然是不是有毒，为什么能一本正经说那种话？

过了两分钟，她终于冷静下来了。

夏听南坐起来，皱着眉，思考为什么徐秉然卫生间里有这么多修复凝胶。

刚才她看到徐秉然卫生间的架子上有几管未拆封的疤痕修复凝胶，还有一管用了一半，上面有一些灰，看起来已经很久没有再被人使用过。

徐秉然是真的活得不太精致的人，甚至可以算得上粗糙，虽然不至于不修边幅，但的确没有那么注意形象，仗着自己长得好，无论什么都很随便，比如单调的衣服以及始终如一的护肤品。夏听南在大学看过很多男生的护肤装备比女生还高级，但徐秉然用的一直是大宝。

大学的时候，夏听南开始学会护肤和化妆，会在各种大促活动以及主播直播时囤很多货。看不过去徐秉然这么糟蹋自己的脸是一方面，自己囤的货实在用不完是另一方面，于是不管是不是过节日，只要想起来了，她都会给徐秉然丢几罐面霜身体乳洗面奶什么的。

虽然夏听南一再强调是自己用不完才送给他的，但徐秉然依旧表现出开心的情绪，这反倒让她有点难过。

后来，她发现徐秉然只用了面霜，其他的虽然开封过，但剩得不少，能看出来他的确是用不惯，所以她之后再没给过他面霜以外的东西。

不过依照夏听南刚刚的观察，没有她的慷慨相赠，徐秉然这几年是又用回了质朴的大宝。

至于那些祛疤的凝胶，肯定不是她买的，但徐秉然也不像会用这东西的人。她又想起之前徐秉然手臂上的过敏疤痕，但需要囤这么多药膏，那他的过敏应该挺严重的。

夏听南有点焦虑地搓了搓手，改天问问别人有没有治过敏的偏方好了。

怎么会过敏呢？以前也没这病啊。

“夏听南，还发什么愣？叫你好几句了，和你爸都快过来吃饭。”夏妈妈忽然扒着她房间的门说道。

夏听南立刻从床上翻了起来。

夏爸爸也刚到家，他说最近有点累，下个星期请了三天年假，打算在家里好好休息一下。

“三天假，那要不要去哪里玩一下？”夏妈妈说，“我也去请个年假。”

夏听南委屈地说：“你们又不带我？”

“你也要去？那你能请得出假来吗？”

夏听南悲催地表示自己刚入职没有年假休，调不出三天来。

“话说你是不是这两天要生日了？”夏妈妈突然道。

“你才想起来啊？”

夏爸爸和夏妈妈帮她过生日已经可以追溯到夏听南上初中以前，他们太忙，忙到忘掉女儿的生日是理所当然，还美其名曰是为了让她独立成熟。

不过幸好夏听南乐观且想得开，何况无论如何还有个徐秉然陪她。

大学之前，生日就是呼朋唤友，一帮人下馆子，晚上回家还会收到徐秉然送的礼物，都是她以前打着滚说很喜欢，非常想要的东西。徐秉然总是神色淡淡地当作没听见，然而到生日那天又会真的拿出来送给她。

上大学之后，夏听南的生日不再有徐秉然的陪伴，因为她的生日总是在工作日，他即使十分想来，也难以实现，但每年的礼物都会如期而至。

徐秉然靠自己对夏听南的了解来挑选礼物，企图打动夏听南，结果总是不尽如人意。

夏听南的心就像《哈尔的移动城堡》里处于旷野中的秘密小屋，而徐秉然不是苏菲，至少曾经不是，所以他进不去，他反反复复地徘徊试探，用手叩门，却得不到回应。

她又想起床头柜里那块手表。

夏妈妈忽然说：“行了，多大年纪了还这么喜欢过生日，今年给你好好过一过。”

“不用！”夏听南回过神说，“以前不给我过，现在我不稀罕了。”

夏妈妈恼羞成怒，今天洗碗的活又落到了夏听南头上。

夏听南的生日在周五，这天的凌晨她就收到了很多生日祝福，她非常耐心地一条条回复。

她又仔细算了算自己的岁数，还是算不清，不知道到底是周岁还是虚岁，不知道加一岁还是减一岁。

算不清就不算了，反正她一直觉得自己永远十八岁。

她询问陈茜和汤诚有没有时间出来陪她过生日，然而得到的都是否定的答案。他们一个出差，一个晚上加班。

“我觉得我们的友谊迟早要结束。”她如是说，一副心寒的语气。

汤诚回道：“我们的友谊从上一次你们回校不带我就结束了。”

陈茜则说：“结束就结束吧，我都忙死了，真的没时间陪你过生日，反正生日礼物已经寄到你家了，你记得去拿，生日快乐，就这样，拜拜！”

作为女白领，陈茜的肺活量可真不错，堪比马拉松运动员。

夏听南早就怀疑高中的时候去食堂抢饭，陈茜拖拖拉拉、苟延残喘地说自己跑不动是装的。她每次都让夏听南先跑到食堂，帮她打完菜她才姗姗来迟。夏听南就这么一无所知地当了三年的工具人。

邀约以失败告终，夏听南只能回家接受夏爸爸夏妈妈中老年式庆生。

十分不情愿，但又有一点期待。

真的只有一点点。

不过事实证明，她的期待是多余的。

晚饭之前，一片漆黑中，夏妈妈端着东西一马当先地走了出来，嘴里唱着：“祝你生日快乐，祝你生日快乐……”

夏爸爸站在旁边鼓掌，徐秉然则被使唤着在一旁用手机录像。

周遭唯一的光源来自窗外的夕阳，橙色泛着粉，云层稀薄，像软纱，看起来柔和又美好。

但她觉得此情此景并不是很美好。

夏听南看着夏妈妈手里那碗长寿面，心说：指定有什么毛病，都不好意思拍照片发朋友圈了。

夏妈妈把放了两个鸡蛋，还有无数肉片的长寿面放在她面前，在鸡蛋上插了支不知道从哪个旮旯里找到的蜡烛。

“哎哟。”夏妈妈忽然叫了一声，“谁有打火机？”

她忘记准备这个了。

“我有。”徐秉然十分自然地从口袋里拿出打火机，熟练地点燃蜡烛。

等他收好打火机后抬头，发现三个人都注视着他，神情微妙，瞳孔中都幽幽倒映着烛光。

徐秉然一蒙。

夏妈妈一脸疑惑：“秉然啊，你怎么随身带打火机？”

夏爸爸的打火机才掏到一半：“秉然，你也会抽烟？”

夏听南眯起眼睛：“徐秉然，你果然会抽烟。”

徐秉然一脸空白，难得看起来有些呆愣，不知道怎么回话。

夏妈妈发愁：“秉然，你什么时候学会抽烟的？烟瘾重不重啊？要少抽啊，很伤身体的。”

夏爸爸也发愁：“秉然啊，是不是你看我抽烟，所以学坏了？”

夏爸爸夏妈妈看着徐秉然长大，一直觉得他话少又乖巧。酒量不必多说，徐秉然高三毕业酒会醉酒回来的那个鬼样子，他们从夏听南口中多多少少也听说了，可以说是不堪入目。

至于抽烟……在他们心中，徐秉然根本不是会抽烟的人。

夏听南没说话，其实她不是很喜欢抽烟的男人，有点油腻的刻板印象。但徐秉然会抽烟这件事她好像挺能接受，还觉得有点酷，而且徐秉然也没有长期抽烟的人的诸多毛病，无论何时看起来都很干净清爽。

她错开眼，不再看徐秉然，盯着地板发呆。

徐秉然回过神来，沉着冷静地把打火机重新拿出来放在餐桌上，老实且自愿地上缴，然后解释道：“不是，经常有应酬，一来二去就学会了，没有瘾。”

社会是一个大染缸，进入社会就要适应社会，这是最浅显的道理。何况工作上的应酬实在不少，身边的人全都会抽烟，他已经是最独树一帜的那一个，对烟没有什么好感，一年也抽不上几根，偶尔心情烦闷的时候才抽上一根。

至于随身带着打火机，只是因为在有些临时场合更加便利。

夏妈妈夏爸爸依旧一脸忧愁，也不知道信还是没信。但徐秉然都这么说了，他们也不好再问什么，于是抽烟这件事就翻篇了，重点又回到夏听南的生日上，他们催着夏听南许愿吹蜡烛。

夏听南神情复杂地看着眼前如此接地气的豪华长寿面，在众人期盼的眼神下双手合十，默念着：爸妈身体健康，夏听南赚大钱，徐秉然……

她睁开眼，轻轻对着蜡烛吹了一口气，光消失了。

“生日快乐——”

夏听南满足地笑起来。

天黑沉沉地盖了下来，只剩下地平线的一条猩红。

徐秉然手机里的录影一直没停，夏听南的身影影影绰绰，长发盖住了肩膀，一切都是虚影似的。她的眼睛却依旧亮晶晶的，看着那碗面，看着夏爸爸夏妈妈，看着他。

夏爸爸夏妈妈转身去开灯，嘴里嘟哝着夏听南又大了一岁，要赶紧找对象之类的话。

夏听南伸手去端面，却被徐秉然拉住了手。

徐秉然凑近她的耳朵，轻轻地重复了一句：“生日快乐。”

夏听南心里一跳，抬眼看他。

下一秒，徐秉然吻了上来。

在光明到来之前，夏听南感受到了柔软以及疼痛，带着无限的虔诚与迷恋。

第十二章 只为与你相拥

徐秉然又出差了，跟着领导去市里各区实地踏勘。夏听南连着几天没看见他人，心里说不出是什么感觉，有点如释重负，又有点不习惯。

陈茜最近闲了下来，给夏听南补过了一个生日。

“夏听南，你有没有什么事情瞒着我？”她忽然问。

夏听南刚准备吹蜡烛，一口气忽然憋了回去，呛得咳嗽了起来：“为什么这么说？”

“就只是问问你啊，感觉你最近皮肤好像变得更好了，偷偷去做医美了？”

夏听南无语，重新攒了一口气把蜡烛吹灭，然后和陈茜瓜分着蛋糕。

陈茜打趣：“最近怎么都没分享你的生活？发朋友圈的频率有点低，不像夏听南了。”

夏听南发现自己有点憋不住，尤其是面对陈茜这个女人，除去徐秉然，从小到大和她最亲的人就是陈茜，她的倾诉欲忽然蓬勃了起来。

她思考了一下，说：“我有一个朋友，她最近，恋爱了……”

由于开始是以“一个朋友”开头，陈茜听得有点敷衍，“嗯嗯啊啊”地随口应着，但听着听着，她听出点名堂来，脸顿时木了，冷漠地打断夏听南：“你别无中生‘友’。”

不愧是陈茜，世界上第四个了解夏听南的人。

陈茜有点震惊：“所以，你真的和徐秉然在一起了？”

夏听南慢悠悠地“嗯”了一声。

陈茜觉得自己在听什么神话：“你没骗我？”

“我骗你做什么？”

陈茜花了二十分钟消化这个事实，然后说：“所以你们到哪一步了？”

夏听南脸僵住：“什么哪一步了？”

“什么什么哪一步了？跟我玩绕口令呢？赶紧实话实说。”

夏听南下意识地抬起手靠近嘴。

陈茜多敏锐一姑娘啊，立刻反应过来：“亲了？这么快？”

那时候夏听南根本没反应过来，她直愣愣地盯着徐秉然合着的眼皮，看不到他清明的眼睛，只能看到他的长睫毛，一根两根……每一根都颤个不停，看起来又紧张又真诚。

直到他退开，她才反应过来。

灯亮了。

两个人干站了一会儿，都没看对方，若无其事地坐下来吃晚饭。

夏妈妈在饭桌上又提起找对象这茬，让徐秉然单位里有好的同事也可以介绍给夏听南，啰啰唆唆地数落着夏听南，说她的思想太前卫，他们搞不懂，女孩子怎么能不结婚不找对象呢。

夏听南难得没有反驳，一声不吭地扒饭。

徐秉然吃到一半，因为局里有些事情先走了，很晚才回来。

他回来就想找夏听南，但夏听南没给他开窗。

他发了几条信息，夏听南有点不知道怎么回，磨磨蹭蹭地一直没回复。徐秉然大概是误会了什么，一直给她打电话，铃声响个不停。

最后电话还是被接了起来。

他说：“夏听南，开窗。”

夏听南问：“怎么了？我很困要睡了。”说着还幽幽地打了一个哈欠。

徐秉然的声音低了点：“让我看看你。”

“刚刚晚饭的时候不是看过了吗？”

他安静了一会儿，又说：“夏听南，别躲着我。”

夏听南心里火烧火燎的，立刻反驳：“我没有！”

他不说话了，听筒里又只剩呼吸声，间或阵阵风声。

徐秉然大概是在阳台上打的电话，这声音听得她浑身不对劲，心里也跟漏风了似的，连忙把手机拿得远了一点。

“夏听南，我不是故意的。”徐秉然说完，意识到这句话有歧义，又立刻反驳自己，“不是，我是故意的，我……”

他卡住了，半天没有后文。

夏听南忽然有点想笑，然后忍不住笑出声。

听到笑声，徐秉然冷静了点，低声说：“对不起。”

其实亲完他就有些后悔，觉得自己太急，但看到那样子的夏听南，他是真的没忍住。

就是想亲了，太想亲了。

夏听南又把手机拿远了一点，觉得哪里的风漏得更大了。她走动着检查了一下窗户，关得很严实，于是她靠在墙边不动了，好像能透过卡其色窗帘看到那边阳台站着的人。

“明天我要出差。”

“嗯……”夏听南手指抠了一下墙壁。

徐秉然又重复了一次：“你别躲着我。”

“我没有。”她换了一只手拿手机，然后又换了回来，侧脸和耳朵贴着屏幕，觉得贴着的部分出了汗。

“我没生气，就是觉得有点快。你看，徐秉然，我们满打满算才谈了一个月，当然，我不是说、不是说要很久才能那个，但你……这怎么也算，我的初吻……你怎么也得打个招呼。”她语无伦次。

徐秉然重点抓偏：“初吻？之前楼道那个……”

“那个是意外！不算！你马上给我忘记。”她怒道。那个怎么能算？那么尴尬，那么意外，那么不美好，那么……反正无论如何不能算初吻！

徐秉然安静了几秒，然后说：“可是你以前的小说里……”

夏听南尖叫：“徐秉然！你果然偷偷看我的小说了！”

她就知道！她就知道！小时候她找不到地方藏小说，怕夏妈妈发现被没收，于是把小说藏在徐秉然房间的书架上。她还逼他发毒誓不会偷看，如果偷看，上厕所没有纸、吃方便面没有调料包、上网掉线，这么狠毒的诅咒，最后他还是偷看了！她就知道！

这下轮到徐秉然不说话了。

夏听南没打算放过他，语气狠厉："你为什么现在还能想起书里的内容？你不会拿那些当恋爱宝典吧？你疯了？如果那些能当参考，你就是闪电侠你都追不上我！我现在开窗，你让我过去，你把那些小说还给我。

"徐秉然！"

"我就看过半本，实在是看不下去了，你要的话等我整理好了再一起拿给你。"他无奈地叹了口气，又问了一句，"好不好？"

夏听南的气一下子又消下去了。

挂断前，他说："夏听南，照顾好自己，等我回来。"

就因为这么一句话，夏听南做了一晚上怪梦，老觉得自己站在风口，哪里都凉，只有心口滚烫。

第二天醒来的时候，她悲催地发现被子没夹在腿中间，而在地上，她也光荣地感冒了。

夏听南这几天过得十分痛苦，骤然降温，她的感冒反反复复好不了，每天喝两千毫升热水也没救，像是个头重脚轻的幽魂，完全违背了徐秉然的祝福。

钱云会看她的样子太可怜，甚至帮她把她的那份活也干了。

夏听南一脸感激："云会姐，你太好了，我无以为报，只能……"

"打住！我要你以身相许做什么？"她邪邪一笑，"不如你再把徐秉然大帅哥约出来，上次欣赏的时间太短暂，我还没看清他长什么样，或者你拍几张照片给我看看？"

"再说，再说。"

徐秉然直到下一个周三才回来，足足出差了一周。

那天夏听南的感冒还没好完全，上班的时候戴着口罩，生怕身上还有病毒会传染小读者。

徐秉然找到她的时候，她正站在图书馆的饮水机前发呆。

"夏听南。"

她转头，看到不远处的徐秉然。

“什么时候回来的？”她呆住。

话刚说完，徐秉然就走过来拉住她的手，塞给她一个东西。

夏听南低头看去，发现是一个发绳。

什么？为什么突然给她这个？不对……这个发绳上面的是个什么？花蛤？

“刚下动车。”徐秉然这时候才回答她的问题。

知道她今天上班，他就急匆匆赶来了，很想见她。

“那你的行李呢？”怕打扰图书馆里的读者，夏听南边说边拉着他往楼梯间走。

“没有行李。”他垂眼看着夏听南拉着她的手。

她不知道他在想什么，到了楼梯间就松开他，然后咳嗽了两声。

徐秉然蹙眉：“感冒了？”

夏听南喉咙痒得难受：“嗯，离我远一点。”

他反而走近了一步。

夏听南下意识后退，后背撞上了图书馆的白墙，然后眼睁睁看着徐秉然的脸越靠越近，呼吸打在她的口罩上，口罩里的半张脸忽然有点烫。

她警铃大作，以为他又要亲自己，眼神连忙左右看着，怕有人路过这里：“别……”

“没发烧。”徐秉然只是用额头贴了一下就离开了，低着头奇怪地问她，“别什么？”

夏听南觉得好尴尬！

徐秉然看着她闪烁的眼神，悟出了一点什么，抿了抿唇，沉默了。

其实……确实很想亲她，但怕她又躲着他。

夏听南清清嗓子，说：“感冒快好了，就是还有点咳嗽。这个发绳，怎么回事？”

徐秉然看了她一眼，又摸了摸她手里的发绳。

这是他出差的时候在路边的小市场买的，很新颖，见过小猫小狗的发绳，的确第一次见到花蛤的发绳，他觉得有点像夏听南，于是就买回来了。

夏听南听完没被感动到，反而一脸蒙。

像我？哪里像我？味道吗？红烧花蛤的确味道不错。

她忍不住咽了口口水。

不得不说徐秉然的直男思维有时候的确让她难以理解。夏听南实在是装不出很喜欢的样子，两个人站着干瞪眼，楼道里空荡荡的，偶尔有脚步声和关门声。

徐秉然的热情迅速冷却，情绪有点低沉，唇线绷得很直。

夏听南连忙解释："我不是不喜欢，我挺喜欢的……就是不知道怎么搭配。"

徐秉然压着眉头，还是那副样子，闷着不说话，总是要别人猜。

夏听南被他这副样子弄得有些冒火。

这时候，一个小女孩背着包沿着楼梯走上来，她一张口，把他们俩都震慑住了。

她用嫌弃的表情和成熟的语气说："大哥哥，大姐姐，我都在下面听了好久了，你们好腻，我都不好意思上来打扰。还有，大哥哥，你的情商实在是太低了，说姐姐像花蛤，活该姐姐生气。"

这下，徐秉然蒙了。

夏听南顿时笑出了声。

徐秉然最近被各种材料以及队里的政务搞得焦头烂额，一连三四天都住在局里。

夏妈妈有点心疼，怕徐秉然忙起来不知道吃饭，让夏听南给徐秉然送饭去。

夏听南无奈："妈，他都要三十了，你还把他当小孩呢？"

饿了就吃，不饿就不吃，他们公安局里什么东西没有，还怕徐秉然会饿着。

夏妈妈冷笑："你送不送？不送的话接下来每天你自己做饭吧，你年纪也不小，不是小孩了，怎么还要我伺候呢？"

于是，夏听南屁颠屁颠地带着饭盒去找徐秉然了。

现在是晚上六点，天渐渐暗沉，九月中旬的夜晚还带有一些闷热。夏听南被挡在了公安局门外，保安不让她进去，问她找谁，她说找徐秉然，又问和他什么关系。

夏听南没忍住好奇，问了一句：“这个也要问？”

保安误会她在阴阳怪气，以为她是什么不正经的人，直接把她丢在一边不理了。

夏听南只好无奈地给徐秉然打了一通电话。

徐秉然接到电话的时候刚把警服换下来，想和队里的同事一起去外面吃饭。

他接起电话：“怎么了？”

徐秉然这话一出，身边的同事们眼睛全部瞪大了。

“谁啊？”

“徐秉然这语气怎么这么恶心？他平常讲话不这样啊。”

“什么情况？”

“交女朋友了？”

……

徐秉然瞥了他们一眼，走到了楼梯间打电话。

“我还没吃，你在哪里？”他皱起眉。

夏听南又重复了一次：“我在你单位楼下，门卫不让我进去。”

“徐秉然！电梯来了！”同事喊道。

徐秉然立刻对夏听南说：“等我。”

夏听南收起手机，坐在门卫室里面等，摸了摸饭盒，还是热的。她听到点热闹的声音，往玻璃门外看，七八个人从局里出来，往旁边的小炒店走去。

她刚想移开目光，就看到跟在人群最后的徐秉然推门进来了。

手里的饭盒被接走，夏听南被徐秉然拉着带进了市局大门，然后坐着电梯到了他们支队，又进了他们大队的办公室。

这倒是夏听南第一次进公安局，有点激动又有点害怕，总感觉每个角落的氛围都很威严肃穆。

她问：“有没有什么我不能看的东西？”

徐秉然保密意识很强，涉密的文件平常都是收好的，现在也都不在台面上。他摇头，把饭盒里的东西都拿出来摆在办公桌上。

他问夏听南吃了没有，夏听南说吃过了，于是就变成了夏听南看他吃晚饭。

徐秉然无声地吃着，表情淡淡的，每一口都很小，但是吃的速度又挺快。

吃到一半，他忽然说：“你别看着我。”

夏听南愣了一下，然后移开了目光，不再盯着他。

她的视线到处飘，突然发现徐秉然的工位最里面倒扣着一个相框。

“那个是什么？”

徐秉然抬眼：“什么？”

夏听南指着那个相框，问道：“空的吗？”

他快速地瞟了一眼，说：“空的。”

空的？那为什么放在那里？而且一点灰都没有？

夏听南忽然觉得自己的侦查能力十分高超，一眼就看出徐秉然在说谎。她越过徐秉然，动作飞快地拿起那个相框，然后就怔住了，因为她看到了自己。

是那一年一起看日出的时候拍的，她站在山顶，日出的光辉照亮了她的半张脸。

夏听南从来没见过这张照片，根本不知道徐秉然什么时候拍了这张。

徐秉然动作很快地抢了回去，把相框放进了抽屉，发出重重的声响。

夏听南神情复杂：“徐秉然，你到底……喜欢了我多久？”

“不知道。”

汤巧巧曾经也问过徐秉然相似的问题，前者大学毕业后没过几年就谈起了恋爱，对方是她大学同学，两个人毕业后在同一家公司上班，抬头不见低头见，很自然地生出情愫，然后闪婚，办了盛大的婚礼。

洁白无瑕的白纱布满了会场，觥筹交错间都是喜气洋洋的氛围，大家嘴里说的都是“天作之合”“郎才女貌”，而徐秉然心里想的都是这样的事情什么时候能发生在他和夏听南身上。

婚礼结束后，汤巧巧和新郎官一起和徐秉然聊了两句，都是开着玩笑的旧事，大抵就是说她高中暗恋了他三年，没想到他就是看不出来，不仅看不出来，还根本撬不动，让他张嘴和她愉快地聊会儿天比登天还难。

“其实我当时还挺羡慕听南的。”汤巧巧穿着礼服靠在新郎身上，笑着打趣。

她还记得夏听南的名字，印象中还是个有点肉嘟嘟、有点矮的小女孩，特别可爱。

“后来听我弟说起来，才知道原来她不是你妹妹。”

“嗯。”

“所以你当时就喜欢她了？”

“可能是吧。”

徐秉然怎么能明确地找出一个时间，来说明自己对夏听南的情感转变呢？

如果可以，他想收藏每一个存在夏听南的记忆点。

从前，夏听南的坦坦荡荡是因为她不喜欢徐秉然，而徐秉然的不露声色是因为他在时间的流逝中，越发确信自己离不开夏听南。而现在，徐秉然的坦坦荡荡是因为他早已义无反顾。

最坏的情况不过就是夏听南不喜欢他，他没什么不能接受的。

徐秉然把吃完的饭盒收起来，说：“走吧？”

“去哪儿？”

“回家。”

街道是吵闹的，市中心的广场早早地响起音乐。

夏听南好了伤疤忘了痛，走两步又蹦跶起来，然后撞在了徐秉然的身上。

这里是一片小广场，没有人，只有婆娑的树影，天已经完全黑了下来。

徐秉然揽住了夏听南，低声说：“下周我又要去暗访。”

“所以呢？”

“她们总对我动手动脚。”

“她们是谁？”

他又说：“你上次说，亲的时候打个招呼。”

夏听南觉得他话题转得太快，她有点跟不上，但又好像知道他要做什么。

她听见了心跳，是谁的？那么吵。

“可以吗？”

她说不出话。

是夜色太美，还是徐秉然的眼睛太美，她分不清。

她分得清的，只有盖住她眼睛的手的温热，以及腰后有力的禁锢。

滚烫的呼吸拍打着她，气息纠缠着，像是不会分开，隐隐约约的水声被树叶摇动的声音遮盖，只留下风的动静。

夏听南的手紧紧捏着他的衣角，头脑晕晕乎乎，徐秉然怎么这么会亲啊？

亲完，两个人在原地干站了至少三分钟，中途路过了一条狗，冲他们狂吠，终于把他们唤回了神。最后，那条狗被主人拉走了，那狗主人还一脸尴尬地道歉，让他们继续。

继续什么继续？

夏听南觉得自己比较尴尬。

凉风习习，徐秉然十分善于审时度势，毫不犹豫地想道歉。

“停！”夏听南打断他，脸上火辣辣的，嘴也火辣辣的，简直不知道说什么。

徐秉然说：“刚刚我问你了。”

确实是问了，但也确实没等她说话就亲上去了，感觉夏听南的嘴唇比晚上夏妈妈蒸的鸡蛋羹还软……

夏听南深呼吸，质问他：“徐秉然，你是不是有点闷骚？”

这还是他第一次听到这个说法：“有吗？”

要说有好像又没有，但说没有……

她又问：“你怎么这么熟练？”

“什么熟练？”徐秉然皱眉。

问出口了他才反应过来夏听南在说什么，总不能和她说是梦里演习了太多遍，导致实操起来也有一种莫名的本能吧。

后来，徐秉然先把夏听南送回了家，自己刚好回来整理东西，又准备回局里了。走之前，他从窗口给了她一个东西，她接过来才发现原来是一根新的发绳，这下发绳上总算不是莫名其妙的花蛤，而是一只乌龟。

夏听南无语。

好像也没好多少。

过了一周，徐秉然总算把手上的事情忙完，又要抽时间去之前那家

KTV 暗访。

现在是晚上十点，今天天气不错，还能看到星星，他们开的是谷亮自己的车，因为局里的公车车牌有些特殊，不方便暗访使用。

“徐秉然，最近你怎么总握着手机，也变低头族了？”谷亮开着车说。

徐秉然把手机收起来，没回他，低头检查摄像眼镜，然后把眼镜戴好。

同样是上次那家 KTV，他们之前已经来过好几次，早已熟门熟路，服务员看到他们甚至还朝他们打了声招呼。几个人进了包厢，过了一会儿，来了几个女人，平均分配给他们每一个人。

徐秉然身边的这位艺名叫小美，长得还算水嫩，一直往他身上靠。

他和夏听南说她们总是动手动脚真的不是假话，偏偏他还不能表现得太抗拒，只能控制自己不露出厌烦的表情，忍受着对方若有似无的骚扰。

“帅哥，你好帅。”小美不吝啬自己的夸奖。

“谢谢。”徐秉然有点冷淡，倾身去拿话筒，装作想要唱歌。

小美又跟上去：“帅哥，你多大？是做什么的？”

薛凯凑过来，问道：“美女，他看起来是不是很帅？”

她说：“是。”

“长得帅也没用，闷得很，技术又差，富婆看不上他，他一分钱没捞着，没文凭又什么都做不来，找不到工作就跟着我们蹭吃蹭喝呢。”

因“技术太差而不被富婆看好”的徐秉然，在小美复杂的眼神下，脸色越来越木。

他们在包厢里待了大概半个小时后，谷亮很自然地问旁边的女人：“美女出台吗？”

对方愣了一下才回道：“不好意思，我们不提供这种服务。”

“我不是这个意思，我们都是朋友介绍来的，什么不知道？”谷亮压低声音，“你把你们公关找过来，我可以加钱，我们哥几个不差钱。”

对方看他一眼，直接岔开话题。

这时，坐在对面的徐秉然站起来拿饮料，一张卡片从口袋里掉了出来，包厢里几个女人的表情立刻变了。

薛凯和谷亮不动声色地对视一眼，徐秉然神色如常地捡起那张会员卡塞回了口袋里。

小美忽然笑起来：“几位哥哥早说呀，公关是吗？我马上去叫。”

她起身走出去，过了一会儿，端着一杯酒回来。

徐秉然几不可察地皱了一下眉毛，把眼镜扶正。

就算知道他们有会员卡，她们还是很警惕，小美把那杯酒放在桌面上，推到他们三个面前，说：“既然有会员卡，想必也知道我们这里的规则，这杯酒里面加了点助兴的东西，你们谁喝？”

薛凯听完这话的第一反应是：完蛋！这暗访，禁毒支队也应该来帮忙！谁知道这个助兴的药到底是什么，万一是毒品，吃下去了不就搭进去了半条命。

谷亮一脸不耐烦地说：“我们怎么不知道这个规矩？何况我们又不是七老八十的，有的是精力，喝这玩意儿做什么？”

小美闻言没说话，只耐心等他们喝。

薛凯和谷亮的心都沉下来了，徐秉然倒还是冷静。

就在不久前，禁毒支队刚开展过清查行动，近期行业场所不敢搞这一套，何况他们接到的举报是内部人员透露的，里面只提到了黄赌活动，所以应该不存在涉毒的情况，倒是这几个女陪唱比他们紧张多了，跟苍蝇似的搓着手。

越是迟疑越容易引起怀疑，徐秉然拿起杯子喝了两口，让她不要磨蹭了。

那小美看他这么干脆，全身放松了下来，没有再为难他们，马上给他们叫来了公关。

公关是个男的，拿着个平板电脑给他们看名册。他们随手点了几个姑娘，然后就被带离了唱歌的包间，发现这边果然如举报信所说，二楼和三楼之间还有一个夹层，十分隐蔽。之前他们从来没有上来过，现在他们跟着公关走过一道暗门然后往楼上走。

薛凯走在楼梯上的时候突然捂住肚子，表情有些痛苦，说自己要上厕所，让他们给他留一个最漂亮的。

谷亮踹了他一脚，一脸嫌弃地让他赶紧去。

薛凯急匆匆地往厕所跑，到了拐角就不见了踪影，徐秉然和谷亮收回目光，继续上楼。

接下来发生的事情就是暗访的便衣经常见到的画面，夹层中就像是宾馆的走廊，无数房间陈列在两边，泛着粉紫的灯光显现出淫靡的色彩。

徐秉然不自在地拉了拉衣服的领子，觉得这一层的空调温度有点高，感觉有点热。

谷亮看了徐秉然一眼，徐秉然不动声色地摇了摇头，示意他专注一点。

他们走得很慢，刻意地放轻了脚步，仔细听着每个房间里的声音，寻找着突破口。

谷亮先被带进了一间房间，里面一位看似朴实的女人正半倚着等他，而徐秉然则继续被公关带着往里走。

一声似是而非的叫声传来，似快乐似痛苦。

下一秒，公关的脸色骤变——

徐秉然面色冷肃，反应很快，长腿一抬，带着凛冽的气势，毫不客气地用力朝那间房门踹了下去。

“哐——”

木屑飞溅，脆弱的门骤然倒塌，薄薄的房门与墙撞击的声音传来，整个二楼好像都震了一震，然后陷入了诡异的安静，紧接着是零零碎碎的嘈杂声。

徐秉然不用看都知道各个房间里的人都在忙着穿衣服逃跑。

公关吓坏了，转身就想跑。徐秉然没空管他，径直冲进房间，看到或半裸或全裸的男人女人脸上表情慌张，紧张地用被子捂住身体。

“全都别动！警察！在做什么？别动听不懂吗？”

徐秉然满脸冰霜，脸色严肃，毫不留情地制住他们，然后大喊着谷亮。

那一头的谷亮听到声音后，反手就把房间里的嫌疑人扣住，嘴里喊着“警察”，脸色十分冷硬，一点都没有之前嬉皮笑脸的样子。

楼下的薛凯守在消防通道，他联系的民警特警都已经到了，所有逃生出口都有他们的人蹲守，其余的民警拥进了会所，协助徐秉然他们把夹层中所有的人都控制住。

这下，真是杀了个片甲不留。

接下来一切都很顺利，警车来来回回，人全被他们带去了派出所，等全部弄完已经夜里一点多了。

谷亮忍不住打了一个哈欠：“终于可以回去睡觉了，我明天还得送女儿上学，你们俩赶紧上车，我把你们带回去。”

薛凯高兴得手舞足蹈，转头看徐秉然，发现他的脸比之前更红了。

谷亮也注意到了，迟疑地问：“徐秉然，那酒……”

“没事。”徐秉然大概知道是个什么情况了，他端着纸杯喝了两杯冷水，把纸杯捏扁丢进垃圾桶，“先把我送回去。”

顿了顿，他又加了一句：“快点。”

夏听南躺在床上看小说，被门口的动静吓到了，以为有小偷。虽然这两年市区的治安好了很多，但他们这里毕竟是老小区老楼，安保做得的确没有这么到位。

她迈着轻步走到门口，从猫眼看出去，没有看到小偷，却看到了楼梯口摇摇欲坠的徐秉然。这可比小偷更吓人，她连忙开门跑出去，连拖鞋都没换，直接踩在水泥地上。

“徐秉然，你怎么回事？不是加班吗？”她抓住他的胳膊拉住他，怕他摔下去。

徐秉然听到她声音的第一反应是把她推开，原本以为能撑到家，偏偏她跑了出来。他是真的不想让她看到自己这副样子，太狼狈，他希望她眼里的自己永远是清爽正直的。

如今看到她，他的心理防线陡然消失，最后一丝力气也融化了……

夏听南发现徐秉然忽然卸力，她撑不住，下一秒他就摔在了地上。

她没办法，只好去楼上敲门，正上方那一户有电视的声音从里面传出来，应该还没睡。

门里的人听到敲门声问是谁，夏听南回答说是楼下的。

一个年轻男人开了门，看到夏听南后一愣：“这么晚，什么事情？”

夏听南稍微解释了一下。

毕竟都是邻居，年轻男人听到她说要帮忙，直接换了鞋跟她下楼。

等到对方费力地把徐秉然撑起来之后，夏听南才想起来自己还没找到徐家的钥匙。她伸手在徐秉然的腰包里掏了掏，没有找到，于是又去翻徐秉然的裤子口袋，接着脸色一凝，僵硬地把手拿了出来。

年轻男人就这么看着她的动作，扬了扬眉。他一直住在楼上，当然认识他们俩。

小时候总能看到夏听南往徐秉然的房间翻，跟只猴子似的，不像个女孩子。一晃这么多年过去，最近倒是反了过来，总是看到徐秉然往那头翻。

以前两个人关系好是大家都知道的，黏点也说得过去，但现在他们俩要是没猫腻，那就怪了，不过就是不知道为什么偷偷摸摸的。

夏听南不知道他在想什么，怕耽误他时间，于是让他帮忙把徐秉然先搬到她家。客厅的沙发不够徐秉然这么高的个子躺，她只好又让他把徐秉然带进了她房间。

等到房间里只剩下他们两个人时，夏听南盯着徐秉然看了一会儿，又忍不住嘀咕了一声："到底怎么回事啊？"

徐秉然昏昏沉沉的，全身发烫，生理反应很明显，他能听清夏听南说话，但眼睛睁不开，心里越发空虚。

"徐秉然，你好点没有？"夏听南把冷毛巾往徐秉然脸上敷，有点心不在焉。

徐秉然慢悠悠地睁开眼睛，看到了坐在他旁边的人，啊……是夏听南，蓬勃的热气自下而上翻滚而来。他侧躺着，呼吸越发急促，双腿不由自主地曲起，然后向夏听南靠去。

夏听南感觉到后背被什么撞上，她扭头看，是徐秉然的腿。

"醒了吗？"她的尴尬症犯了，这时候她宁愿徐秉然继续晕着。他的反应太明显，她实在是不能当自己瞎了，更不能把徐秉然就这样丢在这儿不管，因为他看起来真的很难受。

徐秉然双眼迷离地看着她，说不清心里是什么感觉，他忽然伸长手臂，把她压到了床边。

夏听南倒下来的时候，整张床晃了晃，她的瞳孔也在震荡：救命救命救命……

徐秉然抱着夏听南，手在她后背胡乱动着，也没个目的，就是想贴着她。

他脑海里忽然想起小时候的事情。

那时候的夏听南是真的把他当哥哥，毫不避讳自己的各种秘密，连来例假了都要和他分享，但他根本不想听，只觉得她烦。

有一回接她放学，徐秉然半天没等到她出来，保安放他进去找。他去了夏听南所在的班级，发现人都走光了，但夏听南的书包还在。他在教室里等了一会儿，她才鬼鬼祟祟地回来。

夏听南看到他，眼睛一亮，说：“徐秉然，你帮我个忙呗。”

最后，徐秉然闷头跑着去小卖部帮她买了包卫生巾，那真的是他第一次碰那玩意儿，实在是很别扭……这东西怎么还分什么日用夜用迷你护垫呢？

徐秉然的思绪胡乱飘着。

夏听南推开徐秉然，咽了口口水，紧张地说：“徐秉然，你清醒一下。”

徐秉然理智回笼，立刻松开她，翻了个身，冷冷道：“别管我。”他希望夏听南现在离他远一点，真心的。

夏听南看着徐秉然冷漠的背影手足无措：“你确定就这样放着没关系吗？要不要去医院，或者去卫生间解决一下？”

最后几个字她说得很艰难，但徐秉然一点反应都没有，连呼吸的起伏都好像消失了。

夏听南不放心，又探身去看徐秉然的脸，紧接着，她看到了徐秉然微合着的眼里浓墨涂抹。

动作像是被慢放。

她眼睁睁地看着徐秉然侧身抬起手，搂着她的脖子把她压低，侧脸埋在她的颈间，滚烫的呼吸把那一块的肌肤都烫红了，吻轻轻落在她的脖子上，夹杂着呢喃：“夏听南，说了让你别管我。”

属于夏听南的香气萦绕着他，徐秉然觉得自己快分不清现实和梦境，想抱她想亲她，什么都想……

他说：“夏听南，我很难受。”

夏听南像是完全怔住了，轻轻拍着他的背，嘴里安慰着：“没事的，没事的。”

徐秉然满身是汗，力气很单薄，夏听南挣脱出来，下意识地抬手摸了摸自己的脖子。

房间里的时钟嘀嗒嘀嗒地转着。

夏听南又觉得哪里漏风，被吹得浑身起了鸡皮疙瘩。

她看着床上皱着眉的徐秉然，是真不知道这种情况该怎么办。

不是说男人这个会自己消下去的吗？应该没关系吧？夏听南有些焦虑地搓了搓手，实在是无从下手，看徐秉然跟看瓷娃娃似的，生怕一个不小心弄碎了。

徐秉然躺了一会儿，好像有点力气了，慢慢坐起来，修长的脖颈上喉结滚动，又朝她重复了一次："没事，别管我。"然后就这样沉默地走出房门，走进卫生间。

浴室传来水声，再然后，是瓶瓶罐罐掉落的声音。

夏听南觉得自己大概有透视眼，不用看都知道里面发生了什么。

她狠狠地呼吸了两回，乱七八糟的想法在脑子里打着圈又沉下来，心里默念着：别管了别管了，徐秉然自己可以的。

下一秒，她站起来走去卫生间。

她推开滑门，看到靠在墙角的徐秉然，他身上的衣服都湿透了。

他看到她后立刻别过头，冷淡地说："出去。"

夏听南双脚定在原地，过了三秒，自暴自弃地问："需要帮忙吗？"

接下来的事情完全脱离掌控，夏听南耳边全是水声。

徐秉然的脖子一片通红，上面青筋浮起，睫毛颤个不停。他抿了抿嘴，如今的情况他耐心再好也难忍，何况对着的是喜欢了这么多年的人。他只觉得大脑涨得疼，这一次没有再提前打招呼，毫不犹豫地掰过夏听南的脸亲了下去，手指扣入她的长发，没有给她躲避的余地。他亲得很用力，像是想把夏听南整个吞下。

徐秉然喊着她的名字："夏听南。"声音很沙哑。

夏听南的双腿发软，愣愣地看着眼前的徐秉然。

徐秉然盯着她看，唇线绷得笔直，眼中沉沉的。

两人隔着水帘，都在喘息着。

徐秉然最后也没舍得再对夏听南做什么，怕吓到她。

他说："我没事，你先出去。"

"我……"

徐秉然打断她："出去。"

最后，夏听南僵硬地走了出去，还贴心地带上了门。

她失了魂似的站在卫生间门口，心想：夏听南，你疯了吗？

徐秉然过了很久才出来，身上还穿着湿衣服，他大概是用冷水冲到整个人清醒了才出来。他的嘴唇看起来有些发白，但脸颊泛着红润。

徐秉然看着夏听南五颜六色的脸色，没说话。

最后还是夏听南受不了这气氛，先开口问：“你不是去暗访了吗？怎么搞成这样？”

“喝了带料的酒。”

两个人又沉默了。

徐秉然说：“早点休息，我先回去了。”

“嗯，你快回去吧。”

徐秉然没动，站在原地看她。

夏听南疑惑地皱眉。

徐秉然目光落在一处，忽然道歉：“对不起。”

夏听南终于反应过来，摸了摸脖子，想起刚刚换衣服的时候看到的印记，慢吞吞地问：“这个要多久才能消？”

他摇头，他也没经验，不知道多久才能消。

“没事……我上班的时候用遮瑕遮一下。”

徐秉然点头，还是没动，就这么看着她。

夏听南有点哭笑不得：“赶紧回去换衣服，鼻子都塞成这样了，还站在这里做什么？难不成还要我给你一个晚安吻吗？”

徐秉然愣愣地问：“可以吗？”

夏听南深呼吸，然后认命地说：“你闭上眼。”

他有些迟缓地眨着眼，然后合上眼睛。

视觉被屏蔽，触觉和听觉无限放大，感受到唇上的温度和力度，以及空气中的心跳声，徐秉然慢慢露出一丝笑意。

徐秉然回到家之后，在客厅里站了一会儿，忽然笑出了声，摇摇头，重新进卫生间冲澡，温热的水浇头，带来前所未有的放松，无论是生理还是心理。

出来之后已经深夜两点多了，徐秉然是真的没什么睡意，端了杯冰水，在阳台上默默点燃了一支香烟，只是点着，没有抽，暗暗的红光在夜里闪烁，把他的眸子也照亮了。

最近真的是太忙了，明明两个人在一起有一段时间了，但坐下来好好一起吃一顿饭的时间都没有，正儿八经的约会更是没有了。不过也没关系，能逗逗夏听南，看她浑身僵硬、满脸不自在的表情也很有意思。

而且这个进度，连他都觉得有点快了。

他把烟掐灭，看了一眼旁边拉着窗帘的窗户。

夏听南啊……

不得不说，夜晚时人就是容易不理智，事情已经过去两天了，夏听南现在回想起那晚发生的事情还是一阵心悸，恨不得找人讲一讲，但的确难以启齿了点，导致她憋着憋着就有点害羞。

夏听南觉得“害羞”这个词已经离她很远了。

前两天下了大雨，降温了，晚上有点凉，灰沉沉的石头地板拉长了人影，夜晚有一些鸟叫蝉鸣，还有远处的公园里隐约有《最炫民族风》的音乐传来。而夏听南只是帮忙丢个垃圾，就撞上刚回来的徐秉然。

徐秉然倒是一点都没有不自在，好像什么事都没发生一样。

“怎么穿这么少？”他很自然地握了一下她的手，让她别出来，把她手里的垃圾袋提走，走出大门，丢进垃圾桶里面。

“晚饭吃了什么？”他把铁门关上，拉着夏听南往楼上走，然后停在楼梯转角处。

夏听南反应有点迟钝，半晌才报菜名似的报了几个。

徐秉然点点头，公正地打分：“还行。”

夏听南忽然想笑，但笑着笑着就僵住了，因为徐秉然忽然亲了上来。

突然有脚步声响起，有人从楼下往上走，徐秉然严格遵守地下恋约定，立刻后撤了一步，把自己退到了安全的社交距离。

邻居看到他们，笑着问：“怎么这么晚了还不回家休息？”

徐秉然礼貌地回道：“说点事情，阿姨您早点休息。”

向上的脚步声又远了，然后是铁门哐当关上的声音，空荡荡的。夏听南又觉得四处漏风，不由得打了个冷战。徐秉然注意到了，挪了一下身体帮她挡风。

夏听南抬头看他几秒，忽然说：“刚刚你的胡子扎到我了。”

徐秉然下意识抬头摸了一下，想起今天忘记刮胡子了。

“你记不记得你以前说没长胡子的人都是没长大？”

徐秉然想不起来了，但夏听南记得倒是清楚。

当时她应该是在上初二，一个白天她翻到徐秉然房间，却看到他正在拆快递，是一个剃须刀，她问他为什么要买这个，徐秉然说自己长胡子了。

当时夏听南概念中的胡子还是又长又粗糙，胡子拉碴的那种，但她盯着他看了一会儿也没看出徐秉然脸上哪里有胡子。

徐秉然说看不太出来，但是能摸得出来，于是夏听南很自然地上手摸他的侧脸和下巴，来来回回。

徐秉然好像愣了一下，又好像没愣，又继续低头研究剃须刀。

夏听南说他骗人，然后去抢他的剃须刀，让他陪她玩。

徐秉然把剃须刀放在身后她碰不到的地方，然后按住又小又圆的夏听南，敷衍地用下巴蹭了几下她的脸，问她能不能感觉到。

这下子夏听南感觉到了。

扎人。

还痒。

她瑟缩着躲开，摸了摸脸，问他为什么会长胡子，明明他们班的男生都没有长。

徐秉然松开她，随口告诉夏听南，那是他们还没有长大。

她又问，如果长大了也不长呢?

徐秉然不回她了。

阳台的窗帘被一阵大风吹得扬起，细小的尘粒在光线下一览无余，灿烂的阳光照在她脸上，也照在徐秉然脸上。芝麻大的一件事，但夏听南觉得好像还能回想起当时被扎的感觉，活像容嬷嬷扎紫薇，不过“徐嬷嬷”大概比容嬷嬷温柔多了。

已经过了站着不动也会出汗的天气，夜里起风，从平台的空荡处一下一下地灌进来，好像羽毛拂过，心里痒痒的。

夏听南压了压飞散的头发说：“回去吧。”

他说：“再陪我一会儿。”

她心中叹气，到底还是留下来了。

两个人又在楼道里站了会儿。

夏听南有点站不住，反正裤子要换了，也不嫌脏，干脆地坐在台阶上。看到前面有一只小虫子，她连忙收了脚。

徐秉然低头看她，只能看到她的头顶，明明比以前高了不少，但看起来还是小小一只，就连手也和之前一样小。

夏听南转头问道：“你们国庆放假吗？”

徐秉然淡淡地“嗯”了一声。

“真好，我也想放假……”

快要国庆节了，往年夏听南可能还会激动一下，现在她只有心累，因为法定节假日图书馆也得开门，而且会有更多读者。

果不其然，国庆第一天，图书馆里的人流量和旁边的商业街不分伯仲，夏听南和钱云会，还有其余几个同事都累得死去活来，恨不得马上辞职回家葛优躺。

叶新晴安抚了他们几句，说等国庆过去给他们调休，大家的情绪这才平复一些下来。

“对了，听南，你是不是换手表了？”叶新晴指着她的手表问。

夏听南下意识地摸了摸自己的手腕，“嗯”了一声。

她换上有一段时间了，忘记哪一天忽然从柜子里拿出来，然后就雷打不动一直戴着，以前的运动手表已经被她压进了箱底。

叶新晴问：“这个是不是挺贵？代购的还是店里买的？”

夏听南也不知道，随口敷衍着她。

“那能不能借我试一试？”

夏听南是真的不想把手表给叶新晴试，不是讨厌她，只是单纯地不想，但又没有什么拒绝的理由，于是摘下来递给她。

但叶新晴又说一只手不好扣，让夏听南帮她扣一下，于是夏听南又伸手帮她扣，心里却是实实在在的不耐烦了。

这股子烦躁一直持续到晚上回家，爸爸妈妈旅游去了，夏听南一个人在家，而徐秉然到晚上快十点也没有回来，估计还在单位加班。

夏听南坐在地板上，靠着床沿，手里拿着那块手表。秒针转动着，有细碎的声音响着，分明不值一提，却是空气里唯一的声响，扰人。

她找出酒精棉，把手表上上下下仔细地擦了一遍。

她躺在床上，举着手翻来覆去地看着手表。这表的确是好看的，但她的喜欢总是短暂，当初发朋友圈说有多喜欢，最后也只是停留在嘴上而已。如果不是徐秉然忽然送给她，她甚至都想不起来这表的牌子是什么。

但现在看着，又觉得喜欢，很喜欢。

最近发生了很多事情，每一件事情仿佛都很平常，但又好像哪里都不太一样。夏听南不知道是不是快来例假的原因，总是有一种说不出的心慌，总觉得要发生什么大事情。

她想了想，索性喊陈茜出来喝酒。

夏听南先到达酒吧，找了一个吧台占位置。陈茜姗姗来迟，身边还跟了一个汤诚，两个人说说笑笑的，画面莫名其妙有些古怪，导致夏听南觉得自己被孤立了。

“你们俩怎么在一起？”她奇怪地问。

陈茜毫不在意地回道：“我到他们公司旁边拜访客户，刚好看到他就叫来了。”

汤诚把陈茜的大包小包丢到桌上，说：“早知道不来了，我就是个工具人。”

夏听南说：“你们要喝什么，随便点，我请客。”

“今天这么大方？就你那点破工资还请客？你还是去网购一下，给自己买几个包买几件衣服吧。”陈茜做了个紫色的美甲，十分晃眼，修长的手指在菜单上乱指，说，“我请客好了，你们随便点。”

汤诚没这么好心，听说陈茜请客，点了个最贵的。

三个人都很熟，聊起来话题也没断过，聊到中途不知道提到什么，陈茜忽然说：“对了，我有个客户也是公安局的，那天聊起来，他和我说徐秉然在局里很出名。”

夏听南看她一眼，不以为意地说：“他什么时候不有名？”读书的时候，他就是最突出的那个。

“不是这个有名，是局长的女儿很喜欢他。”

夏听南以为自己听错了。

陈茜说，她那个客户告诉她，徐秉然深得局长女儿的喜爱，后者甚至为了离徐秉然近一点，借调到他们治安支队的某个工作小组办公室。两个人抬头不见低头见，大家都在起哄想撮合他们俩，就前不久，徐秉然大概是被弄烦了，跟她单独聊了聊，聊完那姑娘就哭了，哭得稀里哗啦的。

夏听南心道：我怎么不知道这事儿，徐秉然可提都没提过。

“我可打听了，人家姑娘不仅漂亮多金还年轻，比我们还小几岁，男人啊，永远爱年轻的女人。夏听南，你可得注意点。”

汤诚听着听着有点回味过来了：“夏听南，你和徐秉然……”

夏听南没想瞒着他，给了个眼神让他自己意会。

汤诚当然一下就顿悟了，不过他不是八卦的人，也不怎么关心夏听南和徐秉然的爱恨纠葛，他转而对陈茜说：“你这话太以偏概全了。”

陈茜翻了个白眼：“可别提了，我还真碰到有这样的人。”

他们聊天的话还在耳边响，夏听南的思绪却已经跑远了。

徐秉然怎么什么也不和她说？不是说是男女朋友吗？这样的事情怎么也得讲给她听听吧？

夏听南咬着玻璃杯的边，思维又开始飘散：徐秉然是骂人了吗？也不会啊，怎么把人家说哭了呢？他半天闷不出一个屁，怎么会把别人说哭？

“听南？夏听南！”

“嗯？”她回神。

陈茜和汤诚古怪地看着她：“你表情怎么这么恶心？”

有吗？

夏听南的酒量不算太好，酒劲上来后非拉着陈茜拼酒，陈茜脾气也不是盖的，何况她最近心情也不好，说喝就喝！

她们又点了几杯酒，在桌台上一字排开，你一杯我一杯，扯着嗓子讲着话。汤诚在旁边一脸后悔，当时就不应该跟陈茜一起过来，简直是给自己找罪受。

陈茜不知道夏听南在想什么，因为连夏听南自己都不知道自己在想什么。夏听南对莫名的陌生情绪产生了恐慌，因为这个情绪确确实实牵在徐秉然身上，他对她越好，她越害怕这个好有一天会收回，又或者是变质，那她的情绪就会失去控制的力量，只能随风摇曳。

陈茜面前的玻璃杯碎了一地，夏听南的思绪戛然而止。

彻底醉倒前的记忆停留在——汤诚掏手机扫吧台的二维码赔玻璃杯的钱，然后黑着脸看着她们俩说："我再和你们出来喝酒，我就是脑子进水了。"

徐秉然接到汤诚电话的时候很惊讶，他已经很久没见过汤诚，上一次见已经可以追溯到汤巧巧的婚礼时，而且汤诚这个人实在是难以形容，他难免想到一些之前不美好的回忆。

他打车去了酒吧，找到了他们，当着汤诚的面摸了摸夏听南的侧脸和脖子，十足的占有欲。

他朝汤诚点头道谢，两个人各扶着一个，在酒吧门口等车。

汤诚拉着陈茜的胳膊，怕她掉下去，然后问徐秉然："你们在一起了？"

徐秉然看了一眼怀里的夏听南，点头。

"挺好，能让夏听南松口，看来她是真的挺喜欢你。毕竟她这个人看着开朗，实际㞞得很，瞻前顾后又优柔寡断，做事拖泥带水，总想这边好，那边也好，哪个都舍不得，最后哪边都捞不着。"

徐秉然不喜欢汤诚这种很了解夏听南一样的语气，即使汤诚说的是大实话，每一句都是夏听南的真实写照。

对于汤诚，徐秉然一直没有什么好感，总觉得他这人不像看起来的这么耿直，但真要说他有什么做得不好的地方，那也没有，能和夏听南成为好朋友，足够说明他人还是不错的。

他从来不反对夏听南交友又或者是去哪里玩，因为他立场不同，更因为夏听南是一个独立的人，除了夏听南自己，谁也没有权力干涉，他只是希望夏听南的目光多放在他身上一点。

毕竟这个世界五彩缤纷，吸引夏听南的东西太多了，而吸引徐秉然的却只有一个夏听南。

汤诚看着徐秉然的表情，忍不住笑起来，真的是一点都激不得，太能吃醋了。刚好叫的车来了，他很果断地把陈茜塞进车后座，自己也坐了进去。

离开前，他摇下窗，对徐秉然说：“兄弟，有空记得上一下游戏。”

徐秉然没理他。

徐秉然带着夏听南回家，上楼的时候她好像清醒了一点，不断推开他的手，过了一会儿又闭上了眼，任由他抱着她。

他找了半天都没有找到她家的钥匙。

夏听南裤子上前前后后的四个口袋他都伸进去摸过，口袋的里布十分薄，甚至能感受到夏听南大腿的温度，和脸一样滚烫。

但无论如何，里面绝对没有钥匙。

他按了一会儿门铃，没有人开门，于是他驮着夏听南进了他家，让她躺在他床上。

说实话，夏听南有时候是有一些不知好歹，大晚上喝成一摊烂泥，被人送到对她心怀不轨的人手里，这样的结局怎么看都有些奇妙。

徐秉然盯着她看了会儿，去拍她的脸，就像以前他叫她起床一样。

“夏听南，清醒一下。”

夏听南皱着眉头，就是没睁开眼。

手下的肌肤滑而嫩，夏听南今天应该没化妆，摸起来的手感尤其好。

徐秉然的手指从她眉心出发，沿着鼻梁滑到嘴唇，就像那一年在他大学外的宾馆一样，沿着明暗交界线轻轻地滑，每一寸都是他的心动。

夏听南有点痒，迷蒙地睁开一点眼。

“我是谁？”

“徐秉然。”

“清醒了？”

“没有。”

徐秉然抱着她去卫生间的马桶吐了一回。

看着扶着马桶圈一脸痛苦的夏听南，徐秉然拿出了手机，把摄像头对准了她，就像当年夏听南对喝醉的他做的一样，打算录完发给夏听南自己来鉴赏。

看着视频里夏听南狼狈的样子，他不知道是好气还是好笑更多。根据我国刑法，酒吧“捡尸”是犯罪行为，但还是有许多心怀不轨的人钻空子。徐秉然真的要感谢汤诚，幸亏他的确是个可靠的人，要不然夏听南和陈茜说不定就在哪个狼窝里了。

夏听南眼泪鼻涕一大把，嘴边还有点污秽，徐秉然收起手机，抽了几张纸巾帮她擦干净，又拉起夏听南，把她手洗得干干净净，然后把她抱回了床上躺着。

“现在清醒了吗？”他用额头抵着她，想让她的眼里只有他。

夏听南迷迷瞪瞪地看着他，觉得大脑运转都费力。

记忆好像在倒带，她看着眼前这张总是匮乏表情的脸，脑子里想的却是堆满书的书架、医院过道的惨白灯光、游泳池里闪耀的水珠、大学寝室楼下那棵大树，还有楼道里发出怪声的粗糙扶手，然后所有一切又变成泡沫融化在水面上，全是镜花水月。最后是那个一脸烦躁地看着她的小少年，他穿着蓝白色的校服，骑着自行车，烦躁地拉开她圈着他的手，头发在风中飞扬。

好像永远都在飞扬。

她转了个身，把脸埋进手臂，嗡嗡的声音从缝隙里传出来：“我好烦。”

酒精的气味在房间里飘着，徐秉然的视线落在夏听南戴着手表的手腕上。

他问：“烦什么？”

夏听南说：“不知道。”

他拉开她的手，用大拇指蹭了蹭她的眼角，有点红，不像醉了，倒有点像哭了。夏听南这辈子也没哭过几次，哭的那几次好像也都和他有关。

最让他心碎的，就是他父亲去世那一天夏听南哭的样子，他的心像是被一双手粗暴地抓住，透不过气，到现在还会钝钝地疼。

过了一会儿，夏听南转过来，冷不防地说：“徐秉然，亲一个。”

徐秉然毫不犹豫地俯下身亲了她一下。

夏听南看着他，脸不受控制地变得更红，心跳个不停，跟个机关枪似的突突突。

徐秉然和她对视了几秒，再一次俯下身，打算亲第二下的时候，夏听南有些慌张地偏头躲开了。

他顿了一下，坐直，摸着她的头发问：“夏听南，你喜欢上我了？”

夏听南疑惑地皱眉。

他耐心地换了种问法：“你喜欢我？”

夏听南茫茫然：“啊？没有吧？”

徐秉然被气笑了。

前两天他和母亲吃了一顿饭，因为母亲几乎每天都给他打电话，还想过来找他，徐秉然不堪其扰，于是答应找一个时间和她见一面。

两个人在外面的餐馆里吃的，母亲点的都是徐秉然从前爱吃的菜。

她关切地问他过得怎么样，怎么最近都不回她的消息，为什么这么忙，为什么还不找对象，是不是还喜欢夏听南……

问题扑面而来，徐秉然意兴阑珊，感到窒息，尤其从她口中听到夏听南的名字时。

母亲知道他以前追夏听南的事情，也知道夏听南拒绝他的事情，虽然她也很喜欢夏听南，然而她给出的建议却是徐秉然应该趁早掐灭这种没有结果的感情，否则以后早晚会后悔自己浪费了大把的时间在没必要的事情上。在她看来，不喜欢就是不喜欢，徐秉然再努力，夏听南也不会喜欢上他。

这是她的经验之谈，很真实，也很冷漠，就像她后悔嫁给了徐秉然他爸，这个家庭看起来再怎么完整，实际上早已由内朝外破碎。

但徐秉然不以为然，他认真地告诉她，他不是她，无论结局如何，他永远不会后悔。

徐秉然的人生一直很清醒，他只做自己觉得应该做的，而不是做别人觉得他应该做的，因为这样才能保证永远不会后悔。

有人劝他不要从警，好的工作一大把，他没听；有人劝他不要把工作调回原居住地，这样不利于以后的晋升，他也没听；有人劝他不要追夏听南了，甚至夏听南也这么劝过他，他同样没听。

徐秉然做事不是为了自我感动，他能对自己的行为负责，他只听从自己的心。

如今他疲于应付他母亲的各种补偿性行为，只希望她能好好专注于她如今的家庭，别再整出什么幺蛾子，毕竟他的确很忙，剩余的精力只想也只愿意分给夏听南。

至于夏听南……

谁说没有结果?

他盯着睡着的夏听南，心里叹气，她是真的又㞞又笨，不是假的，唉……

这大概是夏听南这辈子第一次把自己喝断片，她想不起来喝醉那晚发生了什么，记忆都是些波光粼粼的片段，不能还原事情的全貌，尤其是后半截，唯一有的印象就是徐秉然好像骂了她。

由于这段记忆太匪夷所思，但又太真实，她专程询问过徐秉然，得到的是徐秉然面不改色的否认答案，这让她疑心是不是自己记反了，不是徐秉然骂她，而是她喝醉后骂了徐秉然。后者概率比前者大上不少，这导致她这几天有点愧疚。

但看到徐秉然发给她的视频之后，愧疚就没有了，她只想“杀人灭口”。

不过徐秉然也“遭报应”了，因为他的国庆假期彻底泡汤，今天已经是他睡在局里的第三天，除了自己家和夏听南家，就属单位宿舍最有归属感，好在不出意外，今天应该能回家了。

谷亮刚好回局里拿东西，还带着他的女儿。

小女孩还在上小学，很喜欢徐秉然，每次看到就会黏上来叫哥哥，顶着短短的头发在他眼前晃，拉着他玩游戏。

徐秉然也很喜欢她，因为看着她，他能想起曾经那个信任他亲近他、毫无芥蒂地喊着他“徐秉然”的小夏听南。

即使徐秉然先不厚道地把两人的平衡打破，夏听南也依旧努力想拼凑回去，下意识帮他的各种行为开脱，还时时刻刻照顾他的感受，生怕刺激到他。

其实一直是夏听南对他好，倒是他，说着没逼夏听南，其实还是逼了。

徐秉然看着谷亮的女儿，想到夏听南读大学的时候，他总是趁假期去找她，每回都要在她寝室楼的大树下等好久。他当然知道夏听南是故意不下来，但他也知道夏听南一定会下来。

他承认自己年少的时候的确有些恶趣味，夏听南为难又愧疚的表情总是让他有点痛快，刀口舔蜜似的，从玻璃碎块里找糖：看，不止我一个人痛苦难过，还有一个人陪我呢！夏听南还是关心我的，她总会喜欢上我的……

但最后夏听南也没对他产生什么男女之情，还总是哥俩好地劝他换个人喜欢，甚至掰着指头给他数自己的缺点，诸如做事慢吞吞、邋里邋遢、读书不好、很会花钱……

他听着只觉得她怎么这么可爱。

谷亮看到他盯着自家女儿笑，开玩笑道："这么喜欢小孩啊？那你赶紧找个对象，生一个，你也老大不小了，是吧？"

他闻言看了谷亮一眼。

这一眼被谷亮看出东西了，谷亮惊奇道："咦？脱单了？"

徐秉然一开始没回他，过了半晌才很轻地"嗯"了一声，跟炫耀似的。

谷亮没听见，他女儿听见了，女孩子好奇地看着徐秉然。

徐秉然摸了摸她的头，手指抵着嘴唇，比了个"嘘"。

过了一会儿，他问谷亮："哪个医院看胃比较好？"

从那天喝多到今天，夏听南的胃一直泛酸，今天中午没吃两口，又吐了一回。她刚刚发消息和徐秉然吐槽自己是不是喝了假酒，说让他派人去查查那个酒吧。

"听南，你还好吗？"叶新晴也看出她的憔悴，"要不要去医院看一下？"

闻言，她的脸更苍白，连忙摆手："不用，可能是最近吃了太刺激的东西。"

"医院"这个名词在夏听南这里有奇效。

"今天人不多，要不然你今天先回去休息？"

"休息"这个名词对夏听南也有奇效，她的背慢慢直了起来，故作矜持地说："那好像也可以……"

夏听南提早下班了，坐在车站等车，车站旁边的榆树叶子已经有些泛黄，但依旧很茂盛，地上有几片落叶，都被路面清洁的阿姨提着扫把簸箕给扫走了。

夕阳终于不再刺眼，她在一片昏黄中变得昏昏欲睡，打算一会儿在车上眯一会儿。然而真坐上了公交车却没法睡，因为公交车里没座位了，她拉着扶手盯着窗外看。

上次去的那家 KTV 已经被查处了，辖区的派出所也有人被查了，看来徐秉然那天“舍身取义”的效果很显著。她看到新闻后激动地问徐秉然是不是要升职加薪了。

当然不是，明明夏爸爸在公安系统里待了这么多年，夏听南耳濡目染也该知道一些，徐秉然奇怪她对警察这个职业怎么还是有许多误解，他只是做了自己职责范围内应该做的事情，短期内是不会有升职加薪的。

夏听南也心虚，她向来不怎么关心自己老父亲的工作，自然也不知道里面的各种警衔晋升什么的，她只是个典型的俗人，满眼都是钱。

夏听南回到家就倒在了床上，根本不想动，后来实在饿得受不了，看夏爸爸夏妈妈都还没回来，就自己点了个外卖，坐在餐桌上吃。

吃着吃着，门铃就响了。

她开门，看到徐秉然，他还有点喘，带着一身初秋的温凉。

“你怎么回来了？”她怔怔的。

徐秉然想到她说自己胃疼，还是不放心，把手里的材料赶紧写完就溜了回来，想看看她，已经三天……还是四天没见过面了。

他的视线在她脸上转了一圈，又越过她落在身后餐桌上的外卖上，脸立刻沉了下来：“就吃这个？”

夏听南忽然就有点心虚，不就是吃个外卖，怎么跟做贼似的？

徐秉然走进去，看了一眼，是酸菜鱼，厚厚的油层漂浮在最上面，米白的鱼肉藏在下面，看起来是很香。他以前也给夏听南远程点过，前提是夏听南没有胃疼。

他无情地没收了她的酸菜鱼，拉着她去楼下的面馆，点了碗素面。

夏听南吃得很不情愿，抱怨没有当年在北京吃的好吃，吃到一半就说自己吃不下，留了半碗。

最后，剩下的半碗进了徐秉然的肚子。

两个人又一起往回走，走着走着，徐秉然还是没忍住，拉住了她的手。

指尖有点凉，他又握得紧了一些。

从他拉上来的那一刻起，夏听南就偏过头不看他，抽了一下手，没抽动。他抓得太牢了，手又烫，好像热水袋似的，她觉得自己的手心都焐出汗来了。

这破天气，怎么就这么热呢？

徐秉然又来到了夏听南的房间，他看了看，拿起她丢在椅子上层层叠叠的衣服，低着头把它们一件件分开又叠好，面无表情，又很沉静。

夏听南一开始想拦着，后来又不动了，就只是看着他。

他总是这样，做什么都很有耐心，而她就是懒和慢的代名词，而且以此为傲，从没想过改。

徐秉然余光看见她站着不动，以为她无聊，于是把手里叠好的衣服给她，让她自己放进衣柜里。

当年夏听南刚开始工作，住在外面的时候，也都是徐秉然帮她整理。夏听南每次看他忙上忙下都十分不好意思，让他别整理了，反正等他走后没两天又会乱掉，但徐秉然还是坚持，只是想要留下一些自己的痕迹，让夏听南能想起他——很简单又隐秘的想法。

他也成功了，因为夏听南会时常问“徐秉然，你把我那件针织的外套放哪里了，我怎么找不到”“徐秉然，你有没有看到我那条灰色的围巾”“徐秉然……”

他只能靠这种方式让她主动联系自己。

房间逐渐变得整洁。

徐秉然说：“什么时候去医院？”

夏听南脸色一变，立刻回道：“我百度过了，没什么事，不用去医院。”

“你在百度上看病？”徐秉然对她这种行为感到不理解，“它没说你确诊癌症已经给你面子了。”

徐秉然一本正经说这话的样子让夏听南有点想笑，但他可不是在和她说笑。

他盯着她：“你不要胃了吗？”

“我要，可是去医院可以不做胃镜吗？”说实话，她就是㞞，怕医生让她做胃镜，听说要把大肠彻底排干净，还要把管子从嘴里塞进去，嘶……想想就要吐了。

徐秉然沉默了，做不做胃镜不是他或者夏听南说了算，是医生说了算。

夏听南看他不说话了，以为有戏，和他打着商量："我先养养，最近什么辛辣刺激的都不吃，说不定过段时间就好了，你说是吧？"

徐秉然有点无语地皱眉，夏听南能拖就拖的行为习惯从大到小就没有改变过，他虽然早已习惯并且能接受，不代表愿意接受，尤其是在看病这一块，等小病拖成大病，就不是后悔能解决的事情了。

"明天请假，我陪你去。"他居高临下地看着她，语气冷硬，没有商量的余地。

夏听南胡说八道："请不了，特别忙。"

徐秉然沉默了下，语气复杂："业务比我还多。"

夏听南干笑："哪儿能啊……"

想到什么，夏听南突然跳起来。

徐秉然下意识伸手，怕她摔倒。

"我忽然想起来，上次在你那卫生间看到好多祛疤膏，都是你自己买的？你到底对什么过敏，这么严重，还有很多地方被你抓破吗？一般会留疤吗？"

夏听南有点担心，指了指徐秉然伸过来的手臂，然后想去摸。

没想到徐秉然动作很快地躲开了。

夏听南愣住："怎么了？"

徐秉然回道："对你过敏。"

夏听南被气笑了，徐秉然能追到她真的是老天开眼，这男人一点好听的话都不会说，要么不说话闷死人，要么说话气死人，长了张嘴纯粹是拿来观赏的。

她压着脾气说："对我过敏？你亲我的时候怎么不过敏？"

徐秉然哑然，视线又落在她唇上，手指微动。

看到徐秉然的表情，夏听南的火又熄了，她别过头，若无其事地说："好了好了，我会去医院的。"

"什么时候？"他非要她给出一个确切时间。

于是夏听南只好告诉他，要国庆之后。钱云会这周家里有事请假了，她再请假的话，叶新晴真的会疯，她虽然不爱工作，但还是有职业操守的。

徐秉然提醒道："记得提早挂号。"

"知道了。"夏听南倒在床上，一脸无奈。

"那个别落了。"徐秉然忽然说。

"什么？"

"床头。"

夏听南抬头看了一下，还是没理解。

徐秉然在原地站了几秒，然后走到床边，逐渐倾身靠向她，脸越凑越近，像是要吻她。

夏听南心里猛地一跳。

高大的身形挡住了大部分的光，影子倒映在凹凸不平的床上，显现出与众不同的轮廓。夏听南能闻到熟悉的沐浴露味道，是她以前很爱用的牛奶味，冲破阻拦一丝丝侵入她的五感，她全身都热了起来。

徐秉然抬手，好像一切动作都被放慢，分解为可视的一帧帧画面。他的手撑在夏听南的头旁边，压到她的一些头发，有一点疼，而另一只手向她的脸伸来。

夏听南盯着他的喉结，小声问道："你要做什么？"

徐秉然没说话。

正当夏听南以为他是故意的时候，徐秉然很迅速果断地从床与墙的缝隙最里面抽出了一件内衣，熟悉的样式，熟悉的颜色。

"别把这件落下了。"他把胸衣丢在她手心，没有看她。

夏听南傻了。

她快速捂住发窘的脸，同时捂住了胸衣，含混的声音传出："好的，谢谢……"

夏听南约的号是下午第一个，她和徐秉然怕过号，来得尤其早。

"我觉得我的胃没什么问题，这两天没有痛也没有反胃了。"她侧着头看他，手上甩着挂号纸往里走。

"嗯。"看到夏听南差点撞上别人，徐秉然皱着眉拉住她的手臂把她往身边带了带。

夏听南手上的动作停下了，瞪了他一眼：“你多说几个字会死吗？”

徐秉然有点无奈。

他们两个往里面的等待区走，银白色的椅子泛着凉气，一坐下就轻微摇晃，发出吱呀的古怪响声，就好像恐怖片中的音效。

夏听南坐稳后说：“以前我看到医院这些设施都感觉心里发凉，现在感觉好像也就这样。”实际上心里还是有些抗拒，但不至于像以前一样。

“那是因为你长大了。”徐秉然双手自然地放在大腿上，微微仰着头看着头顶的LED灯，心里回想起小时候的夏听南。

第一印象是个奇妙的东西，一旦先入为主地对某一个事物产生印象，之后便很难再扭转，在各种事情上都有所体现。

夏听南对医院的恐惧可以追溯到多年前的圣诞节，年纪还小的徐秉然在家里看了一部以医院为场景的恐怖片。原本他只打算自己看，没打算让夏听南一起看，但夏听南好奇心太重，也太缠人，搬了把小椅子坐在他旁边，目不转睛地看完了全程。

看的时候有多认真，看完之后就有多后悔。

从那天开始，夏听南变得更缠人，只要她家里没人，就一定要来找徐秉然。很长一段时间，她都怯于一个人待在昏暗空间，甚至对医院产生了心理阴影，一去医院就紧张，如果去医院是打针，则更害怕。

那时候的徐秉然烦得不能更烦，明明劝过夏听南不要看，最后看完了遭殃的还是他，他又要花更多的时间陪夏听南。

“好像到我的号了，你跟我一起进去吗？”夏听南忽然站起来。

徐秉然刚想说“一起”，余光忽然看到了什么东西。

他立刻说：“你先自己进去，我打个电话。”

夏听南以为他刚好有事，只好说：“好吧，那我先进去，你打完电话记得过来。”她还是希望有人能陪她。

“医生问什么你就说什么。”他交代，神情没什么变化。

等夏听南进去后，徐秉然脸色冰冷地往另一边的角落走。

医院里人流量很大，而且还有不少是老年人，在白晃晃的医院里缓慢行走，而徐秉然的脚步又快又轻，脸色十分沉，目光不断地在搜寻着什么。

因为着急，鼻翼出了一点汗，徐秉然猛地停下脚步，站在原地不动声色地左右环顾。

左边也没有，右边也没有。

那去哪里了？

难道是看错了？

徐秉然的心脏跳得有点快，刚刚他分明看见一个亮晶晶的反光，一闪而过，他原本以为是镜子一类的东西，但转念一想，又不对。

一个男人为什么要在口袋里放小镜子？

不怕一万就怕万一，他尽快追上来。

但只是匆匆一眼，他没有看清男人的长相，对方的衣着也十分普通，并没有标志性的线索，他找不到对方在哪里。

这样无头苍蝇似的不是个办法，徐秉然立刻找到医院的保安，出示了自己的警察证。

“你好，我是警察。是这样子的，我刚才看见在男卫生间附近有人疑似携带管制刀具，但我现在找不到对方在哪里，请你们关注一下，我怕有恶性伤人事件发生。”他公事公办的口吻。

“另外，你们方不方便调一下监控？”他的脸色越发难看。

保安有些狐疑地看了一眼徐秉然手里的警察证，然后面色开始严肃起来：“稍等，我去找我们保安队长说一下情况。”

“好，请尽快。”他的语气很沉。

徐秉然依旧不动声色地往四处看，尤其是四十岁左右的男性，他都会仔细看一看对方的神色以及各个口袋，看有没有装着管制刀具，然而并没有看出什么来，一切都风平浪静，只有他一个人心中风起云涌，有一种不祥的预感。

左边那间会诊室有一对小情侣出来，拿着手上的单子笑着在说什么，中间的会诊室是夏听南的那一间，大门紧闭，不知道情况如何。

徐秉然抿抿嘴，忽然有些不知所措，手指不自觉地在抽动着。

右边以及对面还有三四间会诊室，门口的报号屏幕发出绿色的光，不断滚动着。其中一间会诊室刚开门，医师探出头喊刚刚走的那个人东西落下了，又有一间会诊室，医师送着患者一起出来，认真地给患者在讲应该注意的事项。

这时候，夏听南所在的会诊室门开了，夏听南带着笑走出来。

她看到徐秉然，下意识地叫他："徐……"声音卡住，她再说不出话来。

与此同时，尖叫四起，哄闹声响彻整个空间。

徐秉然瞳孔紧缩，根本没有看到夏听南，他眼里只有那个门后忽然拔刀的男人。

匕首在灯光下折射出刺眼的光，让人发寒，整个科室乱成一团，有人往外跑，有人僵持着不知道该怎么做，甚至还有人躲得远远地录像。

"你算什么医生！你还我孩子的命！"男人目眦欲裂，对着眼前惶恐不已的医师无情地挥下了匕首。

"啊——"

医生反应不及，抬起的手臂被划了一刀，他恐惧地向周围的人寻求帮助。

但所有人都太害怕了，害怕自己也受到伤害，所以一脸担心地踌躇不前，沦为伪善的旁观者。

男人的匕首举得很高，对准的是医生的脸，显然是下了狠手，要同归于尽。

徐秉然早就没有丝毫犹豫地冲上去，他以最快的速度握住男人的手腕止住男人的动作，但男人的力气很大，用力挣扎着，毫不留情地甩开他的手。

徐秉然的右手不自然地脱力，有点痛苦地皱起眉毛。

"滚开！"男人怒道，甩开徐秉然。

匕首依旧在往下，医生跌倒在地，祈求着有奇迹发生。

徐秉然瞳孔一缩，狠狠地吸了一口凉气，反手抓住男人的脖颈将其翻倒在地。

周围的人再一次尖叫，医生逃过一劫，全身都是冷汗，腿软得动不了。

徐秉然大声喊道："快走开！"

医生踉踉跄跄地爬起来，去摸手机想报警。

旁边有人紧张地喊道："我已经报警了！"

男人听到报警被彻底激怒："警察有什么用！他才是杀人犯啊！"

一个健壮的男人反应过来，想上前帮助徐秉然压住行凶者，但后者却举起匕首对准了徐秉然。

徐秉然又看到了那冷冷的刀光，离他这么近。

夏听南觉得自己像在看一场电影，一切都不真实极了，她无法做出相应的反应，只能眼睁睁地看着徐秉然越过她跑向那个危险的地方，然后哄闹声像是被装进罐子里，蒙蒙的、喑哑的，世界的色彩第一次如此清晰。

当她以为自己不会再对医院产生恐惧的时候，恐惧却再一次滋生。

那么猝不及防。

晃眼的匕首隐入皮肉，连声音都如此清晰，世界好像都停住了，夏听南能看清每一个人脸上的恐慌表情，白刀子进红刀子出的视听效果令她难以控制地犯恶心。

心脏跳得很快，又好像不再跳了。

徐秉然觉得好像并不是很痛，只觉得有液体从身体里流出。

他的目光有些涣散，但头脑还算清醒。

那个健壮的男人冲了上来，但行凶者的刀挥得太快了，徐秉然的腹部又一次传来痛感，他只凭身体的自然反应而用力钳住行凶者的手，将其扑倒在地，不让对方有机会伤害其他人。

来帮忙的健壮男人一脚踩在了行凶者的手腕上，终于勉强把他控制住。附近的人终于回过神，一拥而上压住行凶者，抽掉行凶者手中的匕首，把徐秉然拖开。

血猛烈涌出，地上全是凌乱的血迹，几名医生连忙冲过来给徐秉然处理伤口。

"清醒一点！"

"没事的，没事的！"

他们急促地说着。

徐秉然恍惚地想着，夏听南是不是吓到了？

然后他又想，幸亏刚好在医院。

他无力地抬头，视线穿过人群，和远处一脸呆愣、眼底发红的夏听南对上视线。

徐秉然的神色虚浮，嘴唇微动，脸上却带着淡淡的笑。

他先是微微张嘴，舌头顶住上排牙，气息从中间穿过，然后又松开，舌头与上颚轻贴，最后安放在口腔内。

徐秉然的心里有家国，有大义，还有一个夏听南，有那么一句话，大意是说把生命和心献给国家，把灵魂献给爱人。但徐秉然觉得自己的灵魂颇为无趣，如果可以，他愿意把赤诚的心与生命献给国家和人民，也献给夏听南，只希望她能接受。

“听南。”

第十三章 知他风雨兼程

手指甲的边缘有倒刺，夏听南轻轻地扯着，在某个瞬间感到不耐烦，直愣愣地把倒刺整个撕了下来，血珠渗了出来。

“嘶——”十指连心，她倒吸一口凉气，心一阵阵地抽痛，然后又整个人静了下来，坐在椅子上看着外面发呆，头有些发晕。

薛凯和谷亮对视一眼。

谷亮有点看不下去，说：“小美女，你别太担心。”

夏听南奇怪地看他：“怎么能不担心？”

那是一个陪伴了她走过这么多年的人，如今她亲眼看见他被捅，流血不止，然后推进手术室，不管是生理上还是心理上，她都难以接受。

“送进去及时，而且医生说没有伤到腹腔的脏器，徐秉然肯定没事的。”薛凯勉强地笑了一下，“就是又要多一道疤的事情，身上这么多疤，也不差这一道。”

夏听南怔了怔，觉得这话有点奇怪，问道：“还有什么疤吗？”

薛凯迟疑了一下，他不确定夏听南和徐秉然是什么关系，也没把夏听南和徐秉然口中的那个妹妹对应上，不敢多说。但谷亮清楚得很，徐秉然早就情根深种，否则这段时间魂不守舍为哪般。

徐秉然有时候也高傲，明明可以卖个惨，但他偏不，非要守着自己那么点自尊心。

谷亮身为一个快四十岁的老男人，实在是看不过去现在小年轻扭扭捏捏的这一套，决定好好助攻一下，他故意一脸惊讶地问：“你不知道吗？

他背上有疤。”

夏听南更迷惑：“我不知道，我只知道他屁股上有个胎记。”

薛凯和谷亮的表情变得微妙起来。

夏听南马上解释：“不是你们想的那样……”

谷亮意味深长地说：“我以为他什么都跟你说过，毕竟他这么喜欢你。”

夏听南不知道做出什么表情合适，勉强笑了一下。

“所以你都没有想过吗，他为什么年纪轻轻就到这个位置？”

她迟疑地问道：“为什么？”她是真的没有想过，默认是徐秉然太优秀的原因。

谷亮哼笑，比画了一下：“一等功。”

夏听南心里咯噔了一下：什么？

一等功是什么概念，那就是非死即伤，那徐秉然的一等功是哪里来的？

夏听南的心跳得更快，想起徐秉然莫名其妙地消失，然后两人冷战。

她试探地问：“什么时候的事？”

薛凯随口说：“就两三年前吧，当时我是他同事，这事我最清楚，我和你讲吧。”

接下来，夏听南听到了一个难以置信的真相。

当年徐秉然还在特警队，因为和薛凯是老乡，两人关系不错，平常不是在体能训练打军体拳，就是下派到派出所跟着派出所的民警去抓人，每天都有得忙。

薛凯还记得那是夏天的一个周五，两个人下班后去路边摊吃了个烧烤，旁边的公园正好有活动，人流量很大。

薛凯有点累，问徐秉然回不回宿舍，徐秉然说自己迟点回去。

那几天，徐秉然正因为夏听南和他冷战的事情而心情烦闷，他在附近的巷子里走了走，反复地拨打夏听南的电话，但没人接。

徐秉然又在附近逛了逛，刚准备回去，却撞见一处民房因电力线路老化而引起火灾。

火来势汹汹，转眼就开始向四处弥漫，红光冲天，男女老少不断从房里跑出来，虽然看起来很狼狈，但至少没有人受伤。

楼下的人围了一圈又一圈，大多数都是看热闹的。

徐秉然看到红光的瞬间就报了警，通知消防员尽快赶来，电话那一头说三分钟前消防员已经出警。

已经没有人再往外跑，向上看去也没有求救的人，只有燃烧的声音在响个不停，热浪滚滚而来。

大概是有活动，所以道路比较拥堵，消防车还没到，徐秉然没看到消防员过来，心里还有一些不放心，于是一直等在原地。

这时，一名跛着脚的老妇人一脸焦急崩溃地往火海里走。

徐秉然吓了一跳，立刻拉住她："您不能进去。"

"不行啊！我还有两个孩子，两个孩子在里面，怎么办？"她说着眼泪就往下掉，泪水嵌进脸上的皱纹里，她用力挣脱他的手，不管不顾的模样。

徐秉然的表情变得冷峻，和她确认道："您是说里面还有人？"

"对啊！救救我的孩子吧！"她无语伦次，"他们才多大，他们还在里面啊！都是我的错，我不应该出门的，我才出门多久啊，怎么就起火了？怎么办哪！"

"您先冷静，先告诉我在几层，是还有两个孩子吗？"徐秉然再一次朝她确认，并且四下环顾看看有没有两个小孩跑出来。

"对对！两个孩子！顶楼！在顶楼左边那间。"老妇人的眼里重燃希望，眼泪却依旧止不住，嗓音有愧疚有痛苦，"求求你了，救救他们吧，这、这是钥匙，救救他们！他们还这么小！我只有他们两个了！"

火势没有减小的样子，顾不得确认妇人说的情况是否属实，徐秉然接过钥匙，没有丝毫犹豫地就冲了上去，就算消防队马上就要来了，但万一呢？万一两个孩子真的还没有出来，万一迟一秒，两个孩子就要受到烈火的伤害。

民房和他家一样没有电梯，他只能迈着长腿往上飞奔，只希望妇人口中的孩子还完好无损，还能清醒地等着他的救援。

火场炎热，四周都泛起热浪，徐秉然捂着口鼻，出了一身汗，有热出来的汗，也有冷汗，心脏跳得很快。

上楼不过两分钟就到了楼顶，钥匙根本没用上，因为这里的门墙都十分简陋。徐秉然一脚踹开最左边的房子门，当看到一大一小的两个小孩时，他心里陡然一松，万分庆幸自己上来了。

大一点的小孩已经被烟呛晕，一脸死灰地倒在床上，而小一点的那个好像只有两三岁，一直在哭，声音嘶哑，伴随着痛苦的咳嗽。

远处隐约响起消防车的声音，但听起来还有一些距离。徐秉然环顾四周，古老的民房，连墙都被烧得往下掉碎石，由于屋顶为老式瓦片木梁，天花板甚至出现了诡异的裂缝和凹陷，像是马上就要坍圮，大门已经被火烧得变形。

他深吸了一口气，果断地抱起一个扛起一个，低着头呼吸急促地向外走去，但这样的重量饶是他也难以承受，他走得有些艰难。

意外往往就发生在一瞬间，就像徐秉然当年意料不到父亲会因为救人而去世，他也意料不到自己今天的救援行为到底会给他的人生带来什么翻天覆地的变化。

当整个屋顶向下塌，头顶的梁柱带着火向他们无情砸来的时候，徐秉然只来得及把小一点的孩子护进怀里。

疼痛只蔓延了一瞬间，隐隐有焦味袭来，那一刻，徐秉然疼得什么都没能想起来，连夏听南都没能想起来，就陷入了一片黑暗。

好像这个世界的光都熄灭了。

薛凯在宿舍刚洗完澡就接到了大队长的电话，让他马上赶去医院，说徐秉然出事了。

徐秉然全身超过百分之三十的面积被烧伤，大部分在背部，且大部分为深二度和三度的烧伤，右肩胛骨粉碎性骨折，多处软组织挫伤，已经休克，入院的时候就下了病危通知书。

薛凯的头脑一片混乱，分明半个小时前还在和他吃夜宵的同伴，怎么转眼就进入了如此危险的境地？

“你不知道，当时他的伤口有多夸张，整个背全部发黑，皮肤都皲裂了。”薛凯想起当时瞥见的画面还是一阵头皮发麻。

夏听南哑然，好像在听一个陌生的故事，但短短一句话，却让她心脏抽痛，她强忍着不失态。

“烧伤的面积太大，而且还有骨折，后背简直是一片狼藉，我们去看望的人，没有一个看得下去，实在是太严重。徐秉然身上全是烧伤后的瘢痕，过了大半年都没办法完全正常活动，每天过得跟个废物一样。”薛凯扯了扯嘴角，开着辛酸的玩笑。

“为什么我都没看到疤？”她最多只注意到徐秉然手臂上有点疤，但徐秉然说那是过敏留下的疤，她真信了。

薛凯听她说没看到，有点义愤填膺道：“没看到，那是因为植皮了！”

当时烧伤的地方除了后背，手臂甚至脸部附近也有一些，但这些地方恢复得还算好，到现在也不是很明显，只有背部皮肤细胞组织都坏死，必须进行植皮手术，还有右肩胛骨也放了钢板钢钉。

“仔细看的话其实每块的连接处都有疤痕，还有放了钢板的地方也有明显的疤。”薛凯说，“他还算精致，听同事说涂点药可以祛疤，拆线之后天天涂，也不知道精致给谁看，连对象都没有。

“还有右手也留下了一些后遗症，要不然这回哪能连个人都拉不住。

“真可惜，他以前多喜欢射击，聊到这方面一套一套的，话都比平时多，现在也……”

谷亮咬着没点燃的烟，继续说：“咱们徐队真的是福大命大，能走到现在全凭他自己。”

“不过可惜，当时大一点的那个孩子没救回来。”

“唉……”

薛凯和谷亮还在有一搭没一搭地聊着天，像是故意放松气氛。

夏听南听着他们两个的对话，头却更晕，更想吐。

各种细节闪现在脑海中，逐渐串成了一条完整的线。

夏听南去卫生间吐了一回，但吐不出东西，卫生间的光白晃晃的，照得她更加憔悴，她洗了一把脸，对着镜子笑了一下，然后抽纸巾擦手。

薄薄的纸巾屑黏在手上，她耐心地剥着。

往外走去时，她撞见走廊上有个瘦高个的男人正在打电话，她也没在意，刚想从他旁边走过去，却听到那个男人朝电话那边说了这么一句：“刚要不是我动作快上去把人压着，就要出人命了……是啊，我厉害吧？”

她放慢脚步，又听到男人用十分不屑的语气说：“对，有个人被捅了，那人不知道干什么吃的，跟个小白脸似的，连个刀都握不牢，活该被捅。”

夏听南定在原地，然后面无表情地转向他：“喂，八婆。”

男人忽然停住对话看向她：“你谁啊？你叫谁八婆呢？”

“叫的就是你。”

“你这人怎么无缘无故骂人，真是脑子有病。我不打女人，赶紧给我滚！”男人怒气冲冲，说完他又朝电话那边说，“没事，对，我这边遇到一个神经病，今天的奇葩事真多。”

夏听南冷笑，放大音量说：“哟，真厉害，出事的时候也没看到你往前冲啊，尿成什么样，站在旁边看热闹，完事了还管人家叫小白脸，你脸可真大。”

“你、你说什么呢！”男人脸色铁青，又朝电话那头说，“迟点和你说，我这边有点事。”

他挂了电话，怒视夏听南：“你有病？”

夏听南气得冒火：“你才有病，你有本事再把之前的话说一遍，你什么都不知道就在那里乱说，我告诉你，这是诽谤，那边的民警随便过来一个就可以把你带走。”

男人轻蔑地笑：“哦。”

夏听南被这一声“哦”气得心梗，她深呼吸，冷静一点下来，然后说：“你知道为什么这里这么多警察吗？”

“这里出事了，警察不来谁来？”

她微笑着继续问：“那你知道现在躺在手术室里的是谁吗？”

“管他是谁，我看你人长得挺好，就是脑子不太好，早点治治。”男人懒得理她，打算直接走人。

夏听南用力拉住他，忽然大喊：“谷亮！”

手术室门口的薛凯和谷亮转头看过来，快步走向他们。

夏听南指着那个男人说：“他刚刚诽谤徐秉然，查他通话记录应该都能查出来。”

男人一蒙。

谷亮和薛凯闻言看向男人，缓缓地露出温柔的笑，用轻柔又官方的语气说道：“你好同志，接到这位群众举报，称你有侮辱国家公职人员的行为，现在我们联系维权办，如有必要需要你配合我们走一趟。”

男人彻底蒙了。

看着男人一脸绝望地被谷亮和薛凯带走，夏听南心情稍稍愉悦了一些。

她一边往回走，一边掏了掏口袋。

徐秉然的手机还在她这里，沾上的一点血迹已经被她擦干净，她慢慢划开屏幕，不抱希望地随手输了个密码，解锁了……

夏听南愣了一下，这密码好像自始至终都没改过，就算徐秉然当年说要改密码不让她再碰他的手机，其实后来也没有改过，十分口是心非。

打开了手机她也没什么想看的，也不知道徐秉然手机里有没有什么她不能看的隐私或者机密，于是漫无目的地滑了滑，打算重新锁上。

但仿佛有什么东西在指引着，夏听南脑中忽然闪过刚重遇的时候她想加他微信，他有些奇怪的犹豫磨蹭的画面。

她沉默地点进他的微信，上下滑动，犹豫了一下，点进设置，然后点进了切换账号。

夏听南愣住了。

在徐秉然的账号下面，有另一个微信账号，头像是一朵玫瑰。

实际上，夏听南不喜欢玫瑰花，因为觉得玫瑰很俗，但她小时候有一段时间曾经喜欢过，很喜欢，只是因为徐秉然房间里的书架上的一本故事书。

她那时候才刚上小学，不爱看字也看不懂字，但不影响她看插图。插图里的小王子和一朵玫瑰在一起的画面十分美好，她没搞清楚这个故事讲的到底是什么，只觉得别人有的她也要有，所以她自诩为小王子，成天找徐秉然玩角色扮演游戏，喊他“小玫瑰”。

徐秉然十分抗拒她这么叫，觉得娘里娘气的，当即黑了脸，况且他哪里像玫瑰，说他是尽心竭力照顾玫瑰的那个王子还差不多。

他被烦得受不了，于是无情地告诉她，小王子并没有珍惜玫瑰，两人只是在互相错过，小王子去了地球，有了成千上万的玫瑰，而原来那朵小玫瑰在星球上孤独生长。

夏听南大受打击，掉了不少眼泪，对徐秉然生了气，很长一段时间没去找他。

徐秉然乐得清静。

直到长大后听别人提起这个故事，夏听南才知道，原来玫瑰口是心非，而小王子直到离开他的星球到达地球，见到成千上万朵玫瑰花，才发现自己喜欢的只是自己浇灌出来的、独一无二的那一朵小玫瑰。

夏听南的大拇指落在玫瑰头像上，按了一下，账号自动登录，然后看到整个屏幕里只有一个对话框，那是和她的，从头到尾只有一段对话，时间在三年前，显示是她发给这个账号的。

“我通过了你的朋友验证请求，现在我们可以开始聊天了。”

上了大学后，夏听南微信里的好友直线上升，男的女的学姐学长学弟学妹熟悉的不熟悉的，都是因为一点鸡毛蒜皮的小事就加了好友，诸如带早餐、代课、点名、借书……

她养成了来者不拒的臭毛病，有人加她，就同意了再说，她的朋友圈也因此从牧场变成了草原，大多数都是对话了两句就被搁置的陌生人。

夏听南没有删好友的习惯，也不记得自己是在什么情况下加了徐秉然这个账号，账号里的朋友圈有一些零碎的图片记录，她发现原来去年他还去过她曾经所在的城市，到过她公司楼下。里面还有一些仅自己可见的文字记录，断断续续地持续了几年，看起来不像是徐秉然的口吻，有点莫名的幼稚，又有点让人心里发酸。

“今天的天气很好，是夏听南喜欢的晴天。”

“找到她喜欢的手表，但没有机会送给她。”

“别看了。”

……

“书架上好像有《行测》和《申论》。”

“夏听南头发变长了。”

“阿姨说她要考回来了。”

……

“很累，很想她。”

此刻，夏听南说不出心里是什么感觉，她点进自己的朋友圈，看到自己丰富到翻都翻不到底的朋友圈，显露了她几乎所有的生活。

所以徐秉然从头到尾一直在默默关注着她。

世界上怎么会有这种男人呢?

徐秉然就好像夏季炽烈阳光下的一杯水，远看闷热，只有真正尝过的人才知道，那实则是一杯沁人心脾的凉白开，回味甘甜。

他像是要把全世界的美好都抱到夏听南的面前。

但又默默无闻，不敢打扰，不让她知晓。

手术进行了一个小时后，徐秉然被推了出来，到晚上九点多才醒来。大概麻药劲儿还没过，他说了很多胡话，把大家吓得够呛，不过后来大家憋笑憋得也很辛苦，一个个都掏出手机录像记录这精彩一刻。

第二天，夏听南以家人生病为由，成功地再一次请假，专程来照顾徐秉然。下午三点，天气很好，阳光全部透过病房的玻璃窗照了进来。

昨天下午，徐妈妈姗姗来迟，手里还牵着一个小男孩。夏听南看见她后，只是点点头打了一个招呼，神情有点僵硬。

太久没见面是一方面，替徐秉然生气又是另一方面，在这当口儿，夏听南实在是拿不出好脸色，尤其她牵着的那个小男孩一直喊着“妈妈我想回家，我不要待在这里”。

夏听南气得头上冒烟，第一次觉得小屁孩怎么这么烦。

夏爸爸过去和徐妈妈聊了聊，说医院太压抑，让她把孩子先带回去，等徐秉然醒了他们再通知她过来。于是，徐妈妈一脸歉意地离开了，说自己迟一些再过来。然而到现在，她都没有再来，说是有事绊住了脚。

夏听南向夏爸爸打听是什么情况，他摇着头说：“过不来也好，别过来了，他们一家三口好好团圆吧，别烦我们秉然了。”

她一下子就听明白了。

徐秉然的伤没什么问题，捅的两刀都没伤到内脏，而且手术及时，也十分顺利，医生说伤口缝合得很漂亮，不过还是会留疤。

徐秉然对疤不疤的当然无所谓，男人没点伤痕就不像男人了，但夏听南听说要留疤，心里是有难过的，还有点莫名的生气。

最气的还是徐秉然瞒了她这么多事情。

病房里。

夏听南吃着别人送来的苹果，慢悠悠地说：“谷亮和薛凯都听傻了，他们聊工作的时候你非要搭上一嘴，他们说跨境赌博，你非要说……”

徐秉然截断她的话：“夏听南。”

“啊？”

“别说了。”

夏听南笑起来。

徐秉然任由她笑，视线落在她脸上，忽然有些不知道说什么。

只想这么看着她，真好，还能看着她。

“徐秉然，看你状态不错，我们来算算账？”她毫无征兆地收了笑。

“嗯？”

夏听南从容地举着他的手机，眼睁睁地看着徐秉然的脸越来越木。

他想坐起来，但被夏听南拦住了。她瞪了他一眼，让他别乱动。

“你怎么翻到这个的？”

夏听南得意扬扬：“女人的第六感？”

徐秉然心情很复杂，屏幕上是他小号的朋友圈，都是心情大起大落的时候发的，典型的青春伤痛语录，的确是“不堪入目”了点。

那时候哪想这么多，反正是仅自己可见，什么话都往里面发了，想说的、不敢说的、敢说但没机会说的，哪能想到有一天会被夏听南看到。现在回过头看，他只觉得矫情，那些话是他自己发的吗？怎么跟个姑娘似的？

“怎么？不敢让我看？厉害啊，徐秉然，观察我好几年了吧？怪不得知道我喜欢那款手表，我后来还说自己喜欢一个包，你怎么不买那个给我？”

“买不起。”

确实太贵了，夏听南好气又好笑，徐秉然这人真是……

“还有你身上的疤，你还想瞒着呢？你瞒着谁都好，瞒着我做什么？”说起这个，她是真的有点不高兴了，“还不给我如实招来？别人说的不算数，你自己和我说。”

徐秉然闭上眼，开始装死。她盯着他，忽然说：“睡了？那我走了。”

他又睁开眼：“别走。”

其实徐秉然不是很愿意回忆当年的事情，因为那几年他过得的确不算太好，一开始是身体不行，后来工作上又忙，但这些对他来说都不算什么，最难过的还是夏听南不在他身边。

徐秉然说：“夏听南，我就是不想告诉你。”

很单纯的不想告诉她自己发生了什么，不想她担心，也不想继续纠缠她。他想他是不是做错了，不该利用夏听南的心软，穷追不舍这么多年，但凡换一个决绝果断的人，可能早就厌烦他了，而夏听南忍到那时候才爆发，对他已经是仁至义尽，是他太过分。

夏听南想辩解，她没有忍，也没有讨厌他，但张了张嘴，还是没说话。

因为她不能完全地说没有厌烦过徐秉然的追求。

她也不是没有脾气的人，甚至有时候脾气还挺大，总会有受不了的时候，但她的自我调节能力的确好，想到对方是徐秉然，而且的确帮了她不少忙，人总得懂感恩，她的愧疚和烦躁最后还是被她中和成了“算了”。

唯一一次的爆发就是在四年前，但当时拉黑徐秉然后，夏听南没几天就后悔了，写了一篇四百字的文章表达自己的歉意，每天发一次好友申请，有事没事给他打个电话。但徐秉然就像人间蒸发了一样，没有一点回声。

徐秉然看她一眼，说：“我知道你没讨厌我，我只是对自己没信心。”怕再纠缠下去，夏听南会不会有一天真的讨厌他，他对这种假设感到恐惧。

夏听南扯起嘴角：“你可是徐秉然，你怎么能对自己没信心呢？”

“徐秉然只是个普通人。”

他只是一个普通人，没有通天的能力，在人世间踽踽独行，会因为要陪一个黏人的邻居妹妹而烦躁，会因为成绩而努力，会因为失去亲人而痛苦，会因为喜欢和爱患得患失。

他和夏听南也没什么两样，只不过他更成熟、会伪装罢了。

所以那时徐秉然把自己的爱放置在那里不闻不问，不去找夏听南，他以为自己能坚持很长时间，至少不要想到夏听南就心潮翻涌，然后他会在日复一日的单调生活中逐渐遗忘自己的感情。

但这只是他以为，实际上他做不到，所以他只能把夏听南的朋友圈当药，累了病了就吃药，然而这药治标不治本，而且是药三分毒，他在长久的离别中越发想念夏听南。

他想给自己，也给夏听南缓冲的空间，安排好自己的工作和生活再去找夏听南。如果，他是指如果，她身边还没有别人，那他就再试一次。无论如何，即使被她讨厌，也要再试一次，他不想后悔。

但夏听南回来了，在最好的时候。

徐秉然朝她晃了一下手。

她还有点生气，不知道是在气自己还是在气徐秉然，看到他的动作又下意识伸手，然后被他的力量拉近，跌坐在床边。她侧着头看他，听到他说：“别离我这么远。”

于是，夏听南又靠近了一些，忍不住伸手靠近他的脸。

他把脸贴上她的掌心，小声说：“夏听南，你都知道了，不要取笑我，也不要骂我。”

夏听南不说话，也不敢看他，心软成一摊泥。

夕阳逐渐下沉，夏听南一直在病房里陪徐秉然。

谷亮和薛凯下班后带着办公室主任一起来了。主任笑着说：“徐秉然，这次你三等功没跑了，说不定还有个二等功拿，你这算不算因祸得福？”

大家都在笑，一副替他高兴的样子。

但徐秉然只是愣了一下，然后摇头。

因祸得福？哪来的祸？如果非要说祸，那徐秉然觉得多年前父亲与落水儿童双双殒命，那是灾祸，还有三年前他从火场里救出了一个孩子，但那个孩子却永远失去了哥哥，那也是灾祸。而他救下医生，没有让行凶者伤害到无辜的人，只是自己受了点伤，现在只需要静养一段时间就又可以活蹦乱跳，这并不能称得上灾祸，甚至不能算得上吃苦。

众生皆苦，世界上比他苦的人是难以计量的，有人生下来残疾，有人一辈子颠沛流离，而他已经是十分幸运的那一个，有健全的身体，有房子住，有体面的工作，最重要的是还有一个夏听南。

夏听南也要上班，并不能一直陪着徐秉然，但她只要有空就会来看他。

虽然离徐秉然受伤已经过去了一段时间，但他的病房里依旧人来人往，同事朋友轮流来看他。其中女性占了一大半，不管已婚的还是未婚的，看到徐秉然躺在病床上，都一副天塌了的心痛样子。

“秉然，你怎么这样子了？”

“徐秉然，少了一个你，我们市的治安系统要崩塌了啊！”

“秉然哥，他们说你进医院了我还不信，呜呜呜……”

“徐队，你还有多久回来上班啊？”

……

徐秉然很头疼，宁愿自己一个人待着。

有一回，夏听南在病房里看见许久未见的陈楠，就是徐秉然的大学室友。

陈楠看到她有点惊讶：“你不是那个夏听南吗？怎么这么漂亮了？”

夏听南顿时笑起来：“会说话啊！”

陈楠瞟了一眼盯着他看的徐秉然，扯了扯嘴角：“美女有对象了没？”

夏听南忽然不知道怎么回答。

“哟，犹豫了啊？那到底是有还是没有啊？”

她看了一眼徐秉然，摸了摸鼻子，小声说：“有。”

徐秉然忽然咳嗽了一声，大家惊讶地看向他，眼神有些担心。

他摆手，示意自己没事。

夏听南躲开徐秉然的视线，装作看手机的样子，过了一会儿，看病房里依旧热闹，她就和大家说自己有事要先回去。

徐秉然想喊她，没喊住。

她回家的时候刚好遇上来客厅倒水的夏妈妈。

夏妈妈看到她回来就问她徐秉然的情况如何，夏听南说：“挺好的。”

“那就好，明天我带点好吃的去看看秉然。”

“妈，他现在什么好吃的都不能吃。”

夏妈妈瞪她一眼：“用你说啊，我当然知道，我会带他能吃的东西。”

“哦……妈。”

“干什么？”夏妈妈刚要回房间，冷不丁被叫住，转身奇怪地看着她。

夏听南支支吾吾地问：“那个，你不是老想让我和徐秉然找对象吗？那你……那你为什么没想过撮合一下我们俩？”

夏妈妈觑她一眼，一脸嫌弃：“为什么？还能为什么？你看看秉然什么样子，你再看看你那样子，秉然能看上你吗？”

夏听南腹诽：真是亲妈。

夏妈妈又往房间走了两步，忽然转了回来，有点震惊：“不是吧？”

“啊？”

“不会吧？”

“啊？”

“秉然不会真看上你了吧？”

母女俩大眼瞪小眼，一时间都讲不出话来，房间里安安静静的。

突然，夏妈妈怒从心起，抄起手就朝夏听南袭来：“你个臭小子给我好好交代！”

“啊！不要拽我头发！”

第十四章 王子与玫瑰

天气逐渐转凉，图书馆楼下车站边的榆树已经完全由绿变黄，甚至有些光秃秃的。

夏听南每天走在路上都能踩到干枯的叶子，发出沙沙的响声。

由于伤势问题，徐秉然被迫放起了长假，一张请假审批表解决了所有烦恼。

当他轻松地躺在医院里养伤的时候，夏听南依旧是个尽职尽责的打工仔，雷打不动地去上班，然后等着下班。

“夏听南，徐秉然好像火了！”钱云会上班的时候突然拿着手机飘到夏听南跟前。

夏听南放下手中的一摞书，飞快地看了过去。

大概是因为医闹的事情被人录下来放到了网上，大家很自然地注意到了徐秉然，紧接着，徐秉然的警察身份就被挖出来了。由于他长得太帅，又有职业滤镜加持，转眼吸了一大波粉。

就连市公安的官方账号都蹭了一波热度，把徐秉然参加活动以及以前当特警时期的照片分享了出来，转发评论点赞量都爆表了。

手机里是徐秉然还在当特警时的照片，他一身特警作战服和防弹服加皮靴，戴着战术防弹头盔和护目镜，手里握着一把九五式突击步枪，眼神坚毅。

夏听南忍不住嘀咕：“这么帅的吗？”

钱云会压着声音尖叫：“我的天，也太帅了吧！这特警制服穿起来也太酷了！”

夏听南小鸡啄米似的点头。

有小读者路过，奇怪地看着她们两个。她们俩一下子就安静下来，装作在讲公事的样子。

等对方走后，钱云会突然看向夏听南：“你们俩现在到底怎么样了？”

话题转换得太快，夏听南蒙了：“啊……什么，就、就这样，什么怎么样啊？”说着，她又开始反复整理已经整理过的书。

钱云会啼笑皆非：“干什么呢？不会讲话了？紧张什么？”

夏听南崩溃地把头埋进手里：“云会姐，您放过我吧，我只是个情窦初开的小可怜。”

钱云会被夏听南逗乐了，眼角都笑出泪：“夏听南，你太嘴硬了，终于承认自己喜欢人家徐秉然了。”

夏听南没应她，脸皮有点发烫。夏听南承认自己是要面子了点，但作为一个少女，要点面子有错吗？

没错啊！

从看到那组照片开始，一直到下班，夏听南都处于无心工作的状态。一共四张照片，同一身衣服不同的姿势，就在屏幕上不断地切换着，她看着看着脸就有点发烫，真的好帅……嘿嘿……

回家的路上，她忽然接到了徐秉然的电话。熟悉的嗓音从听筒里传来，夏听南心里有点打鼓。

他语气平平：“你好几天没来看我了。”

夏听南故作镇定地说：“我妈不是去了吗？”

是的，夏妈妈得知夏听南和徐秉然不知何时在一起后，陷入了崩溃的旋涡，她哪里能想到自己看着长大的俩孩子竟然“暗度陈仓”。

虽然夏听南解释了很多次，只是最近才在一起的，但夏妈妈的怒火依旧不减，说要去找徐秉然算账。

然而当看到徐秉然那张脸的时候，她的气就全消了。哎哟，自己的女儿哪儿来的福气，能被徐秉然看上啊，简直是天上掉馅饼了。

“秉然啊，你和听南是不是……”

徐秉然有点迷惑：“怎么了，阿姨？”

夏妈妈咬牙忍住咧开的嘴角，故作镇定地道：“她说你们俩在一起了。”

徐秉然不知道怎么表达自己此刻的心情，脸上依旧风轻云淡，没有什么情绪显露，但心里早就翻起浪来，这浪差点把他这艘破船掀翻。

“她说是什么就是什么。”他沉静地说。

夏妈妈又是喜又是忧：“好啊，你们俩能在一起是好啊，但你怎么就看上那丫头了？我记得你小时候还挺烦她的。”

徐秉然默了默，轻声说：“没有烦，她一直很好。”

夏妈妈的眼泪差一点就掉下来了。

她千叮咛万嘱咐徐秉然好好养身子，等到出院以后好好到家里吃一顿。

徐秉然说：“好。”

外面的夕阳是金黄色的，鸟虫鸣叫声很响亮，病房外隐约有人走动的声音，但并不是很嘈杂，反而显得宁静。

徐秉然追问：“所以呢？”

夏听南心虚道：“我妈是代表我去的。”

徐秉然握着手机，听着听筒里紧张的呼吸声，忍不住笑了起来，得意得好像小朋友被夸奖了一样。

幸好病房没有别人。

夏听南藏不住了。

徐秉然很了解夏听南，他知道夏听南讨厌改变，就像她有很多朋友，但她只愿意和熟悉的几个朋友深入接触；就像她在外地读大学，却还是一心想着回家乡工作；就像当初他追求她，她总是对两人回归到她熟悉的相处状态还抱有希望，所以不果断。

任何有可能产生消极结果的事情都是夏听南不愿意尝试的，她像个胆小鬼，十分窝囊，生怕自己“错付了”，装作无事发生和粉饰太平是她最擅长做的事。

所谓的“试一试”已经是夏听南最大的让步，就算如此，她还是给自己留了退路，因此两个人变成了遮遮掩掩的地下恋情。她对无法控制的情绪以及未知的故事走向感到恐慌，害怕他们两个之间微妙的平衡被破坏，等到那时候，两个人真的会连朋友都做不了。

徐秉然也不明白夏听南这么乐观积极的一个人，为什么在感情方面如此谨小慎微，每一步都那么小心翼翼，不像那个敢在大马路上蹦蹦跳跳还差点出事故的夏听南。好像当年徐爸爸徐妈妈的事情没对徐秉然造成什么影响，倒是对夏听南造成了各方面的消极影响，夏听南看了这么多言情小说也没能把自己拉回来。

在这件事上，徐秉然并不能多做多说什么，否则夏听南随时可能为了自保缩回乌龟壳子里，所以他只能等夏听南自己想通，因为夏听南是自由的。

徐秉然并不着急，毕竟帆船已经重新驶入正确的航线，通往藏着宝藏的岛屿。

而他最富有的，就是耐心。

现在，岛屿就在不远处了，徐秉然再不用怕迷失方向。

他拿着手机躺在病床上摸了摸被子，幽幽地说："阿姨代表你，那你的意思呢？"

夏听南咬牙切齿，一个字都不想回他。

"听南，我很想你。"

"知道了。"

夏听南被徐秉然那句"我很想你"洗脑了，感觉服了兴奋剂，套上呼啦圈可以妖娆地转上三天三夜。她在床上翻来覆去也没睡着，最后虚弱地瞪着眼睛坐起来，毫不犹豫地给孙雅舒打了一通电话。

电话接通了。

果不其然，也就孙雅舒这个熬夜大王还没睡。

"夏听南，你知道现在几点了吗？！"怒吼声传来。

"现在是北京时间两点零七分，我这里有一个惊天八卦，你听不听？错过这村就没那店了。"夏听南舔了舔嘴唇，心中有无限的表达欲，恨不得马上有人能听她唠叨。

孙雅舒从床上坐起来，给身边的男人比了一个噤声的手势："什么？你快说，我还有事要忙。"

“这么晚了你还忙什么？”

孙雅舒气道：“你管我忙什么，说不说！”

夏听南花了将近半个小时把事情的来龙去脉讲了一遍，最后慢吞吞地说：“反正我现在感觉好像有一点……喜欢徐秉然。”

她把“一点”念得很重，像是在故意强调什么，最后几个字又说得干巴巴的，声音小得生怕孙雅舒听清了。

孙雅舒吐血：“夏听南，你可别装了，哪里是有一点，你这明明就是很喜欢徐秉然，我可没见过你这副样子。”

夏听南干笑，带着被戳穿后的尴尬。

夏听南也没想过自己有一天会成这副样子，从前的她也不会想到有一天别人会对她说“你明明就很喜欢徐秉然”，放在以前就是魔幻神剧的程度，她可能做梦都要一身鸡皮疙瘩地被吓醒。

孙雅舒故意拿夏听南以前说过的话堵她：“你之前不是说徐秉然是无性别人士吗？你根本没有想过情啊爱啊什么的，我之前劝了你多少次你也没从，怎么现在又想通了？”

夏听南觉得这不是想不想通的问题，只是静下心来确认了一些事情，并且做了一些决定。

变化总是悄无声息地发生，没有预兆，又好像有迹可循，等反应过来，小小的蝴蝶已经掀起巨大的风浪。

与同情与愧疚无关，故事从重逢开始，从她难以把徐秉然再放进“亲人”和“哥哥”这个壳开始，从她对徐秉然一再放松底线开始，从徐秉然再一次把目光落在她身上，她开始控制不住自己的心跳开始，毫不意外地走向这样的结局。

她开玩笑说：“反正……每次他靠过来我的心就怦怦跳，扛不住，真扛不住。”

孙雅舒被她逗乐了，躺在床上笑得打滚。

夏听南也跟着笑。

“看来你们冷战几年还是好事，距离产生美果然是至理名言，否则你得一辈子把他当哥哥。”旁观者清，孙雅舒又是羡慕又是祝福，情不自禁感慨着，“你可得好好对徐秉然，这样深情专一，最关键还帅的男人，谁不爱，要是我，我……”

孙雅舒话说到一半就没了声，下一秒，电话被掐了。

夏听南奇怪地看了看手机，耸了耸肩。

过了两秒，她忽然打开床头灯，举起自己的右手，茫茫然地看向自己的掌心，觉得当年那个大师算得好准。

徐秉然在冷空气袭来的那天出院了，出得悄无声息。夏听南裹着厚厚的羽绒服去医院看他的时候，才发现病房里已经不是徐秉然，而是一个陌生的小男孩。

她面无表情地退了出来，打了个电话给徐秉然：“你在哪里？”

“出院了。”

“谁让你出院的？”

徐秉然很无奈，按照伤情判断，他这只能算是轻伤。其实过了一个月就可以出院了，但在夏听南和夏妈妈的强烈要求下，他最后住了将近两个月，的确有点待不下去了。

“你在家里吗？”

“嗯。”

“我马上回去。”夏听南说。

现在已经十二月份，每天太阳早早地准备下山，夏听南到家的时候天已经全黑了。小区楼下有一些吃完饭出来消食的叔叔阿姨，看到夏听南都和她打招呼。

夏听南实在是受欢迎，小时候圆不溜秋，偶尔被夏爸爸夏妈妈带出去就会被所有人“蹂躏”一番，如今长大了也依旧让人母爱泛滥，就跟个福星似的，没人不喜欢她。

“这是小听南吧，都长这么大啦。”一个阿姨喊住她，然后和旁边的阿姨轻轻说，“这就是夏家以前那个小土豆，真是女大十八变。”

“是听南啊，现在这么漂亮了。”

夏听南被夸得不好意思，全身都有些僵硬，谦虚地说：“没有没有。”

阿姨们又忍不住上来捏脸：“有男朋友了没？”

夏听南欲哭无泪：“有、有了。”

“啊？好可惜，我还想把我儿子介绍给你。”一个阿姨一脸失望。

夏听南配合她叹息了一声。

“你现在是在事业单位上班吗？”

“嗯，图书馆里。”

阿姨眼睛一亮：“好啊，工作稳定，又漂亮又优秀，真好。”

“对啊，我有个朋友的女儿也是在事业单位里上班，每天都很轻松，一到放假就出去玩。”

夏听南心说：那是你们没看到忙的时候。

阿姨们聊天就是这样，她们也不需要夏听南的回复，自顾自地聊，聊着聊着就想拉着夏听南讲讲自己家里的事情。

那个要把儿子介绍给她的阿姨大声说：“听南啊，有男朋友了也没关系，你还年轻，机会还很多，要多看看多比比，反正还没有结婚。下次我带你见见我儿子，我儿子也是今年刚考上的公务员，是警察呢！可俊了！”

夏听南太阳穴一跳，忽然有种不祥的预感。

“夏听南。”一个熟悉的沉闷嗓音被风吹来。

那个阿姨炫耀的声音还在空中飘荡，而徐秉然不知何时已经站在不远处，此刻目光轻飘飘地从她身上划过。

阿姨们一下子都愣住了。

“这是不是徐家的那个儿子，好久没见着了。”

“你太久没出来溜达了，我经常有看到，人家也是当警察的。”

“真俊俏啊。”

“我怎么感觉我在网上看到过他？”

夏听南很快站起来：“阿姨，我还有事先走了，你们继续聊。”

“哦哦，好。”她们云里雾里地应着。

徐秉然不徐不疾地往这边走来，走到夏听南旁边，和她十指相扣，然后对那几个阿姨说：“阿姨们好，不好意思，我来接女朋友回家。”

阿姨们都十分惊讶，眼睁睁地看着徐秉然拉着夏听南走了。

夏听南一脸恍惚地被他带上楼，一级一级台阶被快速掠过，她的视线里只有徐秉然的背影，高大修长。

他们很快就到了楼层，徐秉然站定后转身，看到夏听南的头发有点乱，伸手替夏听南拨了拨，在她头顶上停了几秒，又滑到夏听南的侧脸摩挲着，脸上带着淡笑。

夏听南仰着头看他，踮起一只脚碾了碾地，发出窸窣的声响，然后冷静地说："我没带钥匙。"

徐家的门一关，徐秉然就压了上来。

夏听南被亲得迷迷糊糊，过了这么久感觉自己还是有点晕接吻。

她仰着头，脖子有点发酸，忍不住抵着他的胸口，想把他推开。

徐秉然慢慢撤开。

夏听南咬了咬下唇，故作镇定地问："你出院就是为了这个？"

徐秉然沉默。

她清了清嗓子，然后解释说："你太高了，我脖子累。"

于是，徐秉然把她的双手圈在自己的脖子上，然后把她抱了起来，轻轻压在门边的墙上。腹腔内的空气被掠夺，夏听南的头更晕了。

徐秉然抱着她到沙发上，一只手扶着沙发，一只手摸了摸夏听南的头发。

夏听南错开眼不敢看他，然后徐秉然再一次亲了上去。

徐秉然的吻总是温柔又强势，就好像耳边的轻语，让你慢慢沉溺其中。他亲吻着夏听南的上唇，一下又一下，然后是吮吸，带了些力度。

夏听南闭着眼，不由自主地张开嘴迎合他。

徐秉然吻得更深了，他的舌尖在试探，能感受到夏听南牙齿的硬度，也能感觉到她的温度，与他的不断纠缠，笨拙又充满渴望。

夏听南整个人都发烫了。

过了一会儿，徐秉然支起身体，看到夏听南缓慢地眨眼，长长的睫毛相碰，眼里水光一片。

他觉得自己又想亲吻她了。

夏听南问："你的伤口痛吗？"

徐秉然摇头。

"我说的是背上的。"

徐秉然依旧摇头。

当时的烧伤来得太突然，除了刚开始一瞬间的灼烧焦麻感，后续背部根本感受不到一点疼痛。这倒也好，省去了当时身体上的痛苦。但想起那个男孩在自己身上失去呼吸，徐秉然心里却承受了山一般沉重的自责与愧疚。那时候他想的不是自己救了一个孩子，而是自己害了一个孩子。

夏听南摸了摸徐秉然的鼻梁，依旧像以前那样高挺，如同他人一样正直。

他们穿得都很厚，像是两只熊抱拥在一起，徐秉然的手背轻轻碰了碰夏听南的脸，然后遵从心里的想法再一次亲了上去。

这一次的吻很轻，很浅，只是碰到，却舍不得分开。

房间里的温度升高，两个人把外套脱掉，只留下里衣。

电视机缓缓地播放着诸如情啊爱啊的电视剧，每一句台词都很模糊不清，好像周杰伦在唱歌，听得懂又听不懂。

但夏听南能感受到徐秉然的体温了。

夏听南犹豫了一下，还是耐不住好奇心，伸进徐秉然的衣摆里，摸了摸他光滑的后背，不知是真实还是错觉，她真的摸到了一些不平整的起伏。

徐秉然知道她想看什么，他转过身把上半身所有衣服都脱了下来，头发被衣服扯得有点乱，但因为不长，轻轻一拂又变得规整。

红绳松垮地圈住脖颈，倒挂着的绿色环形翡翠落在后背，他微微仰着头，看起来有些神圣，好像是被扼住喉咙的神明。

夏听南心跳有些加速，摸上那一抹绿，还带着徐秉然的体温。

她看着徐秉然的后背，像是去公园路上的那些地砖，一块一块的，隐约能看到相接处的疤痕，有点红，好像是工人没把水泥砌好，还有右侧肩胛骨上的增生性疤痕，有些醒目。

夏听南想到了网络小说里的破布娃娃，她忽然觉得徐秉然还挺适合这个词语的，非常莫名其妙的想法。她凑近了些，亲了亲他的背，又亲了亲那道疤，凉凉的鼻尖碰到了温热的皮肤。

徐秉然的身体好像僵硬了一瞬间，但又很快软了下来。

他忽然有些昏昏欲睡，觉得能在夏听南身边睡着是一件很幸福的事情，还有醒来能看见夏听南也会很幸福。

从以前到现在一直是这样。

夏听南问："你饿不饿？"

徐秉然只想她陪在他旁边，于是摇头。

夏听南又问："那你困了吗？"

徐秉然还是摇头。

"你困了，我不走，你睡吧。"

于是，徐秉然真的就睡着了。

他的呼吸均匀，面容安宁平和，半靠在夏听南的身上，室温很适宜，但夏听南还是怕他着凉，于是让他躺平后盖上了一层薄薄的毯子。

她盯着徐秉然棱角分明的脸，轻轻摸了摸，然后控制不住地想着：徐秉然以前就是这样的吗?

第十五章 尾声

徐秉然几乎是出院没几天就回去上班了，而且因为事务多多少少有一些堆积，所以变得格外繁忙，甚至很难找出时间在夏爸爸夏妈妈都在的情况下，大家一起吃一顿饭。

终于等到元旦假期，两家四口人才找到机会聚一聚。

夏爸爸知道徐秉然和夏听南凑成一对之后，反应比夏妈妈大多了，可以说是暴跳如雷。在他心目中，徐秉然从高风亮节的小白杨俨然变成了卑鄙无耻的猪仔，而他的宝贝女儿夏听南就是被拱了的那颗小白菜。

“爸，不至于。”

“怎么不至于？看着长大的两个孩子居然暗度陈仓，搁谁身上谁受得了？”

夏听南尖叫：“都说了不是暗度陈仓！”

徐秉然推门进来听到的就是夏听南的震怒声，他的脚步顿了顿，还是趿拉着拖鞋进来了。

“叔叔，阿姨，不好意思，最近比较忙，很久没有来看你们。”他把美容品和酒水都放在餐桌上，然后对着还在气头上的夏听南点了个头。

夏爸爸看到徐秉然心里还在冒火，觉得徐秉然这孩子不讲道义，他让徐秉然和夏听南互相照顾是兄妹意义上的互相照顾，这照顾着照顾着怎么就成男女朋友了？他不能接受，特别不能接受。

但想到徐秉然前段时间刚受伤，现在甩脸色又不太好，于是，他用长辈的语气僵硬地和徐秉然打招呼："秉然，身体怎么样了？"

"还在恢复中，没什么问题。"

"呵呵，那就好。"

徐秉然也很无奈，这事的确是他不厚道，辜负了夏爸爸从小到大这么多年的信任。但事已至此，辜负就辜负吧，反正他是不可能对夏听南放手的。

夏听南也一肚子火，还想辩解，这分明是两情相悦，怎么夏爸爸搞得好像天塌下来了似的。

徐秉然注意到了，用手指刮了刮她的侧脸，示意她别讲话，免得火上浇油。

她看了他一眼，耸耸肩，不说话了。

这顿晚饭吃得有些阴阳怪气，主要的输出方是夏爸爸，一改平常温暾的性格，句句话夹枪带棒。徐秉然就是固定靶，一脸平静地全然受下。

但改也是不会改的。

晚饭后，夏听南借着饭后消食的由头，把徐秉然从水深火热中解救了出来，两个人就像大学小情侣一样，开始压马路。

很无趣，也很有意思。

两个人从房子后面的小巷子里走着，这条巷子里白天总是很热闹，有很多小店，但到晚上都关了，只剩下几家珠宝店还亮着灯。

"好久没往这边走了。"她指了指另一个路口，"去那边逛逛吧，我记得以前放学你骑车载我，经常会路边那边的小店。"

徐秉然看过去，那里有很多小店，里面有很多非正规的小吃，都是夏听南最爱吃的。但他以前一般都直接飞驰过去，不给夏听南胡乱吃零食的机会。

他捏了捏夏听南的手，手感不肉了，他又松开。

夏听南立马瞪他："你干吗这么嫌弃？"

徐秉然否认："没有。"

"还说没有？那你为什么不拉我的手？"

徐秉然一开始没理她，过了一会儿，又轻轻拉住她的手。

夏听南的嘴角一下子翘起来。

两人往那个路口走了两步，夏听南忽然停住了脚。

她看着满地的狼藉，一脸扭曲地说：“这条路上怎么全是狗屎？”

徐秉然沉默地看着这条空荡的路，战术性地往后退了两步：“我不是。”

夏听南一愣：内涵我？

她气得直接一个锁喉，然后被徐秉然稳稳接住，背在了身上。

徐秉然觉得夏听南越来越没有重量了，以前背在身上分明重得很，好像她就是全世界，现在却十分轻松，好像全世界就是他与生俱来的一部分。

他偏头看夏听南，发现夏听南也正在看着他。他低头抿着嘴笑，左边的酒窝若隐若现。

夏听南看着他的笑，一下子就不气了，趴在他背上问：“你最近都在忙什么啊？”

“快要警察节了，宣传处想让我做代表参与下活动。”徐秉然背着她慢慢往前走。

虽然是公家单位，但也离不开网络宣传，最近徐秉然的风头正盛，蹭热度是理所应当、天经地义的。徐秉然当然也不能拒绝，所以最近总是被拉去准备材料还有采访等等，等到警察节当天可能还要参与网络直播。

原本他们还想叫徐秉然去表演个节目，后来徐秉然以身体原因推辞了。他在业务大队，每天工作都干不完，哪里有这么多时间搞这些。

夏听南不高兴道：“怎么这么花里胡哨，你又不是网红。”

“嗯。”徐秉然轻轻应道。

一条黑漆漆的小路，徐秉然却忽然觉得这里比哪里都要亮。

过去的二十八年，生离死别、疾病痛楚、天灾人祸在徐秉然的人生轮番上演。他看了很多，也经历了很多，分明站在十字路口，却时常觉得无路可走，但在此时，他忽然明白，所谓“一切都会好起来”不是虚无的谎言，不是人类用来自我安慰的假话。

如此广袤的天地，夏听南和他只是平凡得不能更平凡的人，是浩荡山河中的小小一粟，是人潮人海中流动的空气，是汹涌波浪中的水滴，但对徐秉然来说，她却是他的完美主义。

否极泰来，大概也就是如此。

一月十号，警察节当天，网上铺天盖地的都是有关公安的宣传，夏听南和钱云会上班摸鱼，找了个楼梯间看直播。

已经开始了一会儿，主持人讲了一大堆，然后开始放市里的宣传片。这时候的弹幕还没多少，只有一千多人观看。

钱云会问道：“徐帅哥什么时候出来啊？”

夏听南郁闷地说：“我也不知道啊。”

这话说完，徐秉然就出现了，先是放了一小段他在医院英勇救人的画面，然后是徐秉然的一段独白，不知道是不是他自己写的稿子，念得字正腔圆，表情也十分严肃，配乐却十分煽情。

“作为人民警察，立党为公，执法为民……

“践行‘三能’精神，平常时间能看得出来、关键时刻能冲得出来、危急时刻能豁得出……”

市局宣传处掌握了收视秘诀，果不其然，直播观看人数肉眼可见地飙升，弹幕多到差一点把徐秉然的脸给淹没了。

夏听南越看越郁闷：喂，这些人怎么都喊老公啊？我都没喊过呢。

等徐秉然的片段结束，弹幕又恢复了之前的寥寥。

夏听南虚弱地说：“好了，我们回去工作吧。”

“别啊，你没听主持人说，一会儿徐秉然也要出现在现场吗？”

夏听南满脑子都是弹幕里的“老公”，哪里还听得进什么。

于是，她们继续耐心地等待着，终于在影片结束以及两位主持人讲完一大堆祝词之后，看到了徐秉然。他站在几排人中间，依旧鹤立鸡群。

他面色冷峻，身穿定制警礼服，胸前挂着授绳与奖章，挺胸收腰，身姿笔直又挺拔，戴着大檐警帽，帽子上的帽徽熠熠闪光。

“我爱这一身湛蓝的警服，我爱警服上明亮的警徽。”

主持人慷慨激昂地念着，身后的屏幕里，是危难时千千万万身穿警服的勇士前仆后继，奋勇抗击的画面，声势浩大，一往无前。

“有人牺牲，就有人站起来，警察不只是个职业，更是一种责任，他们比世界上许多工作都承受得更多，遇到危险不能怕，不能跑，因为他们是警察，是人民信任的人。

“对党忠诚、服务人民、执法公正、纪律严明。

“这十六个字，已经刻进血肉里。

“敬礼——”

一声干净利索的口号，整齐划一，不差分毫的动作。

徐秉然站在人群中，指尖笔直地抵着帽檐，眼神是始终如一的坚毅。

镜头给一个个身穿警礼服的警察特写，他们的左胸都有无数徽章，比徐秉然胸前的更多，那都是光荣的标志，是风里受的伤，是雨里结的痂，是社会安定的基础。

在人民看不到的地方，平安社会是无数人奋斗拼搏，没日没夜工作的结果。

台风、地震、洪水、疫情……灾难来了，百姓放假，警察加班，请战书上的手指印红得滴血，二十四小时待命，时刻备勤，直至最后一刻。

扫黑、缉毒、净网、反诈、排爆……人民公安在血与火、生与死面前徘徊，徐爸爸牺牲，夏爸爸常年不着家，徐秉然为救人受重伤，夏听南这辈子最亲近的三个男人都是警察，都有说不出的苦与泪，这也正是她爱他们的地方。

这个世界总要有人奉献，不是我们，就是他们，当你以为危险离你很远的时候，其实危险就在身边。只不过总有人挡在前面，用纱布蒙住你的眼，告诉你不用怕，世界还是美好的，一切都会好起来。

钱云会眼角有些泪花，她捂着嘴声音哽咽：“好感人，你家男人好帅。”

夏听南抿嘴，紧紧盯着画面里敬礼的徐秉然，喉咙里像被堵了一样难受。徐秉然到底为什么这么帅？我以前怎么会不喜欢他呢？

夏听南想穿越回去给自己一拳，让自己清醒一下。

钱云会吸吸鼻子，一脸八卦地问：“所以你家帅哥到底怎么样？”

夏听南装作没听见。

前天，她去徐秉然家里玩SWITCH，原本穿得就多，蹦蹦跳跳之后又出了一身汗，就算把能脱的都脱了也还是热得慌。于是，她干脆回家换上以前的那件白色短袖睡衣，下面随便套了条很短的短裤就继续来玩舞力全开，和穿着厚卫衣的徐秉然像是在两个季节。

她觉得自己没什么问题，不管是游戏技术还是穿着，都没有问题。偏偏徐秉然死死盯着她不放，好像她做了什么不可饶恕的事情。

她慢慢停下动作，随手擦了一下脸上的汗，奇怪地问道：“你到底在看什么？”

徐秉然的视线落在她胸口，滑到腿上，又移开。

“这件衣服你怎么还没丢？”

夏听南莫名其妙：“上次不是你说这件好看吗？”

徐秉然喉结滚了滚，“嗯”了一声。

夏听南扯了扯自己的衣服，往自己的身上看：“到底是什么？没什么问题啊，这件我穿这么多年了，还挺好的啊？”

徐秉然不知道怎么说，不管过了多少年，夏听南这副样子在他面前依旧充满杀伤力。

根本忍不了。

徐秉然轻而易举地把她抱起来带进了房间。

房间里暗暗的，夏听南呆呆地躺在床上，而徐秉然的头埋在她的怀里。

“怎么了？”她问道。

徐秉然的嘴好像被布料蒙住了，有点闷：“你知道你的睡衣哪里来的吗？”

“不是我妈买大了的吗？”

徐秉然深吸了一口气，然后抬头，看着她轻轻地说：“这是我的衣服。”

空气好像一瞬间停止了流动，夏听南大脑宕机。

“你的衣服？”她觉得头有点昏，“什么意思？”

徐秉然说：“这是阿姨从我这里拿走给你当睡衣的。”

夏听南这件睡衣就是他的衣服，当年买来还没穿过几次，就因为长身体而被压在箱底，后来整理出来想扔掉的时候被夏妈妈看到了，夏妈妈觉得将近全新的衣服丢掉太浪费，干脆就拿去给夏听南当睡衣了。

往后每一次看到夏听南在夏天穿着他的衣服，来到他的房间，徐秉然的心里都有一种说不出的微妙。

徐秉然情不自禁凑上去亲了一下夏听南的眼睛。

听闻真相的夏听南头脑发热，整个人都在冒烟，忍不住把自己往他怀里藏。

徐秉然不自然地抽动了一下，她立刻想起他腹部的伤口，立马又退开了。

她躺在床上侧头看他，然后忍不住咬着下唇笑起来，脸蛋红扑扑的，很好看。

徐秉然真没看过她这副害羞的样子，从小到大都没有，于是又忍不住凑上去亲她。

两个人耳鬓厮磨了一会儿，夏听南问：“今年新年，跟我回老家吗？”

徐秉然反问：“你希望我和你一起回去吗？”

“我想带你见我奶奶。”

“好。”

于是今年的春节，徐秉然不再是一个人待在空荡的家中，也不是躺在单位的宿舍或是哪里，而是围坐在夏家的兄弟姐妹堆里，有一搭没一搭地和大家聊天。

而夏听南倚着他，笑得很开心，聊得很放松。

奶奶端着水果送到他们这些年轻人面前，然后对徐秉然说：“小徐，你多吃一点啊，不够再和我说，我再去拿。”

然后，夏听南和大家喊着奶奶偏心。

奶奶笑着说：“人家小徐帅，我偏心怎么了？”

什么是圆满？这好像就是圆满。

这是徐秉然做梦都不敢想的乌托邦，让他的话语卡在喉咙里，又咽回心里，只想拥住夏听南再也不放开。

窗外的烟花一个接一个升腾而起，五颜六色的光透过窗印在徐秉然的脸上，黑白分明的瞳孔倒映着缤纷世界的美好。

这就是徐秉然，经历了无数坎坷，却依旧正直善良，依旧是夏听南记忆中那个清爽干净的少年。

夏听南问他在想什么。

徐秉然说，我在想我这一辈子还能幸福到哪种程度。

夏听南捏了捏他的手臂，在其他人都在注视着手机和电视的时候，偷偷亲了一下他。

她笑着说：“每一天都会比前一天更幸福。”

他们在夏听南的老家待了一个星期，奶奶真的很喜欢徐秉然，非要给他包红包。徐秉然当然不好意思收，他都快三十了，哪里有收长辈红包的道理，但奶奶很执着，非说他长得像过世的爷爷。

徐秉然用目光向夏听南求救，夏听南压根没看见，专心致志地和几个哥哥姐姐打游戏。

最后，他听了半个小时夏奶奶和夏爷爷的传奇爱情，终于妥协地把红包收了下来，但转头就把红包塞进了夏听南手里，让她还回去。

夏听南用手掂量了一下，沉甸甸的。她看向徐秉然的表情很微妙，好家伙，就来了一天，她奶奶就变成他奶奶了。

徐秉然解释："奶奶说我长得像你爷爷。"

闻言，夏听南眼泪都笑出来了，憋着笑告诉徐秉然，爷爷是个矮冬瓜，但奶奶是村里有名的美人，如果当初不是爷爷人好口碑好，奶奶才看不上他。

徐秉然的脸木了。

在假期结束前，夏听南把那个红包偷偷塞到了奶奶的枕头下面，还偷偷包了自己一个月的工资进去，红包鼓得合不上口。

临走前，夏听南拉住奶奶说："奶奶，下次放假再来看您，好好吃饭好好睡觉，无聊了就给我打电话，上班时间也可以，我不忙就会接的。别怕打扰我，我巴不得找人讲讲话，您也知道我话多。"

奶奶慈祥地笑："好好，听南，和小徐要好好的，知道吗？"

旁边的徐秉然捏了捏夏听南的手。

夏听南握回去，笑着说："肯定好好的。"

今年过年早，情人节在春节的半个月后。夏听南和徐秉然都已经上班了，那天刚好是周一，是一周痛苦的开始，但偏偏是个情人节。

夏听南没有刻意提醒过徐秉然情人节这个事情，但她很期待徐秉然给自己一个惊喜——非常典型的小女生心理。

于是夏听南这一天过得十分焦虑，每一分每一秒都等着下班，从上午起就总是走神，下午又一直看手机。

太阳西斜，图书馆四周的窗户都印着初春的光，不像夏日令人沸腾，很是温暖。

夏听南走到徐秉然曾经坐过的那个位置，那里坐了人，是一个高中女生，和夏听南以前一样留着短短的头发，不一样的是女生桌子上的课本叠得很高，手上正在写天利三十八套，写得很认真。

她自然而然地想到了学生时代的徐秉然，想到他在灯光下沉静的脸，想到他扶着后脖扭头的动作，想到他看到她出现之后的一些不耐烦的小表情。

很真实。

夏听南咬着下唇憋了一下笑，觉得徐秉然以前真的是可爱极了，明明看她这么烦，但还是一直陪着她、担心她，最后又喜欢上她。

好像每一天，都更喜欢徐秉然一点。

好像每一天，都能从记忆里挖掘出徐秉然经年中暗藏着的感情。

很细微，很温柔，像微风，看不见，但感受得到。

下班后，徐秉然依旧没有给夏听南发来消息，夏听南捏着带来换的漂亮新衣服，想了想还是换上了。

“爱你每个结痂伤口，酿成的陈年烈酒……让世间美好，与你环环相扣……”夏听南哼着歌在车站等车，脚打着拍子，自得其乐。

不知道徐秉然下班了没有，最近他们大队接了一个专案，忙得不得了，听说领导还问他要不要去外地培训一年，回来之后行政职务可以升半级，但被他拒绝了。徐秉然对职务什么的并不看重，只想干好手上的工作。

夏听南知道后，虽然的确松了一口气，但其实她早已做好面对这种情况的心理准备，甚至还想如果徐秉然出差一年。她就天天看小说打游戏出去玩，反正她不怕自己无聊。

学生们骑着自行车嬉笑打闹，每一个人脸上都是笑容，好像没有烦恼。一旁的榆树依旧有些光秃秃的，道路旁的草地却开始抽芽，有一阵青草味道弥漫，让人感受到欣欣向荣的气息。

今天的公交车来得尤其慢，一辆一辆驶过的车都不能通往她和徐秉然的家，唯独那一辆可以回家的车迟迟不来。

她胡思乱想：今晚老母亲在家，晚饭不用愁了，唉……徐秉然到底知不知道今天是情人节？算了，忘了也正常，明年情人节一定要让徐秉然狠狠地补偿一下！

下一秒，她就看见徐秉然向她跑来。风钻进他的衣摆里，后背被撑得鼓起一个温和的弧度，他的脸上有一层薄汗，也有带着运动后的红润，像是一个发光体，路人纷纷投来视线。

“怎么不接电话？”他跑到她身前喘着气问道。

夏听南整个人呆住了，连忙看了一眼手机，好几个未接电话，还有徐秉然的信息。

“我上班静音了，忘记把声音打开了。”

徐秉然点点头，呼吸还是很急促：“没事。”

夏听南的视线不受控制地看向他的手，他手上拿着一枝红色的玫瑰，和徐秉然整个人格格不入，有点搞笑。

她压住嗓子里的酸麻，轻轻问道：“这是给我的吗？”

“不好意思，我听同事说起来才知道今天是情人节。”徐秉然耳朵发红，不知道是跑过来的原因还是其他。

最近忙得昏头，他急匆匆地来找夏听南，急匆匆地买下广场上卖花的学生手里的玫瑰。

但只有一枝，只有这一枝了。

“你还想要什么？我去买。”他蹙眉问，有点犹豫要不要把手里这枝孤独的花给她。

徐秉然不是一个浪漫的人，有些时候甚至有些木讷，需要夏听南不断地提点暗示。但他依旧想给夏听南最好的，因为他知道她会喜欢。

夏听南摇了摇头，接过那枝玫瑰，眼睛发热，嘴角咧到耳朵。

“这个就够了。”

和路上其他手捧一大束玫瑰的情侣不一样，他们这一隅看起来实在有点寒碜，但夏听南觉得每一个细节都被无限放大了，刻进脑海。无论是喧嚣的街景，还是空中飘动的树叶，无论是喘着气出现的徐秉然，还是这一朵简单盛放的玫瑰花。

玫瑰是浪漫的象征，却有美中带俗之感，然而夏听南发现自己依旧会心动，不是对满大街的玫瑰感到心动，而是对带着一枝玫瑰出现在她面前的徐秉然心动。

什么玫瑰？是为了被斩首而生长的头颅，就像徐秉然总是带着温热坚定的目光，等待她的撷取。

夏听南忽然觉得也不是非要拍一大束花发朋友圈炫耀留念，她只有这一朵花，她要好好藏起来，不让别人知道。

她并不在意童话故事讲的是什么，她只觉得自己依旧是童话书里的小王子，而她心中只会有自己亲手浇灌出的那一朵玫瑰，她会回到自己的星球，因为徐秉然总是在等着她。

夏听南看到玫瑰的中间夹了一张对折的小字条，然后抬头看向徐秉然。

徐秉然的视线落在花上，又落在她的脸上，忽然抿嘴笑了一下。

“不看看吗？”

夏听南心跳得厉害，她慢慢把那张字条拆开，看到了里面的一行字，那是徐秉然的字迹，写得仓促又认真——

我爱你，秉性使然。

我把自己放在你的手里，希望你能将我妥帖安放。

－正文完－

番外一 心酸往事

夏听南大学没加入任何社团组织，没有多余的活动，每天的日常就是上课吃饭睡觉，基本三点一线。听起来有些无趣，但她很满意这样的生活，都在她的计划之内，她的时间完全由自己掌控，是上大学前体验不到的自由。

如果非要说有什么东西完全在她的计划之外，那大概就是总不按套路出牌的徐秉然。

夏听南正捧着手机在被窝里打游戏，就听到室友叫自己的名字，她抖了抖，从床上翻起来。

“怎么了？”

“我刚从楼下上来，看到你男朋友在楼下等你。”室友脸红扑扑的。

夏听南恍然大悟，再一次解释：“都说了不是男朋友。”

“不管不管，就是男朋友。”室友笑嘻嘻道。

徐秉然每次来学校都能碰上夏听南的室友，久而久之大家也勉强算互相认识。室友刚刚和徐秉然打了一个招呼，收获了徐秉然一个礼貌的点头，还有点激动。

夏听南想到刚刚那个被她故意忽视的消息，无奈地叹了口气，慢慢爬下床。

十月末，秋风送爽，气温骤然下降，寝室楼下的那些树已经掉叶子了，校园里有套上棉衣的，还有只穿短袖凉鞋的，每一个人都不在同一个季节。

半个小时前，她收到了徐秉然发来的消息，说快到她学校了，十分钟前她又收到了一条消息，徐秉然说到她寝室楼下了。

夏听南原本想晾一晾他再下去，怕太积极他又要误会。

她换下睡衣，从乱七八糟的衣柜里随便掏了件衣服出来，刚想换上，孙雅舒把她喊住了。

“夏听南，你就穿这个啊？”孙雅舒看起来十分不可思议的样子，嘴巴张得很大。

“对啊，要不然穿什么？我都不想出门。”

平常上课天天出门就算了，好不容易周末了想舒服地躺一整天也不行。

其他两个室友看过来，一起摇了摇头：“夏听南，你是不是对长得帅的人有什么意见？你不要送给我们好了。”

“那你们倒是拿去。”她倒是想撮合，就怕徐秉然生气。

“可徐帅哥看不上我们啊……”她们嘀咕。

夏听南换好衣服，走到阳台往下看，看到寝室门口的大树下站着的身影。她皱起眉毛，又从衣柜里拿了件版型宽大的牛仔外套抱在怀里，这才走了下去。

她见到徐秉然的第一件事就是把手上的衣服丢给他：“给你。”

徐秉然怔了一下，接过了外套，上面还带有一点夏听南的体温，很温暖，所以他毫不犹豫地穿上了。

夏听南没好气地说：“天气都这么凉了，你居然就穿这么点，你是不是故意想让我愧疚？”

“为什么愧疚？”他拉了拉衣服，虽然是宽松的版型，穿在他身上也只是刚刚好，再小一点可能就穿不了了。

“万一你感冒了，那不全是因为我？”

她要是知道他就穿了这么点，就早点下来了。

“感冒了也是我自找的。”徐秉然低声说。

他们两个往校门口走去，夏听南冷得把手塞进口袋里，徐秉然瞥了一眼，又垂下了眼。

校门口就有公交车站，夏听南的大学实在是太偏僻，要坐一个多小时的车才能到市区的商业街。夏听南不打车纯粹是为了省钱，她爹妈给的生活费对她来说实在是不太够，至于徐秉然为什么不带她打车，只是因为他想和她多待一会儿。

夏听南喜欢坐最后一排靠窗的位置，于是他们两个上车后就往最后一排走，没想到那个位置被人占了，而且车上都是零零散散的座位，没有贴在一起的两个空位。

徐秉然毫不犹豫地对靠窗边位置上的那个男生说：“你好，请问方便和我换一下位置吗？”

男生看了一眼徐秉然，又看了一眼夏听南，很果断地站起来让了位置。

徐秉然说：“谢谢。”

对方回道：“没事，你和你女朋友坐吧。”

徐秉然没说话。

夏听南张口想解释，但下一秒又觉得和陌生人好像没什么解释的必要，于是只好闷闷地坐在窗边。

车缓缓发动了，徐秉然在她旁边落座，盯着前面放空了几秒，然后转过头轻轻问道：“你生气了吗？”

“没有。”

“你生气了。”他肯定道。

“没有，真没生气，就是……”夏听南怕自己说错话，抿了抿嘴又不说了，只是叹了口气。

“你别搞多愁善感那一套。”

夏听南本来也不是多愁善感的人，很快调节好心情，问：“你累不累？”

徐秉然想也不想，果断回答：“不累。”

“那我们下午去玩蹦床吧，我们这里刚开了一家蹦床公园，我看大家都说很好玩。”她寻思着徐秉然来都来了，也不能把他遣送回去，那就带他好好玩一玩，正好她早就想去那里打卡。

“好。”徐秉然本就是看到她朋友圈发的蹦床，才想过来带她玩一趟。但他其实很累，最近队里的训练强度又加大了，他已经很久没好好休息过了。

今天为了过来见一见夏听南，他起了个大早，坐了好几个小时的动车，又站在楼下吹了会儿冷风，现在整个人都有些昏昏沉沉。

公交车行驶在道路上，就像是婴儿的摇篮一般催人欲睡。夏听南觉得有些困，感觉下一秒就要睡去，但又被肩膀上的重量敲醒。

她震惊地转头看去，发现徐秉然居然比她还早睡了过去，从她的角度看去，能看到他微蹙的眉头、长长的睫毛和高挺的鼻子。

她清醒了一点，不高兴地撇了撇嘴。

撒谎，还说自己不累。

夏听南稍微地动了动肩膀，心说：不看僧面看佛面，靠一下就靠一下吧，他都千里迢迢来找我了，小时候我黏了他这么多年也没被推开，我现在要是推开就是恩将仇报了。

于是，这个姿势维持了将近半个小时。后来，夏听南实在受不了了，决定谁的面子也不看，曲着手臂把徐秉然无情地推醒。

“徐秉然，我手臂全麻了。”过于酸爽的感觉让她的表情一阵扭曲。

徐秉然睁开迷蒙的双眼，看到自己竟然枕在夏听南肩膀上，顿时清醒了。

他很快坐直，马上道歉：“不好意思，下次你直接把我喊醒就行了。”

“下次这么累就不要来了。”她的言下之意是让他少来找她，好好休息。

徐秉然点点头：“下次来不会这么累，最近训练强度比较大。”

夏听南愣了愣：不是，我不是这个意思。

最后，他们没有去玩蹦床，因为夏听南觉得这个运动量对此刻的徐秉然来说可能并不合适，他需要在哪里好好地睡一觉。于是，他们一下车就直奔商场，夏听南找了一家装修精致环境不错的奶茶店，买了两杯奶茶之后就坐在店里。

“好了，你休息吧，我自己玩会儿。”她把奶茶推到他面前，“这杯给你。”

徐秉然拿过来喝了一口，说：“对不起，我想带你好好玩的，没想到最后变成你陪我。”

夏听南慌忙摆手：“这有什么对不起的？下次很累的话真的不用特地赶过来。”

徐秉然安静地听她讲完，垂着眼睛看着桌面，好像在发呆。

“喂，徐秉然，你发什么呆呢？困傻了？”夏听南哭笑不得，推了推他。

徐秉然忽然问她：“你还是不喜欢我对吗？”

夏听南毫不犹豫地点头，虽然不忍心，但这方面她肯定不能骗他或者骗自己：“徐秉然，不是你的问题，是我的问题，你别在我身上浪费时间了。”

徐秉然知道她是在把错往自己身上揽，减少伤害他的可能性，但他的情绪依旧变得有些低迷。

到底怎么追夏听南才是对的？如果总是找夏听南，怕她觉得他烦，但如果不找她，夏听南可能根本不会想起他来。

他想起室友陈楠之前帮他查怎么追女生，网上一溜的“陪她聊天”“嘘寒问暖”“在她需要的时候出现”等等，每一种都是他做了很多年的，就算他做得再多，夏听南也感受不到什么。

徐秉然心想：一起长大的坏处也就是这个了，夏听南对我毫无感觉也可以理解，因为实在是太熟悉了，熟悉到任何关心亲昵的举动都是十分自然的，让她联想不到一点旖旎的东西。

他努力安慰自己唐僧西天取经还要经历九九八十一难，如今他直接面对最大的难关，已经算是幸运的了。

他低头掩饰住自己暗淡的表情，又问：“那你在学校里有没有遇到喜欢的人？”

夏听南故意说有一个学长她挺喜欢的。

徐秉然点点头，看不出来信没信。

两个人又聊了一会儿，有关生活工作有关学习有关夏爸爸夏妈妈，徐秉然也在夏听南的絮絮叨叨中重新酝酿出了睡意，慢慢地趴在桌上睡着了。

夏听南松了口气，总算把他讲睡着了，看来自己的功力不减。

她掏出手机，发现孙雅舒给她发了不少消息。

孙雅舒：“今天徐秉然带你去哪里玩了？”

孙雅舒：“怎么回事？你怎么没回消息？夏听南，你还好吗？”

夏听南：“好得很，坐在奶茶店喝奶茶呢。”

孙雅舒：“什么？就这？不看电影？不带你去玩你心心念念的蹦床？”

夏听南用余光扫了一眼睡得香甜的徐秉然，偷拍了张照片发给孙雅舒。

夏听南：“你的徐大帅哥被生活打压得太惨，已经昏迷了。”

孙雅舒：“啊，好帅啊！保存了，谢谢！”

夏听南虽然嘴上说没关系，但心里有点烦，这样的情况也不是第一次了。

夏听南：“你说我到底怎么办？”

孙雅舒：“什么怎么办？”

夏听南：“怎么让他别追我了。”

孙雅舒："嗯……其实最简单最干脆的办法就是你让徐秉然滚，然后再也别见他，断了他一切的念想。不过他对你这么好，你要真这样，就有点不是人了。况且你们俩没有爱情，那还有亲情，你忍心这么做吗？所以我的意思是说，要不然你还是从了吧！"

夏听南："别道德绑架我！"

夏听南由衷地心累，徐秉然喜欢她，她就得接受吗？她又不是菩萨，何况菩萨也不是有求必应，这种对双方都不负责的事情她当然不能做。

再者她也不是好脾气的人，一直以来顾忌着多年的感情才束手束脚，毕竟那是徐秉然，是和她一起长大的徐秉然啊。她拒绝过、劝过、晾过，徐秉然软硬都不吃，不动摇，但凡换一个人，她早就吐槽拉黑删好友一条龙服务了。

钝刀割不行，利刀切不对，她还能怎么做？好像怎么做都是错。

人们总是习惯于站在旁观者的角度看问题，把自身的想法强加在他人身上，自以为世界只有一套标准。

夏听南恶狠狠地吸了一大口奶茶，腹诽：瞧瞧这些人，全是看热闹不嫌事大的。

徐秉然睡了很久，中途奶茶店里来了一拨高中女生，十分吵闹。

夏听南厚着脸皮和她们说："不好意思，声音能不能稍微轻一点，我哥太累了，我想让他休息一下。"

女生们一开始有点不高兴，但看到徐秉然的脸之后，她们就非常善意地闭上了嘴，临走前还想偷拍照片，被夏听南不动声色地用手挡住了。

徐秉然醒来的时候已经快到晚饭的时间，他睁眼后被奶茶店的灯光刺得睁不开眼，眯着眼缓了一会儿才清醒，很久没睡过这么舒服的觉了。他愣了一下，看到同样趴在桌子上的夏听南，她一只手拿着奶茶，一只手拿着手机，大概是太无聊，所以也睡了过去。

他伸手拨了拨她的短发，并不是特别干爽，但也不脏，他把碎发别到她的耳后，静静地盯着她。

夏听南，你究竟什么时候才会喜欢上我？如果不喜欢我，那能不能也不要喜欢别人？

徐秉然知道自己的想法很自私，但他无可避免地产生这样的情绪，他也知道他不能把这些话对夏听南说，否则他在夏听南心中的形象可能会更加不美好。

看了一眼手表，他轻轻推了推夏听南，看她缓缓转醒的迷蒙眼神，有一点愧疚，又有些痛快：看，夏听南还是关心我的，说不定下次、下下次、下下下次，她就心动了呢？

“带你去吃好吃的。”

闻言，夏听南揉着眼睛说：“好。”

最后，他们两个去吃了夏听南很想吃的牛肉自助。

夏听南竖着进去，差一点横着出来，饱得人都站不住。

徐秉然的返程票是当天的，晚上就要离开。两个人在商场里逛了逛，夏听南买了很多东西，最后把一大半塞给了他，让他带走，说自己拿不动，还让他把她那件外套也穿走，说自己刚好不喜欢了。

她送他回去，在动车站入口，她再一次重复：“徐秉然，你真不用来这么频繁，你也知道我懒，我是真不想出门，而且你也没多少钱，来来回回太费钱了，你省点钱多买点吃的，你们训练不是很辛苦吗？”她说得十分真诚，是真的觉得他辛苦。

“不辛苦。”他当然听懂了她的意思，但依旧对她的话左耳进右耳出。

夏听南无语，拢了拢衣服：“那我回去了，一路顺风。”

“嗯。”夏听南转身离开得很果断，没有回头看他一眼。

徐秉然站在原地看了很久，也没等到她回头，直到看不到她之后，他才走进动车站，不紧不慢地检票进站。

而夏听南在他进站后又绕了回来，这里风很大，她有些冷，在门口跺着脚打转，然后缩着身子坐在石头桩上，时不时吸一下鼻子。

夏听南问室友有没有什么要带的东西，孙雅舒说要带个快递，她缩着冰凉的手慢吞吞地回复。

等了十几分钟，她收到徐秉然的消息，说已经上动车了。她看了一眼时间，回了一句“好”，然后转身离开。

这一次也没有回头看一眼。

番外二 时光的零碎

夏听南赶上周末轮休，总算有时间和徐秉然一起出去玩一趟。

早上，她醒得早，微光透过窗帘缝隙照进来的瞬间她就睁开了眼，而且破天荒地没有赖床，一下子就从床上爬起来，清醒得不能更清醒。

她把自己的衣柜翻了个遍，衣服像座山一样堆在地上，但没有找到自己喜欢的那件衣服。

“妈！有没有看到我那件黑色的裙子？”她朝门外大喊。

“大早上有什么事情？”夏妈妈走进来，“又有什么找不到了？”

“就是一件黑色的改良旗袍，收腰的，这么长的。”夏听南往大腿中间比画了一下。

“那不就放在你衣柜里吗？我又没动它。”

“没有啊，我找遍了也没有找到啊！”夏听南烦躁地把自己摔在床上。

夏妈妈忍无可忍，在那一堆衣服里翻了翻，然后找出她说的那件裙子，丢到她脸上：“喊喊喊！成天就知道喊！你还是小孩子？眼睛和手是怎么长的？东西放在你面前你都看不到！”

夏听南心虚地把衣服从头上拿下来，小声说：“那我刚才就是找不到啊。”

“滚滚滚！徐秉然怎么看上你这么个小崽子。”

“妈！我是你女儿！”

“现在知道是我女儿了？当时让你去相亲，你跟不认我这个妈了一样，那时候怎么不记得我是你妈？”

“妈，你非要提这些是吧？”

大清早的就吵架，夏爸爸挂着黑眼圈推开房间门，又推开家门，穿着拖鞋敲响了徐家的大门，流程走得十分熟练，显然不是第一次干了。

徐秉然默默打开门，看到了夏爸爸憔悴的样子，还听到从对面传来的争吵声，就明白了夏爸爸想要找他做什么了。

“秉然……”

徐秉然立刻说：“叔叔，我现在就去。”然后朝夏爸爸点了一下头，往夏家走去。他刚走到夏听南的房间门口，房间里就安静下来了。

徐秉然的出现让这个房间的气氛顿时变得有些如沐春风，夏听南和夏妈妈都看着徐秉然。

“秉然啊，和听南出去玩啊？”夏妈妈的表情变得十分慈祥，话语里也感受不到刚才的狂躁。

这种语气让重新回房间打算睡回笼觉的夏爸爸不由得感叹还是徐秉然好用，他已经妥协了，徐秉然当女婿也挺好的，他在家是没什么家庭地位了，为了以后的安静生活，他只能先和徐秉然搞好关系。

徐秉然说：“阿姨，我带她去棠里岛玩。”

棠里岛是去年新开发的岛屿，环境很好，十分原生态。但这不是重点，重点是夏听南在某个软件上刷到那里有一家峡谷洞穴风民宿，绝美的海景房让夏听南心动了，于是她强烈要求徐秉然开着新车带她去玩。

是的，徐秉然终于买车了，买车前还专门征求了夏听南的意见。不过第一次的意见没被采纳，因为夏听南说想要某美国产电动汽车，徐秉然说那车还有很多不完善的地方，而且已经被限制进入很多单位。

夏听南一脸可惜：“可是它好好看。”

徐秉然随便找了几辆车的图片给她看：“这些呢？”

夏听南看到那些车的标识，眼睛都直了：“好看好看，能不好看吗？但是你买得起吗？”

“嗯，选你喜欢的就好。”

最后，夏听南逛了一圈种草软件，深深地种草了某牌某车型轿车，炭黑的车身加上火山红的内饰，整体看起来又冷酷又帅气，非常适合夏听南发在朋友圈炫耀，价格对他们来说也不算特别昂贵，他们没什么压力地买了下来。

只有一个缺点，这车和徐秉然的气质有些格格不入。不过徐秉然开车的机会不多，既然夏听南喜欢就随她去，只要别买粉粉嫩嫩的小车就可以。

夏听南穿着睡衣，站在夏妈妈身后朝徐秉然悄悄地撇了撇嘴，十分刻意。但徐秉然的眼里还是出现了一些笑意，他马上低头掩饰。

“过去要多久啊？”夏妈妈问。

“一个多小时。”

实际上是要开一个多小时的车，还要坐渡轮才能到岛上。

“几点出发？”

徐秉然看了一眼手表，说：“七点。”

夏妈妈转头瞪了夏听南一眼：“动作快点，别让秉然等太久，还有，把地上的衣服全给我理好！”

“知道了——”夏听南无语道。

夏妈妈一走，徐秉然站在原地，张开双臂看着她，眼睛里流光溢彩的。

夏听南心里甜蜜，毫不犹豫就跳到了徐秉然身上，环住徐秉然的脖子，双腿勾着他：“你怎么这么早？”

“不早，都六点多了。”

徐秉然紧紧托着夏听南，两人靠得很近，能感受得到彼此呼吸的温度。

夏听南看着眼前干干净净的脸，忍不住想亲一口。就在快和徐秉然的唇相贴时，她一阵头皮发麻，停止动作，想从徐秉然身上下来。

“怎么了？”徐秉然有点疑惑。

夏听南有点躲闪地说：“你先让我下来。”

徐秉然没放开她，反而用鼻尖顶了顶她的脸颊：“到底怎么了？”

夏听南猛地捂住自己侧脸，吞吞吐吐道：“我没洗脸。”她到现在还没洗漱，如今眼角干干的，她甚至怀疑可能有眼屎。

徐秉然一松开揽着夏听南的双臂，她就跳下地匆匆往外面的卫生间跑。一阵噼里啪啦的动静传来，没到五分钟她就重新回来了。

“好了。”夏听南说。

“什么？”

“我说我都弄好了，牙也刷了，脸也洗了。”她说得具体了一些。

但徐秉然还是疑惑地看着她。

夏听南尴尬：“算了。”

徐秉然憋不住笑了，弯起眼睛拉住夏听南的胳膊旋转了半圈，她的头发在空中飞舞，肩膀撞在徐秉然的胸口，感受到了一些热度，然后被他扶正。

炽烈的吻劈头落下，夏听南唇齿间牙膏的清爽气息也传到了徐秉然的口鼻，空气的流动都变得缓慢起来。

过了几分钟，两个人分开，夏听南舔了舔嘴唇，问：“你看我穿那件黑的怎么样？”

徐秉然顺着她的目光看过去，看到了那件改良旗袍。

“你想什么时候穿？”

夏听南奇怪地说：“就出去玩的时候穿啊。”她很喜欢这件改良旗袍，胸口有一个水滴形镂空，裙的侧边还有一道开衩，看起来又纯洁又性感。她上回和陈茜去逛街的时候穿过一次，走在街上回头率十足，自拍照发在朋友圈里都有不少人点赞夸好看，让她内心十分膨胀。

“能不能不要出去玩的时候穿？”

“那什么时候穿？”

就在夏听南越来越疑惑的时候，徐秉然妥协地说：“穿吧，挺好的。”

夏听南笑起来，凑近徐秉然的耳朵轻声说：“还有更好看的，只穿给你看。”

徐秉然扫了一眼她发红的脸，回道：“好。”

他们赶在九点前到达了轮渡码头，上船不到十分钟，夏听南就晕船了。她深呼吸了几轮，虚弱到说出的话都在飘。

徐秉然扶着夏听南到甲板透气，夏听南看着船行驶留下无限延伸的波纹，总算缓过来了一点。又过了一会儿，她忽然问：“如果那时候我没有回来，我们没有恰巧偶遇，那我们是不是就不会在一起了？”

徐秉然是不是就要永远做那个反复翻看着她的朋友圈，却不敢和她打一个招呼的徐秉然？

徐秉然扫了她一眼，淡淡道："我是为了你才调回来的，所以即使你不回来，我也会去找你。"

"你不怕我找个对象吗？"

"你喜欢谁是你的权利。"

感情是不可控的，他希望夏听南拥有最好的，无论是什么。如果夏听南真的遇到了喜欢的人，那他也只能祝福，而不是一味地纠缠下去，那样只会让他自己陷入不堪的境地，而夏听南也会更加苦恼，这不是他想要的，他想要的是夏听南能永远开心。

他问："你现在开心吗？"

"你在身边就很开心"这话有点矫情，夏听南把脸埋进他怀里蹭了蹭，没说出口。

船还在摇摇晃晃地行驶，很多人的脸色都不太好看，分明棠里岛已经在视线范围内了，却感觉还如此遥远，看来想要到美丽的岛屿上，也是要经过痛苦与磨难的。

他们坐了一个多小时的船，到后来徐秉然都有点头晕，夏听南更是和其他人一样面如菜色，十分想吐。但顾及形象，她死死地憋住，灵魂出窍般和徐秉然聊天。

徐秉然拍了拍她的背，说："想吐就吐，会舒服点。"

她摇头："不行，我要保护形象。"好不容易出来约个会，吐得稀里哗啦也太丢人了。

徐秉然表情复杂："你以前还吐到我身上过。"

夏听南怒道："你非要把小时候的事情拿出来说是不是？"

"没有。"

她充耳不闻，自顾自说着："你以前还穿过裙子呢。"

徐秉然沉默了。

两人都掌握了对方太多黑历史，互相伤害总是如此轻而易举。

徐秉然从小就长得好看，受到各方叔叔阿姨们的喜欢，所以也难免碰上恶趣味的长辈。那时候他还小，也不懂事，长辈们逗他，他也不知道反抗。

那一次换上了裙子后，徐秉然被拍了很多照片，后来那些照片被徐秉然用宁可错杀一千也不放过一个的态度全部销毁，但他怎么也没想到夏妈妈那里还偷偷保留了一张，还被夏听南翻东西的时候翻了出来。

夏听南故意在那儿哼歌：“你的童年我的童年好像都一样。”

徐秉然脸瘫了。

夏听南夸道：“说真的，你穿裙子很好看，像小仙女。”

徐秉然并不是很想要这种夸奖。

“下次穿给我看看？”她试探地问道。

徐秉然没有理她，盯着水面，一副不想看到她的样子。

夏听南忽然充满活力，觉得都不难受了，兴致勃勃地说：“你穿穿看嘛，我保证不拍照！我前几天还做了个梦，梦见你穿裙子了，但我醒来就忘记是什么样子了。”

徐秉然失聪了一般没有一点反应。

“为什么不说话？你不能帮我实现吗？”夏听南故意挤到徐秉然的眼前，摇头晃脑地说，“嘿，兄弟，哑巴了？”

徐秉然看着出现在视线里的夏听南的脸，忽然说：“我也做梦了。”

船开始减速，快要靠岸了，船上的人被附近的美丽景色吸引，逐渐恢复活力。海水被日光照得发亮，太阳已经十分刺眼，夏日迟迟不愿离开，热气烘烤着每一个人，大家都想成为一尾鱼，在水里纳凉。

“什么梦？”她问。

徐秉然没告诉她，而是说：“你帮我实现，我也帮你实现。”

她毫不犹豫地说：“可以啊，所以到底是什么梦？”

徐秉然说迟一点告诉她。

他原本设想的是晚上再告诉夏听南，有关他，也有关她的那些旖旎梦境，但夏听南的好奇心太重，一直缠着他问个不停，于是刚到住的悬崖洞穴酒店，一放下行李，徐秉然就告诉她了。

他一点隐瞒也没有，和盘托出，难得的说了很多话。

毕竟是海岛，空气里有一些咸湿的味道，房间里仿佛还带有沙砾的气味。

夏听南脸色僵硬地看着徐秉然，怀疑自己幻听了，徐秉然居然会做这么狂野的梦。

“我不看你穿裙子了，我们出去玩吧。”她干笑着说。

徐秉然默默走到落地窗边，把所有的窗帘都拉上。

黑暗逐渐侵袭整个房间，视觉的削弱导致其他感官变得强大。夏听南闻到空气中隐隐的熏香，听到徐秉然稳健的步伐声，感受到手腕被紧扣。

徐秉然拉着想要逃跑的夏听南就亲了下去，唇齿相交的热度以及徐秉然扣住她的力度都让她腿软。

夏听南虽然早已经做好了准备，但还是十分紧张。

徐秉然问：“为什么要来这里？”

夏听南一本正经地胡说八道：“这里好看啊，多适合拍照发朋友圈。”

“真的？”

“真的。”她一脸认真。

徐秉然又用力亲她，亲得她整张脸通红，眼里一片水汪汪。

他再次问她：“为什么要来这里？”

夏听南狠狠地吸了一口气，放弃挣扎，搂住他的脖子亲上去，用含混的声音说：“想和你在一起……”

不是想拍照，不是想看好的风景，只是想和徐秉然待在一起，这里没有他们认识的人，没有他们需要烦心的事情，他们自由自在，亲密无间。

徐秉然盯着她看，然后把她整个人抱了起来。

夏听南的裙摆在空气中划出轻巧的弧度，然后又脆弱地卡在她的大腿与徐秉然的手臂中间。

夏听南小声说：“你好像很喜欢揉我的……”

“好看。”他声音沙哑。

特别好看，总是在他梦里乱颤。

外面的海风还在吹，房间里，只有那张大床发出声音，久久不停息……

时间过得很快，到了九月份，局里安排疗休养，办公室主任让一个民警当负责人，做好统筹和协调，但由于限定了去省外的名额，导致支队内部产生了一些矛盾。

无论是领导还是民警，都轮流来找责任民警，明里暗里表示要出省游玩。

责任民警这样安排也不对，那样安排也不对，开始暴走了。

那天，徐秉然刚路过综合大队的门口，就听到了来自负责人的怒吼。

“既然把权力交给了人民，那矛盾就得在人民内部产生，为什么要把矛盾往自己身上揽？”言下之意就是大家自行协商，别让他来协调。

徐秉然往里扫了一眼，刚想走，结果被看见了。

“哎！秉然别走！”那个民警跑过来拉住徐秉然，“你们瞧瞧！秉然立了这么大功劳都没找我说这说那，你瞧瞧你们！”

办公室主任叼着烟，说：“还不是因为秉然没家室没对象，我们这些有孩子有老婆的，好不容易有点假，肯定要走远一点玩啊。”

徐秉然冷静地说：“我有女朋友了。”

“啊？”

“啊？！”

一秒寂静之后，办公室炸开了锅，大家你看看我，我看看你，以为自己听错了。

主任的烟掉在地上，目瞪口呆地说：“秉然啊，你不是单身吗？我、我妹妹还想……”他妹妹在刑侦支队，觊觎徐秉然已久，每次来找他的时候都会去徐秉然办公室偷看徐秉然，努力在徐秉然面前刷眼熟。

徐秉然摇头，又一次重复：“我有女朋友了。”

半个小时后，整个支队全部知道徐秉然有对象了这件事。

政委穿着白衬衫冲向了徐秉然的办公室，“啪”的一声，两只手撑在了徐秉然的桌子上。他面色铁青，看起来像是要骂人：“徐秉然！你你你……”

徐秉然默默站起来，跟他打招呼：“政委。”

“哎，又在看文件啊。”政委下意识应道，然后反应过来重点跑偏，赶紧又拉了回来，“不是！你怎么有女朋友了？！”

徐秉然疑惑地皱了皱眉。

“你不是没对象吗？不是拒绝了局长的女儿了吗？”政委痛心疾首地说，“我女儿马上就调过来了，原本还想给你们俩介绍一下，你这怎么突然就有女朋友了？你说说你，你说说你，这也没个迹象啊。”

徐秉然继续平静地说：“哦，是我追了很多年，现在才追到。”

好了，不到一个小时，整栋楼都知道治安支队的徐秉然追了一个女人多年，不久前已经脱离了单身状态，迈入蜜恋期。男人叫好，女人流涕。

徐秉然头痛地看着办公室门口鬼鬼祟祟的一帮人，觉得自己的工作被严重影响。

忽然，他的手机响了。

围观的同事们眼睁睁看着徐秉然的脸色柔和下来，脸上的笑意挡都挡不住。

完了，男神真的跌入凡尘变成普通人了。

主任站在门口摆手，心痛地说："散了吧散了吧，都没戏了，都赶紧回去工作……还有，你们几个来我们支队干吗？！"

那几个从其他支队跑来的女警心虚地左顾右盼，然后一溜烟跑走了。

徐秉然给了薛凯一个眼神，薛凯心领神会，直接走到了门口，清了清嗓子，大声说："我的大主任，他们都走了，你也得走了吧？我们有个支部会议要开一下。"

主任怒吼："你们两个人开什么支部会议？"

"哎呀，两个人也能开的。不多说了，我们要开会了，主任，走好不送。"他笑眯眯地关上了门，然后转身朝徐秉然比了个心，表示自己完成任务。

徐秉然面无表情地背过身，继续听电话里夏听南说话。

夏听南说："我晚上要和陈茜、汤诚吃饭，今天就不找你了。"

"嗯，我晚上也有事。"

"嘿嘿，那刚好。"

"嗯。"

夏听南笑眯眯地挂了电话，然后跟陈茜、汤诚比了个 OK，陈茜和汤诚也默默比了个"OK"。

"好了，先去吃晚饭，晚上酒吧走起！"她和陈茜一起欢呼。

汤诚在旁边很敷衍地"呜呼"了一声，被她们白了一眼。

虽然徐秉然没有说过不让夏听南去酒吧，但回想上一次他不太好看的脸色，夏听南觉得还是不要让他知道的好，反正只是去看看，很快就回来，神不知鬼不觉。

但没等他们去到酒吧，夏听南就久违地体验到了"事与愿违"。

徐秉然和同事正在去饭店的路上，鉴于室内不方便抽烟，大家在路上正抽得欢，但他没抽，他早就戒烟了，只是顺手给别人递烟。

但递着递着就出了问题。

夏听南忽然出现的时候他还没反应过来，下意识地就把烟递了过去。

夏听南傻了。

徐秉然迅速把烟盒收起来，问道：“你怎么在这里？”

夏听南原本气势汹汹的表情忽然变得有些僵硬，有点心虚地说：“我不是和你说过吗，我和陈茜、汤诚吃晚饭。”

这话刚说完，薛凯凑过来了：“嫂子，你们是打算吃完饭去酒吧吗？”

这里是一个新建的创意园，离市中心十万八千里，如果不是为了来这个传说中最大最嗨的酒吧，一般人也不会跑到这里吃晚饭。至于徐秉然他们，单纯是因为之前离职的一个同事在这儿开了个店面，他们来捧捧场。

而夏听南和陈茜两个人穿得花枝招展，怎么看都是准备去酒吧玩儿的。

徐秉然心里同样了然，他叹着气，说：“去玩儿没事，别喝太多。”

夏听南更加不好意思了，小声说：“我就是去见识一下，他们说里面装潢很酷，要不然一会儿你吃完来找我们，我和你一起回去。”

徐秉然想了想，回道：“也可以。”

于是，两拨人又各走各的了。

夏听南很迅速地回到陈茜和汤诚旁边，拉着他们撒丫子就跑，不想再被徐秉然的同事们打量。

徐秉然身旁的一位同事忍不住八卦：“这就是咱们徐队的女朋友啊？”

薛凯说：“漂亮吧？”

“啧啧，确实，我们局里那些的确是输了。”

徐秉然踹了他们俩一脚，一点也没留情面：“看什么看？”

“哎哟，还吃醋了，真看不出来。”大家说说笑笑地往目的地走。

等徐秉然吃完晚饭已经快十点了，饭桌上大家聊得很开心，有人喝酒吹牛，有人唠叨家里的事情工作的事情，徐秉然大多数是坐在那里静静地听。

临走前，他给夏听南打了个电话，问她在哪里，夏听南那边很吵，显然是已经在酒吧里了，徐秉然说他过去找她。

知道徐秉然要去，同事们也都有点想去看看，于是干脆和徐秉然一起往酒吧走。

酒吧门口的保安就这么看着一列正气凛然的人走了过来，尤其是徐秉然，气质过于突出，他们没法忽略。

同事挤眉弄眼地说：“徐秉然，你收敛一点，就当来暗访，别看起来这么乖这么正啊。”

“对啊，徐队，你把人家保安都吓到了。”

徐秉然没说话。

他们进去的时候，几个保安下意识地敬了个礼。

众人不由得一愣。

酒吧里人很多，灯光闪烁，音乐震耳欲聋。正当他们十多个人想着去哪里坐的时候，老板一脸紧张严肃地小跑过来，给他们安排了个卡座，让他们哭笑不得。

夏听南他们三个被徐秉然叫了过去。

她坐在徐秉然的旁边，凑近徐秉然的耳朵喊道：“你们可以来酒吧的吗？”她以为警察除了工作不能进出这些娱乐场所。

徐秉然伸手把她掉下来的肩带拉回去，然后回答：“下班了，没关系。”

卡座里都是不认识的人，而且年纪都挺大，陈茜感受到深深的代沟，有些坐不住了，转头就要去舞池里嗨。汤诚也站起来跟着去了，留夏听南继续坐在这里感受着来自人民警察的热情。

来都来了，不喝酒也说不过去，徐秉然晚饭的时候一滴都没沾，来了酒吧也一滴没沾，因为但凡有人要给徐秉然灌酒，夏听南一概帮他喝了，可谓是女中豪杰。

一个同事夸赞道：“嫂子可以啊！”

他们更羡慕徐秉然了。

事实上，哪里是夏听南可以，是徐秉然太不可以，如果他们俩中间必须醉一个，那肯定不能是徐秉然，她可不想让别人看见徐秉然黏人的样子。

夏听南又抿了一小口酒，看向舞池里贴得很近的陈茜和汤诚，眼睛逐渐眯起。

徐秉然对汤诚和陈茜两个人的弯弯绕绕没什么兴趣，他把夏听南的脸掰向自己，用大拇指蹭了蹭她的脸：“别看了。”

夏听南乖乖地回道：“好。”

旁边的同事们一脸被酸到的表情。

“我们早点回去吧，我想我老婆孩子了。”

“你还有老婆，我回家只能对着我的纸片人。”

“行了行了，我这个离婚的还没说什么呢。”

这下彻底安静了。这里人多嘈杂，他们也不方便聊工作上的事情，于是只能喝喝小酒。

不过，这一次酒吧之行还有意外的收获，有两个男人喝多了，忽然打了起来，直接被他们提着衣领送去了派出所。

这算非自然加班了，但谁让他们撞枪口上了呢?

原本这一桌也就那么几个年轻人，除了谷亮都不是爱玩的，大家坐了没多久就决定散场回家休息。

徐秉然摸了摸夏听南的脸，有点烫。

“醉了吗？”音乐声太大，他凑近她的耳朵，轻声问。

夏听南摇摇头：“还好。”大家挺客气，没有乱灌酒。

徐秉然说：“陈茜被汤诚带走了。”

“我看见了。”夏听南决定等明天清醒之后，好好质问一下陈茜和汤诚，他们的铁三角组合到底出现了什么问题，三个人到底谁才是被抛弃的那个。

徐秉然扶着她往外走，夏听南整个人挂在他身上，穿过喧嚣的人群，回到寂静的世界。

已经深夜了，街道本应该是这样的，吵闹只是一隅，宁静才是避难所。

夏听南的心也很安静，嘴角扬着浅浅的笑，看着旁边的徐秉然。

“徐秉然。”

“嗯？”

“徐秉然。”

“嗯。”

“徐秉然”

“嗯。”

“徐……”嘴被堵住，肺部的空气被掠去，心跳加速。

空无一人的街，他们在接吻。

番外三 蜜桃味生活

之前徐秉然觉得没有买房的必要，但最近他买房的欲望忽然强烈了起来，尤其在这种时候。

“徐秉然，我妈喊我回家吃饭……”

徐秉然的动作停住了，沉默着把手从夏听南衣服下抽出来，帮她把衣服拉好。

夏听南也很尴尬，两家住这么近，只要她在徐秉然这里待得久一些，父母就会进行夺命连环 call。

他们是这样说的：“你们现在还没结婚，万一被邻居看到你们同进同出，影响不太好。”

夏听南反驳：“你们以前怎么不觉得影响不好？”

夏爸爸又被她气到，说：“这能一样吗？以前你们俩是兄妹，现在你们……”说到这里他又有点惆怅，也还有一点难以接受，“哎哟，你们是怎么在我们眼皮子底下搞在一起的……哎哟，秉然怎么看上你的呢？我以前真的是想都没想过。”

夏听南心想，我以前也没想过啊……

她瞄了一眼旁边的徐秉然，感觉自己的确是占了大便宜。

毕竟软件硬件都这么完美的男人不多了。

徐秉然忽然问道：“你喜欢什么样的房子？”

夏听南吓了一跳：“什么房子？你要买房？你有钱吗？”

徐秉然觉得夏听南对他的误会有点深。

夏听南狐疑地看着他："你没有搞贪污腐败那一套吧？"她感觉徐秉然也不可能做这样的事啊。

徐秉然无奈道："没有。"

"你的公积金有这么高？"

"还可以。"徐秉然抿抿嘴，"我另外有买股票和基金。"

毕竟是一中出来的高才生，投资理财的知识稍微学一学就融会贯通，定期投点钱，这么多年也赚了一些。

只不过徐秉然低调，财不外露，一般人看不出来他的富有程度。

徐秉然犹豫了一下，又说："还有我爸当时留下来的一些。"

"嗯。"夏听南抱着他，拍了拍他的背。

两个人又安静了一会儿，徐秉然认真地捏着夏听南的手臂，然后又往衣服里伸。夏听南连忙起身说："我先回去好了，不然我妈又催我，一会儿我从阳台过来找你。"

"时间不早了，你早点休息，不用来找我。"徐秉然的话比以前多了点，不得不说夏听南的影响力真的很大。

夏听南回到家的时候，夏妈妈正坐在沙发上，脸上阴云密布。

看到夏听南，夏妈妈就冲过来把她按在沙发上，目光凶狠地问："有了男朋友不要老妈了？我每天回家家里都空空的，怎么，这个家就剩我一个了？"

夏听南僵着脖子说："妈，我也是去年才回来的啊。"言下之意前几年这家里也经常只有夏妈妈一个人。

"这怎么能一样？那时候你又不在本地，现在你人都在这儿，还不着家，你把我放在眼里了吗？"夏妈妈有点惆怅，觉得女儿不亲自己了。虽然夏听南总是和她吵架，她经常有把夏听南塞回肚子里或者逐出家门的想法，但现在要把女儿拱手送出去又有点舍不得。

夏听南不解："是你之前一心想让我和徐秉然脱单的啊，这下我们齐齐脱单，你还不高兴什么？"

"就你会讲！就你有理！"夏妈妈的火气又上来了，"不然你们早点结婚算了，生个孩子给我玩玩，否则我心里不痛快。"

这是不是有点快?

夏妈妈说完觉得自己这个想法好像也挺不错，于是接下来的日子里，她对此付诸了实践。

如今已经是六月初，鸟虫鸣叫的盛夏，徐秉然每天出门晨跑，都能看到塞在他家门口地毯底下的婚纱店广告。

徐秉然弯腰捡起来，把它叠好放到鞋柜上，那里原先就有一小沓广告纸了。

他出门往单位跑，路上遇到几个别的部门的同事，于是几个人又一起在附近跑了几圈才去上班。

他去食堂随便买了点东西拎在手里等电梯，上班铃声响前十分钟和响后十分钟是人最多的时候。

“秉然，今天心情不错？”有个同事跟他打招呼。

徐秉然笑了一下：“还可以，最近事情不多。”

最近的事情是真的不多，徐秉然每天准时下班，经常能在公交车上遇见夏听南，两个人一起坐在最后一排的窗边，在别人看不到的地方十指紧扣，是充实的幸福感。

夏听南有时候会指着窗外的风景叽叽喳喳，他有时候能看到远处树下有一只猫，有时候能看到下面的轿车上印着搞笑的标语，更多的还是看到玻璃倒映出来的夏听南的脸。

徐秉然上楼坐在工位上开始查看有没有新的任务，过了一会儿，收到夏听南给他发的消息，说她晚上单位里聚餐，让他不用等她。

徐秉然回复：“知道了。”

今天的时间忽然变得快了起来，不用期待着和夏听南见面，徐秉然全身心投入工作中，不仅高效率处理好了很多文件和报表，下午还有时间开一个打击整治黄赌违法犯罪活动的专题部署会。

会议准时开始，他身旁坐的是支队的分管领导以及薛凯，下面是各个辖区的负责人。

徐秉然的面容严肃，眼睛总是很亮，但和平常在夏听南面前温和的样子不太一样，整个人像是利刃出鞘，带着魄力。

他表情严肃地向所有与会人员通报了全局各辖区派出所黄赌警情发案情况，严厉批评了案件高发地区，要求他们认真对辖区可能涉黄赌的场所进行全面梳理，对行业场所开展集中梳理排查。被点到的几个单位负责人表情都不太好看。

徐秉然讲完之后，薛凯看了他一眼，悄悄比了个大拇指。

副支队长看见了，瞪了薛凯一眼。

这个会议从三点半一直开到五点，开完也差不多快到下班时间，赶在下班前开好，大家都松了口气，一个个笑着握手，然后下楼。

徐秉然回来之后又重新投入工作，把会议记录让辅警整理。又过了一会儿，下班铃声响了，徐秉然戴着防蓝光的眼镜继续看文件。

薛凯问："徐队，今天怎么不下班？"

徐秉然没理他。

"被你家小美女抛弃了？"

徐秉然把手边的笔记本往薛凯身上丢。

薛凯笑着接住，然后说："谷亮有事先走了，刚刚发消息跟我说楼下有个和你家小美女长得一模一样的人鬼鬼祟祟地蹲在保安室门口。"

徐秉然的视线从电脑上移开，然后站起来到走廊另一头的窗边，从这里看下去能看到门口的保安室。

谷亮说的是真的，真的有一个鬼鬼祟祟的人在保安室门口，徐秉然仔细看了看，的确是夏听南。

他连衣服都没换，关了电脑就下楼。

实际上，蹲在地上这个事情完全是谷亮编纂的，夏听南分明是好好地坐在台阶上，没进保安室的原因是里面有几个民警在讲事情。

她盯着门口，想着徐秉然怎么还不出来。刚想完，徐秉然就出现了。夏听南整个人一怔，狠狠地被帅到了。

这是夏听南第一次亲眼看到徐秉然穿警服，她发现比照片和视频里更好看，普通的执勤服在他身上看起来清爽干净，而且……

"你不是去和同事吃饭了吗？"徐秉然走出来问她。

夏听南的关注点却不在这里，她呆呆地问："你怎么还戴眼镜啊？"

很普通的眼镜，只有上半部分有黑色包边，看起来很轻盈，也很书生气。

夏听南觉得整个人都头晕目眩的，满脑子都是太帅了。

徐秉然以为她看不习惯，于是把眼镜摘了下来，说："就在单位里戴一下。"

平常一直面对电脑，偶尔也会眼睛疲劳，所以准备了一副防蓝光的眼镜，就当保护视力。不过戴了这么久，徐秉然也说不出有没有用处，他感觉是没多大用处，完全是个心理安慰。

夏听南把他手里的眼镜夺过来左右看了看，然后很认真地跟徐秉然说："以后不要戴眼镜了。"

"为什么？"

夏听南语塞。

她总不能说是因为太帅了，不想让别人看见吧？

她瞪着眼，霸道地说："反正别戴。"

把眼镜收进包里，夏听南咽了一口口水，决定等某个夜黑风高的时候再让他戴上。

徐秉然发现夏听南还是和以前一样幼稚，藏得很深的幼稚，大家以为她长大了，实际上她心里还是藏了个幼稚园的小屁孩。

"徐秉然。"夏听南靠着床，冷不丁地喊他。

徐秉然抬头看她："怎么了？"

夏听南神秘兮兮地说："我发现了一个秘密。"

徐秉然蹙着眉，开始回忆最近有没有瞒着夏听南什么事情，他最近也没去应酬，烟也戒了，上班也没有戴眼镜……

夏听南忽然说："我发现我穷和住在哪里没关系！"

徐秉然问："为什么这么说？"

"你看，我以前在外地租房子上班，工资交了房租之后，剩下的全部用来吃喝玩乐，一毛都剩不下来。现在不用交房租，每个月的钱还是用完了。"她一脸苦大仇深，"我的钱都去哪儿了？我攒不住钱怎么办？"

夏听南真的不明白钱都花到哪里去了，她每个月也就买几件衣服，也就买点化妆品，也就买点零食，也就出去玩几次，过得也不是很奢侈，怎么钱就没了？

徐秉然沉默了很久，回答不出她第一个问题，于是挑了第二个问题回答。

“攒不住钱就不攒。”反正他的钱也是她的。

夏听南很感动：“徐秉然，以后你的工资卡还是别放我这里了，放在我这里没有增值空间，你拿去理财吧。”其实她怕的不是没有增值空间，是怕哪天控制不住真把徐秉然的钱花了，她虽然爱花钱，但还是爱花自己的钱。

徐秉然搂着她的肩把她按在床上，亲昵地亲了亲她的耳垂，说：“没事，你随便用。”

夏听南推开他，不满道：“怎么能随便用？你太败家了。”

徐秉然恍然大悟，原来是道送命题。

夏听南从床上坐起来揉了揉腰，转身哀怨地看着徐秉然：“你的精力也太旺盛了。”

徐秉然错开目光。

昨天夏听南和陈茜出去逛街，发现新开了一家炸鸡店，还买一送一，于是两个人毫不犹豫地点了一份，双双吃撑。尤其是夏听南，怕浪费，把剩下的全吃完了，光盘行动从她做起。

回到家后，夏听南就戏精上身，拉着徐秉然，非要说自己怀孕了。徐秉然面无表情地配合她的表演，问她这孩子是谁的，问了三回她才喷笑着说是炸鸡的。

演戏一时爽，后续火葬场。夏听南被徐秉然按在床上，翻来覆去烙煎饼似的烦了一晚上，天快亮了才结束，等他们醒来都快中午了。

夏听南掀开被子下床，从包里掏出一个东西。徐秉然看过去，发现是指甲油。

“昨天和陈茜买了好多指甲油。”她好想涂，但是单位不让做美甲。

她拧开了一罐，一股淡淡的花香味在房间里蔓延开来，她猛地转身，说：“徐秉然！”

徐秉然有点被吓到，问：“怎么了？”

夏听南坏笑着靠近：“既然我涂不了，那就涂在你手上吧。”

徐秉然没来得及拦住她，或者只是单纯地想顺着她，一脸无奈地看着她拉着他的手开始涂指甲。

她买的这个指甲油的确好看，莫兰迪灰配上闪片，很少女，前提是不在他的手指上。

夏听南涂好之后就找了个口红塞到徐秉然的手心里："握着。"

徐秉然握着了。

"不是这么握着。"夏听南无语地看着他把整个口红包进了手心里，有点想笑，"哈哈哈，徐秉然你真是……"

徐秉然看她笑得摇头晃脑，想拉着她从地上起来，又担心指甲油还没干会沾到她的衣服上，所以抓住她的手形十分奇怪。夏听南笑得更大声了，然后不幸地被压着堵住了嘴。

最后，徐秉然让她拍完照之后把指甲油卸了。

两个人起床吃了个中饭，徐秉然说周末可能又要去暗访。

"又是晚上吗？"

"嗯。"

"怎么每次都是晚上，晚上回来又看不到你了。"夏听南越来越黏人了，好像又回到最初的模样，但又有一些不同。

她凑到徐秉然跟前抱住他的腰，说："徐秉然，你要保护好自己，你这张脸在外面实在是太危险了。"

徐秉然扭了扭脖子，奇怪道："我危险？"

她摇头："你不危险别人危险，我怕有垂涎你美貌的人不长眼地凑上来，你一个没忍住就把别人给揍了。"

"法治社会，以德服人。"

其实不到万不得已，警察也不会用武力解决问题的，尤其是面对各种纠纷时，能口头劝导的都口头劝导了，他们的主要目的是疏通，不是镇压。

以前当特警的时候，徐秉然动手的机会比较多，小偷罪犯都抓过，但之后受伤加上调岗，一身技艺的确都荒废了，除了早上的晨跑，也没有其他锻炼的时间和方式了。

暗访那天晚上，徐秉然回家和夏听南一起吃了晚饭才又回局里和薛凯会合，他们打算开车去某一个小区探个路，因为有人举报某一幢楼的某一层每天夜里都有人赌博。

薛凯看徐秉然打开车门，弯着腰坐进来，忽然说："我怎么觉得你最近身材又变好了？"

之前因为受伤，徐秉然很久没再锻炼，成天不是坐着就是躺着，就算代谢再强大，身上的肌肉多多少少还是掉了一些，连体重都下去了，但最近身上的确又结实了不少。

徐秉然系着安全带，没有在意薛凯说的。

"你看看你三角肌。"薛凯拍了拍徐秉然的手臂，又想去摸他的肚子，被他躲开了，"你之前换衣服的时候我就想说，你腹肌怎么都变明显了？"

徐秉然随口回道："天天运动。"

"忙成这样，你还能做什么运动？我也没看你去健身房啊，晨跑效果这么好？"

徐秉然沉默了，然后慢慢地扫了薛凯一眼。

薛凯愣了愣："是我自取其辱。"

由于答应了夏听南要早点回去，徐秉然今晚的行动很有效率，和薛凯勘探了一圈，记录了一些情况，就打算回去了。

他给夏听南发了条信息说自己准备回去了，夏听南的电话立刻就打了过来。她问："这么快吗？现在就要回来了？"

徐秉然觉得她的语气好像有点奇怪，问道："要我带什么东西回来吗？"

"嗯……那帮我带几盒雪糕好了。"

薛凯看徐秉然皱着眉，于是问道："怎么了？"

"没事。"徐秉然收起手机若有所思，"我先回去了，你自己回去吧。"

"啧，有了老婆忘了兄弟。"薛凯一脸酸。

徐秉然回家前去附近的便利店拿了几盒雪糕，都是夏听南爱吃的那些。

买单的服务员是个年轻女孩，大概在网上冲浪的时候对徐秉然留下了深刻印象，看到徐秉然之后很激动，等他付完钱，想和他合照，被他拒绝了。

他提着塑料袋往家里走，走着走着，又开始回忆刚刚夏听南的语气。

很奇怪，也很微妙。

徐秉然带着微妙的情绪回到家，客厅一片漆黑，他把雪糕放进冰箱，回了房间，看到了在黑暗中被手机屏幕照亮的夏听南的脸。

“怎么不开灯？”他蹙眉问，想去开灯，却被喊住。

“先别开！”

“怎么了？”徐秉然更疑惑，直接走到床边，想掀开被子。

夏听南抓住被子：“别，你先把雪糕拿来。”

徐秉然一脸问号。

他不再管她，直接掀开了被子。

眼前的景象让徐秉然愣住了，他静静地看了几秒，又把被子盖了回去，一声不吭地去冰箱里拿了一盒雪糕吃。

夏听南整个人要蒸发了，都是陈茜出的馊主意，送的破礼物，这衣服穿在身上布料也太少了。

她就是想试一试徐秉然的反应，没想到他的反应在她的意料之外。

夏听南试探道：“徐秉然，你还好吗？”

“挺好的。”徐秉然冷静地低头吃雪糕，但还没吃完便放下雪糕，走到床边将夏听南手上的手机抽走丢到一边，在她疑惑的眼神下，微微一笑道，“但你接下来可能不太好。”

番外四 B612星球

夏听南变得越来越黏徐秉然，白天黏，晚上也黏，好像退化到了小时候。

徐秉然默默看着她再一次背着夏爸爸夏妈妈翻窗过来，看到他之后眼睛一亮，就扑进他的怀里，双腿盘上他的腰。

徐秉然深呼吸了两回，然后抱着夏听南用力地亲了下，他看着红着脸的夏听南，忍不住笑了一下。

夏听南的心跳得很快，感觉自从和徐秉然确认关系之后，每天都处于亢奋状态，都过去一年多了，还是看到徐秉然就激动，他怎么越来越帅了？这科学吗？

而且她最近夜里还总睡不好觉，徐秉然不在边上就感觉少了点什么。

夏听南从没想过，自己的睡眠质量有一天会变差。

果然，美色误人。

徐秉然抱着她坐在床上，像以前那样箍着她的腰看她。

夏听南拉开了点距离，然后说："我这两天早上老看见我妈在你家门口鬼鬼祟祟弄什么东西，你小心一点，不知道她到底想干吗，我问了她也不说。"

徐秉然想起门口那越积越多的婚纱广告，诡异地沉默了。

"怎么了？"

"没事。"

夏听南像变魔术一样拿出了从徐秉然那里顺的防蓝光眼镜。

“快快快，戴上让我看看。”

徐秉然把头凑近了点：“你帮我戴。”

她嘿嘿一笑：“好啊。”然后把眼镜戴在徐秉然脸上。

她左右看了看，露出了有些微妙的微笑，然后狠狠地亲了一口徐秉然，再一次嘱咐：“记得！千万不要在外面戴眼镜。”

太帅了！夏听南觉得口水都快流下来了。

徐秉然闻言默了默，没告诉夏听南，他出去暗访排查的时候经常戴眼镜，毕竟要进行非正常录像，只能依靠这种设备，怪不得每次暗访老有人揩油。

夏听南说：“对了！我爸今天要去上夜班，我妈出差去了，今晚我家没人看着我。”

徐秉然眉心一跳，目光变得深了些。

她咧嘴一笑：“今晚睡你这儿了。”

房间里是一如既往的昏暗，隐约能听到从广场上传来的声音，还有楼上某一户人家教训孩子的声音，是平淡的人生，而他们正在平淡中做最热烈的事情。

除了他们两个，还有月光，谁都不知道。

夏听南喘息着，不得要领地在徐秉然身上摸索着，摸到了红绳，摸到了翡翠平安扣，是和徐秉然一样的温暖。

徐秉然用手扶住她的头，看上去温柔极了，但将夏听南拆骨入腹的渴望却并不温柔，而是充满侵略性。

夏听南这一觉睡得很香，香到第二天是被主任的电话吵醒的，主任问她今天怎么还没来上班。

她当即从床上跳了起来：“我忘记我今天是要上班的！”

她没看到徐秉然，也没管他去哪儿了，冲出房间，冲出徐家，往自己家跑，却不想撞上了自己的老父亲。

夏爸爸的表情很沉，夏听南被震慑住，才看见自家沙发上还坐着一个徐秉然。

夏听南一惊——外宿被抓包了。

夏爸爸用力地拍了拍徐秉然的背，说：“你先回去，下次再聊。”然后目光犀利地扫向夏听南，“夏听南，你先给我过来。”

夏听南瞄了一眼徐秉然，理直气壮地说：“爸，我要去上班，有事情等我晚上回来再说吧。”说不定晚上回来老爸的气就消了，先拖着再说。

夏爸爸看着夏听南眼睛底下明晃晃的黑眼圈，真的是痛心疾首。

夏听南到单位的时候已经快十点了，对于她一脸憔悴的样子，钱云会和叶新晴都很震惊。

叶主任关心地说：“听南，你今天要是不舒服的话可以跟……”她忽然不吭声了，表情变得意味深长起来。

钱云会也凑近打量她，而后啧啧称奇。

夏听南心虚地摸了摸脖子，假装望天，然后去工作了。

今天不算很忙，下午夏听南摸鱼玩手机的时候想起自己因为最近睡眠质量不太好，昨天下了个睡眠记录的软件。

她打开来，想听听昨天晚上睡着后自己有没有打鼾或者说梦话。

软件一直开着，夏听南听了前面一段便往后滑到她睡着以后。

她听见徐秉然在她睡着之后又出去了一趟，应该是又冲了一次澡，将近半个小时才回来，然后是窸窸窣窣的上床声，再然后就是一片寂静。

应该是两个人都睡着了。

夏听南看了看进度条，看到一个小时之后显示有噪音，她心里一个咯噔，以为自己打呼噜了。

往后拉了拉，拉到了噪音出现的前面，她的表情变得认真，心里祈祷千万别是打呼噜。

“听南！帮我拿本书过来！”钱云会忽然喊道。

夏听南抬了一下头，刚想应声，下一秒整个人呆住了。

耳机里传来徐秉然很模糊的声音，但夏听南却觉得世界上的任何声音都没有这句话来得清晰响亮。

他说：“夏听南，嫁给我好吗？”

夏听南要结婚了，新郎是徐秉然，意料之外，又在情理之中。收到请帖的同事同学朋友全都惊讶了一秒就镇定了下来。

哦，夏听南，这个满嘴谎言的女人。

夏听南对此表示很冤，徐秉然当初就是她铁打的哥哥没错，是徐秉然剑走偏锋，硬生生把亲情扭转成爱情，否则哪有现在这么一出。

朋友们对于她的解释回以冷笑——哦，在秀恩爱，拉黑了。

夏听南更冤枉了，气得晚上捶了徐秉然几拳。徐秉然全部受下，然后转化为缠绵的吻还给了夏听南。

有几个以前的同事并不认识徐秉然，好奇地问她："听南，你对象性格怎么样？"

夏听南想了想，说："就闷闷的那种，比较慢热。"

"啊，你没听过这么一句话吗？找对象不能找性格太闷的，因为这样的人不是去康宁，就是去看守所。"同事的语气一言难尽。

夏听南诡异地沉默几秒，然后艰难地说："那我男朋友去看守所的可能性应该比较大。"

对方大惊失色："反社会人格？"

夏听南摇头："警察。"

同事们又问："有没有新郎的照片啊？让我们看看。"

夏听南把徐秉然那张穿着特警制服的照片发给了她们看，然后她就被无情地挂掉了视频电话，又过了一会儿，群里炸锅了。

"也太帅了吧！"

"为什么，夏听南这个女人的运气怎么这么好啊？"

"听南，你对象还认识和他长得差不多的同事吗？画重点：长得差不多。"

夏听南："我帮你们问问。"

说是要结婚，其实两个人什么都还没开始准备，单纯就是夏听南听了徐秉然如此隐秘的求婚之后，一个上头忍不住提前官宣。这就是夏听南，有自己的一套做事逻辑，然而关键问题是徐秉然还被蒙在鼓里。

这天早上，夏听南在徐秉然身边睡醒，发现他居然没有去晨跑，而是搂着她在床上刷手机。

自从夏爸爸夏妈妈发现管不住夏听南往徐秉然这里跑之后，他们就不管她了，只是咬牙切齿地对他们两个说注意安全。对此，夏听南只能说徐秉然可比她注意安全多了。

看到他还在认真地看着手机，她凑过去看了一眼，发现原来是在刷短视频，她顿时失语："你居然也刷抖音？真是看不出来。"

徐秉然手指停住："没有。"

"怎么没有？你不正在刷吗？"她伸手在屏幕上点了点，然后发现这还真的不是抖音 APP，而是学习强国 APP。

夏听南服了。

徐秉然伸手刮了一下夏听南的脸，毫无征兆地问道："听说我和你要结婚了？"

夏听南傻了。

徐秉然一脸若有所思："我自己都不知道，还是汤诚告诉我的。"

汤诚和陈茜暗度陈仓的事情终于被夏听南挖掘了出来，夏听南陷入人间不值得的崩溃，骚扰了陈茜和汤诚很长一段时间，想从他们嘴里挖出所有事情的经过，汤诚不堪其扰，遂来寻求徐秉然的帮助。

这下两个人终于化敌为友，成为为爱而战的战友。

徐秉然从汤诚那里听说自己要结婚的消息时整个人怔住，以为自己工作太累失忆了，又仔细问了一遍才知道夏听南到处跟人说自己向她求婚了。

虽然事情是这样的没错，但总觉得哪里有一些奇怪，毕竟他一直以为夏听南不知道他那天夜里说了些什么。

"所以你那天没睡着？"

夏听南挠了挠下巴："啊，睡着了。"

"那怎么……"

她把手机里的睡眠软件打开后丢给他："自己听吧，记得戴耳机。"

徐秉然对于戴上耳机的要求感到困惑，但还是从床头柜里把蓝牙耳机拿出来戴上了。他点开音频听了一会儿，表情变得古怪，夏听南装作没看见。

徐秉然闭了闭眼冷静了一下，然后把音频进度往后拉，听到了自己低低的声音。

他摘下耳机，把两个人的手机都放在一边，然后去抱夏听南，将头埋在她颈侧，细密的吻落在她的肌肤上。

“所以你同意了？”

“嗯。”夏听南摸了摸他的头发，还是像以前一样柔软，让她的心都变得柔软。

徐秉然也没想到自己半夜克制不住的一句问话会变成求婚的台词，而且还成功了。

“会不会太没有仪式感？”他抬起头不确定地问。

徐秉然觉得夏听南会喜欢更加隆重一点的求婚，可以让她拍好看的照片，可以让她发九张图的朋友圈。

也许他应该找朋友一起商量一下，安排一个惊喜，那样夏听南一定会很开心。

夏听南只是沉默了一下，然后认真地说：“只要是你就行。”

十六岁的徐秉然为夏听南心动，辗转反侧，而二十六岁的夏听南为徐秉然心动，决定一生一世陪在他身边，再也不想离开他。

时隔多年的呼唤终于有了回音，美丽的童话故事里，小王子再也离不开自己的玫瑰了。

－全文完－